Hateship, Friendship, Courtship, Loveship, Marriage

Alice Munro

イラクサ

アリス・マンロー
小竹由美子 訳

CREST BOOKS
Shinchosha

目　次

Hateship, Friendship, Courtship,
Loveship, Marriage
by
Alice Munro

First Japanese edition published in 2006 by Shinchosha Company
Japanese translation rights arranged with
William Morris Agency, Inc.
through Tuttle-Mori Agency, Inc., Tokyo.

Illustration by Hatano Hikaru
Design by Shinchosha Book Design Division

イラクサ

恋占い

Hateship, Friendship,
Courtship, Loveship,
Marriage

何年もまえ、あちこちの支線から列車が姿を消す以前のこと、そばかすの散った広い額に赤味がかった縮れ毛の女が駅にやってきて、家具の発送についてたずねた。

駅員は、相手が女だとちょっとからかったりすることがよくあった。とくに、そういう応対を喜びそうなあまり器量のよくない女が相手のときは。

「家具だって?」そんなこと今まで誰も思いつきもしなかったぞ、というような口ぶりで駅員は言った。「ふーむ。なるほど。どんな家具なのかね?」

ダイニングテーブルと椅子が六脚。寝室用家具一式、ソファとコーヒーテーブルがひとつずつ、脇テーブルがいくつか、フロアランプがひとつ。それに食器棚とサイドボードも。

「おやおや。それじゃ家のなかの家具全部じゃないか」

「そんなにはならないわ」と女は答えた。「台所のものなんかはないし、寝室ひとつ分だけだし」

女の歯は口の前面に寄り集まっていて、さも口論をふっかけたそうに見えた。

「トラックがいるんじゃないか」と駅員。

「いいえ。あたしは列車で送りたいの。西へ、サスカチェワンへね」

女は耳の悪い人かボンクラを相手にしゃべるように大きな声で話した。その発音の仕方にはどこか変なところがあった。訛《なま》りが。駅員はオランダ人を思い浮かべた――オランダ人がこのあたりに流入してきていた――でも、オランダ女のようにどっしりもしていないし、血色のいいピンクの肌でもないし、金髪でもない。四十にはなっていないかもしれないが、だからどうだってことはないしなあ。美人コンテストってタマじゃ、ぜったいないな。

駅員はすっかり仕事口調になった。

「まず、積み込み先からここまで運ぶトラックがいるよ。それに、サスカチェワンのそこの場所を列車が通っているかどうか確かめなくちゃな。でなければ、たとえばレジャイナ（サスカチェワン州の州都）かどこかで受け取ってもらうようにしとかなきゃ」

「グディニアよ」と女は言った。「列車は通ってるわ」

駅員は、釘にかけてあった、表紙がベトベトに汚れた要覧をとると、どういう綴りかたずねた。女は同じく糸でぶら下げてあった鉛筆を勝手に取ると、自分のバッグから出した紙に書いた。ＧＤＹＮＩＡ.

「いったいどこの国の地名なんだろう?」

女は知らないと答えた。

駅員は鉛筆を取り返すと、線から線へとたどった。

「あのあたりは多いんだよな、チェコ人とかハンガリー人とかウクライナ人ばかりってとこが」駅員はそう言ってから、女もその一人かもしれないとふと思った。だからってどうってことはない、おれは事実を言ってるだけだ。

「あったぞ、たしかにちゃんと路線にある」

「ええ」と女。「金曜日に送りたいんだけど――お願いできる？」

「送るのはできるけど、何曜日にむこうに着くかは約束できないな。優先順位によるからね。着いたら誰かが引き取りに来るんだろうね？」

「ええ」

「金曜は客車と貨車の混合列車だ、午後二時十八分。金曜の朝にトラックに積み込むんだな。あんた、この町に住んでるのかい？」

女はうなずいて、住所を書いた。エクシビション通り一〇六。

町の家々に番地が割り振られたのはごく最近だったので、駅員には家の場所がぴんとこなかったが、エクシビション通りがどこかは知っていた。そのとき女がマコーリーという名前を口にしていれば、駅員はもっと関心を持ち、違う成り行きになっていたかもしれない。そのあたりには新しい家が立ち並んでいた。戦後建てられたものだ。「戦時住宅」と呼ばれてはいたが。きっとそういうなかの一軒だろうと駅員は思った。

「送るときに支払ってもらうよ」と駅員は告げた。

「それと、自分のキップもいるの、同じ列車のね。金曜の午後の」

「同じところへ行くのかい？」

「そう」

「同じ列車でトロントまで行けるよ。だけどそこで大陸横断鉄道を待たなきゃならないな、夜の十時半発のやつだ。寝台車にするかね、それとも客車かね？　寝台車だと段ベッドで寝られる、客車は昼間のままの腰掛けだ」

腰掛けでいいと女は答えた。

「サッドベリーでモントリオール線に乗り換える、降りなくてもいいんだけどね。車両を入れ替えてモントリオール線につなぐだけだから。そしてポートアーサーへ、それからケノラへ。あんたは降りずにレジャイナまで行って、そこで支線に乗り換えるんだ」

さっさとキップをちょうだいよという顔で、女はうなずいた。

駅員の話し方がのろくなった。「だけど、あんたが着いたときに家具も届いているとは約束しかねるなあ。一日か二日あとになるんじゃないかな。なにせ、優先順だからさ。あんたを迎えに来てくれる人はいるのかい？」

「ええ」

「ならいい。なんてったって、駅らしい駅じゃないだろうからな。あのあたりの町はここととはぜんぜん違う。だいたいがうんと原始的だから」

ここで女は乗車券の金を払った。バッグのなかの布袋から丸めた紙幣を出して。お婆さんがやるように。ちゃんと釣銭も数えた。だがそれはお婆さんのやり方とは違っていた——手のひらに乗せてさっと目を走らせただけだが、それでも、一ペニーも見逃していないのがわかった。それから女はやぶからぼうに身を翻した。さようならも言わずに。

「じゃあ金曜日に」と駅員は呼びかけた。

女はこの暖かい九月に、長いくすんだ色のコートを着て、ぶかっこうな編み上げ靴に短いソックスをはいていた。

駅員が魔法瓶からコーヒーを注いでいると、女が引き返してきて売り場の窓を叩いた。

「あたしが送る家具は」と女は言った。「みんな上等の家具なの。新品同様の。こすられたりぶつけられたりして、傷がついたりすると困るのよ。家畜のにおいがついたりするのもね」

「ああ、いや」と駅員は答えた。「鉄道は物の輸送には慣れているからね。それに、豚を送る貨車で家具を送ったりはしないよ」

「ここから出したままの状態で着くようにしてもらわないと」

「あのね、あんたが家具を買うときは、家具は店にあるだろ？　だけど、どうやって店まで来たか考えてみたことあるかい？　家具は店で作られてるわけじゃないだろ？　どっかの工場で作られて、店まで運ばれてきたんだ。で、どうやって運んだかっていうと、まずまちがいなく鉄道だよ。だとしたら、鉄道は家具の運び方を心得てるってことにならないかい？」

笑顔になるでもなく、女の馬鹿な心配だったと認めるでもなく、女は駅員をそのまま見つめた。

「そう願いたいわね」と女は言った。「ちゃんとしてくれるよう願ってるわ」


さして考えもせずに、町の人間ならぜんぶ知っていると駅員は言うことだろう。これはつまり、町の人間のおよそ半分は知っているということである。そして、駅員が知っている町の人間のほとんどは、核となる人々、本当の「町の」人間、昨日今日やってきたのではない、これからも動くつもりはない人々だった。サスカチェワンへ行くという女のことは知らなかった。駅員と同じ教会のメンバーでもなかったし、子供たちの学校の先生でもなかったし、駅員の行く店やレストランやオフィスで働いているわけでもなかったからだ。エルクスやオッドフェローズやライオンズクラブや在郷軍人会で知っている男たちの妻でもなかったし。金を出そうとした左手を見た限り——当然だと駅員は思ったが——女は誰とも結婚していないようだった。あの靴や、ストッキングではなく短いソックスをはいていたことや、午後なのに帽子も手袋もなしだったところを見ると、農場の女かもしれない。だが、そうした女たちがふつう示す物怖じを、恥ずかしそうな態度を、女は見せなかった。田舎者っぽい礼儀作法ではなかった——じつのところ、礼儀作法もなにもなかった。女は駅員を、情報を与えてくれる機械かなにかのように扱った。それに、女が書いたのは町の住所だった——エクシビション通り。女を見ていて実際に駅員の頭に浮かんだのは、テレビで見た私服の修道女だった。どこかのジャングルで自分が行なったという伝道活動についてしゃべっていたっけ——おそらくそういう土地では、よじ登ったりするのに便利なように修道衣を脱ぎ捨てていたのだろう。その修道女は、自分の宗派の役目は人々を幸福にすることなのだということを示すためにときどき微笑んで見せてはいたが、たいがいは、人はこの私に威張り散らされるためにこの世に存在していると信じきっているような顔を視聴者に向けていた。

もうひとつやろうと思っていたことを、ジョアンナは後回しにしていた。〈ミレディーの店〉という婦人服店へ行って自分の服を買わねばならなかったのだ。その店に入ったことはなかった——ソックスとか何か買わなければならないときは、〈紳士婦人子供服の店キャラハン〉へ行く。ジョアンナは亡くなったウィレッツ夫人の服をたくさんもらっていた。いつまでたってもしっかりしているこのコートもそうだ。それにサビサ——マコーリー氏の家でジョアンナが世話をしている孫娘の女の子――は、いとこから高価なお下がりをふんだんにもらっていた。

〈ミレディーの店〉のウィンドウには、うんと短いスカートにボックス型のジャケットというスーツを着た二体のマネキンがあった。片方のスーツはラスティー・ゴールドで、もう一方は落ち着いた深緑だった。紙でつくった大きくけばけばしいカエデの葉がマネキンの足元に散らされ、ウィンドウのそこここに貼りつけてあった。大半の人が落ち葉をかき集めては燃やすのに苦労しているこの時期に、ここではそんなものがわざわざ使われているのだ。流れるような黒い筆記体の文字がガラスに斜めに貼られていた。そこには、「シンプルなエレガンス、秋のモード」と書かれていた。

ジョアンナはドアを開けてなかに入った。真正面にある等身大の鏡に、ウィレッツ夫人の、物はいいけれど不恰好なロングコートを着た自分の姿が映っている。短いソックスの上に、ゴツゴツしたむき出しの脚が数インチのぞいていた。

もちろん、意図的にそうしてあるのだ。鏡をわざとそんな場所に置いて、入ったとたんに、客の欠陥がちゃんとわかるようにしてあるのだ。そうすれば――というのが狙いなのだが――その姿を変えるために何か買わなきゃとすぐに思ってしまうだろう。あまりに仕掛けが見え透いていて、本来ならジョアンナは店を出てしまうところだった、買わなければならない物を心に決めて入ってきたのでなかったならば。

一方の壁に沿って、イヴニングドレスのラックがあった。どれも網レースやタフタでできた夢のような色合いの、舞踏会の麗人たち向きのものだ。そのむこうには、汚れた指で触られないようにガラスケースに収めた半ダースばかりのウェディングドレス。純白の泡のような布、あるいは定番のサテン、アイボリーのレース、銀色のビーズやケシパールの縫い取り。ぴったりした胴衣、スカラップ型のネックライン、豪華なスカート。もっと若い頃でさえ、こんな豪奢は考えられなかった。金の問題だけではなく、そんな期待はとても持てなかったのだ、変身とか無上の幸福とかいった馬鹿げた望みは。

二、三分のあいだは、誰も現れなかった。たぶん覗き穴からこちらを観察しながら、この店には似合わない客だと思い、立ち去るのを期待していたのだろう。

立ち去るものか。ジョアンナは鏡の像のむこう側へ行った——ドアの横のリノリウムから豪華な絨毯の上へ——そのうちやっと、店の奥のカーテンが開いてミレディーその人が姿を現した。輝くボタンのついた黒いスーツを着ている。ハイヒール、ほっそりした足首、ガードルできゅっと締め上げたストッキングがこすれる音がする。金髪をひっつめて、きれいに化粧した顔。

「あのウィンドウのスーツを試着してみようかしら」ジョアンナは練習してきたような口調で言った。「あの緑のを」

「ああ、あれは素敵なスーツでございますものね」と女店主は言った。「ウィンドウのものは、じつは十号ですの。お客様は——十四号くらいですかしら?」

店主はストッキングのすれる音をたてながら、先にたってジョアンナを店の奥の、スーツや昼間用のドレスといったふつうの服がかけてある一角へ案内した。

「あらよかった。十四号がございます」

ジョアンナがさいしょにしたのは値札を見ることだった。予想していた額の軽く二倍だ。そして、それを隠そうとはしなかった。

「ずいぶん高いですね」

「ごく上質のウールなんですのよ」店主はあちこちさぐってラベルを見つけ、素材の説明を読み上げたが、ジョアンナはろくに聞かずに裾をつまんで仕立てを調べていた。

「シルクのように軽いのに、鉄のように長持ちしますの。ご覧ください、ぜんぶ裏がついています。シルクとレーヨンの素敵な裏地ですのよ。安物のスーツのようにお尻の部分がたるんだり、形がくずれたりといったことはありません。ヴェルヴェットのカフスや襟を見てくださいな。袖には小さなヴェルヴェットのボタンがついておりますのよ」

「わかってます」

「こういうところでお値段が違ってくるんです。このお値段でなくてはこうはまいりません。このヴェルヴェットの手触りがたまりませんわ。緑の方にしかついておりませんのよ、ね――アプリコットの方にはありませんの。お値段は同じなんですけれどもね」

たしかにヴェルヴェットの襟とカフスのせいで、ジョアンナの目から見てもスーツはちょっと豪華な感じになっていて、だから欲しくなったのだった。だが、それを口に出すつもりはなかった。

「やっぱり試着してみようかしら」

結局のところ、ジョアンナはそうしようと思って来たのだ。きれいな下着をつけ、脇の下にはさわやかなタルカムパウダーをはたいて。

女店主はちゃんとジョアンナを明るい小部屋のなかでひとりにしてくれた。ジョアンナは毒を避けるように鏡を視野に入れないようにしながら、スカートをきちんとはき、ジャケットを着込んだ。まず、スーツだけを見た。だいじょうぶ。ちゃんと体に合っている――スカートはいつもはきなれているものより短いが、いつもはいてるのは流行の型じゃないから。スーツは問題なかった。問題は、スーツから突き出ている部分だ。首や顔や髪や大きな手や太い脚だ。

「いかがですか？　見せていただいてよろしいかしら？」

なんでも見たらいい、とジョアンナは思った。ブスの見本だよ、見たらわかるだろうけどね。

女店主は一方から見たかと思うと、また別の方から見てみた。

「もちろん、ストッキングをおはきにならなきゃいけませんし、それにハイヒールもね。着心地はいかがですか？　窮屈ではありませんか？」

「スーツはいいんです」とジョアンナは答えた。「スーツはぜんぜん問題ないんです」

鏡のなかで、店主の表情が変わった。笑顔が消えた。がっくり疲れた感じながら優しい表情になった。

「そういうことがあるんですのよ。着てみるまでは、本当のところはわからないものなんです。問題は」店主は、控えめな確信をしだいににじませながら、それまでとは違う口調で言った。「問題は、お客様はご立派な体格をお持ちで、それがちょっと強すぎるということです。骨組みが大きくていらっしゃいますが、けっこうなことじゃないですか。ちっぽけなヴェルヴェットでくるんだボタンなんて、お客様には似合いませんわ。もうそんなのおやめなさいませ。お脱ぎくださいな」

ジョアンナが下着姿になると、ノックの音がして、カーテンのあいだから手が差し入れられた。

「まあちょっと、これをお召しになって。だまされたと思って」

茶色のウールのドレスだ。裏つきで、優雅にギャザーを寄せたゆったりしたスカート、七分袖であっさりした丸首。細い金のベルトのほかはなんの飾りもない。先ほどのスーツほど高くはないが、それでもこれだけの物としたらけっこうな値段に思えた。

少なくとも、スカート丈はさっきよりは妥当な長さで、布地が脚の周囲で上品に揺れている。ジョアンナは勇を鼓して鏡を見てみた。

こんどは冗談で服を着込んだようには見えない。

店主がやってきて横に立ち、笑った。ほっとした笑いだった。

「お客様の目にぴったりの色ですわ。ヴェルヴェットなんてお召しになる必要はありません。ヴェルヴェットの目をお持ちですもの」

これは本来ならせせら笑いたくなるようなお愛想だったが、ジョアンナにもなぜかこのときは本当に聞こえた。ジョアンナの目は大きくはないし、どういう色だと訊かれたら「しいて言えば茶色かと思います」と答えられる程度だった。だがこのときは、本当に深みのある茶色で、つやつやと輝いているように見えた。

べつにジョアンナがとつじょ自分のことを美人だとか思いはじめたわけではない。ただ、布の色としてなら、自分の目はいい色じゃないかと思っただけのことだ。

「お客様は、フォーマルな靴はあまりしょっちゅうお履きにならないんでしょうね」と店主は言った。「ですが、ストッキングに最低限パンプスと言えるような靴をお履きになれば——それに、宝石はおつけにならないんでしょうけれど、それでもぜんぜん構いませんのよ、必要ありませんわ、そのベルトがあれば」

売り込みの熱弁をさえぎって、ジョアンナは言った。「脱いだほうがいいわね、包んでもらわなきゃならないから」スカートのしなやかな重みや腰に巻いた控えめな金のリボンを脱ぐのが惜しかった。身につけたもので自分の魅力が増したんじゃないかなどという馬鹿な思いを抱くのは、生まれて初めてだった。

「特別な機会にお召しになっていただけるといいんですけれど」今やみすぼらしく見える普段の服に大急ぎで着替えるジョアンナに、女店主は声をかけた。

「たぶんね、結婚するときに着ることになりそう」とジョアンナは答えた。

自分の口からそんな言葉が飛び出たことに、ジョアンナは驚いた。たいした失敗ではない――この女はこちらが誰か知らないし、こちらのことを知っている人間と話したりすることもないだろう。それにしても、何も言わないつもりだったのに。なんだかこの女に世話になってしまったような気がしたのだ――あの緑のスーツの大失敗をいっしょにくぐり抜けて茶色のドレスを発見した、それが絆みたいになったのだ。ばかばかしい。この女は服を売るのが商売なんだし、うまく売りつけられただけのことじゃないか。

「まあ！」と店主は叫んだ。「まあ、それはいいですわねえ」

まあね、いいかもしれない、とジョアンナは思った。だけど、よくないかもしれない。どんな人間と結婚するのかわからないじゃないか。家に働き手を欲しがっている惨めな農夫かもしれないし、介護者を求めている半分廃人のようなぜいぜい息をするじいさんかもしれない。あたしがどんな男と結婚しようとしているのかぜんぜん知らないくせに、どっちにしろこの女には関係のないことなんだ。

「きっと恋愛結婚ですわね」こういった腹立たしい気持ちを読み取ったかのように、店主は言った。

「だから鏡に映るお目があんなに輝いてらしたんでしょう。薄紙で包んでおきましたから、あとは取り出して掛けておかれたら、布地はきれいに落ち着きます。なんなら軽くアイロンを当ててくださいな、たぶんそんな必要もないでしょうけれど」

それから金を手渡す段取りとなった。二人とも見ないようにしながら、ちゃんと見ていた。

「それだけの価値はありますとも」女店主は言った。「結婚は一度だけのものなんですから。そりゃあ、必ずしもそうとは限らないこともありますけれど——」

「あたしの場合はそのとおりです」とジョアンナは言った。顔がかあっと赤くなった。じつを言えば、結婚には言及されていなかったのだ。最後の手紙にさえも。ジョアンナが女店主に口をすべらせてしまったのは、自分の期待だった。ひょっとすると口に出すのは縁起が悪かったかもしれない。

「お相手の方とはどこで知り合われたんですの？」店主は相変わらず陽気に、羨ましがるような口調でたずねた。「さいしょのデートはどんなふうだったんですか？」

「身内の紹介なんです」とジョアンナはいかにも実直そうに答えた。それ以上言うつもりはなかったのに、続けて口から出てしまった。「ウェスターン・フェアで。ロンドン（オンタリオ州南東部の市）の」

「ウェスターン・フェアですって」と店主。「ロンドンのねえ」と、「お城の舞踏会」というような口調で。

「彼の娘さんとその友だちも連れてね」ジョアンナはそう話しながら、彼とサビサとイーディスが、自分、ジョアンナを連れて、と言う方がある意味では、より正確かもしれないと思った。

「おかげさまでわたくしにとって、今日のこの一日が無駄にならずにすみました。幸せな花嫁になられる方のドレスをご用意できたんですもの。これでわたくしのような人間がいる意味もあるというものですわ」店主はドレスの箱に細いピンクのリボンをかけて必要もないのに大きな蝶結びをつくり、ハサミですぱっと断ち切った。

「わたくし、ここに一日いるんです」と店主。「ときどき、自分は何をやっているんだろう、なんて思うことがあるんですよ。自分に問いかけるんです。あなたはここでいったい何をやってるつもりなの？　ウィンドウに新しい飾りつけをして、お客様を引き込むようなことをあれこれして、それでも何日も――何日も――あのドアから誰も入ってこないことがあるんです。そりゃあわかってますよ――ここの服が高すぎると思われているのは――でも、物がいいんです。いい品物なんです。質のいいものが欲しかったら、それだけのお金を払わなくちゃ」

「ああいったのが欲しいときは、きっと入ってきますよ」ジョアンナはイヴニングドレスの方を見ながら言った。「ほかに行くところはないでしょ？」

「そこなんですのよ。ここへは来ないんです。大きな町へ行くんですよ――あっちへ行くんです。五十マイル、百マイル車を走らせて、ガソリン代のことなんか気にもしないで。そうすればこの店にあるよりいいものが手に入るって、自分にそう言い聞かすんでしょうね。でも、そんなことないんです。もっと質のいいもの、もっといい品揃えなんかないんです。なんにも。ただ、婚礼衣装をこの町で買ったっていうのが恥ずかしいだけなんです。でなければね、入ってきて何か試着してみて、ちょっと考えてみなくちゃって言うんです。また来ますってね。はいはい、それがどういう意味だかわかってますよ、ってわたくしは内心思うんです。それはね、ロンドンかキッチナーで同じものをもっと安い値段で見つけるつもりだっていう意味なんです。そしてね、もし安くなくったってそこで買ってしまうんですよ、わざわざ車で出かけていって、見て回るのにうんざりしたあげくに」

「どうなんですかねえ」と女店主は言った。「もしわたくしが土地の人間なら、また違ってくるのかもしれませんけれど。ここって、とっても排他的でしょう。お客様は土地の方じゃございませんよね？」

ジョアンナは答えた。「違います」

「ここは排他的だとお思いになりません？」

ハイタテキ。

「よそ者を受け入れたがらない、という意味ですわ」

「あたしはひとりでいるのに慣れてますから」とジョアンナは言った。

「でも、どなたかと出会われたんじゃないですか。これからはもうおひとりじゃないなんて、素晴らしいですわね？　わたくしも、結婚して家庭に落ち着くのはどんなにいいだろうって思うこともありますのよ。もちろん、結婚していたことはあるんですけれどね、それにともかく仕事がありましたし。そうですわね。ひょっとしたら月にいる男がここへ入ってきて、わたくしと恋に落ちるかも。そうすればわたくしだって！」

ジョアンナは急いでいた――女がおしゃべりしたがったために、遅れてしまったのだ。急いで家に戻り、サビサが学校から帰ってくるまえに買ってきたものをしまいこまなくては。

それからサビサが家にいないことを思い出した。この週末、母親のいとこにあたるロクサンおばさんに連れていかれたのだ。トロントでちゃんとした金持ちの娘のような暮らしをし、金持ちの娘の学校に通うために。それでもジョアンナは早足で歩き続けた――あんまり急いでいたので、ドラッグストアの壁のところにたむろしていた小生意気な子供たちに「そんなに急いで、どっか火事なの？」とからかわれたほどだった。ジョアンナは人目を引かないよう、ちょっとスピードを落とした。

ドレスの箱はまずかった――まさか、ピンクの厚紙に紫の手書き風の文字で「ミレディーの店」と斜めに記された箱に入れてくれようとは。まるわかりじゃないか。

結婚のことなんか口にして馬鹿だったとジョアンナは思った。彼はまだ言い出していないのだし、それは肝に銘じておかねばならないのに。ほかのことはいろいろ語られていた――というか書かれていた――この上ない愛情が、思慕の情が記されていたので、実際の結婚のことは見過ごされてしまったという感じだった。朝起きることについて話して朝食のことは抜かしてしまう、みたいに。もちろん朝食はとるつもりなのに。

それにしても、あんなことは言うべきではなかった。

通りのむかい側をマコーリー氏が反対方向へ歩いていくのが目に入った。だいじょうぶ――真正面から行き会ったとしても、ジョアンナの持っている箱には気がつかなかっただろう。指先でちょっと帽子に触れて、横を通り過ぎていったことだろう。たぶんジョアンナが自分の家の家政婦であることには気がついただろうが、ひょっとしたら気がつかなかったかもしれない。ほかに気にかかることがあったのだ。おそらくは、目の前のこの町ではなく他の町を見ていたのかもしれない。平日は毎日――そしてときにはうっかりして祝日や日曜にも――三つ揃えのスーツに軽いオーヴァーか重いオーヴァーを羽織り、グレイのフェルトの中折れ帽をかぶり、きちんと磨かれた靴を履いて、エクシビション通りから山の手にある馬具及び旅行かばんの店の真上の、まだ相変わらず続けているオフィスへと歩いていくのだ。保険代理店ということになっていたが、氏がさかんに保険を売っていたのはもうずいぶんまえのことだった。ときどき誰かが階段をのぼって会いに来る。おそらく保険証券のことで何か訊きたかったり、あるいはこちらのほうが可能性が高いが、土地の境界のことや、街中の不動産物件や郊外の農場の歴史についてたずねたりするために。氏のオフィスには新しい地図や古い地図がたくさんあり、それを広げては訊かれた問いの範囲をはるかに逸脱した議論にふけるのを何よりも好んでいたのである。一日に三回か四回、氏は外に出て通りを歩いた。いまやっているように。戦争中、氏はマクラフリン・ビュイックを納屋のなかのブロックの上に乗っけてしまいこみ、模範となるべくどこへ行くにも歩いた。十五年後のいまもまだ、模範となり続けているようだった。両手を背中で組んだその姿は、自分の地所を見てまわる優しい地主か、楽しげに信徒を見守る牧師のようだった。もちろん、氏と出くわす半数の人々は、氏が誰だかぜんぜん知らなかった。

　町は変わった。ジョアンナがいるあいだでさえも。顧客はハイウェイへと移動しつつあり、そのあたりには新しいディスカウントストアやカナディアン・タイヤ（ホームセンター兼カー用品販売のチェーン店）、ラウンジがあってトップレスのダンサーがいるモーテルが建っていた。町の中心部の商店のなかにはピンクや藤色やオリーヴ色に塗り替えて小奇麗に見せようとする店もあったが、古いレンガに塗られたペンキはもうすでにはがれかけ、内部ががらんどうになっているところもあった。〈ミレディーの店〉も、十中八九先例に倣うことになるだろう。

　もしジョアンナがあの女店主だったら、どうしただろう？　そもそも、手の込んだイヴニングドレスをあんなにたくさん仕入れたりしなかっただろう。代わりにどんなものを？　安い服に切り替えても、キャラハンやディスカウント店との競争にさらされるだけのことだ。ぜんぶに行きわたるほど顧客の数は多くないだろうし。ならば、しゃれたベビー服や子供服にして、金を持っていてそんな物に使いたがる祖母だのおばだのを呼び込んだらどうだろう？　母親はだめだ、キャラハンへ行くだろうから。金はそれほど持っていないが、もっと分別がある。

だが、店にいるのが自分——ジョアンナ——ならば、誰も呼び込めやしないだろう。何をしなければならないかはわかる、どうやってやるのかも。人を雇って監督してそれをやらせることもできる。だが、うっとりさせたり惹きつけたりすることはぜったいできない。買うか買わないかどっちかにしてよ、それがジョアンナの態度だ。もちろん、みんな買わないだろう。

ジョアンナを好きになる人間は珍しい。ずっと以前からそれは自覚していた。別れを告げたとき、サビサはもちろん涙などぜんぜん流さなかった——ジョアンナはサビサにとってもっとも母親に近い存在と言えたのだが。サビサ自身の母親は死去していた。ジョアンナがいなくなったら、マコーリー氏はあわてることだろう。よく尽くしてきたし、代わりを見つけるのは大変だろうから。だが、氏が考えるのはそれだけだ。氏も孫娘も甘やかされて自己中心的だった。隣人たちはといえば、きっと喜ぶだろう。ジョアンナは屋敷の両隣と揉めごとを起こしていた。一方とは、そこの飼い犬がジョアンナの庭を掘っては骨を埋めたり取り出したりするからであった。自分の家でやればいいのに。もう一方とは、ブラックチェリーの木のことで。マコーリー家の敷地に生えているのだが、実のほとんどは隣の庭に張り出した枝につくのだ。どちらのケースも、ジョアンナは一騒ぎして勝ちを収めた。犬はつながれ、もう一方の隣人はチェリーに手をつけなくなった。脚立にのぼれば、ジョアンナはじゅうぶん隣の庭まで手が届く。だが、隣家が枝から鳥を追い払わなくなったので、収穫高は違ってきた。

マコーリー氏ならチェリーを摘ませておいただろう。犬にも掘らせておいただろう。むしられるがままになっていただろう。それはひとつには、相手が新しい家に住む新参者なので、氏としては無関心でいたいのだ。かつてエクシビション通りには、大きな家が三軒か四軒建っているだけだった。むかい側には催事会場があり、秋のフェアが開かれた（正式には「農業見本市《アグリカルチュラル・エクシビション》」と呼ばれたが、それが通りの名前となった）。あいだには果樹が伸び、小さな草地があった。十年ばかりまえ、そこがふつうの宅地サイズに分割されて売りに出され、家が建ち並んだ——交互にスタイルを変えた小さな家々、ひとつは二階建て、もうひとつは平屋。すでにひどくみすぼらしくなりかけている家もある。

　マコーリー氏が住人と面識があって親しくしている家は二、三軒しかなかった——未婚の女教師フード先生とその母親、そして靴の修理屋を営むシュルツ一家。このシュルツ家の娘イーディスはサビサの親友である、いや、であった。親しくなるのも当然、学校では同じ学年だし——少なくとも昨年、サビサが落第してからは——それに家もお互いに近いし。マコーリー氏は気にしなかった——サビサはすぐにトロントへ連れて行かれて違う暮らしをするようになるんだから、くらいに思っていたのかもしれない。ジョアンナならばイーディスを選びはしなかっただろう。遊びに来ても態度が悪かったり迷惑をかけたりといったことは決してなかったが。それに頭も悪くはなかった。しかし、それが問題だったのかもしれない——イーディスは頭の回転が早いが、サビサはそれほどでもない。イーディスのせいで、サビサはずる賢くなったのだ。

　それもうすっかり終わった。あのいとこのロクサン——ヒューバー夫人——が現れたので、シュルツ家の娘はサビサの過去の子供時代の一部になってしまった。

あなたの家具はすべて受け付けがすみ次第すぐに列車でそちらへ送るよう手配して、料金がわかり次第すぐに前払いします。今度は家具が必要になるだろうと思っていました。べつにそれほど驚かれないことと思いますが、なにかお手伝いしたいので、かまわなければわたしもいっしょに行こうと思っています。

これが、ジョアンナが郵便局で出してきた手紙だった。駅へ手配しに行くまえのことである。彼に直接手紙を出すのはこれが初めてだった。ほかの手紙はサビサに書かせた手紙のなかに滑り込ませたのだ。彼からジョアンナへの手紙も同じやり方で届いた。きちんと折りたたんで、まちがいのないよう、ジョアンナという名前を裏側にタイプしてあった。だから郵便局の連中に悟られることもなかった、それに切手の節約は悪いことじゃない。もちろん、サビサが祖父に言いつけるかもしれないし、ジョアンナに何を書いてよこしたのか読むことだってあり得た。だがサビサには祖父と話をする気はあまりなかったし、手紙にも関心なかった——書くのももらうのも。

家具は納屋にしまわれていた。町家の納屋だ、動物がいて穀物倉のある本物の納屋ではない。一年かそこらまえにジョアンナが初めて見たときは、埃まみれで鳩の糞が散らばっていた。覆いもかけずに無造作に積み重ねてあった。ジョアンナは自分で運べるものを庭に引きずり出して納屋に空間を作り、運ぶことのできない大物に近づけるようにした——ソファやサイドボードや食器棚やダイニングテーブルに。ベッドの枠組みは分解できた。やわらかい雑巾で木肌を拭き、それからレモンオイル。作業が終わるとキャンディーのように輝いていた。メープル・キャンディーのように

――サトウカエデ材だった。ジョアンナには魅惑的に見えた、サテンのベッドカヴァーとかブロンドの髪とかいったもののように。魅惑的でモダンだ、屋敷でジョアンナが手入れしている厄介な彫刻のある黒っぽい一式とは正反対で。そのときジョアンナはそれを彼の家具だと考え、この水曜に運び出したときもやはりそう考えていた。ジョアンナは下になる層に古いキルトをかけてその上に積み上げるもので傷がつかないようにし、いちばん上からはシーツをかけて鳥に汚されないようにしておいたので、軽く埃がついているだけだった。でも、またぜんぶ拭いてレモンオイルを塗ってから元に戻し、同じように覆って、金曜にトラックが来るのを待ったのだった。

マコーリー様

わたしは今日の午後（金曜日）列車で発ちます。なんのお断りもしないままなのはわかっていますが、最後の給料はいただかないことにします、この月曜で三週間分になるはずですが。コンロの上の二重鍋にビーフシチューが温めればいいようになっています。三食分にはじゅうぶんで、四食分くらいいけるかもしれません。温めて、食べるだけよそったら、フタをして冷蔵庫へ入れてください。台無しにならないよう、忘れずすぐフタをしてください。それでは、サビサにもよろしく。落ち着いたらたぶん連絡します。ジョアンナ・パリー。

追伸。ブードローさんがお入用かもしれないので、家具をお送りしておきました。温めなおすときは、必ず二重鍋の底に水をじゅうぶん入れておくようにしてください。

マコーリー氏はたちまちのうちにジョアンナの買った切符がサスカチェワン州のグディニア行き

だったことを突き止めた。駅員に電話してたずねたのだ。氏はジョアンナの風貌をどう説明したらいいものやらわからなかった――老けて見えるのか若く見えるのか、痩せ型なのかややどっしりしているのか、コートの色は？――だが、家具のことを口にしたらあとは必要なかった。

この電話がかかってきたとき、駅には夜の列車を待っている二、三人の乗客がいた。駅員はさいしょ、声を低めていたのだが、盗まれた家具（マコーリー氏が実際に言ったのは、「それに、その女は家具をいくつかいっしょに持っていったはずなのだが」だったが）のことを聞いたとたん興奮してしまった。ジョアンナが誰で何をしようとしているのか知っていたならばぜったいに列車には乗せなかったものを、と駅員は断言した。この言葉は人々の耳に入り、繰り返され、本当だと受け取られ、泥棒だという証拠をすぐさま摑みでもしない限り、ちゃんと金を払って切符を買った大人の女をどうやって止められたと言うんだ、などと駅員にたずねる者はいなかった。駅員の言葉を繰り返した人々の大半は、駅員は女を止めることができ、そうしていたはずだと信じた――人々は駅員の権威を、マコーリー氏のような三つ揃いのスーツを着て背筋を伸ばして歩く立派な老人の権威を、信じたのである。

ビーフシチューはジョアンナの料理の例に漏れず素晴らしかったが、マコーリー氏はそれがのどを通らないものになっているのを発見した。フタについての指示を無視して鍋を開けたままコンロの上に置きっぱなしにし、ガスを止めもしなかったので、下の鍋の水が蒸発してしまい、鍋が焦げるにおいでやっと気づいたのだった。

それは、裏切りのにおいだった。

少なくともサビサがちゃんと面倒を見てもらっていて、心配しなくてもいいということには、感謝しないとな、と氏は自分に言い聞かせた。氏の姪——実際は氏の妻のいとこにあたるロクサン——が書いてよこしたのだ、夏にシムコー湖へ行ったときに見たところでは、サビサにはちゃんとした監督が必要だと。

「率直に言って、男の子たちが群がってくるようになったときに、あなたやあの雇い人の女性に対処できるとは思えません」

新たなマーセルを背負い込みたいのかとまでは言わなかったが、真意はそれだった。少なくともちゃんと行儀作法を教えてもらえるよい学校へサビサを入れてやると、ロクサンは書いていた。氏は気分を変えようとテレビをつけたが、役にはたたなかった。

氏を苛立たせていたのは家具だった。ケン・ブードローだった。

じつは三日まえ——ジョアンナが切符を買ったまさにその日のことだと、いまになって駅員から教えられたのだが——マコーリー氏はケン・ブードローから次のような依頼の手紙を受け取ったのだった。（a）自分（ケン・ブードロー）並びに亡き妻マーセルの所有になるマコーリー氏の納屋に収蔵されている家具を担保として、金をいくらか融通してもらいたい、あるいは（b）氏がそうできないなら、家具をなるべく高く売って、極力速やかにその金をサスカチェワンに送ってほしい。これまでに義理の父である氏が義理の息子である彼に貸している金については、なにも触れられていなかった。その金はすべて例の家具を担保としており、予想される売却額以上になっていた。ケン・ブードローはこのことをすっかり忘れてしまったのだろうか？　あるいは、ただ期待しているだけなんだろうか——こちらのほうが可能性がありそうだが——義理の父が忘れてしまっているのではなかろうかと？

婿は、いまではどうやらホテルのオーナーになっているらしかった。だが手紙は、ホテルの元のオーナーで、さまざまな事柄に関して彼を欺いた男に対する痛烈な非難であふれていた。「このハードルを越えられさえしたら」とブードローは書いていた。「それでも事業は成功すると確信しております」だけど、ハードルってなんだ? すぐに金が要ると言う、だがその金は元のオーナーに借りているのか、それとも銀行か、はたまた個人の抵当権所有者か何かなのか、ブードローは何も書いてはいなかった。いつものことだった——いくらか尊大さが入り混じった必死の猫なで声でねだる。こっちには貸しがあるんだぞという感覚だ。自分の被った傷、負わされた不名誉、マーセルによって。

多くの疑念はあったものの、ケン・ブードローはなんといっても義理の息子だし、戦争で戦ってもいるし、結婚生活において何やらトラブルも経験したのだということを思い出したマコーリー氏は、腰をおろして手紙をしたためた。どうやったら家具を高値で売れるものやら皆目見当もつかないし、そんな手段を見つけるのは自分には至難の業であろう、小切手を同封するが、これはまったくの個人的な融資のつもりである。義理の息子にもそのように認識しておいてもらいたいし、また過去における数件の同様の融資のことも忘れないでもらいたい——家具の価値などとっくに上回っていることと思うが。日付と金額のリストを同封しておく。二年ばかりまえに払ってもらった五十ドル以外(その後も定期的に支払うとの約束だったが)、一銭も受け取ってはいない。義理の息子にはぜひともわかっておいてもらいたいが、これら返済のなされない無利子の融資のために、当方の収入は減少している。こんな融資をしていなければ、金を投資に回せていたであろうから。

氏はこう付け加えようかと思った、「私は君が思っているほど馬鹿ではない」と。だが、やめることにした。こちらの苛立ちと、そしてたぶん弱さも露呈してしまうことになりそうだったので。

それがどうだ。あの男はさっさとジョアンナを自分の計画に取り込んでしまった――あいつはいつだって女を丸め込むことができるんだ――そして家具も小切手も手に入れてしまった。あの女は送料を自分で払ったらしい――駅員がそう言っていた。けばけばしい現代風のカエデ材の家具は、今までの融資のときだって過大評価だったのだ、売ったってたいした金にはなるまい、ましてや鉄道の運送料を考えたら。あの連中がもっと賢かったら、屋敷にあるものを何か持ち出しただろうに。古い飾り戸棚とかひどく座り心地の悪い客間のソファとかいった、前世紀に作られて購入されたものを。それはもちろん、完全な盗みになる。だが、連中のやったことだってそれほど違いはないじゃないか。

訴えてやろうと心に決めて、氏はベッドに入った。

氏は屋敷でひとり、目を覚ました。台所からはコーヒーの香りも朝食のにおいもしない――代わりに、鍋の焦げたにおいがまだ空中に漂っていた。天井の高い人気のない部屋べやには秋の冷気が満ちていた。昨晩もそのまえも暖かったのに――暖房はまだ入っておらず、マコーリー氏がスイッチを入れると、暖かい空気といっしょに地下室の湿気が、カビや土や腐蝕のにおいが吹き出した。氏は時折ぼうっと手を止めながらのろのろと顔を洗って服を着、パンにピーナツバターを塗って朝食にした。氏は、湯を沸かすこともできないと言われるような男のいる世代に属しており、自身もまたそういうひとりであった。正面の窓から外を見ると、競馬場のむこう側の木々が朝霧に呑みこまれている。霧は前進しているようであった。この時間なら後退しているはずなのに、コースを横切って。霧のなかにかつてのエクシビション・グラウンズの建物がぼうっと浮かんでいるような気がした――ありふれただだっ広い建物である、巨大な納屋のような。何年も何年も使われないまま建っていた――戦争のあいだずっと――最後にはどうなったのか、記憶になかった。取り壊されたのだろうか、それとも倒れたのだろうか？　氏は現在行なわれているレースがぞっとするほど嫌だった。夏の毎日曜日の群衆や拡声器や違法の酒や破壊的などよめき。ああいうもののことを考えると、可哀想な娘のマーセルを思い出してしまう。ベランダの階段に腰掛けて、停めた車から降りてレースを見ようと急いでいる、もう大人になった学校仲間たちに声を掛けていた。あの子の騒ぎよう。町へ戻って来られたと言って、どれほど喜んでいたか。みんなに抱きつき、のべつ幕なしにしゃべっていた。子供時代のことだの、どれほどみんなに会いたかったかだのと。この生活でただひとつ残念なのは、夫のケンが仕事で西部に残り、ここにいないことだと言っていたっけ。

　あの子はシルクのパジャマに、金髪に染めた髪を梳《と》かしもしないでぼさぼさのまま、という姿だった。腕も脚も細かったが、顔はちょっとむくんでいた。そして、自分の肌の色が日焼けじゃなくて病気のせいで茶色いみたいだと言っていた。黄疸だったのかもしれない。

　あの子は外に出ずに、家でテレビを見ていた――どう見たって幼稚すぎる日曜のアニメを。どこが悪いのか氏にはわからなかった。どこか悪いのかどうかも。マーセルは何か女の体に関する処置をしてもらうためにロンドンへ行き、病院で死んだ。娘の夫に電話で知らせると、ケン・ブードローは言った。「あいつ、何を飲んだんですか？」

　マーセルの母親がまだ生きていたら、事態は違っていただろうか？　だがじつのところ、母親も生きていたときには父親同様うろたえていたのだった。部屋に閉じ込めておいた十代の娘が窓から外へ出て、ベランダの屋根を滑り降り、車に乗り込んだ男の子たちの熱烈な歓迎を受けるという事態に、母親は台所に座り込んで泣いていたのだった。

無情にも見捨てられた、だまされたという思いが家庭内にあふれた。氏も妻もまちがいなく優しい親だったのに、マーセルによって窮地に立たされたのだ。娘が飛行士と駆け落ちしたとき、これでやっと娘もまともになるんじゃないかと夫妻は期待したのだが。夫妻は二人を、しごくまっとうな若夫婦として厚遇したのだった。ところがすべて破綻してしまった。ジョアンナ・パリーに対しても氏は同様に厚遇してきた。それがどうだ、あの女も敵になったじゃないか。

氏は町を歩いて、朝食を取ろうとホテルに入った。ウェイトレスが言った。「今朝はお早いんですね」

そして、まだコーヒーを注いでもらっているあいだにもう、氏はウェイトレスに、なんの予告も衝突もなしに家政婦が出て行ってしまったと話しはじめたのだった。断りもなく仕事を放り出したばかりでなく、氏の娘のものだった家具まで持ち出したのだと。家具は今では義理の息子のものということになっているが、実際は違う、娘の婚礼用の金で買ったのだから。氏は娘の結婚の経緯を話した。ハンサムで口はうまいけれど、見える部分しか信用できない飛行士との。

「すみません」とウェイトレスは言った。「お話したいのはやまやまなんですけど、お客さまが朝食を待っていらっしゃいますから。すみません――」

氏は階段をのぼって自分の事務所へ入った。机の上には昨日調べていた古い地図が広がっている。この地方でいちばんさいしょの埋葬場所（一八三九年までは使われていたと氏は思っているのだが）の正確な場所を突き止めようとしていたのだ。明かりをつけて腰をおろしたものの、集中できない。ウェイトレスに叱られた――氏は叱られたととった――あとは、朝食を食べることもコーヒーを味わうこともできなかったのだ。外へ散歩に出て気持ちを落ち着けようと、氏は思った。

だが、いつものように歩きまわっては出会った人に挨拶して一言二言交わす代わりに、氏はなぜかとうとう長話を始めてしまうのだった。おはようございます、お元気ですか、と誰かに声をかけられたとたん、人柄にそぐわない下品とさえ言えるような様子で我が身の苦境をまくしたててしまう。すると、みんなあのウェイトレスのように何か用事があって、うなずいてもじもじしては、言い訳をして立ち去るのだった。霧深い秋の朝はいつもなら暖かくなるのに、その朝はそんな気配は見えず、着ていたジャケットがあまり暖かくなかったので、氏は暖を商店に求めた。

氏とつきあいの長い人々ほど愕然とした。氏はいつも無口で——礼儀正しい紳士で、この時代のものではない精神を持ち、その慇懃な振る舞いは、自らが特権を享受していることに対する巧妙な謝罪だった（これは些《いささ》かお笑いであった、その特権なるものはおもに氏の追憶のなかに存在し、他人にはわからないものだったから）。氏はおよそ不正を訴えたり同情を求めたりする人間ではないはずだった——妻が死んだときも、娘が死んだときでさえ、そんなことはしなかった——それがこへきて、何かの手紙を引っ張り出しては訴えるのだ、まったくひどい話じゃないですか、あの男、何度も何度も金を巻き上げたあげく、もう一度情けをかけてやったというのに、今度は家政婦と共謀して家具を盗んだんだ、と。氏が話しているのは氏自身の家具のことだととった者もいた——老人が、家のなかにベッドや椅子のひとつもない状態に置かれてしまったものと思った。そして、警察へ行ったほうがいいと忠告した。

「無駄です、無駄ですよ」と氏は答えた。「石から血を絞り出せるものですか」

氏は靴修理の店に入り、ハーマン・シュルツに挨拶した。

「底革を張り替えてもらったあのブーツを覚えているかね、私がイギリスで買ったやつだよ。四、五年まえに底革を張り替えてもらっただろう」

店は洞窟のようで、笠つきの電球がさまざまな作業場の上にぶらさがっていた。換気が悪かったが、その男くさいにおい——膠《にかわ》や革や靴墨や切ったばかりのフェルトの靴底やボロボロになった古いものの——は、マコーリー氏には心地よかった。ここに隣人のハーマン・シュルツがいる。血色の悪い達人、眼鏡をかけた名職人、肩を丸めて年中仕事している——鉄釘を打ちこみ、先を曲げて止め、カギ形の恐ろしげなナイフで革を望みの形に切り抜く。フェルトを切るのはミニチュアの丸鋸みたいな道具だ。磨き布でこする音、輪になったサンドペーパーのガリガリいう音、そして道具の刃先で金剛砂が機械仕掛けの昆虫のような甲高い鳴き声をあげ、ミシンがひたむきに工業的リズムで革に穴をうがつ。この店の音もにおいも個々の作業もすべてマコーリー氏にとっては何年もお馴染みのものだったが、これまでいちいち識別したり気にとめたりしたことはなかった。すると、黒ずんだ革の前掛けをして片手にブーツを持ったハーマンが背筋を伸ばし、笑顔を浮かべてうなずき、マコーリー氏の目には、この洞窟のなかに男の全人生が見えた。氏は共感を、賞賛を、自分では理解のできない何かを伝えたい気持ちになった。

「はい、覚えてますとも」とハーマンは言った。「あれはいいブーツでした」

「いいブーツだ。ほら、あれは新婚旅行で買ったんだよ。イギリスでね。どこで買ったかはちょっと思い出せないが、ロンドンではなかったな」

「そうお聞きしたのを覚えてますよ」

「きみの仕事はすばらしかった。あれはまだまだなんともないよ。いい腕だ、ハーマン。きみはこの店でいい仕事をしている。正直な仕事を」

「それはどうも」ハーマンは手に持ったブーツにちらっと目をやった。マコーリー氏には相手が仕事に戻りたがっているのがわかったが、そうさせるわけにはいかなかった。

「じつはとんでもないことがあってね。ショックなことが」

「へえ？」

老人は手紙を引っ張り出し、大きな声で一部を読み上げ始めた。苦い笑いをさしはさみながら。

「気管支炎だ。気管支炎にかかったと書いてある。誰を頼ったらいいかわからないんだとさ。誰を頼ったらいいのかわかりません。あいつはいつだって、誰を頼ったらいいかわかってるんだ。ほかをぜんぶあたっても駄目だと、私に頼るんだ。回復するまででいいのですが、二、三百ドル。頼み込んでおきながら、そのあいだずっと、うちの家政婦とぐるだったんだ。知ってたか？　あの女は家具をごっそり盗んで、それを持って西部へ行ってしまった。二人はぐるだったんだ。私がなんどもなんども難を逃れさせてやった男なんだぞ。しかも一ペニーも返さない。いやいや、本当のところを言っておかなくちゃな。五十ドルは返してよこした。何百ドル、何千ドルものうちで五十ドル。あいつは戦争中空軍にいたんだ。ああいうちょっと背の低いやつは、よく空軍に入るんだ。戦争の英雄みたいな顔で気取って歩きまわって。こんなことを言うのはどうかと思うがね、ああいう連中のなかには戦争で駄目になってしまった者もいるんじゃないかな。そのあと、生活に適応できなくなって。だからといって、弁解にはならん。そうじゃないか？　戦争を口実にずっとあの男を大目に見てやることなんかできるものか」

「そりゃそうでしょうとも」

「さいしょに会ったときから、信用できないと思った。妙なことだけどな。わかっていながら、それでもだまされるままになっていたんだ。そういう人間がいるんだよ。ペテン師だと思いながらも憐れみをかけてしまうんだな。むこうで保険の仕事を世話してやった。コネがあったんでね。案の定、あの男はそれをふいにしてしまった。人間のクズだ。どうしようもない人間もいるんだよ」

「たしかにそのとおりで」

その日、シュルツ夫人は店にはいなかった。いつもなら夫人がカウンターにいて、靴を受け取って夫に見せ、戻ってきて夫の言ったことを伝え、伝票を書き、修理された靴を返すときに料金を受け取るのだ。マコーリー氏は、夫人が夏に何かの手術を受けたことを思い出した。

「奥さんは今日はいないのか？　お元気なのかね？」

「今日はちょっと休んだほうがいいと思ったようで。娘が手伝ってくれますんでね」

ハーマン・シュルツはカウンターの右側の棚のほうへあごをしゃくってみせた。そこには仕上がった靴が並べられていた。マコーリー氏がそちらを見ると、娘のイーディスがいた。入ってくるときには気がつかなかったのだ。子供っぽい細い体にまっすぐな黒い髪の娘は、氏に背中を向けて靴を並べ替えていた。サビサの友だちとして氏の屋敷を訪れるときも、そんなふうにすっと現れたり消えたりしていた。しげしげ顔を見る機会がないのだ。

「これからはお父さんの手伝いをするのかね？」とマコーリー氏はたずねた。「学校はもう終えたのかな？」

「今日は土曜日です」イーディスはかすかな笑みを浮かべながら、半分向き直って答えた。

「ああそうだった。いやそれにしても、お父さんの仕事を手伝うというのはいいことだ。ご両親は大切にしなくちゃね。よく働く、いい方たちなんだから」説教がましい言い方をしているのを自覚しているかのようにちょっと申し訳なさそうな口調をにじませながら、マコーリー氏は言った。

「あなたの父母を敬え。そうすればあなたは、長く生きることができよう、あなたの神、主が与えられる――」

イーディスが氏に聞かせるでもなく何か言った。こう言ったのだ。「靴修理店に（十戒より、本来は「土地に」）」

「どうやらおじゃましてしまったようですな、ついついいい気になって」マコーリー氏は悲しげに言った。「あなた方には仕事があるんだから」

「嫌味を言うことはないだろうに」老人が出て行くと、イーディスの父親は言った。


夕食のとき、ハーマン・シュルツは妻にマコーリー氏のことをすっかり話して聞かせた。

「いつものあの人らしくないんだ。なにかで参ってるみたいで」

「ことによると軽い卒中かも」と妻は言った。自分が手術してからというもの――胆石の――他人の健康問題について、自己満足にひたりながら訳知り顔で話すようになったのだ。

サビサがいなくなってしまったので、あらかじめサビサのために用意されていたかのようなべつの暮らしのほうへと姿を消してしまったので、イーディスはサビサが来るまえの自分に戻っていた。「歳のわりにませて」いて、勤勉で、批判的で。高校で三週間過ごしてみて、新しい学科のどれも非常にうまくこなせることにイーディスは気がついていた――ラテン語、代数、英文学。自分の賢さはきっと認められ、称賛され、価値ある未来が開けることだろう。サビサと過ごした馬鹿げた一年は消えてなくなるのだ。

それでも、ジョアンナが西部へ行ってしまったことを考えると、ひやっとする過去の気配を、忍び寄る不安を感じた。ぴしゃっと蓋をしてしまおうとしたが、蓋はそのまま乗っかっていてはくれなかった。

皿洗いを済ませるとすぐに、イーディスは文学の授業の宿題になっている本を持って自分の部屋へ引き上げた。『デイヴィッド・カパフィールド』

イーディスは両親からせいぜい気の抜けた小言くらいしかくらったことのない子供だった――こんな年齢の子供を持つにしては両親が歳をとっている、それでこういう娘になったのだと言われていた――だが、不幸な境遇のデイヴィッドにすっかり感情移入してしまった。自分もデイヴィッドと同じ境遇のような気がした、孤児も同然だと。なぜならたぶん逃げ出さなければならないからだ。身を隠さなくては、自分で食べていかなくては。真相が知れわたって、過去のせいで未来が断ち切られてしまったら。

すべては学校へ行く途中のサビサの言葉から始まった。「郵便局へ寄らなくちゃ。お父さんに手紙を出さなくちゃならないの」

二人は毎日行きも帰りもいっしょに歩いて通学していた。目をつむったまま歩いたり、後ろむきに歩いたりすることもあった。誰かと出会うと落ち着いた様子でぺちゃくちゃでたらめな言葉をしゃべって相手を煙にまくこともあった。いい考えのほとんどはイーディスの思いつきだった。たったひとつサビサの提案になるアイディアは、男の子の名前と自分の名前を書いて、重なっている文字をぜんぶ消して、残ったのを数えるというものだった。そしてその数だけ指を折っていく、こう唱えながら。「嫌い、友だち、求愛、恋人、結婚」そして、自分とその男の子とがどうなるか評決が下るというわけだ。

「分厚い手紙ね」とイーディスは言った。イーディスはなんでもすぐに気がつき、何もかも覚えていた。教科書を丸々、ほかの子供たちが気味悪がるほどけろっと暗記してしまった。「お父さんに書きたいことがいっぱいあったの?」イーディスは驚きながらたずねた。そんなこと信じられなかったのだ――というか少なくとも、サビサがそれを紙に記せるとは信じられなかったのだ。

「わたしは一枚書いただけ」手紙を触りながらサビサは答えた。

「わかったっと」とイーディス。「わーかった」

「何がわかったのよ?」

「きっと、あの人が何かほかのもの入れたんだ。ジョアンナだよ」

結論を言うと、二人は手紙をまっすぐ郵便局へは持っていかなかった。そのまま持っていて、放課後、イーディスの家で湯気を当てて封を開けたのだった。イーディスの家でならこういうことができた。母親は靴修理の店で一日中働いていたからだ。

ケン・ブードローさま
お嬢さまへのお手紙で、わたしについてありがたいお言葉を書いてくださったことにお礼を言いたくて、お手紙を書くことにしました。わたしがここを出て行くんじゃないかという心配はいりません。わたしは信用できる人間だとあなたは書いてくださいました。わたしはそう受け取ったのですが、わたしの知る限りではそれは真実です。そんなふうに言ってくださってありがたいです。わたしのような生まれ育ちのたしかでない者は「同じ人間じゃない」と思うような人もいますから。そこでわたしについてちょっとお伝えしておこうと思います。わたしはグラスゴーで生まれましたが、母は結婚することになってわたしを手元に置けなくなりました。それで、五歳のときに施設に入れられました。母が迎えにきてくれるかと期待しましたが、そんなことはなく、そこの生活にも慣れてきて、みんな「悪い人」じゃありませんでした。十一歳のとき、ある「話」にのせられてカナダへ連れてこられ、ディクソン家に住みこんで、そこの「農園」で働きました。「話」には学校も入っていましたが、あんまり通いませんでした。冬場は家のなかで奥さんの手伝いをしましたが、状況を考えて出て行こうと思い、歳のわりに大柄で力も強かったので、老人ホームでお年寄りの世話をする仕事につきました。その仕事はいやじゃなかったのですが、給料がよかったので、ほうきの工場に勤めるようになりました。経営者のウィレッツさんにはお年寄りのお母さんがいて、様子を見に工場へ来られてましたが、わたしとはなんとなく気が合いました。空気のせいでわたしが呼吸障害を起こすと、ウィレッツさんのお母さんがうちに来て働きなさいと言ってくれたので、そうさせてもらいました。北部のほうにあるナゲキバト湖と呼ばれる湖のほとりのその家に、十二年間いました。住んでいるのはわたしたち二人だけでしたが、わたしは中のことも外のこともなんでもやりました。モーターボートや車の運転まで。字がきちんと読めるようにもなりました。お母さんの目が悪くなってきて、わたしに読んでもらいたがったからです。お母さんは九十六歳で亡くなりました。若いのになんて生活をしていたんだ、と言われるかもしれませんが、わたしは幸せでした。いつもいっしょに食事をし、最後の一年半はお母さんの部屋で寝ました。でもお母さんが亡くなると、家族の人たちから一週間のうちに荷物をまとめるように言われました。お母さんはわたしにお金を少し残してくれたのですが、たぶんあの人たちにはそれが気に入らなかったのでしょう。お母さんはそのお金でわたしが「教育」を受けることを望んでいたようですが、でもそれでは子供といっしょに学校へ行くことになります。そこで、マコーリーさんが『グローブ・アンド・メール』に出した広告を見たとき、考えてみることにしました。ウィレッツさんのお母さんを失った寂しさをのりこえるために仕事が必要だったのです。わたしのながながとした「身の上話」にきっともううんざり、やっと「現在」にたどりついて、ほっとなさっていることでしょう。わたしを認めてくださったこと、フェアへいっしょに連れて行ってくださったことにお礼申し上げます。わたしは乗り物に乗ったり何か食べたりするのが好きなほうじゃありませんが、それでもごいっしょさせていただくのはとても楽しかったです。

あなたの友、ジョアンナ・パリー

イーディスはジョアンナの文章を読み上げた。切々と訴えるような声音、悲しげな表情で。

「わたしはグラスゴーで生まれましたが、母はひと目わたしを見たとたん、手元に置けなくなりました――」

「やめてよ」とサビサが言った。「笑いすぎて吐きそう」

「だけど、あの人どうやってあんたに知られずに自分の手紙をいっしょに入れたんだろう?」

「あの人がわたしのを受け取って封筒に入れて宛名を書くんだもん。わたしの字じゃだめだと思ってるの」

イーディスはセロテープで封筒の封をしなければならなかった。糊がほとんどとれてしまっていたのだ。「あの人、あんたのお父さんに恋してるのよ」イーディスは言った。

「うわぁ、ゲゲェ」サビサは胃を押さえた。「ありえないよ。あのジョアンナが」

「だけど、あの人のこと、お父さんはなんて言ってたの?」

「たださ、あの人を大事にしなさいって。出て行かれたら困る、あの人がいてくれてありがたいんだから。お父さんには家庭がないからわたしを育てられないし、おじいちゃまひとりじゃ女の子の面倒は見られないし、とかなんとか。あの人のことレディーだって言ってたよ。お父さんにはわかるって」

「それであの人、恋に落ちちゃったー」

手紙はイーディスの手元に一晩置かれた。まだ出していないこと、セロテープで封をされていることが、ジョアンナにばれないように。二人は翌朝、それを郵便局へもって行った。

「さあ、今度はお父さんがどんな返事を書いてよこすかだ。気をつけててよね」とイーディスは言った。

長いあいだ、手紙はぜんぜん来なかった。やっと来たかと思ったら、内容はがっかりだった。二人はイーディスの家で、湯気で開封したが、ジョアンナ宛にはなにもなかった。

サビサへ
今年のクリスマスはちょっと金欠病で、二ドルしか送ってあげられなくて、すまないね。でも、きみが元気で、いいクリスマスを過ごして、勉強も頑張ってくれるよう祈ってます。お父さんはあんまり具合がよくありません。気管支炎にかかってね。冬は毎年かかっているような気がするけれど、クリスマスまえに寝こむのは初めてです。住所を見ればわかるように、お父さんは新しいところにいます。ここはひどく騒々しい場所にあって、パーティーをあてこんで来る人がやたらたくさんいます。ここは賄いつきの下宿屋です。買い物や料理が苦手なお父さんには便利です。

メリー・クリスマス、愛をこめて、父より

「かわいそうなジョアンナ」とイーディスは言った。「胸がやぶれちゃうわよ」

サビサは答えた。「どうだっていいでしょ」

「あたしたちがやらなきゃね」とイーディス。

「なにを?」

「あの人に返事を書くの」

手紙はタイプで打たなくてはならない、サビサの父親の筆跡ではないとジョアンナに気づかれてしまうだろうから。でも、タイプするのは難しくはなかった。イーディスの家にはタイプライターが一台あった。居間のカードテーブルの上に。イーディスの母親は結婚まえに会社勤めをしていて、今でも正式なものらしく見せたい手紙類をタイプしては小遣い稼ぎをしていた。母親はイーディスにタイプの基礎を教えていた。いずれイーディスも会社勤めの職を得られるかもしれないと期待してのことである。

「ジョアンナさま」とサビサ。「申しわけありませんが、あんなに顔じゅうみっともないブツブツだらけのあなたに恋をすることはできません」

「あたしは本気でやってるんだからね」とイーディス。「だから、黙っててよ」

そしてタイプした。「お手紙をいただいて、とても嬉しく思いました――」打っている文章を読み上げては続きを考えるあいだ言葉を止めながら、その声音はどんどんまじめくさった優しいものになっていった。サビサはソファで手足を伸ばしながら、くすくす笑った。一度テレビをつけたが、イーディスにこう言われた。「もーお。そんなクソみたいなもん聞かされたら、どうやってハートをこめられんのよ？」

イーディスとサビサは「クソ」とか「アバズレ」とか「チクショー」とかいった言葉を、二人だけのときには使っていた。

ジョアンナ様

サビサの手紙といっしょにあなたからもお手紙をいただいて、とても嬉しく思いました。あなたの身の上を聞かせていただいたことも。つらくさびしいことの多い生活だったことでしょう。ウィレッツ夫人のような人と出会えたのはあなたにとって幸運だったようですが。いつも不平を言わずによく働いてこられた、そんなあなたは本当に、じつに立派だと思います。私自身の人生は波乱万丈で、ちゃんとどこかに身を落ち着けたことは一度もありません。どうしてこんなに心が落ち着かず孤独なのかはわかりませんが、どうやらこれが私の宿命のようです。いつも人と会ったりしゃべったりしていますが、ときどき自分にこう問いかけることがあります。「私に友はいるのだろうか？」そこへやってきたあなたの手紙には、結びの部分に「あなたの友」と書いてありました。それで私は思ったのです。彼女は本気でそう書いたんだろうか？　ジョアンナが私に友だちだと言ってくれるとしたら、これはなんて素晴らしいクリスマスプレゼントなんだろう、と。あなたはただ単に手紙の結びにはいいだろうと思われただけなのかもしれませんが。私のことをそれほど知っておられるわけじゃないですしね。でもともかく、メリー・クリスマス。

あなたの友、ケン・ブードロー

手紙はジョアンナの元へ届けられた。サビサ宛のものも結局タイプされることになった。一方がタイプなんだから、もう一方だってそうすべきじゃないか？　今度は湯気をあまり当てないようにしてうんと気をつけて封を開け、不審を抱かれるセロテープを使わなくてもいいようにした。

「新しい封筒にタイプすればいいんじゃない？　お父さんは、手紙をタイプするんだったらそっちもそうするかもしれないでしょ？」賢いことを言っているつもりで、サビサがそうたずねた。

「だって、新しい封筒じゃ、スタンプがつかないでしょ。ばっかねえ」

「ジョアンナが返事を出したら？」

「それを読むのよ」

「だって、返事を書いて直接お父さんに送っちゃったら？」

イーディスは、自分がそのことを考えていなかったとは言いたくなかった。

「そんなことしないわよ。あの人、ずるいんだから。とにかく、お父さんにすぐ返事を書いて、また手紙をいっしょに入れたらいいんだってあの人に思わせちゃいなさい」

「手紙なんてくだらないもの、書きたくない」

「書きなさいって。いいじゃないの。あの人がなんて書くか、読みたくないの?」

友へ
お友だちになれるほどあなたのことをよく知っているのかということですが、わたしは知っていると思います。わたしには今まで一人しか「友だち」はいませんでした。わたしが大好きだった人、ウィレッツさんで、とてもよくしてもらいましたが、亡くなられてしまいました。あの方はわたしよりずっと年上でしたが、「年上の友だち」で困るのは、先に死んでしまうことです。あの方はとても歳とっていて、ときどきわたしを違う名前で呼ぶことがありました。わたしはべつに気にしませんでしたが。
不思議なことがありました。フェアで撮ってもらったあの写真、あなたとサビサと友だちのイーディスとわたしの写真を、引き伸ばして額に入れて居間に飾っています。それほどよく撮れていないのに、きっと高い金額を請求されたのでしょうが、何もないよりはましですから。さて、一昨日、わたしは額のほこりをはらいながら、あなたがわたしに声をかけてくれたのが聞こえたような気がしたんです。「やあ」ってあなたが言うので、写真のなかのぼやけたあなたの顔を見ながら思いました。きっと頭がどうかしてるんだって。でなければ、手紙が来るというしるしかも。ばかばかしい、そんなことあるわけないじゃないかって。ところが昨日、手紙が来たのです。これでわかったでしょう、あなたの友だちになるのはすこしもかまいません。

わたしはいつも時間を無駄にしないようにしていますが、真の友はまたまったく別です。

あなたの友、ジョアンナ・パリー

もちろん、封筒に戻すことはできなかった。サビサの父親は自分が書いた覚えのない手紙についてのあれこれに、何か変だと思うことだろう。ジョアンナの手紙は小さく引き裂かれてイーディスの家のトイレに流されることになった。

ホテルのことについて書いた手紙が来たのは、何ヶ月もたってからだった。夏になっていた。サビサがその手紙を受け取ったのは本当に幸運だった。三週間家を留守にして、ロクサンおばさんとクラークおじさんがシムコー湖に持っている別荘に滞在していたのだ。

イーディスの家にやってきたサビサがまずさいしょに言ったのは、「ウガウガ。この家くさい」だった。

「ウガウガ」というのはサビサがいとこたちから教わった言葉だった。

イーディスは空気をかいだ。「何もにおわないけど」

「あなたのお父さんのお店みたいなにおい、あれほどひどくはないけど。服とかなんかについて家まで持ち込んじゃうんじゃないの」

イーディスは湯気をたてて開封した。そして、ソファに横になって自分の分を食べていた。郵便局からの帰り道、サビサはパン屋でチョコレートエクレアを二つ買っていた。

「手紙はひとつだけ。あんたによ」とイーディス。「かわいそうなジョアンナ。もちろん、お父さんは本当はジョアンナの手紙を受け取っていないんだけどさ」

「それ、読んでよ」サビサは仕方なさそうに言った。「手がべとべとなの」

イーディスは事務的なスピードで読み上げた。句読点でもほとんど間を置かずに。

さて、サビサ、お父さんの運命は風向きが変ってきている。見てのとおり、今はブランドンではなくグディニアというところにいます。それにもうまえのところでは働いていません。胸をやられたせいで特につらい冬を過ごしたのですが、上司たちは、肺炎になる恐れがあるお父さんに地方回りをしろと言うのです。そこでさんざん言い争ったあげく、辞めることになりました。でも、運というのはわからないもので、ちょうどその頃、お父さんはホテルを手に入れたのです。いきさつはあまりにややこしくて説明できないのですが、おじいちゃまに事情を訊かれたら、お父さんがお金を貸していた男の人が返せなくて、代わりにホテルをくれたんだと言っておいてください。そういうわけで、お父さんは下宿屋の一部屋から十二部屋ある建物に移ってきました。自分が寝ているベッドさえ自分のものではなかったのに、いくつものベッドを所有するようになったのです。朝目が覚めて、自分のボスは自分なんだと思うのは、とても気分がいいです。いくつか修理が必要なところがあります。たくさんと言ったほうがいいかな。暖かくなったらすぐに始めるつもりです。誰か手伝いを雇わなければならないし、そのうちいい料理人を雇ってレストランとバーをやろうと思っています。この町にはひとつもないから、きっと流行ると思います。どうか元気で、しっかり勉強して、いい子でいてください。

愛をこめて、父より

サビサが口を開いた。「コーヒーある？」

「インスタントならね」とイーディス。「なんで？」

別荘ではみんながアイスコーヒーを飲んでいて、みんなこれが大好きだったんだとサビサは言った。自分も大好きなんだと。サビサは立ち上がると台所でがたがた湯を沸かして、コーヒーとミルクを混ぜ、氷を入れた。「ほんとはヴァニラ・アイスクリームがいるんだけど」とサビサは言った。

「ああ、なんてこと、もうおいしいったら。あなたエクレア食べないの？」

ああ、なんてこと。

「いや、ぜんぶ食べるわよ」イーディスは意地悪い口調で言った。

たった三週間でサビサのこの変わりよう——イーディスが店で働き、母親が家で術後の回復期を過ごしていたあいだのことだ。サビサの肌は魅力的なキツネ色になり、短くなった髪が顔の周りでふわふわしている。いとこたちがカットしてパーマをかけてくれたのだ。サビサはスカートのような形のショーツに、まえ開きで肩にフリルのある顔映りのいい青色の遊び着のようなものを着ていた。肉付きがよくなって、床にあったアイスコーヒーのグラスを取ろうとかがむと、なめらかに輝く谷間が見えた。

胸。きっとむこうへ行くまえにふくらみ始めていたのに、イーディスは気がつかなかったのだ。一夜明けてみるとふくらんでいるものなのかもしれない。あるいはふくらんでいなかったり。

どうやってなったにしろ、まったくのタナボタの不当利得のように思えた。

サビサはいとこたちのことや別荘での生活のことをしゃべりまくった。こんなふうに。「ねえ聞いてよ、これは話しておかなくちゃ、すごく面白いの——」そしてぺちゃくちゃ、夫婦喧嘩のときにロクサンおばさんがクラークおじさんになんと言ったか、メアリー・ジョーが免許もなしにスタン（スタンって誰？）の車をオープントップでどんなふうに走らせてみんなをドライヴインへ連れて行ってくれたかを話すのだ——そして、なにがすごく面白いのか、話のポイントなのかということは、なぜかいっこうに明らかにならないのだった。

だがしばらくすると、ほかのことが明らかになった。その夏の本当の冒険が。年かさの女の子たちは——サビサも含まれていたが——ボートハウスの二階で寝ていた。ときどきくすぐりっこをやった——みんなでよってたかってひとりをくすぐるのだ。その子がやめてちょうだいときゃあきゃあわめいて、パジャマのズボンを引き下ろして毛が生えているかどうか見せるまで。寄宿学校でヘアブラシの柄とか歯ブラシの柄とかを使ってアレをする女の子たちの話を聞かされた。ウ、ガ、ウ、ガ。いちど、いとこ二人がショーをやった——片方の女の子がもう片方の上に乗って男の子役になって、お互いに足を巻きつけてうめいたりあえいだりし続けるのだ。

クラークおじさんの妹とその夫が新婚旅行のついでに訪ねてきた。新婚の夫は手を妻の水着のなかにもぐりこませていた。

「二人はほんとに愛しあっていてね、昼も夜も励むんだから」とサビサは言った。そして胸にクッションを抱きしめた。「あんなふうに愛しあってると、がまんできないのよね」

もう男の子と経験済みのいとこもひとりいた。道のむこうのリゾート地で庭仕事をしている夏のアルバイトの子だった。その子は彼女をボートで連れ出して、突き落とすと脅かして同意させたのだった。だから彼女に責任はない。

「そのいとこ、泳げなかったの？」とイーディスはたずねた。

サビサはクッションを股にはさんだ。「ああ」と声をあげる。「気持ちイイ」

イーディスはサビサが感じているもやもやした心地よさをよく知っていたが、それがあけっぴろげに口にされたことにショックを感じた。イーディス自身はそのことに恐れを感じていた。何年かまえ、自分が何をしているのかわかっていなかった頃、毛布を脚のあいだにはさんで寝ていたことがある。それを見つけた母親は、娘に知り合いの女の子の話を聞かせた。しじゅう同じようなことをやっていたその娘は、しまいにそれを治すために手術を施されたのだという。

「頭から冷たい水をかけてたんだけどね、それじゃ治らなかったのよ」と母親は言った。「だから、切らなきゃならなかったの」

そうしなければ、器官がうっ血を起こして死んでしまうかもしれないから。

「やめなさいよ」とイーディスはサビサに言ったが、サビサは挑発的にうなってみせた。「べつになんでもないでしょ。みんなこんなことやってんだから。あなたクッション使ったことないの？」

イーディスは立ち上がると台所へ行って、空になったアイスコーヒーのグラスに水を入れた。戻ると、サビサはソファにぐったり横たわって笑っていて、クッションは床に放り出してあった。

「わたしがなにをやってると思ってたの？」とサビサは言った。「ふざけてただけだって、わかんなかった？」

「のどが渇いたのよ」とイーディス。

「アイスコーヒーをまるまる一杯飲んだばっかりじゃない」

「水がほしかったの」

「あなたって、面白くないのね」サビサは体を起こした。「そんなにのどが渇いてるなら、飲めばいいでしょ」

二人してむっつり黙り込んでいると、そのうちサビサがなだめるような、でも当てが外れたような口調で言った。「ジョアンナにまた手紙を書かないの？　メロメロの手紙を書こうよ」

イーディスは手紙にはかなり興味を失っていたが、サビサがまだ興味を持っているのは嬉しかった。サビサへの影響力が戻ってきたような気がしたのだ。シムコー湖と胸の件にも関わらず。仕方ないというようにため息をついて見せながら、イーディスは立ち上がってタイプライターのカヴァーをはずした。

「最愛のジョアンナ――」とサビサ。

「だめ。それじゃ気持ちわるすぎ」

「あの人はそう思わないわよ」

「思うって」とイーディス。

サビサに器官がうっ血する危険性について話したほうがいいだろうかとイーディスは考えた。だが、話さないことにした。ひとつにはその情報が母親から受けた警告なので、完全に信用できるかどうかわからなかったからである。家のなかでゴム長をはいていると目が見えなくなるという意見ほど信憑性が低いということはないが、わかったものではない――いつかわかるかもしれないが。それにもうひとつ――サビサは笑うだけだろうから。サビサは警告を笑い飛ばす――チョコレートエクレアを食べたら太るよと言ったって、笑い飛ばすだろう。

「先日のお手紙を読んで、とても嬉しくなりました――」

「先日のお手紙を読んで、ウチョーテンになりました――」とサビサ。

「――とても嬉しくなりました。やっとこの世に真実の友ができたのだと思ったのです。つまりあなたという――」

「私は一晩じゅう眠れませんでした。あなたをこの腕に抱きしめたくてたまらなかったのです――」サビサは両腕で自分を抱きしめ、前後に体を揺らした。

「ちがう。社交生活を送ってはいても深い孤独を感じることがよくあり、どこに救いを求めたらいいかもわからなかったのです――」

「シャコーセイカツってなによ？　あの人、どういう意味だかわかんないわよ」

「あの人は知ってるわよ」

これでサビサは黙ってしまった。気を悪くしたのかもしれない。そして最後に、イーディスはこう読み上げた。「もうさよならを言わなければなりません。お別れするにあたって、この手紙を読むあなたの姿を想像しないではいられません、頬を染めて――」「なにか付け足したいこと、ある？」

「ネグリジェ姿でベッドのなかでこれを読むあなたの姿を」とサビサ。いつも立ち直りは早いのだ。「そして想像する姿を。私がどんなふうにこの腕であなたを抱きしめるのだろうか、あなたの乳首を吸うのだろうか――」

愛するジョアンナさま
先日のお手紙を読んで、とても嬉しくなりました。この世に真実の友ができたのだと思ったのです。つまり、あなたという。社交生活を送ってはいても深い孤独を感じることがよくあり、どこに救いを求めたらいいかもわからなかったのです。

ところで、サビサへの手紙に、運が向いてきたこと、ホテル経営を始めるつもりだということを書きました。この冬どれほど具合が悪かったか、本当のところは書きませんでした。娘を心配させたくなかったからです。愛しいジョアンナ、私はあなたのことも心配させたくはありません。だから、しょっちゅうあなたのことを考えては、優しいそのお顔を見たくてたまらない気持ちだった、とだけお伝えしておきましょう。熱が出ていたときには、本当にその顔が私の上にかがみこんでいるのが見え、あなたの声がすぐに良くなると言ってくれるのが聞こえ、優しいその手が介抱してくれるのが感じられるような気がしたものです。私は下宿屋にいたのですが、熱が下がるとさんざんからかわれました。そのジョアンナって誰だ、と言われてね。でも、目が覚めてあなたがいないのがわかったときには、悲しくてたまらなくなりました。本当にあなたが宙を飛んで私の横に居てくれたんじゃないだろうかという気がしたんです。そんなことがあるはずないとわかってはいたのですが。信じてください、信じてください。とびきり美しい映画スターが来てくれたとしても、あなたが来てくれるほど嬉しくは思えなかったことでしょう。あなたがほかにどんなことを言ってくれたか書くのは、やめておこうかと思います。とても優しい、愛情あふれる言葉でしたが、あなたに決まり悪い思いをさせるかもしれませんから。こうしていると、暗い部屋で二人きり、あなたを腕に抱きながらひそやかに話をしているような気分になれるので、ペンを置きたくはないのですが、もうさよならを言わなければなりません。お別れするにあたって、この手紙を読むあなたの姿を想像しないではいられません、頬を染めてね。あなたがネグリジェ姿でベッドのなかで読んでいてくださるのだったら最高なのですが。そして、私がどれほどあなたをこの腕に抱きしめたいと思っているか想像してくださっていたら。

L・V・ケン・ブードロー

意外なことに、なぜかこの手紙への返事はなかった。サビサが自分の手紙を半枚書くと、ジョアンナはそれを封筒に入れて宛名を書き、それだけだったのである。

ジョアンナが列車から降りると、誰も迎えに来ていなかった。べつにそれについて心配したりはしなかった——自分の手紙が結局は先に着いていないということになるかもしれないとは思っていたのである（実際は着いていた。そして受け取られないまま郵便局にあった。ケン・ブードローはこの冬はそれほど具合が悪くなかったのだが、今になって本当に気管支炎にかかり、数日間郵便物を受け取りに行っていなかったのである。この日はそこに新たな封書が加わっていた。それにはマコーリー氏からの小切手が同封されていた。だが、支払いはすでに止められていた）。

それよりもジョアンナの気になったのは、町らしきものがないことだった。駅は囲いのある小屋で、壁に沿ってベンチが置かれ、切符売り場の窓には木製のよろい戸が下りていた。貨物倉庫もあった——ジョアンナはそれが貨物倉庫だろうと思ったのである——だが、その引き戸はびくともしなかった。厚板の隙間からのぞきこんで、目がなかの闇に慣れてくると、土間の上には何もないのがわかった。家具を入れた木箱はひとつもない。ジョアンナは叫んだ。「誰かいないの？　誰かいないんですか?」数回叫んでみたものの、答えを期待してはいなかった。

ジョアンナはプラットホームに立って、自分の置かれた状況を確かめてみた。

半マイルほどむこうに小さな丘がある。てっぺんに木立があるのですぐ目に付いた。そして、列車から見たときに農家の畑へ通じる裏道だと思った砂だらけのような小道――あれが道路に違いない。こうしていると、木立のそこここに低い建物が見える――それに給水塔も。この距離からだとおもちゃのようだ。足の長いブリキの兵隊。

ジョアンナはスーツケースを持ち上げた――たいしたことではない。どのみちエクシビション通りからあのもうひとつべつの駅までこうやって持って歩いたのだから――そして、足を踏み出した。風はあったが、暑かった――後にしてきたオンタリオよりも暑い――それに、風もまた熱いように思えた。ジョアンナは新しいドレスの上に、いつもの古いコートを着ていた。スーツケースに入れるとずいぶん場所をとりそうだったので。ジョアンナは前方の町の物陰に焦がれるような眼差しを向けた。ところが着いてみると、木はどれもたいして陰のできないきゅっと細く締まったトウヒか、ぼさぼさして葉が細く、風に乱れてけっきょく日差しを通してしまうハコヤナギだった。

この町にはいやになるくらい形式とか組織だったものが不足していた。歩道もなければ舗装した通りもなく、目立つ建物はレンガ作りの納屋のような大きな教会だけだ。ドアに描かれているのは、土色の顔に見開いた青い目の聖家族。聞いたことのない聖者の名前がつけられていた――セント・ヴォイテック。

家並みは位置や設計がよく考えられているようには見えなかった。道に対してさまざまに異なった角度で並び、ほとんどの家にはみすぼらしい小さな窓があちこちについていて、玄関のぐるりには箱型のスノーポーチがついている。庭に出ている人はいないが、そんな必要がどこにある？　世話をするものなど何もないのだ。茶色くなった草が生えているだけで、一度だけ、種のついた伸び放題のルバーブの株を見かけた。

メインストリートらしきものには一段高くなった木製の歩道が片側にだけついていて、散らばった建物がいくつかあるうちの食料品店（郵便局を併設した）と自動車修理屋だけがまともに機能しているようだった。二階建ての建物がひとつあって、ジョアンナはホテルかも知れないと思ったのだが、それは銀行で、閉まっていた。

ジョアンナがさいしょに見かけた人間――犬は二匹吠えついてきたが――は修理屋の前にいた男で、トラックの後ろにせっせとチェーンを積み込んでいた。

「ホテルだって？」と男は言った。「あんた、こっちまで来すぎたね」

男の話によると、ホテルは駅のすぐそば、線路の反対側のちょっと行ったところで、青く塗られているから見逃しゃしないとのことだった。

ジョアンナはスーツケースをおろした。がっくりきたからではなく、一息入れたかったのだ。

男は、ちょっと待っててくれたら送っていってやろうかと言った。そんな申し出を受け入れるのは今までになかったことだが、たちまちジョアンナは暑くてべとべとしたトラックの運転台に乗って、歩いてきたばかりの砂利道をがたがた揺られて戻ることになった。うしろでチェーンがすさまじい音をたてるのを聞きながら。

「で――あんたどっからこの熱波を持ってきたんだい？」男はたずねた。

オンタリオだとジョアンナは答えた。それ以上何もしゃべるつもりはないという口調で。

「オンタリオか」男は未練がましく言った。「ほら。ここだよ。あんたのホテルだ」男は片手をハンドルから離した。男が平屋根の二階建ての建物のほうへ手を振ると、それにあわせて車が揺れた。ジョアンナはその建物を見逃してはおらず、来たときにちゃんと列車から見ていた。そのときは、大きくてかなりうらぶれた、おそらく打ち捨てられた普通の家だろうと思ったのだ。こうして町の家々を見たあとでは、そんなふうにあっさり決めつけてしまうべきではなかったのがわかった。建物はレンガに似せて型打ちしたブリキ板で覆われ、明るい青に塗られていた。「ホテル」というもはや光らなくなった一語だけのネオンサインが玄関の上に掲げてあった。

「あたしってバカねえ」ジョアンナはそう言うと、送ってもらった礼として男に一ドル差し出した。

男は笑った。「金は大事にしときな。いつ必要になるかわからないんだから」

なかなか立派な車、プリマスが、ホテルの外に停まっていた。車はひどく汚れていたが、仕方がないではないか、こんな道では。

ドアには広告が貼ってあった、タバコとビールの。トラックが向きを変えるのを待ってから、ジョアンナはノックした——どう見ても営業中には見えなかったからノックしたのである。それからドアが開くかどうか確かめて、階段のある埃っぽい小さな部屋へ足を踏み入れた。そして暗い大きな部屋へと。そこにはビリヤード台があり、ビールの嫌なにおいがたちこめ、床は掃除されていなかった。横の部屋では鏡が光り、空っぽの棚とカウンターがあった。これらの部屋では、ブラインドがすっかり下ろされていた。唯一目に入る光は二つの小さな丸窓から差し込んでいて、それは両開きのスイングドアの窓だった。このドアを通り抜けると、台所に出た。むかい側の壁に高い——そして汚い——窓が並んでいて、ブラインドがおろされていないため、明るかった。そしてここには初めて、生活の印があった——誰かがテーブルで食事したらしく、ケチャップが乾いてこびりついたままの皿と冷えたブラックコーヒーが半分残ったカップがそのままになっていた。台所のドアのひとつは外に通じていて——これは鍵がかかっていた——ひとつは缶詰がいくつかある食料貯蔵室へ、ひとつは掃除用具入れ、ひとつは階段に出た。ジョアンナは階段をあがった。スーツケースを前にぶらさげてあちこちへぶつけながら。ひどく狭かったのだ。二階の前方に便座を上げたトイレが見えた。

廊下の端の部屋のドアは開いていて、そこにケン・ブードローがいた。

本人より先に服が目に入った。ジャケットがドアの隅にかけられ、ズボンはノブからぶら下がって床まで垂れている。いい服をこんなふうに扱ってはいけないとジョアンナは即座に思った。そこで大胆にも部屋に入っていった——スーツケースは廊下に残して——服をきちんと掛けようと思いながら。

彼はベッドにいた、シーツだけかけて。毛布とシャツは床に落ちていた。せわしなく呼吸している様子が目が覚めかけているようだったので、ジョアンナは声をかけた。「おはようございます。こんにちは」

窓から差し込む明るい日の光が、ちょうど顔のあたりを照らしていた。窓が閉まっていて空気がひどくむっとしている——ベッドテーブルがわりになっている椅子の上の、いっぱいになった灰皿のにおいのせいもあった。

彼には悪い習慣があったのだ——ベッドでタバコを吸うという。

声をかけても彼は目を覚まさなかった——あるいは完全には目を覚まさなかった。そして咳をし始めた。

　それが油断のならない咳であることにジョアンナは気がついた。病人の咳だ。彼は体を起こそうとした。まだ目は開けていない。ジョアンナはかがみこんで抱き起こした。ハンカチかティッシュの箱を探したが何も見当たらないので、床のシャツを拾った。後で洗えばいい。彼が吐き出したものをよく見てみなければ、とジョアンナは思った。

　じゅうぶん咳をし終わると、彼は何かつぶやいて、あえぎながらベッドに体を沈めた。ジョアンナの記憶に刻まれていた魅力的な気取った顔は気分の悪さにゆがんでいる。手の感触で、熱があるのがわかった。

　彼が吐き出したものは緑がかった黄色だった——赤さび色は混じっていない。ジョアンナはシャツをトイレの流しに持っていった。そこには意外なことにちゃんと石鹼があったので、洗ってドアのフックにぶら下げた。それから手をよくよく洗った。そしてその手を新しい茶色のドレスのスカートで拭かなくてはならなかった。べつの狭いトイレ——列車の「婦人用」——で、ほんの数時間まえに着替えたのだ。ちょっと化粧もしたほうがよかったかしら、などと考えていたのだが。

　廊下の物入れでトイレットペーパーのロールを見つけたジョアンナは、また咳き込んだときのために、それを彼の部屋へ持っていった。毛布を拾いあげて病人の体にちゃんと掛けてやり、ブラインドを下までおろしておいて固い窓を一、二インチ上にあげ、空にした灰皿をつっかいにして閉まらないようにした。それから廊下で着替えた。茶色のドレスからスーツケースの古い服に。上等なドレスや世のもろもろの化粧品が、こんな状況にどれほど役に立つことだろう。

　彼の具合がどのくらい悪いのかわからなかったが、ジョアンナはウィレッツ夫人——これまたへヴィースモーカーだった――が何度か気管支炎にかかったときに看病したことがあり、しばらくは医者を呼ぶことを考えなくてもなんとかやっていけるんじゃないかと思った。同じ廊下の物入れに、すりきれて色あせてはいるが清潔なタオルが重ねてあり、ジョアンナは一枚ぬらすと、彼の腕や脚を拭いて熱を下げようとした。すると彼は半分目を覚まし、また咳き込み始めた。ジョアンナは彼の上体を起こしてトイレットペーパーのなかへ吐き出させ、また検分してからトイレに流して手を洗った。こんどは手を拭くのにタオルがあった。下へ降りて台所でコップを見つけ、からっぽの大きなジンジャーエールの瓶を見つけると、それに水を入れた。そしてこれを彼に飲ませようとした。ちょっと飲むといらないと言ったので、ジョアンナは彼を寝かせた。五分ほどたつと、ジョアンナはまたやってみた。吐き出さずにじゅうぶん飲んだと思えるまで、これを続けた。

なんどもなんども彼は咳き込み、その都度、ジョアンナは抱き起こして片手で支え、もう片方の手で胸に詰まったものが出やすくなるように背中を叩いてやった。彼はなんどか目を開いたが、ジョアンナの存在を驚きも怪しみもせずに受け入れているようだった――さらに言えば、感謝することもなく。ジョアンナはもう一度彼の体を拭い、冷やした部分を抜かりなくすぐに毛布で覆った。

暗くなり始めたことに、ジョアンナは気がついた。そして台所へ降りていくと、明かりのスイッチを見つけた。明かりも古い電熱器もちゃんと使える。米入りチキンスープの缶詰を開けて温めると二階へ運び、彼を起こした。彼はスプーンから少し食べた。目を覚ましているときでなくてはと、ジョアンナはアスピリンを持っているかどうかたずねた。彼は持っているとうなずいた。だが、どこにあるか説明する段になってわけがわからなくなった。「くずかごのなかに」と彼は言った。

「いえいえ」とジョアンナ。「くずかごのはずはないですよ」

「あのほら――あのほら――」

彼は両手で何かの形を表そうとした。その目に涙がわきあがった。

「いいんですよ」とジョアンナは言った。「いいんですよ」

いずれにせよ、熱は下がった。彼は一時間かそれ以上、咳き込まずに眠った。それからまた熱くなった。その頃にはジョアンナはアスピリンを見つけていた――台所の引き出しに、ねじ回しだの電球だの糸玉だのといっしょに入っていたのだ――そして、二錠ほど飲ませた。たちまち彼は激しく咳き込み始めたが、薬をもどした様子はなかった。彼が横になると、ジョアンナは耳を彼の胸につけてぜいぜいいう音を聞いた。塗り薬にしようとマスタードを探し回ってみたのだが、どうやらなさそうだった。ジョアンナはまた下へ行くと、湯を沸かして洗面器に入れて運んできた。そして、彼をその上にかがみこませてタオルで覆い、湯気を吸入させた。彼はしばし言われるとおりにしようとしていたが、おそらく効いたのだろう――大量の痰を吐き出した。

熱はまた下がり、彼はまえより穏やかに眠った。ジョアンナはほかの部屋で見つけた肘掛け椅子をひきずってきて、自分もちょっとうとうとし、はっと目を覚ましてはここはどこだろうと思い、それから思い出して立ち上がり、彼に触れ――熱はずっと下がったままのようだった――そして、毛布を掛けなおすのだった。自分用には、ウィレッツ夫人からのありがたい賜物であるじょうぶなツイードの古いコートを掛けた。

彼は目を覚ました。もうすっかり朝だった。「ここでなにをしてるんだ?」しゃがれた弱々しい声で彼はたずねた。

「昨日来たんです」とジョアンナは答えた。「あなたの家具を持ってきました。まだ着いていませんが、こちらへ向かっています。来てみたらご病気だったんです。ほとんど一晩じゅうお加減が悪くて。今はご気分いかがですか？」

彼は答えた。「まえよりましだ」そして咳き込み始めた。ジョアンナが抱き起こす必要はなかった。彼は自分で上体を起こしたのだ。それでもジョアンナはベッドのところへ行くと、背中を叩いた。咳が静まると彼は言った。「ありがとう」

肌はもうジョアンナと同じくらいひんやりしている。それになめらかだった——ほくろでデコボコもしていないし、脂肪もついていない。手に肋骨の感触があった。彼は打ちひしがれた華奢な少年のようだった。トウモロコシのようなにおいがした。

「痰を飲み込んだでしょう」とジョアンナは言った。「だめですよ。体によくないです。ここにトイレットペーパーがありますから、これに吐き出してください。腎臓に悪いですよ、飲み込むと」

「それは知らなかった」と彼は答えた。「コーヒーを持ってきてもらえないかな？」

パーコレーターはなかが真っ黒だった。ジョアンナはできるだけ洗い落とすと、コーヒーを淹れた。それから顔を洗って身づくろいし、彼にどんなものを食べさせたらいいだろうかと考えた。食料貯蔵室にはビスケットミックスの箱があった。はじめ、水と混ぜなければならないかと思ったが、粉末ミルクの缶も見つかった。コーヒーの用意ができると、ジョアンナはビスケットの皿をオーヴンに入れた。

ジョアンナが台所で何かやり始める音が聞こえてくるとすぐ、彼は起き上がってトイレへ行った。自分で思っていたより体が弱っている——かがみこんで片手を水槽に置かなくてはならなかった。

それから、きれいな服を入れておく廊下のクローゼットの床の上で下着を見つけた。この頃にはあの女が誰か、思い出していた。家具を持ってきたと言っていたが、あの女にも誰にもそんなことは頼んでいない——そもそも家具なんて頼んでいない、金だけだ。女の名前は知っているはずだったが、思い出せなかった。だから女のバッグを開けたのである。廊下のスーツケースの横に置いてあったのだ。裏地に名札が縫い付けてあった。

ジョアンナ・パリー、そしてエクシビション通りの義父の住所が。

ほかのものも入っていた。紙幣が数枚入った布袋。二十七ドル。もうひとつの袋には小銭。こちらはわざわざ数えなかった。明るい青の通帳。彼はなんとなく開いてみた。べつに何も変ったことは期待せずに。

数週間まえ、ジョアンナはウィレッツ夫人からもらった遺産をそっくり銀行口座に移して、今まで貯めた金といっしょにしていた。銀行の支店長にはいつ入用になるかわからないから、と説明した。

総計は驚嘆するほどではなかったが、かなりの額だった。それはジョアンナに存在感を与えた。おかげでケン・ブードローの心のなかで、ジョアンナ・パリーという名前は艶やかな装飾をまとった。

「きみは茶色のドレスを着ていた?」ジョアンナがコーヒーを持ってあがってくると、彼はたずねた。

「ええ。ここにさいしょに来たときには」

「あれは夢かと思っていた。きみだったんだね」

「あの、このまえの夢みたいですね」ジョアンナのしみだらけの額が真っ赤になった。いったいなんの話かわからなかったものの、彼には質問する気力はなかった。この女が夜ここにいるあいだに、自分は夢でも見て目を覚ましたのかもしれない――今はもう覚えていないだけで。彼はまた咳き込んだが、まえよりは様子が穏やかで、ジョアンナにトイレットペーパーを手渡してもらった。

「さてと。どこにコーヒーを置きましょうか？」ジョアンナは彼に近づきやすいようどけていた木の椅子を押し戻した。「さあ」ジョアンナは脇の下を抱えて彼を起き上がらせると、背中に枕を差し入れた。汚い枕でカヴァーもないが、昨夜タオルでくるんであった。

「下にタバコがないか見てきてもらえないかな？」

ジョアンナは首を振ったが、こう言った。「見てきます。オーヴンにビスケットを入れてあるんです」


ケン・ブードローには金を貸す癖があった、借りる癖だけではなく。彼の身に降りかかる――あるいはべつの言い方をするならば、彼が関わる――トラブルの多くは、友だちにいやと言えないことと関係していた。忠誠心。彼は平時の空軍から追放されたのではなく、無礼講のパーティーで部隊長に無礼な振る舞いをしたとして問責された友人への忠誠心から辞めたのだった。無礼講のパーティーというのは、すべておふざけで気にしてはいけないということになっているのだから――これは非道だ。そして肥料会社の仕事を失ったのは、ある日曜日、許可なしに会社のトラックでアメリカとの国境を越えて、喧嘩したあげく捕まって起訴されるんじゃないかとビクビクしていた友人を迎えに行ってやったからだった。

友への忠誠心と上司とのいざこざは表裏一体だった。彼曰く、権威に屈するのが耐え難いのだ。「はいわかりました《イエス・サー》」「いいえちがいます《ノー・サー》」などという言葉は、彼の語彙ではすぐに出てはこないのだった。保険会社では首にはならなかったが、あまりに何度も無視されたため、辞めたらどうだと言われているような気がして、けっきょく辞めてしまった。

酒も一部関係している、それは認めなければならない。そして、人生というものは当節思われているよりももっと華々しく冒険的であるはずだという考えも。

彼は他人に、ポーカーで勝ってホテルを手に入れたんだと言いたがった。本当のところはたいしたギャンブラーではなかったのだが、その言葉の響きが女たちに好まれたのだ。見もしないで債務の支払いとして受け取ったのだとは認めたがらなかった。そして実物を見てからでさえ、立て直せるさと自分に言い聞かせたのである。自分が自分のボスになるという考えは、たしかに彼の心を引きつけるものがあった。彼はそこを人が宿泊する場所にしようとは思わなかった——秋に、ハンターは来るかもしれないが。酒を飲む施設とレストランにしようと思ったのである。腕のいいコックさえ雇えれば。だが何をどうするにせよ、金が要る。作業も必要だった——不器用なほうではないとはいえ、自分でできる以上の。自分でできることをやりながら冬を乗り切って、真面目にやろうと思っていることを示せば、銀行から金を借りられるかもしれないと彼は考えた。だが、とりあえず冬を乗り切るために、少額の金を借りる必要があった。ここで義父が視野に入ってきたのだった。できれば誰かほかの人間に頼みたかったのだが、ほかには誰もかんたんに貸してくれそうな人はいなかったのだ。

家具を売ってくれという提案の形で頼むのはいいアイディアに思えた。老人にはとてもそんなことをする気力がないのはわかっていた。それほど具体的にではないが、過去の借金がまだそのままになっているのも承知していた――だが、もらって当然の金だとも思えた。マーセルが不品行な振る舞いをしていた時期（マーセルの不品行で、まだ彼自身の不品行は始まっていない時期）に支えてやったことに対して、そして疑いを抱いていたにも関わらずサビサを自分の子として受け入れたことに対して。それに、彼が知るなかで、今現在生きている人間が稼いだのではない金を持っているのはマコーリー一家だけだった。

あなたの家具を持ってきました。

それがどういうことなのか、目下のところ彼には見当がつかなかった。ひどく疲れていた。ジョアンナがビスケット（そしてタバコはなし）を持ってきたときには、食べるより眠りたかった。ジョアンナを満足させるために、一個の半分だけ食べた。それから深い眠りに落ちた。ジョアンナに横向きにされ、またべつのほうを向かされたときも、半分寝たままだった。体の下から汚いシーツを取り去って新しいのを広げ、その上に寝かせてくれたのだ。ベッドから追い出したり目を完全に覚まさせてしまうことなしにやってくれたのだった。

「きれいなシーツを見つけたんですけど、ぼろきれみたいに薄いんです」とジョアンナは言った。「あんまりいいにおいじゃないもんで、しばらく紐にかけておいたんですよ」

あとになって、夢のなかでずっと聞こえていた音がじつは洗濯機の音だったんだと彼は気がついた。いったいどうやったんだろう、と彼は思った――給湯タンクはなくなっていたのだ。きっと電熱器で湯を何杯も沸かしたに違いない。さらにあとになって、自分の所有する車にまちがいない発進音が聞こえたかと思うと遠ざかっていった。あの女、ズボンのポケットからキーを持ち出したのだろう。

唯一値打ちのある所有物を乗り逃げされ、置き去りにされたかもしれないのに、捕まえてくれと警察へ電話することさえできない。電話のところまで行けたとしても、切られているのだ。

そういう可能性は常にある——盗み、置き去り——だが、彼は草原の風と草のにおいのする新しいシーツの上で寝返りを打つと、また眠ってしまった。ジョアンナは牛乳や卵やバターやパンやその他——たぶんタバコも——まともな生活を送るのに必要なものを買いにいっただけだと確信しながら。戻ってきたら下で忙しく働くだろう。その立ち働く物音は、自分を受け止めてくれるネットのようなもの、疑いもなく天与の賜物なのだと思いながら。

ちょうど彼には女性問題が持ち上がっていた。じつを言えば二人の女性に関して。若いのとそれより年上（つまり、彼と同じくらいの歳）の二人で、お互いのことは知っていて、互いに相手の髪を引っこ抜きたがっているのだった。最近の二人ときたら、怒鳴ったり文句を言ったり、その合間に愛しているのだと居丈高に主張したりするばかりだった。

ことによると、その件に関する解決策も出現したということなのかもしれない。

ジョアンナが店で食料品を買っていると、列車の音がした。車でホテルへ戻る道すがら、駅に車が停まっているのが見えた。ケン・ブードローの車を停めるより先に、プラットホームに家具の木箱が積み上げられているのが目に入った。駅員——停まっていた車はこの駅員のものだった——に話しかけると、相手はいくつもの大きな木箱の到着に驚き、苛立っていた。駅員からトラック、きれいなトラック、とジョアンナは念を押した——を持っている男の名前を聞き出すと、二十マイル離れたところに住んでいてときどき運搬をやるというその男にジョアンナは駅から電話をかけ、金をちらつかせながら、命令口調ですぐに来てくれと言った。それから駅員に、トラックが来るまで荷物の横にいるようきつく言い置いた。夕食の頃には、トラックが到着して、男とその息子が家具をぜんぶ下ろしてホテルのメインルームへ運び込んでいた。

次の日、ジョアンナはよくよく見て回った。ジョアンナは心を決めつつあった。

その次の日、ケン・ブードローはもう上体を起こして話が聞けると判断し、ジョアンナは切り出した。「このホテルはお金をかけるだけ無駄です。この町はつぶれる寸前です。とにかく、お金になりそうなものはぜんぶ持ち出して売ってしまわなければ。あたしが送った家具はべつですよ。ビリヤード台とか台所のレンジとかそういったものです。それから建物を、ブリキをひっぺがして商売にするような人に売らなくちゃ。価値なんかないと思うような物でも必ず何がしかの金にはなるものですからね。それから——このホテルを手に入れるまえは、どんなことをしようと思ってたんですか？」

ブリティッシュ・コロンビアに行こうかと思っていたと彼は答えた。サーモン・アームへ。そこにいる友だちがいつだったたか、果樹園を管理する仕事があると言ってくれたことがあるのだ。だが、車は長旅に出るまえに新しいタイヤや修理が必要なのに、持ち金では生活していくだけで精一杯だった。そこへホテルが転がり込んできたのだった。

「どどっとってわけね」とジョアンナ。「タイヤや車の修理のほうが、こんなところに大金をかけるよりずっとましです。雪が降るまえにそこへ行くのがいいでしょうね。家具はまた鉄道で送ればいいんです、むこうに着いたら使うのにね。家を調《ととの》えるのに必要なものはぜんぶそろってますから」

「それほどちゃんとした話ってわけじゃないかもしれないんだ」

ジョアンナは答えた。「わかってます。でも、だいじょうぶですよ」

この女にはたしかにわかっているにちがいない、と彼は思った。だいじょうぶなのだ、だいじょうぶなのだろう、と。こういう場面になったら、まさにこの女の独壇場なのだろう。

ありがたく思わないわけではなかった。感謝するのが義務だとは思わなくなっていたのである。当然のことと受け取るようになっていたのだ——要求されないときには特に。

新たなスタートを切るという考えが動き始めた。これこそ私に必要な変化なのだ。彼はまえにもそう言ったことがあった。だがたしかに、それが本当になることもあるのだ。しのぎやすい冬、常緑樹林のにおい、熟れたりんご。家を作るのに必要なものはぜんぶ。

彼にだってプライドがあるだろう、とジョアンナは思った。それは考えてあげなくちゃ。彼が自分をさらけ出してくれたあの手紙のことは口にしないほうがいいかもしれない。出てくるまえに、手紙は処分していた。じつを言えば、どの手紙も何度か読み返して暗記してしまうとすぐに処分していたのである。暗記にはたいして時間はかからなかった。ジョアンナがぜったいに嫌だったのは、手紙がサビサとあのずる賢い友だちの手に渡ることだった。特にあの最後の手紙の、ジョアンナのネグリジェ姿だのベッドのなかでだのといったところが。そんなことあるわけがないというのではないが、そんなことを書くなんて下品だとか、女々しいとか、からかわれたがっているようなものだとか思われるかもしれない。

あたしたちがサビサと会うことはそれほどないだろうと、ジョアンナは思った。だが、彼が望むならばじゃまはしないつもりだった。

これはまったく新しい経験というわけではなかった、この高揚感と責任感は。ジョアンナはウィレッツ夫人にも同じような気持ちを感じていた——あれもまた、面倒をみたり管理したりしてあげる必要のある、見栄えはいいけれど無責任な人だった。ケン・ブードローはジョアンナが思っていた以上にそういった気配があり、男だから当然違いはあるものの、彼に関してジョアンナの手に負えないものなどなにひとつとしてないのはたしかだった。

ウィレッツ夫人が死んだあと、ジョアンナの心は干からびてしまい、これからずっとそうなのだと思っていた。それがどうだ、こんなに暖かく心が騒ぐ、こんなに愛情があふれてくる。

マコーリー氏はジョアンナが出ていってからほぼ二年後に死んだ。氏の葬儀は聖公会で行われた最後のものとなった。葬儀には多くの参列者が集った。サビサ——母親のいとこであるトロントの女性といっしょにやってきた——は、今ではとりすましてきれいで、意外なことに驚くほどほっそりしていた。しゃれた黒い帽子をかぶり、話しかけられない限り誰とも口をきかなかった。口を開くときですら、相手に覚えがあるそぶりは見せなかった。

新聞の死亡記事によると、マコーリー氏の遺族は、孫娘のサビサ・ブードローと義理の息子のケン・ブードロー、そしてブードロー氏の妻のジョアンナと夫妻の幼い息子オマール、ブリティッシュ・コロンビア州サーモン・アーム在住、とのことだった。

イーディスの母親がこの記事を読み上げた——イーディス自身は、地元紙は決して読まなかった。

もちろん、結婚はどちらにとってもべつにニュースではなかった——居間でテレビを見ていたイーディスの父親にとっても。噂は聞こえてきていた。ただひとつニュースと言えるのはオマールだった。

「あの人に赤ん坊がいるとはね」とイーディスの母親は言った。

　イーディスは台所のテーブルでラテン語を訳していた。トゥー・ネー・クワエスィエリース・スキーレ・ネファース・クゥエム・ミヒ・クゥエム・ティビ——（ホラティウス『歌集』第一巻十一『この日を摘め』より）

　教会でイーディスは、サビサに話しかけてもらえないという目にあうまえに、こちらから話しかけないようにした。

　ばれやしないかなどとは、もうあまり心配していなかった——なぜばれないのか、いまだに腑に落ちなかったが。それに、ある意味では、以前の自分の馬鹿げた行動を今の自分と関連づけないようにしておくのがいちばんいいようにも思えた——ましてや、この町を出て、イーディスのことを知っているつもりでいるすべての人間から離れればなれるであろう真の自分とは。イーディスをうろたえさせたのは、なんとも予想外の結果だった——突拍子もないが、つまらなく思える。それに、侮辱的だ。こちらをひっかけようとしているなにかの冗談か不適切な警告のようじゃないか。だって、人生で成し遂げようと思っている事柄のリストのどこに、オマールなる名前の人間がこの世に存在するのはイーディスの責任だなどという言及があるというのだ？

　母親の言葉は無視して、イーディスは書いた。「問うてはいけない、我々が知ることは禁じられているのだから——」

　イーディスは手を止め、鉛筆を嚙み、それからぞくっとするような満足感を覚えながら書き終えた。「――いかなる最後が用意されているのか、わたしに、あるいはあなたに――」

浮橋

Floating Bridge

彼女は一度、家出したことがある。直接の理由はほんの些細なことだった。ニールが数人の「青少年犯罪者」(「ヨーヨーズ」と彼は呼んでいた)といっしょになって、彼女がその夜のミーティングのあとに出すつもりだった焼きたてのジンジャーケーキをがつがつ食べてしまったのだ。見つからないように——少なくともニールとヨーヨーズには——家を出た彼女は、大通りの、三方を囲った小屋に腰をおろした。日に二便、市バスが停まるのだ。彼女がここへ来るのは初めてで、まだ二、三時間待たねばならなかった。彼女はそこに座って、木の壁に書いたり刻み込んだりしてある文字を全部読んだ。お互いの愛は4《フォー》エヴァーだというさまざまなイニシャル。ローリー・Gはチンポをしゃぶった。ダンク・カルティスはホモだった。ガーナー先生(数学)もそうだった。「クソ食らえ、HW。クロンボが支配している。スケートか死か。神は堕落をきらう。ケヴィン・Sはマヌケだ。アマンダ・Wは美人でかわいいのに刑務所に入れられたのは残念だ、彼女がいなくて本当にさびしい。VPとやりたい。おまえたちが書いたこのいやらしい下劣な言葉を、ご婦人方はここにすわって読まねばならないんだぞ」

このおびただしい人間的メッセージを眺めながら——そして、アマンダ・Wに関する、胸を打つ、きちんと書かれた文章には特に首をかしげながら、これを書いた人はそのときひとりだったのだろうかと、ジニーは思った。そして、ここか、あるいは他の似たような場所に座ってひとりでバスを待っている自分を想像してみた。今しようと思っているとおりにことを進めたら当然そうなるだろう。自分は人目にさらされる壁になにか書きたいという思いに駆られるだろうか？

今の自分はなにか書かずにいられなかった人の気持ちとつながっている、とジニーは思った——この怒りの感情、ちょっとした（ちょっとした、程度のものよね？）憤り、そしてこれからニールへの仕返しとしてしてやるつもりのことに対する興奮によって。だが、これから足を踏み入れようとしている生活では、怒りをぶつける相手も、なんらかの恩義を感じてくれる人も、こちらの行動に対して報われたと思ったり傷ついたり深く心を動かされたりする人もいなくなるだろう。ジニーの感情など、ジニー以外の誰にも無意味なものとなり、それでもなおそういった感情は内側でふくれ上がり、心を、呼吸を、押しつぶすだろう。

ジニーは結局のところ、世間的に見て人が寄って来るタイプではない。それなのに、自分なりにけっこう選り好みは激しい。

相変わらずバスの姿は見えなかったが、ジニーは立ち上がると家に戻った。

ニールはいなかった。男の子たちを学校へ送っていったのだ。戻って来た頃にはすでに、ミーティングに早めにやってきた客がいた。すっかり気分が直って冗談にできそうになってから、ジニーは自分がなにをしたかニールに話した。実際、それはジニーが人前で話す冗談になった——家出のことや、あるいはただ、一般的な話として、壁に書かれていた言葉を話題にしたりして——いくたびも。
「わたしを追いかけようって思ったかしらね？」ジニーはニールに言った。
「もちろん、思ったさ。そのうちにはね」

腫瘍専門医は神父のような雰囲気で、白衣の下はなんと黒のタートルネックのシャツだった——いかにも、今まで厳かに調剤をやってましたという格好だ。医者の肌は若々しく滑らかだった——まるでバタースコッチキャンディーのようだ。丸い頭には黒い髪がうっすらと生えている。細々と生えるそれは、ジニーの頭をふわっと覆っているのとちょうど同じ様子だった。もっとも、彼女の髪は茶色っぽいグレイの、ネズミの毛のような色だったが。さいしょ、ひょっとしてこの人は医者であると同時に患者でもあるのだろうかとジニーは思った。それから、患者の気持ちを和らげるためにこんなスタイルにしているのかな、と考えた。いやたぶん、植毛だろう。でなければ、単にこういう髪型が好きなのか。

たずねるわけにはいかない。医者はシリアかヨルダンか、医者が威厳を保っている国の出身だった。医者の礼儀正しさは冷ややかな感じだった。
「さて」と医者は言った。「誤った印象を持っていただきたくはないのですが」

彼女はエアコンの効いた建物のなかからオンタリオの八月の午後のくらっとするような灼熱のなかへ出た。太陽は、照りつけたり薄い雲に隠れたりする——どちらにしろ暑かった。停めてある車や舗道やよその建物のレンガが、こちらにあからさまに迫ってくるような気がする。それぞれが別個の現実としてめちゃくちゃに並んでいるようだ。この頃は、周囲の変化にうまくついていけない。すべてが馴染んだ安定したものであってほしい。情報の変化も同じだ。

舗道の縁に停車していたヴァンが動き出し、彼女を拾おうと近づいてくるのが見えた。ライトブルーにゆらゆら光る嫌な色だ。色が明るいのは錆びた部分を塗った箇所だ。こんなステッカーが貼ってある。「オレが運転してるのはたしかにポンコツだ、だけど、オレの家を見てみな」「汝の母——地球を敬え」そして（これはもっと最近のものだ）「殺虫剤を使い、雑草を枯らし、癌を増やそう」

ニールが手を貸そうとこちらへ来た。

「あの子はヴァンにいるよ」ニールは言った。その声には、警告しているとも頼んでいるともとれるような強い調子があった。夫のぴりぴり神経をとがらせた雰囲気に、今はニュースを、これをニュースといってよければだが、告げるべきときではないとジニーは思った。他人がいると、たとえそれがジニーのほかにひとりだけであっても、ニールの態度は変わり、いつもより活気づいて熱っぽく、愛想がよくなる。ジニーはもうそんなことは別に気にしない——二人は二十一年もともに暮らしているのだ。そして、彼女のほうも変わり——反動だと昔は考えたものだが——ふだんよりよそよそしく、やや皮肉っぽくなる。見せかけというものはある程度必要だ。というか、身につきすぎてやめられなくなっているのかもしれないが。たとえば、ニールの古くさい格好も——バンダナを頭に巻き、灰色のもじゃもじゃの髪はポニーテールにして、小さな金のイヤリングが口元の金歯と同じく光を反射し、粗い布地の無法者のような服を着て。

彼女が医者の診察を受けているあいだ、ニールは今の二人の生活の手助けをしてもらう少女を迎えに行っていた。ニールが少年院で見つけてきたのだ。ニールはそこで教師をしており、少女は調理場で働いていた。少年院は、二人が暮らす町を出たところにある。ここからは二十マイルほどだった。少女は数ヶ月前に調理場の仕事をやめ、母親が病気になった農家の一家の世話をする仕事に替わった。この大きなほうの町からさほど遠くないところだ。だが運のいいことに、今は仕事がなかった。

「その女の人はどうなったの？」ジニーはたずねた。「死んだの？」

ニールは答えた。「病院に入ったんだ」

「同じことだわ」

二人は、ごく短いあいだにいろいろな準備を整えなければならなかった。家の表側の部屋から、ファイルや、まだディスクに入れていない関連記事の載っている新聞や雑誌――これらは部屋の天井まである棚にぎっしり詰めこまれていた――を片づけた。二台のパソコンも、古いタイプライターも、プリンターも。こういったものをすべて――誰も口には出さなかったが、一時的に――よその家に移さねばならなかった。表の部屋は病室になった。

ジニーはニールに、パソコンの一台くらいは寝室に置けばいいと言った。だが、ニールは断わった。口では言わなかったけれど、そんな暇はないだろうとニールが考えているのがジニーにはわかった。

ニールはジニーと暮らしていたあいだずっと、暇な時間はほとんどすべて、運動を組織し実行することに費やしていた。政治運動だけではなく（そういったものもやりながら）、歴史的建造物や橋や墓地の保存を目指し、町の通りや人里離れた古い森で木が切り倒されないように尽力し、川に有害な排水が流れこむのを防ぎ、特定の土地を開発業者から守り、地元におけるカジノ建設に反対した。絶えず、手紙や請願書の作成、行政機構の関連する課への陳情、ポスターの配布、抗議行動の準備といったことが行なわれた。表の部屋はほとばしる義憤（これで皆、大いに満足感を得るのだとジニーは思った）、支離滅裂な主張や議論、そしてニールの豪胆な快活さの場であった。それがこうしてとつぜん空になると、ジニーはさいしょにこの家に、襞を取ったカーテンをかけた中二階のある両親の家からまっすぐここへ足を踏み入れた時のことを思い出し、ぎっしり本を並べたたくさんの棚、窓を覆う木のよろい戸、ニスを塗った床の上のいつも名前を忘れてしまう中東の美しい敷物などを思った。空いた壁には、ジニーが大学の時、部屋に掛けるのに買ったカナレットの版画が飾ってある。「ロンドン市長就任日のテムズ河畔」彼女が自分で掛けたのだった、もう目をとめることもなくなったけれど。

二人は病院ベッドを借りた——まだ必要はなかったが、足りなくなることが多いから借りられるうちに借りておいたほうがいいのだ。ニールはなにからなにまで考えた。友人の家の居間から要らなくなった重いカーテンをもらって掛けた。大ジョッキと馬具の装飾金具の模様で、醜悪だとジニーは思った。だが、そのうち、醜くても美しくても大して変わらなくなるときが、眼に入るすべてが、どうにもならない体の感覚や切れ切れの思考を吊るす釘でしかなくなるときが来るのだということも、ちゃんとわかっていた。

ジニーは四十二で、最近までは歳より若く見られた。ニールは十六歳年上だ。だから、自然の成り行きからいって、今彼がいる立場に立つのは自分だろうと考えていて、そうなったらどうしようと心配したりしていたのだった。いつだったか、眠りに落ちるまえにベッドでニールの手を、存在感のある温かい手を握っていたとき、この人が死ぬときは、少なくとも一度はこの手を握るか触れるかしようと、ジニーは思ったことがある。きっと自分にはその事実が信じられないだろう。彼が力を失い死にかけているという事実が。どのくらいまえからわかっていようと、信じることなどできないだろう。この瞬間について彼にはいささかの認識もないとは、内心信じられないことだろう。こちらのことがわかっていないなんて。そういうことがわかっていない彼を思い浮かべると、眩暈《めまい》のような感覚に襲われた、突き落とされるような恐怖に。

しかし一方で——気持ちが高ぶった。急速に近づいてくる災厄が人生に対する責任のすべてから解放してくれるのだとわかっているときに感じる、言うに言われぬ高揚感だ。それから恥ずかしくなって、気を落ち着けて、じっと黙っていた。

「どこへ行くんだ？」ジニーが手を引っ込めると、ニールはたずねた。

「どこへも行かないわよ。寝返りをうっただけ」

けっきょくは自分のほうになってしまったわけだが、ニールがなにかそういった思いを抱いているのかどうか、ジニーにはわからなかった。こういう成り行きにもう慣れたかと訊いてみた。ニールは首を振った。

ジニーは言った。「わたしもよ」

それから付け足した。「グリーフ・カウンセラー（余命を宣告された患者や遺族の心のケアをする）だけは連れ込まないでよね。もう押しかけて来ていてもおかしくないわよね。先制攻撃で」

「いじめないでくれよ」珍しく怒った口調でニールは言った。

「ごめん」

「いつも軽く考えようとしなくたっていいんだよ」

「わかってる」とジニーは答えた。だが、じつのところ、あれやこれや目先の出来事に注意力のほとんどを奪われ、どんなふうにも考えられなかった。

「ヘレンだ」とニールは言った。「これからうちの世話をしてくれる。なかなかまじめな子だよ」

「それはなによりね」ジニーは答えた。そして、腰を下ろすと片手を差し伸べた。だが、少女には目に入らなかったのかもしれない、運転席と助手席のあいだの低いところへ差し出したから。

あるいは、どうしたらいいのかわからなかったのかもしれない。信じられないような境遇で育ったんだとニールは言っていた。ひどい家庭環境だったと。今のこの時代にそんな生活があるなんて想像できないような。人里離れた農場で、母親はすでに亡く、知的障害のある娘が一人、父親はその娘と肉体関係を結んでいた。常軌を逸した非道な老いた父親、それに二人の女の子。ヘレンは姉のほうで、十四歳のとき老人を叩きのめして家から逃げ出したのだった。近所の人がヘレンを保護して警察に電話し、警察が妹も連れ出して、姉妹を福祉の手に委ねたのだ。老人とその娘——つまり、姉妹の父親と母親ということなのだが——は、二人とも精神病院に収容された。ヘレンと妹は里親に預けられた。姉妹は頭も体も正常だった。二人は学校へ通わされ、そこで惨めな思いをした。一年生に入れられたのだ。それでも二人とも、どこかに雇ってもらえる程度のことは身につけた。

ニールがヴァンを発進させると、ヘレンは口を開く気になったらしい。

「またよりによって暑い日に外へ出かけたもんだね」とヘレン。周りでそんなふうに会話を始めているのを聞いたのかもしれない。敵意と不信をあらわにした固いぶっきらぼうな口調だったが、ジニーも今では心得ているように、相手がジニーだからというわけではなかった。そういう話し方をする人間がいるのだ——特に田舎の人は——この地方では。

「暑かったら、エアコンを入れたらいい」とニール。「うちのは昔風のやつなんだ——ぜんぶの窓を開けるのさ」

次の角を曲がったのは、ジニーの予想外だった。

「病院へ行かなきゃならないんだ」ニールが言った。「びっくりすることはない。ヘレンの妹が働いてるんだよ。ヘレンが取ってきたいものがあるんだ。そうだね、ヘレン?」

ヘレンは答えた。「うん。あたしのいい靴」

「ヘレンのいい靴だ」ニールはミラーをのぞいた。「ミス・ヘレン・ロージーのいい靴だ」

「あたしの名前はヘレン・ロージーじゃないってば」ヘレンは言った。どうやら、そう言うのはこれがさいしょではなさそうだった。

「きみの顔がばら色《ロージー》だからそう呼んでるだけだよ」とニール。

「そんなことないよ」

「そうだよ。そうだろ、ジニー? ジニーもきみがばら色の顔をしてるってさ。ミス・ヘレンばら色顔《ロージー・フェイス》」

たしかに少女は柔らかそうなピンクの肌だった。まつげと眉毛が白に近いことにもジニーは気づいていた。ブロンドの和毛《にこげ》のような髪にも。それにあの口。妙にむき出しの感じなのだ。ただ口紅を塗っていない唇というんじゃなくて。卵から生まれたばかりみたいな、まだ皮が一枚足りないんだ、これから最終的なもっと剛《かた》い大人の毛が生えるんだ、というような。この子はきっと発疹や感染症にかかりやすく、すぐに掻き傷や打ち身ができたり、口の周りがただれたり、白いまつげにものもらいができたりするんだろう。かといって、弱々しくは見えない。肩は広く、細身だけれど骨格はしっかりしていた。それに、頭が悪そうでもない。子牛や鹿のような、真正面から向かってくるような表情をしているけれど。この子の場合すべてが表面に出ているのだ。この子の関心が、その性格のすべてが、まっすぐこちらに向かってくる。邪気はないけれど——ジニーにとっては——不愉快なエネルギーとともに。

　車は長い坂を病院へと上っていった——ジニーが手術を受け、化学療法のさいしょのワンクールを過ごしたところだ。病院から道路を渡った向かい側には墓地がある。ここは幹線道路で、以前はこの道を通るといつも——昔、買い物やたまの気晴らしに映画を見るためだけにこの町に来ていた頃——ジニーは、「あまりと言えばあんまりな眺めよね」とか「これじゃちょっと便利すぎるんじゃないの」とか言ったものだ。

　今はただ黙っていた。墓地は別に気にならない。どうってことはなかった。

　ニールもそれに気づいたらしい。ミラーをのぞきこみながら言った。「あの墓地には何人くらい死人がいると思う?」

　ヘレンはちょっとの間、なにも答えなかった。それから——ややぶすっとして——「わかんない」

「あそこじゃ、みんな死んでるんだ」

「わたしもひっかけられたのよ」とジニー。「四年生程度のジョークね」

ヘレンは答えなかった。四年生まで進級できなかったのかもしれない。

車は病院の正面玄関へ行った。それから、ヘレンの指示に従って裏へ回った。病院の寝巻きを着た人たちが、なかには点滴を引きずったまま、外に出てタバコを吸っている。

「ほら、あのベンチ」とジニー。「ああ、いいの、もう通り過ぎちゃった。注意書きがあるのよ——『タバコは吸わないでください』って。だけど、あのベンチって、みんなが病院の外へぶらぶら出てきたときに座るために置いてあるわけでしょ。だけどみんな、なんで出てくるの？　タバコを吸うためよ。なのにあそこにすわっちゃいけないわけ？　わけわかんない」

「ヘレンの妹は洗濯場で働いてるんだ」とニール。「ねえヘレン、なんて名前だっけ？　きみの妹の名前、なんていうの？」

「ロイス」とヘレンは答えた。「ここで停まって。うん。ここ」

そこは、病院の一翼の裏にある駐車場だった。一階には荷物積み入れ用のドアがひとつしかないが、固く閉じられている。他の三つの階には非常階段へ通じるドアがあった。

ヘレンは車から降りた。

「どうやってなかへ入ったらいいか、わかるの？」ニールがたずねた。

「かんたんだよ」

非常階段の端は地面から四、五フィートあったが、ヘレンは手すりを摑むと、体を持ち上げた。たぶん、ざらざらしたレンガを片足で一瞬蹴るようにしたのだろう。ジニーにはどうやったのかわからなかった。ニールは笑っていた。

「がんばれ」とニールは言った。

「ほかに入り口はないの？」ジニーはたずねた。

ヘレンは三階へ駆け上がり、姿を消した。

「あったって、あの子は使わないさ」とニール。

「すごくガッツがあるのね」ジニーは努力してそう言った。

「ガッツがなけりゃ、あの子は逃げ出せてないよ。ありったけのガッツが必要だっただろうよ」

ジニーはつばの広い麦藁帽をかぶっていた。それを脱いで、ぱたぱた扇《あお》ぎ始めた。

ニールが言った。「ごめんよ。陰に駐車できるようなところはなさそうだしなあ。あの子はすぐ出てくるよ」

「わたしのこの姿、ぎょっとしちゃう感じ？」ジニーが訊く。ニールはこの質問には慣れていた。

「そんなことないよ。どっちみち、ここには誰もいないしさ」

「今日診てもらったお医者はまえの人じゃなかったの。今日のお医者のほうが偉そうな感じだった。おかしかったのはね、頭がわたしみたいなの。患者の気を楽にさせようと思ってそうしてるのかもね」

そのまま続けて、医者になんと言われたか話そうと思ったのに、ニールはこう言った。「あの子の妹は姉さんほど賢くはないんだ。ヘレンが妹の面倒をみて、あれこれ指図してるようなところがあってね。この靴の件も――そんな感じなんだよ。自分の靴を買えないんだろうかね？ 自分の住むところもないんだ――まだ里親のところで暮らしてるんだよ、どこかずっと郊外のほうの」

ジニーは話を続けなかった。扇ぐほうにエネルギーをほとんど取られてしまったのだ。ニールは建物を見つめていた。

「入っちゃいけないところから入ったっていうんで捕まったりしてなきゃいいんだけどなあ」とニールは言った。「規則を破ったっていうんでさ。なにしろ規則なんて関係ない子だからな」

　数分後に、ニールは口笛を吹いた。

「ほら、やっと出てきたぞ。来た来た。ゴール目指してまっしぐらだ。さてさて飛び降りるまえに止まるだけの分別があるかな？　飛ぶ前に確かめるかな？　さてさて――いや。いや。うーん」

　ヘレンは手に靴は持っていなかった。ヴァンに飛び乗ると、ドアを叩きつけるように閉めて言った。「あのバカ。あっこへあがったら、あのバカが通せんぼするんだ。名札はどこだ？　名札をつけてないといけないんだぞ。名札をつけずに入ってきちゃいけないんだ。おまえが非常階段から入ってくるのを見たぞ。あんなことしちゃダメだ。わかったよ、わかったよ。妹に会わなくちゃならないんだ。今は休み時間じゃないから会えないよ。わかってる、だから非常階段から来たんだちょっともらうもんがあって。妹とおしゃべりするつもりはない時間はとらせないよちょっともらうもんがあるだけだから。いやだめだ。いやだめなことないよ。いやだめだ。でさ、あたし、大声で呼んだんだ。ロイス、ロイス。機械がどれもこれも動いていてなかは二百度くらいあってみんな顔から汗をだらだら流してるしなんかが動いてくし、でさ、ロイス、ロイスって。妹はどこにいるのか、あたしの声が聞こえてるのかどうかもわかんない。でもあの子は駆け出してきて、あたしを見るなり――ああ、クソッ。クソッ。抜かすんだよ、なんと忘れたって。あたしの靴を持ってくるのを忘れたんだ。昨日の晩にあの子に電話して念押しといたのに、出てきたあの子は、ああ、クソッタレ、忘れたってさ。なぐりつけてやりたかったよ。さあもう出ていけってあの男が言った。下に降りて出て行くんだ。非常階段はダメだぞ、規則違反だからな、って。あのクソッタレ」

ニールはげらげら笑いながら首を振った。

「へえ、あの子はそんなことやらかしたのか。きみの靴を置いてきちゃったのか」

「ジューンとマットのところにさ」

「最悪だな」

ジニーが口を開いた。「ねえ、もう車を出して、ちょっと風を入れられない？　扇いでもほとんど効果ないんだもの」

「わかった」ニールはバックしてむきを変え、車はまた病院の見慣れた場所を、さっきと同じ患者や違う患者がわびしげな病院の寝巻きを着て点滴を引っ張り、タバコを吸いながらうろうろしているところを通りぬけた。「ヘレンにどっちへ行ったらいいか訊かなくちゃな」

ニールは後ろへ声を掛けた。「ヘレン？」

「なに？」

「その人たちのところへ行くには、どっちへ曲がったらいいんだ？」

「誰のとこ？」

「きみの妹が住んでるところだよ。きみの靴があるところだ。どう行ったらいいのか、教えてくれよ」

「そんなとこ行かないから、教えない」

ニールはもと来た方へ引き返した。

「きみがちゃんと道順を教えてくれるまで、ずっとこうやって走るぞ。ハイウェイへ出たほうがいいのかな？　それとも、町の中心？　どこからスタートしようか？」

「どっからもスタートしなくていいよ。行かないから」

「そんなに遠くないんだろ？　なんで行かないんだ？」

「一度お願いをきいてもらったんだから、もうじゅうぶんだよ」ヘレンはできるだけ前へ身を乗り出すと、ニールとジニーのあいだに頭を突き出した。「病院へ連れて行ってくれたんだ、それでじゅうぶんだろ？　あたしのためにあっちこっち走る必要はないよ」

車はスピードを落とし、わき道へ入った。

「ばかなことを」とニール。「二十マイルも離れたところへ行くんだよ、それにしばらく帰ってこれないかもしれない。その靴がいることもあるだろうに」

答えはない。ニールはまた言ってみた。

「それとも、道がわからないのか？　ここからどう行けばいいのか知らないのかい？」

「知ってる、でも教えない」

「じゃあ、ぐるぐる走り続けるしかないな。きみが教える気になるまで、ぐるぐると」

「でも、教える気になんかならないよ。だから教えない」

「引き返して、きみの妹に会ってもいいんだ。きっとあの子なら教えてくれるだろう。もうそろそろ仕事が終わる頃だろうし、家まで送ってやってもいい」

「あの子は遅番だもんね、ハハハ」

車は町の、ジニーが来たことのないあたりを走っている。うんとゆっくり走りながらしょっちゅう曲がるので、風はほとんど入ってこない。板を打ちつけて閉鎖された工場、安売りの店、質屋。「現金、現金、現金」、鉄格子のはまった窓のうえに文字がきらめく。だが一般住宅もある。むさくるしい古い二世帯住宅、第二次大戦中に短期間で建てられた木造一戸建て。なかの一軒では狭い庭いっぱい物を並べて売っていた――洗濯ばさみで綱にぶら下げられた衣類、食器や所帯道具を積み上げたテーブル。犬が一匹テーブルの下をかぎまわってひっくり返しそうなのに、階段に座ってタバコを吸いながら客が来ないのに超然としている女は、気にする様子もなかった。

角の店の前では、子供が何人かアイスキャンディーを食べていた。端っこにいた男の子が――おそらくまだ四、五歳だろう――ヴァンに向かって自分のアイスキャンディーを投げつけた。驚くほどの勢いで。ジニーの側のドアの、腕のすぐ下にあたったので、ジニーはちょっと叫び声をあげた。

ヘレンが後部座席の窓から頭を突き出した。

「おまえ、腕を折られたいんか？」

子供は泣きわめき始めた。ヘレンのことは考えていなかったのだ。アイスキャンディーがなくなってしまうということも考えていなかったのかもしれない。

ヴァンのなかに頭をひっこめると、ヘレンはニールに言った。

「ガソリンを無駄にしてるだけだよ」

「町の北？」とニール。「南？　北、南、東、西、どっちへ行くのが一番いいのか、ヘレンに教えてもらおう」

「言ったでしょ。今日はもうじゅうぶん気をつかってもらったんだから」

「ぼくも言っただろ。家へ帰るまえに、きみの靴を取りにいくんだ」

口調はきっぱりしていても、ニールの顔は微笑んでいた。わかっちゃいるけどどうしようもないんだ、という表情だった。すっかり嬉しがっているしるしだ。ニールは完全にのってしまって、ばかげた喜びにあふれていた。

「意地張ってるだけじゃない」とヘレン。

「どれだけ意地っ張りか、今にわかるよ」

「あたしだって。あんたに負けないほど意地っ張りだもんね」

ジニーは、自分のすぐ近くにあるヘレンの頰の熱が感じ取れるような気がした。そして、少女の息遣いがはっきり聞こえるような。興奮でぜいぜいかすれた、喘息気味の呼吸が。ヘレンの様子は、乗り物には乗せないほうがいい飼い猫みたいだった。神経が高ぶりすぎて分別はなくなっているが、座席のあいだを跳ね回ったりするには利口すぎる。

太陽がまた雲のあいだから照りつけ始めた。まだ空高くぎらぎらしている。

ニールは、年月を経たどっしりした木々と幾分ちゃんとした家の並ぶ通りへ車を乗り入れた。

「ここのほうがいいかな?」ニールはジニーに言った。「陰が多くてさ?」内緒話のように声を低めている。少女との目下の事態はちょっと棚上げにしておこう、バカバカしい、というように。

「眺めのいい道を通ろう」と、今度は後ろの座席に言った。「今日は眺めのいい道を通ることにしよう、ミス・ヘレン・ロージーフェイスのためにね」

「このまま行ったほうがいいんじゃないの」とジニー。「このまま家に帰ったほうが」

ヘレンが口をはさんだ。まるで叫ぶように。「あたしは家へ帰るじゃまなんか、したくないんだからね」

「じゃあ、道順を教えてくれよ」とニール。なんとか自分を抑えて、ちゃんとまじめな口調で話そうと努めている。顔がほころびるのを抑えようと。でも、いくら消そうと努めてもすぐに笑顔が戻ってきてしまう。「とにかくそこへ行って用事をすませて、それから家へ帰ろう」

さらに半ブロックのろのろ進んだところで、ヘレンがうめくような声で言った。

「そうしなきゃいけないっていうんなら、しなきゃいけないんだろうね」


そんなに遠くまで行かなくてもすんだ。分譲地を通りかかると、ニールがまたジニーに言った。

「小川なんて見えないぞ。団地も」

ジニーは「なによ?」と言った。

「シルバー小川《クリーク》団地。看板にそう書いてあった」

きっとジニーの目には入らなかった看板の文字を読んだのだろう。

「曲がって」とヘレン。

「左かい、右かい?」

「解体屋のところ」

解体屋の仕事場が見えた。車体が申し訳程度に、たわんだブリキのフェンスで隠されている。それから丘をのぼってゲートをいくつか通り、丘の中央を広くえぐりとっている砂利の採掘場へ。

「あれだよ。むこうにあるのがあの家の郵便受けだよ」ヘレンがちょっともったいをつけた口調で告げた。そして車がそばまで行くと、名前を読み上げた。

「マット・アンド・ジューン・バーグソン。ここだよ」

犬が二匹、短い私道を吠えながら駆け下りてきた。一匹は黒くて大きく、もう一方は黄褐色で小さく、子犬みたいだ。二匹は車の周りでワンワンいい、ニールはクラクションを鳴らした。すると別の犬が——こちらはもっとずる賢くて自覚がありそうで、なめらかな体に青みをおびた斑点がある——丈の高い草のあいだから出てきた。

ヘレンは犬たちに、うるさい、やめな、あっち行け、と怒鳴った。

「ピントー以外は気にすることないんだ」とヘレンは言った。「あとの二匹は臆病だから」

車が停まったのは、広い、なんとも言いようのない場所で、砂利がいくらか積まれていた。一方にはブリキ屋根の納屋か道具小屋のようなものがあり、もう一方の側には、トウモロコシ畑の端に、廃屋となった農家があった。レンガがほとんど剝がれ落ちて黒っぽい板壁が見えている。現在一家が暮らしているのはトレーラーで、ちゃんとポーチと日よけがしつらえられ、おもちゃみたいな塀の後ろには花壇もあった。トレーラーも花壇もきちんとしてきれいだったが、敷地のほかの部分には、目的があって置いてあるものか、ただ錆びたり腐ったりするにまかせてほっぽってあるものか、さまざまな物が散らばっていた。

ヘレンは車から飛び降りると、犬をぴしゃぴしゃ叩いた。だが、犬たちはそれでも走り回っては、車に飛びついて吠えかかる。そのうち、納屋から男が出てきて、犬たちを怒鳴った。脅し文句も呼びかける名前もジニーには理解できなかったが、犬たちは静かになった。

ジニーは帽子をかぶった。それまでずっと手に持っていたのだ。

「あいつら、脅してるだけだよ」とヘレンは言った。

ニールも車から降りて、怖くなんかないぞという態度で犬たちを構っている。納屋から出てきた男は車のほうへとやってきた。着ている紫のTシャツが汗で濡れて、胸や腹に貼りついている。太って胸がふくらみ、妊婦のようにヘソが突き出ている。ヘソは大きな針山のようにお腹にのっかっていた。

　ニールは男に歩み寄り、手を差し出した。男は作業ズボンに自分の手をなすりつけて笑い、それからニールと握手した。二人の会話は、ジニーには聞き取れなかった。トレーラーから女が現れ、おもちゃみたいな門を開けて出てくると、また掛け金をかけた。

「ロイスったら忘れたんだ、あたしの靴を持ってくるはずだったのに」ヘレンは女に訴えた。「ちゃんと電話しといたんだよ、なのに忘れたんだ。だから、ロッキャーさんが靴を取りに連れてきてくれたんだよ」

　女も太っていたが、ご亭主ほどではなかった。アステカの太陽の模様のピンクのムームーを着て、髪にはゴールドのメッシュを入れている。女は落ち着いたにこやかな顔で砂利の上を歩いてきた。ニールは振り向くと自己紹介し、それから女をヴァンに連れて行ってジニーに紹介した。

「こんにちは」と女は言った。「あんまり具合がよくないっていうのは、あんただね？」

「わたしはだいじょうぶ」とジニー。

「せっかく来たんだから、なかへ入ってよ。こんな暑いとこにいないでさ」

「いや、ぼくたちはちょっと寄っただけですから」とニール。

　男も近づいてきていた。「うちにはエアコンがあるんだ」男はそう言いながらヴァンをじろじろ見たが、その親切そうな表情には見下すようなところが混じっていた。

「靴を取りに寄っただけなんです」ジニーは言った。

「こうやってここまで来たんだから、まあそう言わないで」女――ジューン――は、なかに入らないなんてけしからん冗談だ、というように笑った。「あがって一休みしてってよ」

「夕食時におじゃまするのもなんですから」とニールが言った。

「夕飯ならすんだよ」とマット。「早くにすますんだ」

「だけど、チリがたくさん残っててね」とジューン。「家にあがって、チリを片づけていってよ」

ジニーが答えた。「それはありがとうございます。でも、わたしはなにも食べられそうになくて。こう暑いと、なにも食べたくないの」

「なら、代わりになにか飲んだらいいよ」とジューン。「ジンジャーエールもコーラもあるから。ピーチ・シュナップスもね」

「ビールもな」とマットがニールに言った。「ブルー（ラバットブルー、カナダのビール）でも一本どうだね？」

ジニーはニールを自分の窓のそばへと手招きした。

「わたしはいやよ。だめだって言って」

「それじゃあ、むこうが気を悪くするよ」とニールは小声で答えた。「もてなそうとしてくれてるんだから」

「だけどわたしはいや。あなたは行けば？」

ニールはもっと顔を寄せた。「きみがなかに入らないと、どう思われるかわかるだろ。お高くとまってるように見えるぞ」

「あなたが行って」

「なかに入ればだいじょうぶだって。ほんとに、エアコンがあったほうがきみのためにはいいんだ」

ジニーは首を振った。

ニールは体を起こした。

「ジニーはこのままここにいるほうがいいそうです、陰になってますしね」

ジューンが言った。「だけど、家のなかで休めばいいのに――」

「でも、ぼくはブルーをいただきますよ」ニールはそう言って、ジニーを振り返ってこわばった笑顔を浮かべた。不満げで怒っているように見えた。「ほんとにだいじょうぶなんだね？」ニールはみんなに聞こえるように言った。「ほんとだね？　ぼくがちょっとおじゃまさせてもらっても、かまわないね？」

「だいじょうぶよ」ジニーは答えた。

ニールは片手をヘレンの肩に、もう片方をジューンの肩に置くと、さも親しげにいっしょにトレーラーのほうへ歩いていった。マットは変な女だというようにジニーに向かってにやっとすると、あとを追った。

マットが犬たちを呼ぶと、今度はジニーは名前を聞き取ることができた。

グーバー。サリー。ピントー。


ヴァンは柳の木が並んだ下に停めてあった。古い大きな木々だったが、葉はまばらで、ちらちら陰ができる程度だ。それでも、一人でいられるのはありがたかった。

今朝、住んでいる町からハイウェイを車で来る途中、道端の露店で出始めのリンゴを買ってあった。ジニーは足元の袋から一個取り出すと、小さく一口かじった――味わって呑みこみ、胃に落ち着かせることができるかどうか、ちょっと試してみようと。チリと、それにマットの巨大なヘソのイメージを打ち消してくれるものが必要だった。

だいじょうぶだった。リンゴはしゃりっとしてすっぱく、かといってすっぱすぎることもなく、少しずつかじってよく噛めば、胃に収まった。


ジニーはこういう――あるいはこれに似た――ニールをこれまでにも何度か見たことがあった。学校の男の子のことで。そっけない、ちょっとけなすような言い方で名前を口にする。かわいくてたまらないような顔、弁解がましい、それでいてどこか開き直ったようなくすくす笑い。だが、ジニーが自宅で接触しなければならないような子ではなかったし、おかしなことにはなりようがなかった。少年にはやがて期限が来て、去っていくのだし。

今度もまた期限が来るだろう。どうということはない。

今日ではなく昨日だったら、さらにどうということもなかったのだろうかと思わないではいられなかった。

ジニーはヴァンから降りた。内側の取っ手につかまれるよう、ドアは開けっぱなしにしておく。外側のものはすべて焼けついて、ちょっとの間も触ってはいられないから。ちゃんと立てるか確かめねばならなかった。それから、木陰をちょっと歩いてみた。柳の葉は、もう黄色くなっているものもある。地面に散っているものも。木陰から、敷地をぐるっと見まわしてみた。

へこんで、ヘッドライトは両方とも取れてしまい、横腹の名前をペンキで塗りつぶした配達用トラック。座席を犬に噛み破られたベビーカー。積み上げずにどさっと置いてある薪《まき》。山積みの巨大なタイヤ。おびただしいプラスチックの水差しにオイル缶がいくつか、古い材木、納屋の壁のそばでくしゃくしゃになっているオレンジ色のビニールの防水シートが二枚ほど。納屋のなかには、大型のGMトラックと小型でボロボロのマツダのトラックとガーデントラクター、それにちゃんとしたのや壊れたのやいろいろな道具。取れたわっかや取っ手や棒は、思いついた使い道次第では使えるのかもしれない。なんとたくさんのものを人間は抱え込めるのだろう。ジニーだって、写真だの、通知書だの、会合の議事録だの、新聞の切り抜きだの、思いついてはディスク上に置いていたおびただしいフォルダだのがあったのだが、化学療法を受けなければならなくなって、全部片づけた。最後には捨てられることになるのかもしれない。ここにあるものもそうなるのかも、マットが死ねば。

ジニーはトウモロコシ畑に行きたくなったのだった。トウモロコシはもうジニーの頭より高い。ニールの頭よりも高いかもしれない――その陰に入りたかったのだ。ジニーはそれだけを思いながら庭を横切った。ありがたいことに、どうやら犬は家のなかに入れられているようだった。

柵はなかった。トウモロコシがなくなったところからが庭というわけだ。ジニーはまっすぐ入っていった。畝《うね》のあいだの細い小道へと。オイルクロスの吹流しのような葉が、顔に当たり腕をこすった。叩き落とされないように、帽子を脱がなければならなかった。茎の一本ずつに穂軸がついている、おくるみに包まれた赤ん坊のように。伸び盛りの野菜の、強い、ほとんど胸が悪くなるようなにおいがたちこめていた。緑のでんぷん質と熱い樹液の。

ジニーが畑に入ってしまおうと思っていたのは、寝そべることだった。この大きなざらざらした葉の陰に寝そべって、ニールに呼ばれるまで出て行かないのだ。呼ばれても出て行かないかも。だが、畝と畝のあいだはあまりに狭くて、そんなことはできそうもなかった。それに、ジニーは考え事にすっかり気を取られて、わざわざそんなことをする気を失くしていた。腹が立ってたまらなかったのだ。

最近起こったことに対してではなかった。ある夜、数人がジニーの家の居間——それともミーティング用の部屋だったか——の床に座り込んで、例の真面目な心理ゲームをやったのだ。もっと正直で立ち直りの早い人間になるためにという、あれである。お互いの顔を見ながら、心に浮かんだことを言うのだ。すると、アディー・ノートンというニールの友人である白髪頭の女性が、こう言ったのだった。「こんなこと言いたくないんだけどね、ジニー、でも、あなたを見るたびにどうしても思っちゃうの——お上品ぶった女《ナイス・ネリー》、って」

そのとき、なにか返事をした覚えはない。あるいは、返事はしないことになっていたのかもしれない。今、ジニーが心のなかで言い返しているのはこういう言葉だった。「どうして、言いたくないんだけどなんて言うのよ？　こういうことは言いたくないんだけどって言うときは、ほんとはそう言いたいんだって、わかってないの？　せっかく正直になろうとしてるんだから、とにかくそこから始めたらどう？」

心のなかでこんなふうに言い返すのは、これが初めてではなかった。あのゲームがいかに馬鹿げた茶番か、心のなかでニールに指摘するのも。だって、アディーの番になったとき、誰か不愉快なことを言えた？　とんでもない。「精力的」って言ってみたり、でなきゃ「冷たい水にヒャッとさせられるみたいに正直」彼女はみんなから怖がられていた、それだけのことだ。

「冷たい水にヒャッとさせられるみたいに」とジニーは、今度は声に出して言った。辛辣な口調で。

ほかの人たちはジニーにもっと優しいことを言ってくれた。「フラワー・チャイルド」とか「泉のマドンナ」とか。誰が言ったのであれ、「泉のマノン（フランス映画）」のつもりで言ったのだとジニーにはちゃんとわかっていたが、べつに訂正はしなかった。その場に座ってみんなが自分のことをどう思っているか聞いていなければならないということに、ジニーはひどく腹が立った。みんなまちがっている。ジニーは臆病でもなければ従順でもなく自然でもないし純粋でもない。

死んでしまえば、もちろん、こういうまちがった意見だけが残るのだ。

こんなことを胸のうちで思い巡らしながら、ジニーはトウモロコシ畑でいちばん陥りやすいことをしてしまっていた――迷ったのだ。畝をひとつ越え、もうひとつも越え、それからたぶん向きを変えたはずだ。来た道を戻ろうとしたのだが、どうやらまちがったらしい。太陽がまた雲に隠れてしまい、どちらが西かわからない。だが、畑に入ったときだって自分の向かっている方角がどっちなのかわかっていなかった。だから、わかったところでなにもならなかっただろう。じっと立ち尽くしていると、聞こえるのはトウモロコシのざわめきと遠くを車が行きかう音だけだった。

ジニーの心臓は、まだまだ何年も先のある心臓と同じようにドキンドキン鼓動していた。と、ドアの開く音がして、犬の吠え声とマットの大声が聞こえ、ドアがばたんと閉まった。ジニーは茎や葉をかきわけて音がしたほうへ進んだ。

結局、ぜんぜん遠くまでは行っていなかったことが判明した。畑の狭い一角のなかでずっとよたよた歩いていたのだった。

マットはジニーに手を振り、犬たちを追い払った。

「こわがらんでええですよ、こわがらんでええですよ」マットは大声で言った。ジニーと同じように車のほうへ向かっている。別の方角からだが。お互いに近づくと、マットは今までより低い、おそらくはより親しみをこめた声で言った。

「家へ来てドアを叩いてくれたらよかったのに」

ジニーが用を足しに畑へ入ったと思っているのだった。

「旦那さんに言ったんですよ、ちょっくら外へ出て、あんたがだいじょうぶかどうか見てきてあげるよってね」

「わたしはだいじょうぶよ、ありがとう」ジニーはヴァンに乗り込んだが、ドアは開けたままにしておいた。閉めると、マットに失礼かもしれない。それに、ジニーはひどくぐったりしていた。

「チリがえらく気に入ったみたいでさ」

この男は誰のことを話しているのだろう?

ニールだ。

ジニーは汗をかいて震えていた。頭のなかでブーンという音がする、耳から耳へ電線が張られているみたいに。

「よかったら、あんたにもちょっともってこようか」

ジニーはにっこりしながら首を振った。マットは手に持ったビール瓶を掲げた――ジニーに敬意を表しているように見えた。

「飲むかね?」

ジニーはまた首を振った。相変わらず笑顔で。

「水も? ここじゃいい水が出るんだ」

「いいえ、けっこうよ」

横を向いてあの紫色のヘソを見てしまったら、もどしそうになるだろう。
「いやあ、ある男の話なんだけどね」マットの声音が変わった。ゆったりした、くすくす笑いを交えた声だ。「その男、ドアの外へ出て行こうとしたんだ。ホースラディッシュの瓶を片手に持ってさ。そいで、そいつの親父が言ったんだ、ホースラディッシュなんか持ってどこ行くんだ？

ああ、馬を捕まえに行くんだよ、とそいつは言った。

ホースラディッシュじゃ馬は捕まらんぞ。

次の朝戻ってきたら、ちょっと見られんくらい見事な馬だ。ほら、おいらの馬を見てくれよ。納屋へ入れとくからな」

まちがった印象を与えたくはないんですがね。楽観主義に流されないようにしなくては。ですが、どうやら思いがけない成り行きになっているようなんです。

「次の日、親父が見ていると息子がまた出かけていく。ダクトテープを抱えてる。今度はどこへ行くんだ？

いやあ、お袋が晩飯にうまいダックを食いたいって言ってたからさ。

おまえはアホか。まさか、ダクトテープでダックを捕ろうと思ったんじゃないだろうな？

まあ見てなって。

翌朝戻ってきたら、うまそうな太ったダックを小脇に抱えている」

どうやらかなりの縮小が見られるんですよ。もちろんそうなることを望んではいましたがね、実を言えば期待はしていなかったのです。戦いが終わったわけではないんですよ、ただ、好ましい兆候だというだけのことです。

「親父はどう言っていいやらわからなかった。どう言っていいやらさっぱりわからなかったんだ。

次の夜、次の夜にまたも、息子が木の枝の大きな束を抱えて戸口から出て行くじゃないか」

きわめて好ましい兆候です。この先また問題が起こらないとも限りませんが、やや楽観的になってもいいのではないかと言えますね。

「おまえが持ってるその枝はなんだ？

ネコヤナギ《プッシーウィロウ》だよ。

そうか、と親父は言った。ちょっと待ってろよ。

ちょっと待ってろよ、帽子を取ってくるからな。帽子を取ってきて、おまえといっしょに行くからな！」

「あんまりだわ」ジニーは声に出して言った。

頭のなかの医者に向かって。

「ええ？」とマット。まだ笑みくずれながらも、その顔にはちょっとむっとしたような子供っぽい表情が浮かんだ。「また、どうしたって言うんだね？」

ジニーは片手でぎゅっと口を押さえながら首を振った。

「ただのジョークだよ」とマット。「あんたを怒らせるつもりなんてぜんぜんなかったんだ」

ジニーは言った。「いいえ、ちがうの、わたし――ちがうのよ」

「いやいいんだ、もう家に戻るよ。もうあんたのじゃまはしないさ」マットはジニーに背中を向けた。犬たちに声を掛けようともせずに。

ジニーは医者に、そんなことはなにも言わなかった。どうして言える？　医者が悪いわけではないのだから。だが、本当のことだった。あんまりだ。医者の言葉のおかげでなにもかもがいっそう難しくなってしまった。ジニーはこの一年をまたやり直さねばならなくなった。ある種の低レベルの自由がかき消されてしまった。その存在にすら気づいていなかったどんよりした保護膜が引き剝がされ、ジニーはむき出しになってしまった。

小便をしにトウモロコシ畑へ入ったのではないかとマットに思われたことで、ジニーは実際に尿意を覚えていることに気づいた。ヴァンから用心深く降り立ち、両脚を広げてゆったりした木綿のスカートをたくしあげる。この夏、ジニーはゆったりとしたスカートをはいてパンティーはつけないようになっていた。膀胱をうまくコントロールできなくなっていたからだ。

ジニーの体から、黒っぽい流れがちょろちょろと砂利のあいだに滴《したた》った。太陽はもう沈み、夜が近づいている。頭上の空は澄みわたって、雲は消えていた。

犬たちの一匹が気乗りのしない吠え声をあげて、誰かがやって来るのを告げた。犬たちにはお馴染みの誰かだ。ジニーが車から降りても、犬たちはもう近づいてこなかった——ジニーの存在に慣れたのだ。犬たちは警戒するでも嬉しそうにするでもなく、やってきた人物を出迎えに駆けていった。

それは少年で、いや青年と言うべきか、自転車に乗っていた。ヴァンのほうへと向きを変えてきたので、ジニーもそちらへ回り、冷えたとはいってもまだ暖かい車体に片手をついて体を支えた。自分が作った水溜りをはさんで話をするのは嫌だった。それに、そんなもののある地面を見られまいとする思いもあったのかもしれない。ジニーは先に口を開いた。

こんなふうに言ったのだ。「あら——配達かなにか?」

相手は笑って地面に飛び降り、自転車を倒した。すべてひとつながりの動きで。

「ここに住んでんだよ。仕事から帰ってきただけだ」

自己紹介し、どうしてここに来ることになったのか、来てどのくらいたつのか説明したほうがいいのだろうとジニーは思った。だが、どうもややこしすぎる。こうやってヴァンにもたれている自分は、難破船から這い出したばかりのように見えることだろう。

「ああ、ここに住んでんだ。だけど、おれ、町のレストランで働いてんだぜ。サミーの店でさ」

ウェイターだ。この真っ白のシャツに黒のズボンはウェイターの服装だ。それに、辛抱強くて機敏そうな物腰もウェイターのものだ。

「わたしはジニー・ロッキャー。ヘレン、ヘレンの——」

「ああ、知ってるよ。ヘレンが働くことになったとこの人だね。ヘレンはどこ?」

「家のなかよ」

「あんたに入れとは、誰も言わなかったってわけ?」

ヘレンくらいの歳だ、とジニーは思った。十七か十八。ほっそり優雅で生意気そうだ。無邪気なひたむきさがあるが、それはおそらくこの子を本人の望むところまでは連れて行ってくれないだろう。結局は少年犯罪者となってしまったこういうタイプの子を、ジニーは何人か知っていた。

だが、物事には聡《さと》そうだった。ジニーが疲れて、ちょっとぼうっとしているのはわかっているようだ。

「ジューンも家にいるのかな? ジューンはおれのオフクロなんだ」

少年の髪は母親と同じように染められていた。黒っぽい髪に金のメッシュが入っている。その髪を長めに伸ばしてまんなかで分け、両方にばさっと垂らしている。

「マットも？」

「ええ、それにうちの夫もね」

「そりゃあひどいなあ」

「あら、そうじゃないの。誘ってはくれたのよ。わたしが外で待ってるって言ったの」

ニールは以前、ヨーヨーズを二、三人、ときどき家に連れてきては芝の手入れやペンキ塗りやかんたんな大工仕事をやらせていた。誰かの家に呼ばれるのは生徒たちにとっていいことだと思っていたのだ。ジニーは生徒たちの気を引いてみることがあった。決して自分に責任が及ばないようなやり方で。ちょっと優しく話しかけてみたり、自分のしなやかなスカートの裾やアップルソープの香りに注意を向けさせてみたり。ニールはそのせいで生徒たちを連れてくるのをやめたわけではない。規則違反だと言われたのだ。

「で、もうどのくらい待ってるわけ？」

「さあわからない」とジニー。「時計してないの」

「そうなんだ」と少年。「おれもだ。時計してない人ってめったに会わないんだよね。ぜんぜんしたことないの？」

ジニーは答える。「そう。ぜんぜん」

「おれもだ。今までしたことない。したくないんだ。なんでだかわかんないけど。したいって思ったことがないんだ。なんていうかな、どっちにしろいつだって、何時だかわかっちゃうんだよね。

二、三分のうちに。長くても五分もあればさ。それに、あちこちの時計がどこにあるのかも知ってるし。自転車で仕事に行くときにさ、確かめようって思うだろ、ほら、ほんとは何時か確認しとこうって。そしたら、裁判所の時計が建物のあいだに初めて見えるのはどこか、ちゃんと知ってるからね。いつだって、せいぜい三、四分あればいいんだ。客の誰かに訊かれることもある、何時かって。そしたら教えてやるんだ。客は、おれが時計をしていないってことにも気づかないよ。なるべくすぐに確かめるんだ、厨房の時計をさ。だけど、客に違ってたって言いに行かなきゃならなかったことは一度もないね」

「わたしもそんなふうにできることがあるわ、ときどきね」とジニーは言った。「きっとかえって勘が鋭くなるのね、時計をしないことで」

「ああ、それはほんとだな」

「じゃあ、今は何時だと思う?」

少年は笑った。そして空を見上げた。

「八時近くだな。あと六、七分で八時ってとこ? だけど、おれは得してるんだけどさ。仕事場を出たのが何時かはわかってるし、それからタバコを買いにセブンイレブンへ寄って、二、三分立ち話して、そして自転車でここまで帰ってきたんだから。あんた、町に住んでるんじゃないんだね?」

町じゃない、とジニーは答えた。

「じゃあ、どこに住んでるんだ?」

ジニーは場所を教えた。

「疲れてるんじゃないか？　家に帰りたいんだろ？　なかにいるあんたの旦那に、あんたが帰りたがってるって言ってきてやろうか？」

「いいのよ。そんなことしないで」

「わかった、わかった。しないよ。どうせ、なかでジューンがみんなの運勢を占ってるだろうしね。手相を見るんだ」

「あらそうなの？」

「ああ。週に二、三度、レストランにも行くんだぜ。紅茶もやるんだ。紅茶占いだよ」

少年は自転車を起こすと、ヴァンの通り道からどかした。そして運転席をのぞきこんだ。

「キーがさしてあるな。なら──おれがこの車であんたを送っていってやろうか？　自転車を後ろへ載せていけばいいから。あんたの旦那が帰るときは、ヘレンといっしょにマットに送ってもらえばいい。マットがだめならジューンでもいいしさ。ジューンはおれのオフクロだけど、マットはおれのオヤジじゃないんだ。あんた運転はしないんだろ？」

「しないわ」とジニー。もう何ヶ月も運転はしていなかった。

「そりゃそうだろうな。じゃあ、それでいいんだな？　おれが送っていってさ？　いいんだね？」

「おれの知ってる道はこっちなんだ。ハイウェイを通るのとおなじくらい早く着けるよ」

車は、分譲地は通らなかった。じつのところ、べつの道に向かったのだ。砂利の採掘場をぐるっと回っていくらしい道を。少なくとも今は西に向かっているようだ。空がいちばん明るいほうへ。

リッキー──と少年はジニーに名前を告げたのだが──は、まだ車のライトをつけようとはしなかった。

「誰かと行き会う心配はないからさ」と少年は言った。「この道で車は一台も見たことないんじゃないかな、今まで。だってさ——こんな道があるってことを知らない人も多いからね」

「それに、ライトをつけると空が暗くなって、あたりも暗くなるし、自分のいる場所がわからなくなるからね。もうちょっとしたら、そのうち星が見えてくる、そしたらライトをつけるんだ」

空は、ごくうっすらと赤や黄色や緑や青で色づけされたガラスのようだった。どの部分を見るかによって色がちがう。

「それでかまわないかな?」

「いいわよ」とジニーは答えた。

ライトをつければ、茂みや木々は黒々としてしまうだろう。道端には黒い木立が並び、その後ろには密集した木々が黒々と見えるだけになるだろう。今みたいに、トウヒやヒマラヤスギやふわふわしたアメリカカラマツがまだ一本一本見分けがついて、小さな炎がウィンクしているように見えるホウセンカの花が目に入ったりするのではなく。すぐ手が届きそうに見える。車はゆっくりと進んでいた。ジニーは手を突き出してみた。

いや、届きはしない。でも近い。道幅は車幅と同じくらいに見えた。

前方に輝いているのは水をたたえた水路ではないかとジニーは思った。

「むこうは水なの?」ジニーはたずねた。

「むこう?」とリッキー。「むこうもだし、どこでもね。この両側も水だし、下はあちこちで水になってるよ。見てみる?」

少年は車の速度を落とした。そして停めた。「そっち側を見てみなよ。ドアを開けて、見てみな」

言われたとおりにしたジニーは、自分たちが橋の上にいることに気づいた。たかだか十フィートくらいの小さな橋で、厚板を横に敷いてある。手すりはない。そしてその下は静止した水だった。

「ここはずっと橋になってるんだ。橋じゃないところは暗渠《あんきょ》にね。道の下でいつも行ったり来たり流れてるんだ。でなきゃ、じっとたまったまま、どこにも流れていかなかったり」

「どのくらい深いの？」

「深くはないよ。今の時期はね。大きな池のところへ行くまでは深くない――そこはもっと深いけど。だけど、春になると道にあふれ出すんだ。ここは通れなくなる。そうなると深いな。この道は何マイルも何マイルも平らなまま続くんだ、端から端までまっすぐにね。交差する道も、一本もないんだ。ボルネオ沼を突っ切る道でおれが知ってるのは、これだけだな」

「ボルネオ沼？」ジニーは問い返した。

「ここはそういう名前になってる」

「ボルネオっていう島があるのよ。地球の反対側に」

「それは知らないな。おれが聞いたことあるのは、このボルネオ沼だけだ」

黒っぽい草が細長く、道のまんなかに生えている。

「ライトをつける時間だ」とリッキーは言った。ライトがつくと、二人はとつぜん現れた夜の闇のトンネルのなかにいた。

「一度こんなふうに」とリッキーが話しはじめた。「こんなふうにライトをつけたら、ヤマアラシがいたんだ。道のまんなかに座ってるんだよ。体を起こして、なんていうか後足だけで座りこんでさ、まっすぐおれを見てるんだ。ちっちゃなジイサンって感じでさ。ものすごくおびえてて、動けないんだ。そいつのちっちゃな歯がガチガチいってるのが見えたよ」

ジニーは思った。ここはこの子が女の子を連れてくる場所なんだ。

「さあ、どうしようか？　クラクションを鳴らしてみても、そいつはやっぱりぜんぜん身動きしないんだ。降りて追っ払うのは嫌だった。おびえてるとはいってもヤマアラシだ、飛びかかってくるかもしれない。それで、おれはじっと停まったままでいたんだ。時間はあったからね。もう一度ライトをつけてみると、そいつはいなくなってた」

ここでは枝は本当にすぐ近くまで伸びて、ドアをこすっている。でも、花が咲いていたとしても、ジニーには見えなかった。

「見せたいものがあるんだ」とリッキー。「あんたが今までにぜったい見たことがないようなもんを見せてあげるよ」

これが以前のふつうの生活を送っていた頃なら、ジニーはここで怖くなり始めたかもしれない。以前のふつうの生活を送っていた頃なら、そもそもこんなところまで来ていなかっただろう。

「ヤマアラシを見せてくれるんでしょ」とジニーは言った。

「いや。そうじゃない。ヤマアラシよりもっと珍しいもんだよ。おれの知る限り、そんなにあるもんじゃない」

半マイルも行っただろうか、リッキーはライトを消した。

「星が見えるだろ？」とリッキーは言った。「言っただろ。星だよ」

リッキーはヴァンを停めた。さいしょはあたり一面しーんと静まり返っていた。それから、その静けさの端のほうからブーンというような音が聞こえてきた。遠くを走る車の音だったかもしれない。そして、ちゃんと聞こえるまえにもう消えてしまった小さな音、あれは夜行性の動物か鳥かコウモリだったのかも。

「春にここへ来たら、カエルの声しか聞こえないよ。カエルの声で耳がつぶれそうになる」

少年は自分の側のドアを開けた。

「さあ。降りてしばらく歩こう」

ジニーは言われたとおりにした。そして、轍《わだち》の片方をたどって歩いた。リッキーはもう一方を。空は前方のほうが明るく、違う音が聞こえた――のどかでリズミカルな会話のような響きが。道が木材に変わり、両側の木々がなくなっている。

「そこにあがって」とリッキーが言った。「ほら」

リッキーは寄ってくると、導くようにジニーの腰に手をかけた。それからその手を離すと、ジニーが自分で船のデッキのような厚板に足を乗せるにまかせた。船のデッキと同じく浮き沈みしている。だが、波に揺れているのではなかった。歩みに揺れているのだ、リッキーとジニーの。二人の歩みで足元の板がわずかに浮き沈みしているのだった。

「自分が今どこにいるかわかる？」とリッキー。

「船着場の上？」

「橋の上だよ。これは浮橋なんだ」

これでジニーにもわかった――厚板の道路の数インチ下は静止した水なのだ。リッキーに端のほうへいざなわれて、いっしょにのぞきこんだ。水面には星が映っていた。

「水が黒々としてるのね」とジニーは言った。「これって——夜だから黒いってわけじゃないのね？」

「いつも黒々してるんだ」リッキーは得意げに教えた。「だって、沼だからさ。紅茶と同じような成分があるんだ、だから紅茶みたいな色なんだ」

岸辺のラインや葦原が見える。葦のあいだの水が、葦を洗う水が音をたてていたのだった。

「タンニンだよ」リッキーは暗闇からその言葉を引っ張り出してきたかのように、さも得意げに口にした。

橋のわずかな動きに、ジニーは、木々や葦原はそれぞれどれも地表に浮いた皿の上にのっかっていて、道は地表に浮かぶリボンで、下はぜんぶ水なんじゃないかという気がした。そして、水はじっと静止しているように見えたが、本当に静止しているわけではなさそうだった。映っている星のひとつにじっと目をこらそうとすると、星は瞬いたり形を変えたりすっとどこかへ見えなくなったりするのだ。そしてまた現れる——でも、同じ星ではないのかもしれない。

このとき初めてジニーは気がついたのだった、自分が帽子をかぶっていないことに。かぶっていないばかりではなく、車にも持って乗らなかったことに。おしっこをしようと車から降りたときにはかぶっていなかった。リッキーとおしゃべりを始めたときにも。車のなかにすわって、頭をシートにもたせかけて目をつむっていたときも。マットのジョークを聞かされていたときも。きっと、トウモロコシ畑で落として、うろたえていたのでそのまま置いてきてしまったのだ。

張りついた紫のTシャツ越しにマットのヘソのふくらみを見せられるのはたまらないとジニーが思っていたとき、マットはジニーの寒々とした頭を見ながら平然としていたのだ。

「まだ月がのぼっていないのは残念だなあ」とリッキーが言った。「月がのぼると、ここは本当にきれいなんだ」

「今だってきれいよ」

リッキーはすっと両腕をジニーの体にまわした。自分のやっていることは至極あたりまえのことで、じっくりやらせてもらいますよといわんばかりに。リッキーはジニーの口にキスした。それ自体が事件だというようなキスをしたのはこれが初めてのような気が、ジニーにはした。それだけでひとつの物語になっているようなキスをするのは。優しいプロローグ、巧みに押しつけて、一心に探り、受け入れ、しばらく感謝の気持ちが続き、そして満足して離れる。

「ああ」とリッキー。「ああ」

リッキーはジニーのむきを変えさせ、来た道をいっしょに引き返した。


「じゃあ、浮橋の上に乗ったのはこれが初めて？」

ジニーはそうだと答えた。

「こんどはこれから、そこを車で越えるんだ」

リッキーはジニーと手をつなぐと、投げ上げるような勢いで振った。

「それからね、おれ、結婚してる女の人とキスしたのはこれが初めてなんだ」

「きっとこれからもっと何人もとするわよ」とジニーは言った。「あなたが結婚するまでにね」

リッキーはため息をついた。そして、「ああ」と言った。前途に待ち受けるものを考えてうろたえ、頭を冷やされたとでも言うように。「ああ、きっとするだろうな」

ジニーの頭にふとニールのことが浮かんだ。乾いた地面にいる彼のことが。ふざけた様子で疑わしげに手のひらを見せているニールの姿が。髪に明るいメッシュを入れた女、占い師に。自分の未来の縁で揺れている姿が。

いいじゃないか。

ジニーの心にあったのは屈託のない思いやりの気持ちだった、ほとんど笑い出したいような。温かい陽気な気分がふっと湧き上がり、ジニーの痛みや空しさのすべてを押し流してしまった。一時のあいだ。

家に伝わる家具

Family Furnishings

アルフリーダ。父は彼女のことをフレディーと呼んでいた。二人はいとこ同士で、隣り合った農場で育ち、それからしばらく同じ家で暮らした。ある日二人は切り株の並んだ畑で、マックという名前の父の犬と遊んでいた。その日は太陽が輝いていたが、溝の氷は融けていなかった。二人は氷を踏みつけては足の下でひび割れるのを楽しんでいた。

なんでそんなことを覚えているんだ？　と父はたずねた。作り話だろう、と。

「作り話じゃないわ」とアルフリーダは言った。

「作り話だよ」

「作り話じゃない」

とつぜん、鐘が鳴り響き、警笛の音が聞こえた。町の鐘と教会の鐘が鳴っていた。三マイルむこうの町で、工場の警笛も鳴っていた。世界が喜びではじけ、マックは道路へ飛んで行った。きっとパレードが来ると思ったのだ。第一次大戦が終わりを告げたのだった。

週に三回、わたしたちはアルフリーダの名前を新聞で見ることができた。名前だけだ――アルフリーダと。手書きのような印字だった。なめらかな、万年筆で書いたサインの文字のような。「アルフリーダと町めぐり」ここで言う町とはこの近くの町ではなく、南にある都会だ。アルフリーダはそこに住んでいて、わたしの一家は二、三年おきくらいに訪ねていた。

「ジューンブライドになる予定のみなさんが〈チャイナ・キャビネット〉に自分の選択を登録する時期となりましたが、本当のところ、もし私が花嫁になる予定なら――悲しいかな、そんな予定はないのですが――模様のあるディナーセットの誘惑はいくら美しくても退けて、真珠のような艶のある白い超モダンなローゼンタールにするかもしれません……。

美顔術は現れては消えていきますが、〈ファンティーヌのサロン〉で顔にこってりパックを施してもらえば――花嫁についていえば――お肌がオレンジの花のように生き生きとします。そして花嫁のお母さまは――それに花嫁のおばさまや、たぶんおばあさまだって――若返りの泉に浸かったような気分になることでしょう……」

アルフリーダのしゃべり方からは、とてもこんなスタイルの文章を書くとは思えないのだが。

アルフリーダは、「フローラ・シンプソンの主婦のページ」にフローラ・シンプソンの名前で書く執筆者の一人でもあった。田舎のあちらこちらに住む女たちは、自分たちはページの一番上に写真のある灰色の髪をカールして優しく微笑んでいるぽっちゃりした女性に手紙を書いているのだと思い込んでいた。だが本当は――わたしはしゃべってはいけないことになっていたのだが――読者それぞれの手紙の下に掲載される文章は、アルフリーダと、彼女がホース・ヘンリーと呼んでいる死亡記事も担当する男が書いているのだった。女たちは「明けの明星《モーニング・スター》」とか「谷間のユリ《リリー・オブ・ザ・ヴァレー》」とか「園芸上手《グリーン・サム》」とか「リトル・アニー・ルーニー（新聞の連載マンガ）」とか「皿洗いモップの女王《ディッシュモップ・クイーン》」とかいうペンネームを使った。人気のあるペンネームの場合は番号を振らなければならないこともあった――金髪娘《ゴルディロックス》1、金髪娘《ゴルディロックス》2、金髪娘《ゴルディロックス》3。

「親愛なる明けの明星《モーニング・スター》さん」、とアルフリーダまたはホース・ヘンリーは書くのだった。

湿疹というのはじつに厄介なものです。特に今のような暑い時期には。重曹がちゃんと効いてくれるといいですね。家庭療法はたしかにあなどれませんが、かかりつけの医師の助言を仰ぐのも決して悪いことではないのでは。ご主人がまた元気になられたというのはすばらしいニュースです。大変だったでしょうね、こんな気候でお二人とも……。

オンタリオ州のその地方の小さな町ではどこでも、フローラ・シンプソン・クラブに入っている主婦たちは毎年夏のピクニックを催していた。フローラ・シンプソンはいつもちゃんと挨拶状は寄越したが、行事が多すぎてとてもぜんぶには顔を出せないし分け隔てするのは嫌だから、と弁解するのだった。アルフリーダによると、ホース・ヘンリーにカツラをかぶせ胸に枕を入れて行かせるか、あるいはアルフリーダが「バビロンの魔女（彼女でさえ、わたしの両親の食卓では聖書の引用そのままの『娼婦』という言葉は口にできなかった）」のような流し目を使いながら、べっとり口紅を塗った口にシギブーをくわえて行こうかという話も出たらしい。だけどねえ、とアルフリーダは言った。あたしたち新聞に殺されちゃうわよ。どっちみち、それじゃあんまりだしね。

アルフリーダはいつもタバコのことをシギブーと言った。わたしが十五か十六のとき、テーブル越しに身を乗り出したアルフリーダにたずねられた。「あんたもシギブーどう?・」食事を終わって、弟と妹はテーブルを離れていた。父が首を振っている。父は自分のを巻き始めていた。

わたしはありがとうと言うと、アルフリーダに火をつけてもらい、初めて両親のまえでくゆらせた。

二人は面白い冗談だ、みたいな振りをしていた。

「ほら、あなたの娘を見てごらんなさいよ」母が父に言った。母は目をくるっと回すと両手で胸を叩き、芝居がかった悲痛な声で言った。「気が遠くなりそう」

「馬のむちを持ってこなくちゃな」と父は言って、半分腰を浮かせた。

これは驚きだった。まるでアルフリーダがわたしたちを新しい人間に変えてしまったかのようだった。いつもは、母は女がタバコを吸うのを見るのは嫌いだと言っていた。見苦しいとか下品だとか言うんじゃなく——ただ好きじゃないのだと。そして母がある種の口調でなにかが好きじゃないと言うときは、道理の通らないことを言っているのではなく、付け入る隙のない神聖と言ってもいいような秘密の知恵の泉から出た意見のように聞こえるのだった。母がこの口調になり、それに伴って内なる声に耳を傾けるような表情になるとき、わたしはとりわけ母を嫌だと思った。

父のほうは、まさにこの部屋でわたしをなぐったものだった。馬のむちではなく自分のベルトで。母の規則に従わなかったとか、母の気持ちを傷つけたとか、口答えしたとかいう理由で。今や、そんなふうに殴られるなんてべつの世界の出来事のように思えた。

両親はアルフリーダによって——そしてわたしによって——苦しい立場に立たされたのに、果敢に鮮やかに反応して、それは本当にまるで、わたしたち三人——母と父とわたし——がみんなゆったりと平静でいられる新たな段階に引き上げられたような感じだった。あの瞬間、わたしには両親が――特に母が――めったに表には出したことのない一種の快活さを発揮できる人間に思えたのだ。すべてアルフリーダのおかげである。

アルフリーダはいつもキャリアガールだと言われていた。このせいで、両親より若いような気がした。ほとんど同じくらいの歳だというのはわかっていたのだが。都会人だとも言われていた。こういう言い方で言われる都会というのは、アルフリーダが暮らし、仕事をしている場所を意味していた。だが、ほかのことも意味していた――建ち並ぶビルのくっきりした輪郭だの歩道だの路面電車の線路だの、それに単に人が寄り集まっているといったことだけではなく。それはもっと抽象的な、何度も何度も繰り返されるような、ミツバチの群れのように荒々しいけれど組織だったものを意味していた。べつに役に立たなかったり欺かれたりということはないのだが、心をかき乱す、時に危険なものを。人は仕方なしにそういう場所へ行き、出てくるときには喜ぶ。だがしかし、なかにはそこに惹かれる者がいる――きっとアルフリーダもずっと昔にはそうだったのだろうし、わたしも今ではそうだった。タバコをふかし、なにげない顔で指に持とうとしていたわたしも。指のあいだで野球のバットの大きさになってしまったような気がしていたのだが。

わたしの一家には定期的な社交生活などというものはなかった――人が食事に来ることはなかったし、ましてやパーティーなどは。これはたぶん階級の問題だろう。このディナーテーブルの場面のほぼ五年後にわたしが結婚した男の子の両親は、親戚でもない人たちをディナーに招き、二人がごく当たり前にカクテル・パーティーと呼ぶ午後のパーティーに出かけていた。それはわたしが雑誌の記事で読んでいたような生活で、義理の両親が、お話の本に出てくる特別な世界の住人のように思えた。

うちの一家がやっていたのは、年に二、三回ダイニングルームのテーブルに板を置いて広げて、祖母や伯母たち――父の姉たち――とそのつれあいをもてなすことだった。うちではこれを、クリスマスや感謝祭にやっていた。うちの番の年や、それにたぶん、州のべつの地方から親戚が来たりしたときにも。こうした訪問客は決まって伯母やそのつれあいたちのようなタイプで、アルフリーダとは似ても似つかなかった。

母とわたしはこうしたディナーのときには二、三日まえから準備を始めた。ベッドカヴァーほど重い上等のテーブルクロスにアイロンをかけ、食器棚で埃をかぶって鎮座していた上等の皿を洗い、食堂用の椅子の脚を拭き、一方でゼリー寄せサラダやパイやケーキも作り、それになくてはならないメインの七面鳥のローストかベークド・ハム、そして野菜を幾鉢か。食べきれないくらいたっぷりなくてはならなかった。食卓の会話はほとんどが食べ物に関することに決まっている。美味しいねえ、とみんなが言い、もっと食べろと勧められる。もう食べられない、お腹がいっぱいだと言いながら、そのうち伯母たちのつれあいが悪いと思ってかまた皿によそい、伯母たちもほんのちょっとばかり取りながら、やめといたほうがいいんだけど、もうはちきれそうだから、と言う。

そしてさらにデザートが出てくる。

一般的な会話をしなきゃというような発想はほとんどなかった。じつのところ、ある一定の暗黙の境界を越えた会話は、場を台無しにするものである、ひけらかしである、というような感情が流れていた。母はこの境界の理解がどうも怪しげで、話の間合いを最後まで待てなかったり、追及してはいけないことをそっとしておけないところがあった。そんなわけで、だれかが「昨日街なかでハーレーに会ったよ」と言うと、母はついこんなふうに返したりする。「ハーレーみたいな男の人って、独身主義者だと思う？　それとも、ふさわしい人にめぐり合っていないだけかしら？」まるで、誰かに会ったと言うときには、もっとなにか言わなくちゃ、なにか面白いことを、とでも言いたげに。

　すると、沈黙が流れる。食卓の人々はべつに無礼な振る舞いをするつもりなのではなく、めんくらっているのだ。そのうち父が当惑顔で遠まわしにとがめるように言う。「あいつは一人《バイ・ヒズセルフ》で不自由なく暮らしてるみたいだけどな」

　もし自分の身内がその場にいなければ、きっと「一人《バイ・ヒムセルフ》で（文法的にはこちらが正しい）」と言ったことだろう。

　そしてみんな、切ったりスプーンですくったり呑みこんだりといったことを続ける。輝くばかりのテーブルクロスの上で、洗いたての窓から差しこむまばゆい光のなかで。こうしたディナーはいつも日中に行なわれたのだ。

　食卓の人々はちゃんと話はできた。台所で皿を洗って拭きながら、伯母たちは誰それに腫瘍ができた、敗血性咽頭《いんとう》炎にかかった、ひどいおできができたなどと話した。自分たちの消化がどうの、腎臓がどうの、神経がどうのと披露した。個人的な体の問題を口にすることは決して不適当でも胡《う》散《さん》臭くもないのだった、雑誌で読んだことやニュースに出ていたことを話題にするのと違って——身近な事柄でないものに注意を払うのは、なんによらずなぜか不都合なのだった。その一方で、ポーチでくつろぎながら、あるいは作物を見にちょっと歩きながら、伯母のつれあいたちは、誰それは銀行と困ったことになっているとか、誰それは高い機械類の借金をまだ背負っているとか、誰それは雄牛に金をつぎ込んだら期待に反して働かないとかいう情報を交換したりするのだった。

みんな食堂の堅苦しさに押しつぶされていたのかもしれない。パン皿だのデザートスプーンだのが並んでいることに。普段なら、パンできれいに拭ったディナー皿にパイをそのままのっけるのに(かといって、こういうふうにきちんとテーブルを調えなければ相手は気分を害したことだろう。伯母たちの家でも、こういう場合には客を同じようにもてなしていた)。ただ単に、食べることとしゃべることとはべつ、というだけのことだったのかもしれない。

アルフリーダが来たときは、またぜんぜん違った。上等のクロスが広げられ、上等の皿が並べられる。母はうんと手間をかけて料理し、結果を気にしていた——たぶん、いつもの「詰め物をした七面鳥とマッシュポテト」という献立はやめて、刻んだピメント入りのライスをドーナツ状に型抜きしたなかにチキンサラダを盛り付けたものだったりしたのかもしれない。あとのデザートは、ゼラチンと卵白とホイップクリームをイライラしながら時間をかけて固めたもの。うちには冷蔵庫はなく、地下室の床で冷やさなくてはならなかったのだ。だが、食卓を覆う窮屈な感じはまったくなかった。アルフリーダはお代わりを受け入れるばかりでなく、もっとくれと言った。しかもまるで上の空で。そして、褒め言葉も同じような調子で。まるで、食べ物は、ものを食べるということは、好ましくはあるけれども二次的なことで、自分がここに来ているのはそもそもしゃべるためなんだ、そしてほかの人たちをしゃべらせるためなんだとでも言いたげに。そして、しゃべりたいことならなんでも——ほとんどなんでも——かまわないのだった。

アルフリーダはいつも夏にやってきた。たいてい縞模様のしなやかなサンドレスのような服を着ていた。ホルターネックで背中が丸出しだった。アルフリーダの背中はきれいではなかった。小さな黒いホクロが散って、肩は骨ばり、胸はほとんどぺちゃんこだった。父はいつも、あれだけ食べてよく太らないものだと言った。あるいはわざと事実を逆にして、アルフリーダは相変わらず好き嫌いが多いが、やっぱり脂肪はしっかりつくもんだなあと言ったりした（我が家では、太っているとか痩せているとか顔色が悪いとかいいとか禿げているとか口にするのは不適当だとは思われていなかった）。

黒っぽい髪は、当時の流行で、アップにして頭の上にも両横にもカールが並んでいた。肌は茶色っぽくて小じわが網目のように走り、下唇が厚めでちょっと垂れ下がり気味の大きな口にはたっぷり紅を塗っていて、ティーカップやグラスにべっとり痕《あと》をのこした。口を大きく開けていると――しゃべったり笑ったりでほとんどいつもそうだったが――奥の歯が何本か抜けているのがわかった。アルフリーダを美人だとは誰も言えなかった――どっちにしろわたしには、二十五を過ぎた女は誰でも美人でいられる可能性をほとんどなくしている、美人でいる権利を失っている、そしてたぶん、そうありたいという望みも失っていると思えたのだが――だが、彼女は熱しやすく、威勢がよかった。父は感慨深げにあいつにはバイタリティーがあると言った。

アルフリーダは父に世界で起こっている事柄について、政治について話した。父は新聞を読んでいた、ラジオも聞いていた、こういったことについて意見は持っていたが、それについて話す機会はめったになかった。伯母のつれあいたちも意見は持っていたが、その意見はかんたんで変わりばえせず、著名人のすべてと、とりわけ外国人すべてに対する常に変らない不信感を示していた。だから、たいていの場合この人たちから聞けるのは、ううという否定のうなり声だけだった。祖母は耳が遠かった――祖母がどのくらいわかっているのか、なにかについて祖母がどう考えているのか、誰にも判断できなかったし、伯母たち自身は、自分が物を知らないこと、注意を払う気もないということを、明らかに自慢に思っているようだった。わたしの母は教師をしていて、ヨーロッパのどの国でも即座に地図で指し示すことができるほどだったが、何事も個人的な霞《かすみ》を通して見ていて、大英帝国と王室が大きくせりだし、他のものはみな縮んでいて、かんたんに無視できるようごちゃまぜの山に放り込まれているのだった。

アルフリーダのものの見方は実のところ伯父たちのものとそれほど大差はなかった。というか、そう見えた。だが、ううとうなって問題をやり過ごす代わりに、アルフリーダは独特のふくろうのような笑い声をあげ、首相やアメリカの大統領やジョン・L・ルイス（米国鉱山労働組合会長）やモントリオールの市長の話をする——こういった人たちがみんな悪役として登場する話を。王室に関する話もしたが、王とか女王とか美しいケント公爵夫人といったいい人たちと、ウィンザー家とかあのエドワード王とかいった嫌な人たちとは区別していた。エドワード王は——アルフリーダの言うところによると——ある種の病気で、妻の首を絞めて殺そうとして首に痕をつけたのだという。だからあの妻はいつも真珠のネックレスを身につけなければならなかったのだ。この区別は母がめったに口には出さずに行っていた区別とぴったり一致していたので、母は異議を唱えなかった——梅毒への言及にはたじろいだが。

わたしはといえば、訳知り顔でにやっとした。無謀にも落ち着き払って。

アルフリーダはロシア人をへんてこな名前で呼んだ。ミコヤン・スキー（ソ連の政治家ミコヤン）。アンクル・ジョー・スキー。連中はみんなをだましているんだと信じていた。国連なんて機能することのない茶番だ、日本はまた立ち上がるからチャンスがあるうちに片づけておけばよかったのだと思っていた。ケベック州のことも信用していなかった。法王も。マッカーシー議員のことでは困っていた——本来なら支持したいところなのだが、カソリックなのがネックだった。アルフリーダは法王《ポープ》をうんこ《プープ》と呼んだ。この世に存在するさまざまなペテン師や悪党についてあれこれ考えるのを楽しんでいた。

まるでショーを演じているように思えることもあった——演技だ、たぶん父をからかうための。父をうろたえさせるための、父自身の言い回しで言うなら、父の頭をかっかさせるための。べつに父を嫌っていたわけではないし、不快にさせようなどと思っていたわけでもない。まったく反対だ。女の子が学校で男の子をいじめるようにいじめていたのだろう。口論はどちらにとっても特別な楽しみで、侮辱はお世辞と受け取られるといった具合に。父はアルフリーダといつも穏やかな落ち着いた口調で議論していたが、相手を刺激したがっているのはみえみえだった。時には方向転換してアルフリーダが正しいかもしれないと言うこともあった——新聞で仕事しているのだから、自分にはない情報源を持っているに違いないと。おれにありのままを話してくれたんだよな、と父は言う。おれに分別があるなら、感謝しなきゃな。するとアルフリーダは答える。ばかなこと言わないでよ。

「あなたたちときたら」と母は言う。どうしようもないというふりをして、そしてたぶん本物の疲労もにじませて。するとアルフリーダは母に、横になってきたら、と言う。こんな豪華なディナーを用意してくれたんだからそうする権利はある、わたしと二人で皿は洗うからと。母は右腕が震えて指がこわばることがあり、本人は過労からくると信じていた。

台所で働きながら、アルフリーダはわたしに有名人の話をしてくれた——俳優や、マイナーな映画スターのこともあった。アルフリーダが住む町でステージに立った人たちだ。無礼きわまりない哄笑でまだしゃがれている声を低めて、そういう人たちのけしからぬ振る舞いを話してくれた。雑誌には載らないような内密のスキャンダルの噂を。同性愛や人工の胸や家庭内の三角関係のことも口にした――みななにかで読んでうすうす知っていたことだったが、現実世界で聞くとめまいがした。たとえまたまた聞きくらいではあっても。

わたしはいつもアルフリーダの歯が気になった。おかげで、こういった二人だけの独演会であっても話の筋道がわからなくなることがあった。前面に残っている歯はそれぞれが少しずつ違う色で、二本と同じ色はなかった。硬いエナメル質が黒ずんだ象牙色の濃淡になっているものもあれば、オパールのような光沢があったり、ライラック色がかっていたり、銀色の歯冠をチラときらめかせたり、ときどき金色に輝くものなどもあった。当時、歯が今のようにちゃんと見事に整っている人はめったにいなかった。入れ歯でない限り。だがアルフリーダの歯ほどばらばらに異なっていて、しかも大きいというのは珍しかった。アルフリーダがとりわけ意図的に挑発的な愚弄を口にするとき、そうした歯は前面に飛び出してくるように見えた。宮殿の衛兵のように、陽気な槍兵のように。

「あの子、いつも歯では悩んでいたわね」と伯母たちは言った。「あの膿瘍、覚えてるでしょ、毒が体中にまわって」

いかにも伯母たちらしい、とわたしは思った。アルフリーダの機知や独特の流儀を脇へ押しやって、あの歯を情けない厄介ごとにしてしまうなんて。

「なんでぜんぶ抜いてすっきりしちゃわないのかしら？」と伯母たちは言った。

「たぶん余裕がないんだろうよ」祖母が、ときどきあることなのだが、そう言ってみんなを驚かせた。ずっと話が聞こえていたのだということを示して。

そしてこの新発見はわたしには驚きだった。これはアルフリーダの生活に日常的な光をあててくれた。わたしはアルフリーダが金持ちだと信じていた――少なくとも他の親戚と比較すれば。彼女はアパートに住んでいた――そこを見たことはなかったが、わたしにとって、その事実は少なくとも非常に文化的な生活を意味した――それにお手製ではない服を着ていたし、靴は、わたしが知っている他の大人の女たちが事実上全員はいているようなオックスフォードではなかった――鮮やかな色の新しいプラスチック素材で作られたサンダルだった。祖母は単に義歯作成が、人生最大級の重くのしかかる出費だった昔のころの感覚でいたのか、それとも、アルフリーダの暮らしについてわたしにはわかりようがないことを本当に知っていたのか、どちらなのだろう。

アルフリーダがうちへ食事に来るときには他の親戚は決して顔を見せなかった。彼女は彼女の伯母、つまり母親の姉にあたる私の祖母にはちゃんと会いに行っていたが。祖母はもう自分の家ではなく二人の伯母の家を交互に移動して暮らしており、アルフリーダはそのとき祖母がいる伯母の家は訪れたが、べつの伯母の家のほうへは行かなかった。その伯母もまたわたしの父と同じくいとこにあたるのではあるが。そして、伯母たちのどちらともいっしょに食事はしなかった。ふつうアルフリーダはまずうちへ来てしばらく滞在し、それから意を決して、まるでしぶしぶみたいにしてもうひとつの訪問を行なうのだった。しばらくして彼女が帰ってきて食事のテーブルに着いても、伯母やその夫たちについてあからさまな悪口は決して口にはされなかった。それに祖母をないがしろにするような言葉も絶対に。アルフリーダが祖母についてしゃべるときは、実際こんなふうだった――急にまじめに案ずる口ぶりになり、不安さえ漂わせる（おばさんの血圧どうかしら。最近は医者へ行ったのかな。医者はなんて言ってるんだろう?）――こういうところでわたしは違いに気づく。他の人のことなら冷淡に、たぶんそっけなく控えめに様子をたずねるところなのに。そして、母の返答にはそういう控えめなところがあったし、父の返答には特別な重々しさがあった――いわば、わざとらしい重々しさが――これは、なにか口に出せないことについて皆の合意が成立していたことを示していた。

わたしがタバコを吸った日、アルフリーダはこうした会話をもうちょっと推し進めてみようと思ったらしく、生真面目な声で言った。「ところで、エイサはどう？　相変わらず自分が話を取ってばかり？」

父は悲しげに首を振った。まるでこの伯父の多弁はわたしたち皆に重くのしかかっているのだと言わんばかりに。

「そうなんだ」と父は答えた。「あいつ、そうなんだよ」

そのときわたしは試しに口をはさんだ。

「ブタに回虫がわいたようだな」とわたしは言った。「うん」

「うん」を除いたら、これは伯父の言ったことそのままだった。そして伯父はこの言葉をまさにこのテーブルで口にしたのだ。柄にもなく沈黙を破らなくちゃと思ったのか、あるいはふと頭に浮かんだ大事なことを伝えなくてはと思ったのか。そしてわたしはこれをまさに伯父そっくりに重々しくうなりながら、無邪気な謹厳さをたたえて言ったのだ。

アルフリーダは、華やかな歯を見せつけながら、よくやったというように大きな笑い声をあげた。

「いいじゃない。この子、完全にそっくり」

父は自分の皿の上にかがみこんだ。自分も笑っているのを隠すかのように。だがもちろん、隠しきれてはいなかった。そして母は首を振り、くちびるを噛みながらにやっとした。わたしは強烈な喜びを感じた。たしなめるようなことはなにも言われなかった。あんたは皮肉っぽいとか賢いとか言われることもあるのに、そんな小言もなかった。「賢い」という言葉は、家族間でわたしに対して使われるときには、頭がいいという意味ではあるもののそれを悪いことだと思っている響きで使われた――「ああ、あの子はものすごく賢いところがあるからね」――あるいは、押しが強いとか注目を集めたがっているとか憎たらしいという意味で。賢こぶるのもいいかげんにしなさい。

時として、母は悲しそうに言うことがあった。「あんたの舌は残酷ね」

時として――そしてこれはもっとずっと悪かったが――父はわたしにうんざりすることがあった。「よくまあおまえは、自分にはちゃんとした人たちをこき下ろす権利があるだなんて思えるもんだな」

この日は、そんなことはぜんぜんなかった――わたしは食卓で客のように自由な気分、ほとんどアルフリーダと同じくらい自由な気分で、自分の個性を掲げて活躍できたのだった。

だが、裂け目が開きかけていた。たぶん、あれが最後だったんじゃないだろうか、いちばん最後だったのでは、アルフリーダがうちのテーブルに着いたのは。クリスマスカードの交換はずっと続いた。たぶん手紙も――母がペンを持つことができたあいだは――そしてわたしたちはなおもアルフリーダの名前を新聞で目にした。だが、わたしが実家で暮らした最後の数年は、訪ねてきた覚えはない。

アルフリーダが友だちを連れてきてもいいかとたずね、だめだと言われたせいだったかもしれない。もし彼女がすでに彼と暮らしていたのなら、それが理由のひとつだったのだろう。そして、もしその彼がアルフリーダが後にいっしょに生活していたのと同じ人物だったなら、その男が妻帯者であったという事実がべつの理由だったのだろう。両親はこの点については団結していたはずだ。母は不倫やセックスの誇示を忌み嫌っていた――どんなセックスでもと言ってもいいかもしれない、まっとうな結婚生活におけるセックスはそうとは認知されていなかったから――そして父も当時はそういった事柄を厳格に判断していた。父はまた、アルフリーダを支配できる男については特に拒否したい気持ちを持っていたのかもしれない。

　両親の目にはアルフリーダが自分を安売りしたと映ったのだろう。両親のどちらかがこう言うのが頭に浮かぶ。自分を安売りしなくたっていいのに。

　だけど、アルフリーダは連れてきていいかなどと訊いてみもしなかったという可能性もある。そのくらいの分別はあっただろうから。以前の陽気な訪問のときにはアルフリーダの人生には男がいなくて、男ができると注意がすっかりそちらへ移ってしまったのかもしれない。そしてべつの人間になったのかも、のちにはたしかにそうだったような。

　それとも、どんどん病気がひどくなる一方で決してよくならないような病人のいる家庭の独特の雰囲気を警戒したのかもしれない。わたしの母はそんな具合だったのだ。さまざまな症状が重なってぐっと具合が悪くなり、ひとつの不安やひとつの不具合ではなく、母の運命そのものになったのだ。

「かわいそうに」と伯母たちは言った。

　家のなかで母が母親から病人へと変貌するにつれ、以前は家庭内にひきこもっていた女たちが少しずつ活気づき、生活能力を増していくように思えた。祖母は補聴器を買った――誰かが勧めたわけでもないのに。一方の伯母の夫――エイサではなく、アーヴィンという名前のほう――が亡くなり、その妻であった伯母は車の運転を習得して洋品店でパートの仕事を見つけ、もうヘアネットはかぶらなくなった。

祖母たちは母の見舞いにやってきてはいつも同じ様子を目にした――みんなより美人で、自分が教師をしていたということを忘れてもらっては困ると言わんばかりだった女性が、一月ごとに手足の動きが鈍くぎこちなくなり、話し方が不明瞭でしつこくなり、しかも救う手立てはないのだ。

みんなはわたしに、母の面倒をしっかり見るようにと言った。

「あんたのお母さんなんだからね」とわたしに念を押した。

「かわいそうに」

アルフリーダならこんな言葉は口にできなかっただろう。そういう場ではなにも言えなかったかもしれない。

アルフリーダが来ないことを、わたしはなんとも思わなかった。他人に来てほしくなかった。相手をしている暇がなかったのだ。わたしはものすごい勢いで家事をこなした――床のワックスがけをし、ふきんにまでアイロンをかけたが、これはすべてある種の恥（母の衰えは家族全員を汚染する特別な恥のように思えた）を寄せ付けないためだった。自分は両親や妹や弟とふつうの家で正常な家庭生活を営んでいると思っていたいがためにやっていたことだ。だが、他人がうちへ入ってきて母を見ると、たちまちそうじゃないことがわかり、来訪者はわたしたちを憐れむ。わたしにはそれが我慢できなかった。

わたしは奨学金を勝ち取った。そのまま家にいて、母のことやそのほかの面倒をみたりはしなかった。わたしは大学へ行った。大学はアルフリーダが住んでいる都市にあった。数ヶ月たったころ、アルフリーダから夕食にこないかと誘われたが、わたしは行けなかった。日曜以外は毎晩アルバイトをしていたのだ。街中にある市の図書館と大学の図書館でバイトしていた。どちらも九時まで開いていた。しばらくたって、冬のあいだに、アルフリーダからまた誘いがきた。今度は日曜日の招待だった。わたしは、コンサートに行くからだめだと答えた。

「あら――デート?」とたずねられ、わたしはそうだと答えた。だがそのときは、それは本当ではなかった。もう一人の、あるいは二、三人の女の子と大学の講堂で開かれる無料のサンデー・コンサートに行くつもりだったのだ。ひまつぶしに、ひょっとして男の子と出会えるかもしれないというかすかな望みを抱いて。

「じゃあ、一度その彼を連れてらっしゃいよ」とアルフリーダは言った。「ぜひ会ってみたいわ」

その年の終わりごろには、わたしには本当に連れて行く彼がいた。そして、彼とは本当にあるコンサートで出会ったのだ。少なくとも彼はコンサートでわたしを見かけて電話してきて、デートに誘ったのだった。だが、わたしは彼をアルフリーダに会わせに連れて行くつもりはまったくなかった。新しくできた友だちの誰一人としてアルフリーダに会わせるつもりはなかった。わたしの新しい友だちは「『天使よ故郷を見よ(トマス・ウルフの自伝的小説)』は読んだ?　あら、あれは読むべきよ。『ブッデンブローク家の人々』は?」というようなことを言う人たちだった。わたしはこういう人たちといっしょに、フィルム・ソサエティーで『禁じられた遊び』や『天井桟敷の人々』の上映があると見に行くのだった。わたしがデートした、そしてのちに婚約した男の子は、わたしを音楽棟へ連れて行ってくれた。そこでは昼休みにレコードが聴けた。彼にグノーを教えてもらって、グノーのおかげでわたしはオペラが好きになり、オペラからモーツァルトを好きになった。

電話してくれというアルフリーダからの伝言を下宿で伝えられたが、わたしはしなかった。そのあと、彼女はもう電話してこなくなった。

アルフリーダはまだ新聞に書いていた——時折、ロイヤルドルトンの人形だの輸入物のジンジャービスケットだの新婚旅行用ネグリジェだのに関する大げさな文章を目にすることがあった。どうやらまだフローラ・シンプソンファンの主婦たちの手紙に答えては、彼女らのことを笑っているらしかった。こうして自分も同じ都会で暮らすようになると、かつては都会生活の中心——そしてある意味では六十マイル離れたわたしたちの生活の中心でさえあったが——のように思えたあの新聞にめったに目を通すことはなくなった。アルフリーダやホース・ヘンリーのような人たちのジョークややたら不真面目な態度は、今では下品でつまらなく思えた。

アルフリーダに出くわす恐れはなかった。この町も、結局のところはそれほど広くないとはいえ。わたしは彼女がコラムに書いている店にはぜったい行かなかった。新聞社のビル付近を歩く理由もなかったし、彼女の家はわたしの下宿屋からはうんと離れた、町の南側のあたりだった。

それに、アルフリーダは図書館へ来るようなタイプにも思えなかったし。「図書館」という言葉を聞いただけで、たぶん彼女はオドロキというように大きな口をへの字にするだろう。家の本棚に並んだ本——わたしの時代に買ったものではない本、両親が十代のときに学校で賞品としてもらった本（母の旧姓が、母にはもう書けなくなったきれいな筆記体で書かれている）など、店で買えるようなものではない、窓の外の木々がただの草木というよりは地面に根ざした存在であるのと同じく、家に根ざした存在であるようにわたしには思えた本――のまえで昔やって見せたように。『フロス河畔の水車小屋』『野性の呼び声』『ミドロジアンの心臓』「ごリッパな本がいっぱい並んでるじゃないの」とアルフリーダは言ったものだ。「あんまり開いちゃいないみたいね」すると父は、そうなんだ、開いちゃいないねと答える。彼女の仲間意識をこめた拒否するような、軽蔑の響きすらある言葉に調子を合わせて。これはある程度うそなのだが。父は実際にはごくまれに読むことがあったのだから、時間があるときには。

それは、自分にとって本当に大切なものに対して、わたしが二度とつく必要がないことを願いたい類のうそであり、示す必要がないことを願いたい軽蔑だった。そんなことをする必要がないよう、わたしはなんとか以前の知り合いからは離れていなければならなかったのだ。

二年目のおわり、わたしは大学をやめようとしていた――奨学金は二年分しかなかったのだ。べつにかまわなかった――どのみち物書きになろうと思っていたし。それに、結婚することになっていた。

アルフリーダがこのことを聞いて、また連絡してきた。

「きっとあたしに電話できないほど忙しかったんでしょうね。それとも、誰もあんたにあたしの伝言を伝えてくれなかったのかな」とアルフリーダは言った。

忙しかったのかもしれないし、伝言を聞かなかったのかもしれない、とわたしは答えた。

今回は、招待を受けることにした。もう訪問しても問題はないだろう、この先この町には住まないんだから。わたしは最後の試験が終わったすぐあとの日曜日、婚約者が就職の面接でオタワにいる日を選んだ。その日はよく晴れていた――五月が始まろうとしていた頃だった。わたしは歩くことにした。ダンダス通りの南やアデレードの東にはほとんど行ったことがなく、町のそのあたりはわたしには目新しい地区だった。北部の通りの街路樹は葉が出始めたところで、ライラックや観賞用の野生リンゴの木や花壇のチューリップはみな花を咲かせ、芝生は新品のカーペットのようだった。だがしばらく歩くと、街路樹はなくなり、通りの家並みは歩道から手を伸ばせば届くほどになってきた。そして咲いているライラックは――ライラックはどこにでも生える――日に焼けたように白茶けて香りもなかった。こういった通りにはふつうの住宅だけではなく小さなアパートもあった、せいぜいで二階建てか三階建ての――入り口をレンガで縁取るという実用的な装飾を施したものもあれば、開いた窓に敷居までだらんとカーテンが垂れ下がっているところもあった。

アルフリーダはアパートではなく、一戸建てに住んでいた。そこの二階をぜんぶ占有していた。一階は、少なくとも正面の部分は店舗になっていたが、日曜なので閉まっていた。リサイクルショップだ――正面の汚い窓越しに、いたるところ、得体の知れないさまざまな家具の上に古い皿や家庭用品が積み重ねてあるのが見えた。わたしの目を引いたただひとつの物は蜂蜜の容器だった。青い空に金色の蜂の巣箱が描いてあって、わたしが六歳か七歳のころに学校へ弁当を入れて持っていったのとまさに同じだった。横に書いてあった言葉を何度も何度も読んだものだ。

純粋な蜂蜜はすべて粒状になります。

その頃のわたしには「粒状」がどういうことかさっぱりわからなかったが、言葉の響きが好きだった。凝っていて美味しそうな感じがしたのだ。

予想していたよりも着くのに時間がかかって、しかもひどく暑かった。昼食に招待してくれたアルフリーダが、わたしの家で出していた日曜ディナーのような食事を出してくれるだろうとは思っていなかったが、屋外階段をのぼるときに漂ってきたのは肉と野菜の料理のにおいだった。

「迷子になったのかと思ってたよ」アルフリーダが頭の上で叫んだ。「救援隊を組織するところだった」

サンドレスではなく、襟元にだらんとした蝶結びのあるピンクのブラウスに茶色のプリーツスカート姿だった。髪はもうアップの艶やかなロールになってはいず、短く切って顔の周りで縮れていた。黒っぽい茶色が今では無残に赤味がかっている。そしてその顔は、記憶ではほっそりと日に焼けていたのに、ぽっちゃりしていくらかたるんでいた。昼の光のなかで、化粧がオレンジピンクのペンキみたいに皮膚から浮いて見えた。

だがいちばん大きな違いは、入れ歯をはめていることだった。どの歯も同じ色で、いささか口のなかいっぱいという感じで、昔ながらのがむしゃらで意欲的な表情に気になる迫力を与えていた。

「あら――太ったんじゃないの」とアルフリーダは言った。「昔はガリガリだったのに」

これは本当だったが、言われたくはなかった。下宿屋のほかの女の子たちといっしょに、わたしは安いものばかり食べていた――クラフト・ディナー（マカロニ・アンド・チーズ）やジャム入りクッキーをどっさり。婚約者は、自分のものだと言わんばかりに、わたしのことなら断固なんでもオーケーで、ぼくはどっしりした女性が好きなんだ、きみを見るとジェーン・ラッセルを思い出すよと言った。彼がそう言うのはべつにかまわなかったが、ふつうは他人に外見のことをなにか言われると腹が立った。

とくにアルフリーダのような人——わたしにとってなんの重要性もなくなったような人に。そういう人たちにはわたしをじろじろ見る権利なんかないと思っていた。わたしについてなにか意見を持つ権利なんか。ましてやそれを口に出すなんて。

この家は、間口は狭いが奥行きは長かった。居間は天井が壁に向かって傾斜していて、通りに面して窓があった。廊下のようなダイニングルームにはぜんぜん窓がなく、それぞれ屋根窓のある横の寝室へとドアでつながっていた。台所と浴室にも窓はなく、日光はドアにはめられた型板ガラス越しに取りこまれていた。そして家の奥のむこう側にはガラス張りのサンポーチがあった。

天井が傾斜しているせいで、どの部屋も当座しのぎのように見えた。まるで、寝室ではありませんと見せかけているだけのように。だが、それらの部屋には本格的な家具がひしめいていた——ダイニングテーブルと椅子、キッチンテーブルと椅子、居間用ソファとリクライニングチェア——どれももっと大きなちゃんとした部屋のためのものだった。テーブルの上のドイリー、ソファや椅子の背もたれやアームに掛けられた刺繡した四角い白布、窓を覆う薄いカーテンと両脇のずっしりした厚手の花柄のカーテン——すべて信じられないほど伯母たちの家に似ていた。そしてダイニングルームの壁には——浴室や寝室ではなくダイニングルームの壁に——すべてピンクのサテンのリボンでできたフープスカートをはいた少女のシルエットがかかっていた。

じょうぶなリノリウムの板がダイニングルームの床に置かれていた。台所と居間との通路に。

アルフリーダはわたしが考えていることをいくぶん察したようだった。

「ここに物を詰め込みすぎてるのはわかってるわよ」と彼女は言った。「だけど、これは両親のものなの。先祖伝来ってやつだから、手放すわけにいかなくてね」

アルフリーダに両親がいるなんて、考えてみたこともなかった。母親はうんと早くに死んで、わたしの祖母に育てられたのだ。彼女には伯母にあたる。

「あたしの父さんと母さんのものなの」とアルフリーダは言った。「父さんが出て行ったとき、あんたのおばあちゃんが預かっておいてくれたのよ、あたしが大人になったら引き継ぐべきだからってね。だからここにあるの。辞退するわけにはいかないじゃない、わざわざとっておいてくれたのにさ」

その時思い出したのだった──アルフリーダの人生の、わたしが忘れていた部分を。彼女の父親は再婚したのだ。農場を離れ、鉄道の仕事についた。ほかにも子供が何人かいて、一家は町から町へと移動していた。アルフリーダはときどき一家のことを口にした。冗談めいた口調で、子供が何人いるか、みんなどれだけ仲がいいか、一家がどのくらい動き回らなくてはならないか、といったようなことを。

「こっちへきて、ビルを紹介するから」アルフリーダは言った。

ビルは外のサンポーチにいた。呼ばれるのを待っていたかのように、茶色い格子縞の毛布で覆われた、低いカウチか寝椅子のようなものに座っている。毛布はしわくちゃだった──さっきまでその上で寝ていたに違いない──そして、窓のブラインドはどれも下まで引きおろしてあった。部屋の光──雨のしみがついた黄色いブラインド越しに差し込む熱い日の光──も、しわくちゃになった粗末な毛布や色あせたへこんだクッションも、毛布のにおいまでもが、男のスリッパの、形がくずれて柄もわからなくなった古びてすりへったスリッパのにおいまでもが、わたしの記憶を甦らせた──部屋のなかのドイリーやどっしりした艶やかな家具が甦らせたのと同じく、壁のリボンででたきた少女と同じく――伯母たちの家の記憶を。あそこでも、むさくるしい男の隠れ家に行き当たることがあった。ひそやかだがしつこいにおいが漂い、恥ずかしげではあるが頑固に女の領分と対立していた。

ビルは立ち上がってわたしと握手した。伯父たちなら決してそんなことをしなかっただろうが。見知らぬ女の子とは。いや、どんな女の子とでも。べつに特に無作法だったわけではない。ただ、儀式ばるのが嫌だったのだ。

ビルは背が高く、ウェーブのかかった光沢のある灰色の髪で、顔はなめらかだが若くは見えなかった。容姿の見栄えをなんとなく失いかけているハンサムな男――健康がはかばかしくないとか、運が悪いとか、積極性に欠けているとかそんな理由で。だが、色あせたとはいえ、まだ女性に対する作法、丁重さは保っていて、この出会いは喜ばしいことであるという態度だった、アルフリーダにとってもそしてビル自身にとっても。

アルフリーダはわたしを、こんなに晴れた日の昼間だというのに明かりのついた、窓のないダイニングルームに導いた。食事は少しまえにできていたような感じだった。わたしが着くのが遅かったので、二人のいつもの食事時間がずれたようだ。ビルがローストチキンと詰め物を取り分けた。アルフリーダは野菜を受け持った。アルフリーダがビルに言った。「ねえあなた、そのお皿の横にあるのはなんだと思う?」すると、ビルはナプキンを取り上げなきゃと気がついた。

ビルはあまりしゃべらなかった。グレイヴィーを勧め、マスタード調味料がいいか塩コショウがいいかたずね、顔をアルフリーダのほうに向けたり、わたしのほうに向けたりして会話を聞いていた。しょっちゅう歯と歯のあいだで口笛のような音をたてる。震えを帯びたその音色には優しく称れるような気持ちがこめられているように聞こえ、わたしはさいしょ、なにか話し始める前触れなのかと思った。だが、そんなことはなく、アルフリーダもその音に言葉を止めることはなかった。あれ以来わたしは更生した酒飲みを何人も見てきたが、彼らには多少なりともビルのような振る舞いがあった——そのとおりと言うように相槌を打つが、それ以上はなにも言えず、なすすべもなくぼうっとしている。ビルの場合もそうなのかどうかはわからないままだが、彼にはたしかに挫折の歴史を、トラブルや学んだ教訓の歴史を引きずっているようなところがあった。彼にはまた、選択が失敗したこと、チャンスが良い結果を生まなかったことを潔く受け入れている雰囲気があった。

この豆とニンジンは冷凍なのよ、とアルフリーダは言った。冷凍野菜は当時、まだけっこう目新しかった。

「缶詰よりいいわよ」とアルフリーダ。「生のとほとんど変らないの」

すると、ビルがちゃんとした発言を行なった。生に勝っていると言ったのだ。色も味もすべてが生より上だと。今やこんなことができるなんてすごいことだ、冷凍技術によってこの先どんなことができるようになるのだろう、と。

アルフリーダは前へ身を乗り出して微笑んだ。ほとんど固唾を呑んでいるように見えた。まるで自分の子供が支えなしで歩みだすのを、ぐらぐらしながら初めてひとりで自転車に乗るのを見守るように。

ニワトリになにか注射するようなやり方があるんだ、とビルはわたしたちに言った。どのニワトリも同じように太って味が良くなるようにする新しい方法がね。質の劣ったニワトリを買ってしまうなんていう危険はもうないんだ。

「ビルの専門は化学なの」とアルフリーダが言った。

これに対してわたしがなにも言わずにいると、彼女は付け足した。「グッダーハムズで働いてたのよ」

なおも言葉なし。

「蒸留所よ。グッダーハムズ・ウィスキー」

わたしがなにも言わなかったのは、べつに無礼な態度をとったわけでもなければうんざりしていたわけでもなく（あの頃当然のようにそうであった以上に無礼だったわけでもなく、予測していた以上にうんざりしていたわけでもなく）、質問すべきなのだということがわからなかったのである——どんな質問であれ、はにかみ屋の男性を会話に引き込むために、放心状態から揺り覚ましてそれなりの権威を持った男にするために、つまり、一家の主に。わたしには、なぜアルフリーダがやたら励ますような笑顔をビルのほうに向けるのかわからなかったのだ。男といっしょにいる女が、自分の男の言うことに耳を傾け、自分が自慢して当然と思えるような男になってほしいとひたすら願う様をわたしがいろいろ見聞きするようになるのは、もっと先のことだった。夫婦の様子を観察したといったら、伯母と伯父たち、それにわたしの両親だけだったが、この夫たちと妻たちは距離を置いた堅苦しい関係にあるようで、お互いに頼りあうようなところは見えなかった。

ビルは自分の職業や勤め先が話題にのぼったのが聞こえなかったかのように食べ続け、アルフリーダはわたしが勉強した事柄について質問し始めた。まだ笑顔を浮かべてはいたが、その微笑みは変化していた。そこにはちょっとしたイライラと不快さが混じっていて、わたしの説明が終わるのをひたすら待ってこんなふうに言おうとしているように見えた——実際に言ったのだが——「百万ドルもらったって、そんなもん読まされるのはごめんだわ」

「人生はあまりに短いのよ」とアルフリーダは言った。「あのさ、新聞社でね、ときどきいるんだ、そんなのぜんぶやってきたのが。英語専攻科、哲学専攻科。こっちは、どう扱っていいのかわからなくてさ。そういう連中は、五セントの価値があることも書けやしない。その話、したよね？」アルフリーダがビルに言うと、ビルは顔をあげて従順に笑顔を見せた。

　彼女はこの話を終わりにした。

「じゃあ、楽しむときはどんなことしてんの？」アルフリーダはたずねた。

『欲望という名の電車』があの頃トロントの劇場で上演されていて、友だち数人と電車に乗ってそれを見に行ったと、わたしは答えた。

　アルフリーダはナイフとフォークをカチャンと皿に置いた。

「あんな汚らわしいもの」と彼女は叫んだ。ぐっとこちらに突き出された顔には嫌悪感が刻まれている。それから少し落ち着いた口調になったが、それでも激しい腹立ちがこめられていた。

「あんな汚らわしいものを見るためにわざわざトロントまで行ったとはね」

　わたしたちはデザートを済ませ、ビルはその機を捉えて、もう失礼していいだろうかとたずねた。アルフリーダにたずね、それからちょっと会釈してわたしにたずねた。ビルはサンポーチに引き返し、すこしたつとパイプをくゆらすにおいが漂ってきた。彼が立ち去るのを見守るアルフリーダは、わたしや芝居のことなど忘れてしまったように見えた。その表情にはひどく愛情がこもっていたので、彼女が立ち上がったとき、ビルを追いかけていくつもりなのかとわたしは思った。だが、タバコを取りに行っただけだった。

アルフリーダはわたしにもタバコを差し出した。一本取ると、彼女は努めて陽気な口調で言った。「あたしが始めさせちゃった悪い習慣を、あんたまだ続けてるのね」わたしはもう子供ではなく、べつに彼女の家にいる必要もない、わたしの反感をそそったところで意味ないじゃないかと気づいたのかもしれない。わたしも反論しようとはしなかった——アルフリーダがテネシー・ウィリアムズをどう思おうがかまわなかった。なにをどう思おうが。

「まあ、あんたの勝手だからね」とアルフリーダは言った。「あんたはあんたの行きたいとこへ行けばいいわけだから」そしてこう付け加えた。「どっちにしろ——あんたはもうすぐ結婚するんだしね」

その口調は、「あんたはなんと言ってももう大人なんだもんね」と言いたいか、あるいは「もうすぐ社会の規範に従わなくちゃならなくなるんだよ」と言いたいように聞こえた。

わたしたちは立ち上がって、食器を片づけ始めた。キッチンテーブルとカウンターと冷蔵庫のあいだの狭い空間でくっついて働くうちに、暗黙の手順や協調が生まれ、ふたりして皿の汚れをこそげて重ね、残り物を小さめの容器に移して仕舞い、流しに洗剤を入れた熱い湯をはって、使っていないナイフやフォークはすべてダイニングルームの食器棚のラシャ張りの引き出しに仕舞いこんだ。わたしたちは灰皿を台所に持ち込んで、ときおり手を止めては、せわしなくタバコを吸って一息入れた。こういうふうに女同士で作業するときには、お互いのやり方が合う点、合わない点があるものだが——例えば、タバコを吸ってもかまわないか、あるいは、こぼれた灰がきれいな皿の上に落ちたりするといけないから吸わないほうがいいのか、たとえ使っていなくともテーブルに出ていた物はすべて洗わねばならないのかどうか——アルフリーダとわたしのやり方は一致していた。それに、皿洗いがすんだらいとまを告げられると思うと、まえよりはゆったりして寛大な気分になれた。午後は友だちと会うことになっていると、あらかじめ断ってあったのだ。

「きれいなお皿ね」とわたしは言った。ちょっと黄味がかったクリーム色で、青い花の縁取りがあった。

「あのね――母さんが結婚したときのお皿なの」アルフリーダは言った。「これもあんたのおばあちゃんのおかげよ。母さんのお皿をみんな箱に詰めて、あたしが使うときが来るまでしまっておいてくれたの。こんなものがあるなんて、ジーニーはぜんぜん知らなかったのよ。あの連中にかかった日には、すぐに割られちゃってただろうからね」

ジーニー。あの連中。アルフリーダの継母と半分血のつながった弟妹たちのことだ。

「あんたは知ってるよね？」アルフリーダは言った。「あたしの母さんがどうなったか」

もちろん、知っていた。アルフリーダの母親は持っていたランプが爆発して死んだのだ――つまり、手にしたランプが爆発したときのやけどで死んだのだった――伯母たちもわたしの母もいつもこの事件のことを話していた。アルフリーダの母親やアルフリーダの父親のことを話すときには必ず、アルフリーダ本人について話すときにもたいていは――あの死が引き合いに出され、それに結びつけられるのだった。あのせいで、アルフリーダの父親は農場を離れた（いつも道徳的には多少堕落気味のところがあった、財政的に落ち目にはならなかったが）。あのことがあるから、とにかく石油には気をつけねばならないとされ、また、経費的にどうであれ、電気はありがたいと思われていた。それに、あの事件はアルフリーダの年頃の子供にとってはおそろしい出来事だった、いずれにせよ（つまり――あれ以来アルフリーダがどういう身の処し方をしてきたにせよ）。

あのとき雷雨じゃなければ、昼日中にランプをつけたりしなかったのにねえ。あの夜も次の日も次の夜も生きていたけれど、あそこまでもたなかったほうが、あの人のためにはどれだけ楽だったかねえ。

そして、あのすぐ翌年にあそこの通りに電気がきて、ランプが要らなくなったんだよねえ。

伯母たちと母とがなにかについて同じ思いを抱くということはほとんどなかったのだが、この話に関しては同じ思いでいた。彼女たちがアルフリーダの母親の名前を口にするときにはいつも、その思いが声音にうかがえた。その話は彼女たちにとって恐るべき宝であるかのように思えた。ほかの誰でもない、うちの一族だけが所有権を主張できるもの、決してなくならない特質であるかのように。彼女たちの話を聞いているといつも、なんともいやらしい見て見ぬ振りが行なわれているような気がした。なにかぞっとするような悲惨なことがべたべたもてあそばれているような気が。彼女たちの声はわたしの体のなかをミミズのように這い回った。

男たちは、わたしの経験からするとそんなことはなかった。男たちはおそろしい出来事からできるだけ素早く目をそらし、いったん終わってしまった事にまた触れたり考えたりしてもなにもならないというような態度をとる。自分の気持ちも他人の気持ちもかき乱したがらない。

だから、アルフリーダがあのことについて話すつもりならフィアンセを連れてこなくてよかった、とわたしは思った。アルフリーダの母親のことを彼が聞かずにすんでよかった、わたしの母や親戚のこと、ひょっとしてかなり貧しかったんじゃないかなんてことを知らされた上に。彼はオペラやローレンス・オリヴィエのハムレットを賛美していたが、悲劇に――悲劇の惨めさに――普段の暮らしのなかでは関わりたがらなかった。彼の両親は健康で風采がよく、裕福だった（彼はもちろん、両親は退屈な人間だと言っていたが)。そして彼はどうやら、そこそこ明るい環境で暮らす人間とだけつきあっていればよかったらしい。人生における不具合——運勢面、健康面、経済面での不具合——は、すべて彼にとっては過ちなのであり、わたしのことを高くかっているとはいっても、それはわたしのみじめな素性にまでは及ばなかった。

「みんな、どうしても母に会わせてはくれなかったの、病院でね」アルフリーダはそう言ったが、少なくとも声はふつうで、特に厳かな雰囲気とかギトギトした高ぶりに向かいそうな様子はなかった。「そりゃあ、あたしだって会わせはしなかっただろうけどね、自分があの人たちの立場なら。母がどんな様子だったのか、ぜんぜんわからないの。たぶん、ミイラみたいにぐるぐる巻きにされていたのかも。ま、実際そうじゃなかったにしても、そうされて当然の状態だったでしょうね。あの事故が起きたとき、あたしはその場にいなかったの。学校へ行ってて。すごく暗くなって、先生が電灯をつけて——学校には電灯があったからね——あたしたちは全員、雷雨がやむまで学校にいなきゃならなかった。そうしたらリリーおばさんが——つまり、あんたのおばあちゃんがね——迎えにきて、自分の家へ連れて帰ってくれたの。そのあと、二度と母に会うことはなかったわ」

それで終わりかと思ったら、すぐに話は続いた。その声はなんとやや明るくなっていた。笑おうとしているかのように。

「あたしは何度も何度もわめいたんだ、母さんに会わせてってね。わめきにわめいて、どうしてもあたしを黙らせられなくて、しまいにあんたのおばあちゃんが言った。『会わないほうがいいんだよ。今の母さんがどんな状態か知ったら、あんただって会いたくないと思うよ。そんな状態の母さんが記憶に残るのは嫌だって思うよ』

で、あたしがなんて答えたと思う？　あたしはこう言ったの。でも、母さんはきっとあたしに会いたがってるよ。母さんはきっとあたしに会いたがってるよ」

そして、アルフリーダは本当に笑った。というか、はぐらかすように、せせら笑うように、鼻を鳴らした。

「自分をなんだと思ってたんだろうね。母さんはきっとあたしに会いたがってるよ」

これはわたしが初めて聞く話だった。

そして、それを聞いたとたん、なにかが起こった。わながパタンと閉ざされて、これらの言葉をわたしの頭のなかにつかまえたような気がした。自分がそれをなにに使うのかはまだよくわからなかった。わかっていたのはただ、それが自分に衝撃を与え、そしてすぐさまわたしを解き放って、わたしにだけ吸える異なった種類の空気を吸わせてくれたということだけだった。

母さんはきっとあたしに会いたがってる。

このフレーズを組みこんだ物語をわたしが書くのは、何年もあと、そもそも誰がさいしょにわたしの頭にこのアイディアをもたらしたのかということはどうでもよくなってからのことだった。

わたしはアルフリーダに礼を言い、いとまを告げた。アルフリーダは別れの挨拶をさせようとビルを呼びにいったが、そのまま戻ってきて、寝てしまっていると言った。

「目が覚めたら悔しがるわ」とアルフリーダは言った。「あんたと会えて喜んでたから」

アルフリーダはエプロンをはずすと、わざわざ外の階段までついてきてくれた。階段の下は砂利道になっていて、歩道へと続いている。わたしたちの足の下で砂利が音をたて、底の薄い室内履きのアルフリーダはよろめいた。

「痛っ！　こんちくしょうめ」と言って、わたしの肩につかまった。

「あんたのお父さんはどうしてんの？」アルフリーダはたずねた。

「元気よ」

「働きすぎじゃないの」

「働かなきゃならないんだもの」

「ああ、そうだね。で、お母さんは？」

「だいたい同じ調子ね」

アルフリーダは横にある店のウィンドウのほうを向いた。

「誰がこんなガラクタ買うと思ってるんだろう？　あの蜂蜜の容器見てごらんよ。あんたのお父さんとあたしは、ちょうどあれと同じ容器にお弁当を入れて学校へ持っていってたのよ」

「わたしもそうだった」

「あんたも？」アルフリーダはぎゅっとわたしを抱きしめた。「家族のみんなに伝えておいてね、あたしはいつもみんなのことを思ってるって。お願いね」


アルフリーダは父の葬儀には来なかった。わたしに会いたくないせいではないかという気がした。わたしの知る限り、アルフリーダはわたしに対する胸のうちを公にすることはなかった。それについては誰も知らないだろう。だが、父は知っていた。父の顔を見に実家へ帰ったとき、アルフリーダがそれほど遠くないところに——つまり、最終的に彼女が相続したわたしの祖母の家に——住んでいると聞いて、いっしょに会いに行こうかと言ってみたことがある。これはわたしの二度の結婚のあいだの躍動期のことで、わたしは伸びやかな気分に浸り、再び解放されて、誰でも自分が会いたい人間に会うことができた。

父はこう答えた。「だけど、ほら、アルフリーダはちょっと腹を立てているからなあ」

父は今では彼女をアルフリーダと呼ぶようになっていた。いつからだろう？

わたしはさいしょ、アルフリーダがなにに腹を立てているのかさえわからなかった。父に思い出させてもらわねばならなかった、数年前に出版した小説のことを。わたしは驚いた。苛立ち、多少腹立たしくさえあった。今となってはアルフリーダとほとんど関わりがないように思えることで、彼女から異議を唱えられるとは。

「あれはべつにアルフリーダじゃないのに」とわたしは父に言った。「変えてるんだから。アルフリーダのことなんか考えてもいなかった。あれはただの登場人物なの。誰にだってわかるわよ」

だが、じつを言えば、それでもランプの爆発はあったし、ぐるぐる巻きにされた母親も、あとに残されたしっかりした子供もいた。

「そうだなあ」と父は言った。父はわたしが作家になったことを、おおむねとても喜んでいた。だが、疑念も持っていた、わたしの人格と言えるようなものについて。わたしが個人的な——ということはつまり勝手気ままな——理由で結婚に終止符を打ったことについて。それに、わたしの自己弁護してまわるような——あるいは、父に言わせれば責任逃れをしている——態度とかについて。口に出して言おうとはしなかったが——もはや父には関係のないことだったから。

アルフリーダがそんなふうに思っていることをどうして知っているのか訊いてみた。

「手紙だよ」と父は答えた。

それほど離れていないところに住んでいて、手紙とは。わたしの浅はかさ、わたしの悪行と言ってもいいようなことについて矢面に立たされる羽目になった父に、本当に申し訳ないと思った。そして、父とアルフリーダがそんな水くさい間柄になってしまったらしいことについても。父が言わずにいることはなんだろうとわたしは思った。アルフリーダに対してわたしを弁護しなければいけないような思いに駆られたりしたのだろうか？　他の人たちに対してわたしがものを書くことを弁護しなければならないのと同じように。父は今やそんなことをしているのだった。父にとっては決してたやすいことではなかったが。ぎこちなく弁護するなかで、きつい言葉を発することもあったのかもしれない。

わたしのせいで、父にとっては奇妙な苦境が展開していた。

故郷に帰ると常に脅威が待ち受けていた。自分の目ではなく他人の目で自分の人生を見るという脅威だ。わたしの人生を、巻いた有刺鉄線のようなとめどもなく続く言葉の連なりとして見るという。複雑で、途方に暮れるような、不愉快きわまりない――食べ物や花や編み物といった他の家庭的な女たちの豊かな産物とは対照的な。それだけの価値があるとは次第に言えなくなっていた。

わたしにとっては価値があるかもしれない、だが、他の人間にとってはどうだ？

アルフリーダは、今は一人暮らしだと父は言った。ビルはどうなったのかとわたしはたずねた。べつにおれが口を挟めることじゃないからな、と父は答えた。だが、父は、ちょっとした救出作戦が行なわれたと思っているらしい。

「ビルの？　なんで？　誰が？」

「それがな、奥さんがいたらしい」

「わたし、一度アルフリーダのところで会ったことがあるわよ。いい人だったけど」
「人には好かれたな。女には」

不和はわたしとはなんの関係もなかったのかもしれないとも思えた。継母は父に新しい生活をさせたがった。二人はボウリングやカーリングに行き、定期的に他の夫婦といっしょにティム・ホートンの店でコーヒーとドーナツを楽しんだ。継母は父と結婚するまで長いあいだ寡婦生活を送っており、その頃の友だちがたくさんいて、父の新しい友人になってくれた。父とアルフリーダのあいだに起こったことは、変化のひとつに過ぎなかったのかもしれない。古い結びつきが擦り切れただけかも。自分自身の人生についてはそういうことがあるとよく承知していたのに、もっと年長の人々の——言わせてもらうならば特に故郷の人々の——人生で起ころうとは思っていなかったのだ。

継母は父よりほんの少しまえに亡くなった。短く幸せな結婚生活を送ったあと、二人は別々の墓地で、それぞれさいしょの、もっと厄介な事の多かった伴侶の傍らに葬られた。二人が死ぬまえに、アルフリーダは町へ戻った。家は売らずにそのままにして去っていった。父はわたしへの手紙にこう書いていた。「どうもおかしなやり方だ」

父の葬儀には大勢の弔問客が訪れた。わたしの知らない大勢の人たちが。墓地で、ひとりの女性が芝生を横切ってやってきて、わたしに話しかけてきた——わたしはさいしょ、継母の友人かと思った。それから、わたしよりほんの数歳年長なだけだと気がついた。ずんぐりした体格、頭の灰色混じりのブロンドのカール、花模様のジャケットのせいで、老けて見えたのだ。

「あなたのこと、写真で見ていたのでわかったんです」と女性は言った。「アルフリーダはいつもあなたのこと、自慢していたんですよ」

「アルフリーダは死んだんじゃないでしょうね？」とわたしはたずねた。

「いえいえ」と彼女は答え、アルフリーダはトロントのすぐ北にある町の老人ホームにいるんだと話してくれた。

「わたしが目配りしやすいように、そこへ移したんです」

これではっきりしてきた――相手の声からしても――彼女がわたしの世代の人間だということが。そして、きっと例のべつの家族の一人、アルフリーダがほとんど大人になってから生まれた半分血のつながった妹なんじゃないかと思いついた。

女性は名前を告げた。それはもちろん、アルフリーダと同じ姓ではなかった――きっと結婚してるんだ。アルフリーダの口から半分血のつながった弟妹たちの名前が出たのは聞いた覚えがなかった。

アルフリーダの様子を訊くと、視力がかなり衰えて法的には盲目なのだということだった。それに腎臓が相当悪く、週に二度、透析を受けねばならないのだという。

「それ以外に？」彼女はそう言って笑った。そうだ、妹だ、とわたしは思った。その遠慮のない荒っぽい笑い声のなかには、どこかアルフリーダを思わせるものがあったのだ。

「だからあまり旅行はできなくて。でなきゃ、連れてきたんだけど。まだこっちの新聞をとっていて、ときどき読んであげるんです。その新聞でお父さまのことを知って」

わたしは思わず声に出して、その老人ホームに訪ねていこうかしら、と言った。葬式の感慨が

――不足のない年齢だった父の死によってわたしの心の内に広がった、ほっとしたような温かい和解の感情――この提案を思いつかせたのだった。実行は難しかっただろう。夫――二番目の夫――とわたしがここにいるのはたったの二日で、それから、もうすでに予定より遅れてしまった休日を過ごすためにヨーロッパへ飛ぶことになっていた。

「さあ、それはどんなものかしら」と女性は言った。「具合のいいときもあるんですけどね。かと思うと悪くなって。わからないんですよ。わざとやってるんじゃないかと思うこともあるの。たとえばね、一日中すわりこんで、誰かがなにか話しかけると同じことしか言わないんです。調子は上々恋する気分。（『雨に唄えば』の一曲）一日中、そう言うんです。チョウシハジョウジョウコイスルキブン。こっちがおかしくなっちゃう。するとべつの日にはちゃんとまともに答えるの」

またも彼女の声と笑いは――今回は半分隠れていたが――アルフリーダを思い起こさせ、わたしは言った。「わたし、きっとあなたとお会いしたことあるわよ。一度、アルフリーダのお父さんと義理のお母さんが寄ってくれたことがあるの、お父さんだけだったかもしれないけど、子供さんたちを何人か連れて――」

「あら、それはわたしじゃないわ」と女性は言った。「わたしをアルフリーダの妹だと思ってらしたんですか？　あら嫌だ。わたし、年相応に見えてるってわけね」

あまりよく見えなかったもので、とわたしは言い訳を始めた。それは本当だった。十月ともなると、午後の太陽は低く、目にじかに光が飛びこんでくる。女性はその光を背景に立っていたので、顔立ちや表情を見定めるのは難しかったのだ。

彼女は大事なことを言い出すようにそわそわと肩を動かした。「アルフリーダはわたしの生みの母だったんです」

　ハハ。母親。

　それから彼女は、それほど長々とではないが、何度も語ってきたに違いない話を聞かせてくれた。彼女にとっては人生における大きな出来事であり、自分ひとりで乗り出した冒険だったのだ。彼女はオンタリオ東部の一家に養子にもらわれ、その一家だけを家族と思ってきた（「それにわたしはその家族のことを心から愛しているんです」）。そして結婚し、子供を産み、子供たちが大きくなると、生みの母親を探したいという思いに駆られるようになった。それはかんたんではなかった。記録の管理方法の問題や、秘密が保持されてきたこと（「母がわたしを産んだことは百パーセント秘密にされていたんです」）などがあって。だが、数年まえ、彼女はアルフリーダを探り当てたのだった。

「それがね、ちょうどよかったんです」と彼女は言った。「つまり、誰かが母の面倒を見なければならない頃合だったんです。わたしにできる範囲でですけど」

「ぜんぜん知らなかったわ」とわたしは言った。

「そうでしょうね。当時、知ってる人はそんなに多くなかったんじゃないですか。警告されるんですよ、こういうことを始めようとすると。あなたが現れたらショックを与えるかもしれませんよって。年配の人たちにとっては、やっぱりまだけっこうな重荷ですから。だけど、母にはべつに迷惑じゃなかったみたいですけど。もっとまえなら、迷惑がっていたかもしれませんけどね」

　彼女の様子にはどこか得意満面といったようなところがあったが、それは無理もない。他人を仰天させるような話のネタを持っていて、実際に話してみたところまんまと相手が仰天したら、その力に心地よく酔いしれたくもなるだろう。この場合あまりにも完璧だったので、彼女は謝らなくてはという気分になったようだった。

「ごめんなさい、自分のことばかり話して、お父さまのお悔やみも言わないで」

わたしは彼女に礼を述べた。

「アルフリーダが話してくれたんですけどね、ある日、あなたのお父さまといっしょに学校から歩いて帰っていて、これは高校の頃のことでね。ずっといっしょに歩くわけにはいかなくて、ほら、あの頃は男の子と女の子がいっしょにいたらひどくからかわれたりなんかしたでしょ。だから、お父さまが先に出たら、町の外で幹線道路から帰り道が枝分かれするところで待っていて、母が先に出たら、やっぱり同じようにお父さまを待ってたんですって。で、ある日、二人いっしょに歩いていたら、鐘という鐘がぜんぶ鳴りだすのが聞こえたっていうんだけど、それがなんだったかわかります？　第一次大戦の終わりだったの」

わたしもその話は聞いたことがある、と答えた。

「だけど、二人ともまだ子供だったと思ってたけど」

「なら、高校から歩いて家に帰ってるわけがないじゃないですか、まだ子供だったら」

野原で遊んでいたときのことだと思っていた、とわたしは言った。

「二人は父の犬を連れていたのよ。マックって名前の」

「たしかに犬はいっしょだったかもしれません。犬は二人を迎えに来たのかも。わたしに話してくれたときに母の記憶が混乱していたとは思えませんけど。母は、あなたのお父さまに関することはなんでもすごくよく覚えていましたから」

ここでわたしは二つのことに気がついた。まず、父は一九〇二年生まれであること、そして、アルフリーダもほぼ同じ歳だということだ。とすると、野原で遊んでいたというよりは高校から歩いて帰るところだったというほうがずっと可能性が高い。それまで一度もそう考えなかったのは不思議だった。もしかすると二人は野原にいたと言ったのかもしれない、つまり、野原を横切って家に帰るところだったと。「遊んでいた」とは言っていないのかもしれない。

そして、この女性のなかにちょっとまえまで感じられたすまなそうな様子や好意や無害な雰囲気は、もうなくなっていた。

「物事って、くるくる変わるから」とわたしは言った。

「そうですね」と女性は言った。「人間は物事を変えちゃいますからね。アルフリーダがあなたのこと、なんて言ってたか知りたくないですか?」

ほら。ほら来た、とわたしは思った。

「なんて?」

「あなたは賢い、でも、決して自分で思ってるほどは賢くないって」

わたしは光を背景にした相手の暗い顔をずっと見つめ続けた。

賢い、賢すぎる、あんまり賢くない。

わたしはたずねた。「それだけ?」

「あなたはどっちかっていうと冷たい人間だって。母が言ったのよ、わたしじゃなくて。わたしはべつにあなたになんの恨みもありませんから」

あの日曜日、アルフリーダの家で昼のディナーをご馳走になったあと、わたしは自分のいた下宿屋まで歩いて帰ることにした。往復だと十マイル歩くことになる。それで食べた食事分のカロリーが帳消しになるはずだった。胃がもたれていた。食べ物だけではなく、あのアパートで目にし、感じたすべてが。ひしめいている古臭い家具。ビルの沈黙。アルフリーダの愛情、バカみたいに頑固で、不適切で、絶望的な――わたしの見る限り――年齢だけとってみても。

しばらく歩くと、胃はそれほど重く感じられなくなった。これから二十四時間はなにも食べないぞとわたしは誓った。きちんと長方形になった小さな町の通りを、北へ西へ、北へ西へと歩いた。日曜の午後なので、大通り以外ほとんど車は通っていなかった。ときどき数区画のあいだ、わたしの道筋がバスのルートと重なることがあった。横を通るバスに乗っているのはほんの二、三人。わたしの知らない、むこうもわたしを知らない人たちだ。なんたる恵みだろう。

わたしは嘘をついていた。友だちと会う予定などなかったのだ。友だちはほとんどがあちこちの実家へ帰ってしまっていた。婚約者は次の日まで戻ってこないはずだった――オタワから戻ってくるとちゅうで、コーバーグの両親を訪ねることになっていた。戻っても下宿屋には誰もいないだろう――誰とも言葉を交わさずにすむ。しなければならないこともなかった。

一時間以上歩いたころ、営業しているドラッグストアを見つけた。なかに入って、コーヒーを飲んだ。コーヒーは沸かしなおしで、黒くて苦く――薬みたいな味がした。まさにわたしが飲みたかったものだった。すでにほっとした気持ちだったが、今度は幸せな気分になってきた。一人でいられることの幸せ。外の歩道を照らす夕刻間近の暑い日ざしや、葉が茂り始めたばかりの木の枝がわずかな影を投げかけるのを眺めることの。店の奥から響く、わたしにコーヒーを出してくれた男がラジオで聞いている野球中継の音を耳にすることの。アルフリーダについて書くつもりの物語のことを考えていたわけではない——特にそのことを考えていたわけではない——自分が書きたいものについて考えていたのだ。だが、それは物語を構築していくというよりは、宙からなにかをつかみ出すのに近いように思えた。群集のどよめきが、悲しみに満ちた大きな心臓の鼓動のように聞こえてきた。心地よい型どおりの音の波、その遠い、ほとんど非人間的な賛同と悲嘆。

それがわたしの望んでいたもの、それがわたしが留意せねばと思っていたこと、それこそわたしが送りたいと思っていた人生だった。

なぐさめ

Comfort

ニナは夕方、高校のテニスコートでテニスをした。ルイスが高校教師の仕事をやめてから、ニナはこのコートをしばらくボイコットしていたのだが、あれからもう一年ばかりたち、友だちのマーガレット——これまた元教師だが、お決まりで型どおりの退職だった、ルイスの場合とは違って——に説得されてまた使うようになったのだ。

「出られるうちに、ちょっと外へ出ておいたほうがいいわよ」

マーガレットは、ルイスが問題を起こしたときにはもういなくなっていた。スコットランドから、ルイスを擁護する手紙を出してくれた。だが、なにしろ同情心に富み、なんにでも理解を示し、交友関係が幅広いという人柄なので、手紙はどうやらあまり重要視されなかったようだ。マーガレットの心根の優しさに過ぎないということで。

「ルイスはどう？」その午後、ニナに車で家へ送ってもらいながらマーガレットはたずねた。

ニナは答えた。「惰性で暮らしてるわ」

太陽はすでに湖のへり近くまで落ちていた。まだ葉が残っている木々は金色に燃え上がっていたが、夏の午後の暖かさはなくなっていた。マーガレットの家の前の低木はどれも麻布でミイラのように巻かれている。

一日のこの時刻になると、ルイスといつも学校が終わってから夕食のまえにしていた散歩のことをニナは思い出した。暗くなるのでもちろん短い散歩である。町の外へとつながる道路や古い鉄道の盛土に沿って。だがそうした折に、会話を通じて、あるいは暗黙のうちに、ニナはルイスからあの独特の観察をいろいろ学び吸収してきた。昆虫、地虫、カタツムリ、コケ、水路のアシ、ふさふさと茂った草の穂、動物の足跡、ガマズミ、クランベリー――心の奥底で混じりあっているものが毎日すこしずつ違ったふうに呼び起こされる。そして毎日また一歩踏み出すのだ、冬に向かって。いっそう削ぎ落とされ、衰退に向かって。

ニナとルイスが住んでいる家は一八四〇年代のもので、当時の様式に従って歩道に近寄せて建てられていた。居間か食堂にいると、外の足音だけでなく会話まで聞こえる。車のドアを閉める音がルイスに聞こえているものと、ニナは思っていた。

ニナは口笛を吹きながら家に入った。なるべく上手に。見よ、勇者は帰る（オラトリオ「マカベウスのユダ」）。

「勝ったよ。勝ったわよ。ねえ？」

ところが、ニナが出かけているあいだに、ルイスは死んでいた。じつを言えば、自殺していたのである。ベッドサイドのテーブルにはアルミ箔で裏打ちされた小さなプラスチック包装が四つあった。それぞれに、強力な痛み止めが二錠ずつ入っていた。その傍にもう二つ。破られないまま、プラスチックのカヴァーの下にころっとした白いカプセルがまだ入っていた。あとで手にとって見たとき、ニナは気づくことになる、片方のアルミ箔に傷がついていることに。爪で破ろうとしたものの、もうじゅうぶん飲んだのだからと思って止めたか、あるいはその瞬間意識を失ってしまったものか。グラスはほとんど空になっていた。水はぜんぜんこぼしていない。

これは、二人で話し合ってきたことだった。二人で合意した計画ではあったが、常に、起こり得る──起こるであろう──こととしてであった。いずれそのうち。自分もその場に立ち会って、なにかちゃんと儀式めいたことをするものとニナは思っていた。音楽。枕をちゃんと整えて、椅子を引き寄せてルイスの手を握っていられるようにする。ニナが思いつかなかったことが二つあった──ルイスが儀式めいたものすべてを毛嫌いしていることと、そういった立会いが自分にとってどれほどの重荷となるかということだ。いろいろ訊かれたり、あれこれ言われたり、ニナが共犯とされる危険性も。

こういうやり方で始末をつけることによって、できるだけニナがなにも隠さなくてもいいようにしてくれたのだった。

ニナは遺書を探した。なにが書いてあると思っていたのだろう？　指示は要らなかった。もちろん説明も要らなかったし、ましてや謝罪など欲しくなかった。ニナがまだ知らないことが遺書に書かれている可能性はまったくない。なぜこんなに早く、という疑問についてすら、ニナは自分で答えを見つけることができた。耐えられない無力感や痛みや自己嫌悪の限界について、二人で──というかルイスが──話したのだ。その限界を、目をそむけないでしっかり認識することがいかに大事か。遅めよりは、早めに。

とはいうものの、ルイスはこの期に及んでニナに言いたいことなどないだろう、とも思えなかった。ニナはまず床の上を探した。最後にグラスを置いたときに、パジャマの袖でサイドテーブルからはたき落としたのかもしれないと思ったのだ。あるいは、そんなことがないよう用心したのかもしれない――ニナは電気スタンドの下を見てみた。それから、テーブルの引き出しを。次にルイスのスリッパの下と、なかを。ルイスがこのところ読んでいた本を取り上げて、ぱらぱら振ってみた。たしか、カンブリア紀の多細胞生命体の爆発的急増とか呼ばれている事象に関する古生物学の本だった。

ここにもなにもない。

ニナは寝具のなかを探り始めた。掛け布団をはぐり、上側のシーツをはぐる。ルイスが横たわっている。数週間まえにニナが買ってきたダークブルーのシルクのパジャマを着て。寒気がするとルイスが訴えたのだ――これまでベッドのなかで寒気など感じたことがなかったのに――そこでニナは出かけていって、店でいちばん高いパジャマを買ったのだった。これを買ったのは、シルクは軽くて暖かく、そこにあったほかのパジャマはどれも――縞柄とか、奇抜だったりふざけていたりする言葉をあしらってあって――年寄りくさかったり、マンガに出てくる夫か、負けた賭博師みたいだったからである。このパジャマはシーツとほとんど同じ色なので、ルイスの体で目につく部分はほんのわずかだった。足、足首、むこうずね。手、手首、首、頭。ルイスは顔を反対側に向けて横向きになっていた。なおもなんとか遺書を見つけようと、ニナは枕を動かし、ルイスの頭の下から乱暴に引っ張り出した。

ない。ない。

枕からマットレスに落ちた頭が、音をたてた。意外と重い音だった。そしてその音は、シーツの空しい広がりとともに、探しても無駄だとニナに告げているように思えた。

薬が眠りに誘い、動きをすべてひっそりと封じてしまったのだろう。だから、目をぽっかり見開いてもいなければ顔をゆがめてもいないのだろう。口はわずかに開いていたが、乾いていた。ここ二ヶ月ほどで、ルイスはすっかり様変わりしていた——こうして見て初めて、どれほど変わったか気づかされた。目が開いていたときは、いや、眠っていたときでさえ、ルイスはどこかで、ダメージは一時的なものだという幻想を保持しようとしていた——精力的で、常に覇気を秘めた六十二歳の男の顔が、まだちゃんと、しわしわの青ざめた肌の下に、病から来る非情な不眠の下にあるのだという。ルイスの顔に気の強い元気そうな表情を与えているのは骨格ではなかった——落ちくぼんだ輝く瞳や、苛立たしげな口元や、器用に動く表情のせいなのだ。しわだらけの顔を素早く変えては、あざけりや不信、皮肉っぽい忍耐、たまらない嫌悪といったレパートリーを見せるのだった。教室用のレパートリーである——だが、教室でだけとは限らなかった。

もうそれはない。もうなかった。死後数時間のあいだに（ニナが出てすぐことに及んだに違いない、帰ってきたときに始末がついていないと困るから）、萎縮と崩壊が勝ちを占め、ルイスの顔はぐっと縮んでいた。その顔は封印されてよそよそしく、年老いて、それでいて幼児のようだった——死んで生まれた赤ん坊に似ているのかもしれない。

この病気の発症には三つの形があった。一つは手と腕に関係している。指がしびれて無感覚になり、握る動作がしにくくなってやがて出来なくなる。あるいは脚に来て、まず脚がよろよろして、足元もつまずきやすくなり、すぐに階段や、それどころかカーペットの上にさえ足をあげることができなくなる。三つ目は、これがいちばん恐ろしい症状かもしれないが、喉と舌に来る。呑みこむ力が頼りなく不安になり、喉に詰まるようになる。言葉は不明瞭なたどたどしいものになる。影響を受けるのは必ず随意筋なので、さいしょは実際のところそれほど悪い病気には思えない。心臓や脳に不調があるわけでもなく、予想のつかない兆候もない、人格がよくない変わり方をするわけでもない。視覚も聴覚も味覚も触覚も、そしてなにより知性も、今までどおり、活発でしっかりしている。脳はせっせと外部の活動停止をすべて監視し、不履行や減損を集計する。このほうが望ましいではないか？

その通りだ、とルイスは言った。だが望ましいと言える理由はただひとつ、おかげでチャンスがあるからだ、行動を起こすための。

ルイスの場合は脚の筋肉のトラブルから始まった。鍛えれば力が戻らないかとシニア・フィットネス・クラスに入会してみた（そういうのは嫌いだったのだが）。一、二週間はルイスも効果があがっているかと思っていたのだ。だが、脚が重くなり、引きずって歩いたりつまずいたりするようになって、それほどたたないうちに診断が下されたのだった。わかるとすぐに、二人はそのときが来たらどうしようか話し合った。夏の初めには、ルイスは杖を二本突いて歩いていた。夏の終わりにはぜんぜん歩かなくなっていた。だが、手はまだ本のページを繰ったり、大変ではあったがなんとかフォークやスプーンやペンを扱ったりできた。話すのにはほとんど影響が出ていないように、ニナには思えた。訪問客は聞きにくそうにしていたが。どっちにしろ、ルイスは客の訪問を断ることにしてしまった。食事内容も変わって、呑みこみやすいものになったが、その種のことでぜんぜん困らないまま数日過ごせることもあった。

ニナは車椅子のことを問い合わせてみた。ルイスも反対しなかった。二人はもう「ビッグ・シャットダウン」と呼んでいる事柄について話し合うことはなくなっていた。自分たちは——というかルイスは——本で読んだあの段階に、死に至る病のなかほどで訪れることのある変化の段階に入りつつあるのかもしれないとさえ、ニナは考えた。つい楽観的な考えが前面に出てこようとする。楽観が許されているからではなく、この体験のすべてが抽象概念ではなく現実となり、対処していくのが厄介ではなく当たり前になってきたからだった。

終わりはまだ来ない。今を生きろ。今を楽しめ。

そういった展開は、ルイスらしくないように思えた。いくら役に立とうと、自分をだますことがルイスにできようとはニナにはとても思えなかったのだが。肉体的な破綻にやられてしまう姿を想像することもできなかった。だけど、ありそうもないことがひとつ起こったのだとしたら、他のことだって起こるかもしれないじゃないか。他の人々に起こった変化がルイスにも起こらないと言えるだろうか？　密やかな希望を持ったり、目をそらしたり、運命と秘密の取引をしてみたり？

いや。

ニナはベッドサイドの電話帳を取り上げると、「葬儀屋《アンダーテイカー》」を探したが、もちろんそんな言葉は出ていなかった。「フューネラル・ディレクター」だ。その言葉に感じた苛立ちを、いつもならルイスに話していただろう。葬儀屋《アンダーテイカー》、まったく、葬儀屋《アンダーテイカー》のどこが悪いっていうんだろう。ルイスのほうに向き直ったニナは、自分が夫をどういう状態で放っておいたか気がついた。まるでむき出しのままだ。その番号にかけるまえに、ニナはシーツと掛け布団を元に戻した。

若い男の声が、医者はいるのか、もう来ているのかとたずねた。

「医者は必要ありません。わたしが帰ってきたら、死んでいたんです」

「じゃあ、それはいつなんですか？」

「さあ――二十分まえです」

「見たら亡くなられていたんですね？　それなら――お宅の掛かりつけのお医者は？　私から電話してそちらへ行ってもらいます」

自殺について率直に議論しながらも、ニナの記憶では、二人はこの事実を内密にしておくべきかそれとも公にすべきか、話し合ったことはなかった。一面では、ルイスは事実を知らせることを望んでいたに違いないとニナは思っていた。陥った状況に対する自分なりの、名誉を重んじ理にかなった対処法がこれだったのだということを知らしめたかったはずだ。だがまた一方では、そんなことは明かしたくないと思っていたかもしれない。職を失ったせいだ、学校で苦闘のあげく負けたせいだなどとは、誰にも思われたくなかっただろう。学校での敗北によってこんなふうに力尽きたんだと思われたら――ルイスは激怒するはずだ。

ニナは薬の包装を、空のもまだ入っているのもサイドテーブルからさらえると、トイレに流してしまった。


葬儀屋から来たのは、地元の大柄な若者たちだった。元生徒で、そうは見せまいとしながらも、いささかどぎまぎしていた。医者も若く、知らない男だった――ルイスの掛かりつけの医者は休暇を取ってギリシャへ行っていた。

「まあ、神のお恵みですね」事実を書き込んでしまうと、医者は言った。そのあまりにもあけっぴろげな物言いに、ニナはちょっと驚き、ルイスがもし耳にしていたとしたら、好ましからざる宗教臭を感じたかもしれないと思った。医者のつぎの言葉には、それほど驚かなかった。

「誰かと話をしてみたいですか？　ご紹介はできますが、その、お気持ちの整理を手助けできるような人を」

「いえいえ。けっこうです。わたしはだいじょうぶですから」

「ここにお住まいになって長いんですか？　声を掛けられるようなお友だちはいらっしゃいますか？」

「ああ、はい。います」

「今から誰かに連絡を？」

「そうです」とニナは答えた。嘘だった。医者と若い運搬人たちとそれにルイスが出て行くとすぐに——ルイスはぶつかるといけないので包みこまれて、家具のように運ばれていった——ニナは捜索を再開せねばならなかった。ベッドの近辺しか探さなかったのは迂闊だったような気がしてきた。寝室のドアの裏に掛けてあった自分のドレッシングガウンのポケットも探ってみた。ぴったりの場所じゃないか、ニナがコーヒーを淹れに急ぐまえに毎朝羽織るものだし、ティッシュとか口紅を探していつもポケットを探るし。ただし、ここだとするなら、ルイスはベッドから起き上がって部屋を横切らなければならない——ここ数週間というもの、ニナの手助けなしには一歩も踏み出せなかった人が。

だが、昨日遺書を書いてどこかへ置いたとは限らないのではないか。何週間もまえに書いて隠してあったとは考えられないだろうか。なにしろルイスには、自分の筆記能力がどのくらいの速度で衰えていくかわからなかったのだから。だとしたら、どこにあってもおかしくない。ニナの机の引き出しかもしれない――ニナは今度はそこをかき回した。あるいはシャンパンのボトルの下かもしれない。ルイスの誕生日に飲もうとニナが買って、ドレッサーの上に置いておいたものだ、二週間後のその日付をルイスに忘れさせないために――それとも、このところニナが開いたどれかの本のページのあいだかも。そういえばルイスはたずねたじゃないか、わりと最近のことだったが、「きみは今、自分ではなにを読んでるんだ?」と。ルイスに読んでやっていた本――ナンシー・ミットフォード著『フリードリッヒ大王』――以外に、という意味だ。ニナはルイスに面白い歴史書を読んで聞かせることにして――ルイスは、小説が大嫌いだった――科学の本は自分で読ませておいた。ニナは「日本の小説よ」と答えて、本を見せたのだった。そこで、あの本を見つけて逆さまにし、ぱらぱら振ってみようと、本をどんどん脇へ放り出した。それから、放り出した本も一冊ずつ同じように振ってみた。いつも自分が座る椅子のクッションを床へ投げ落として、なにか隠されていないか確かめる。しまいにソファのクッションは、どれも同じようにまきちらされた。コーヒー豆も缶から空けられた。もしかしてルイスは(気まぐれで?)そのなかに別れの手紙を隠したかもしれない。

ニナは誰にも傍にいてほしくなかった。こうやって探しているところを誰にも見られたくなかった――ところがこの間、明かりはぜんぶつけて、カーテンも開けっぱなしだった。しっかりしなさいと言ってくれる人は誰もいなかった。先ほどから暗くなっていて、なにか食べなければいけないとニナは思った。マーガレットに電話しようか。だが、ニナはなにもしなかった。カーテンを閉めようと立ち上がったが、代わりに電気を消した。

ニナは背が一八〇センチ以上あった。まだ十代の頃から、体育の教師や生徒指導員やおせっかいな母親の友だちに、猫背をやめろと言われていた。ニナは最善を尽くしはしたのだが、今でも自分の写真を見ると、なんて従順そうに見えてしまうのだろうとがっかりする――肩をすぼめて首をかしげて、まるでにこやかな店員みたいな姿勢だ。若い頃は、出会いのお膳立てが整えられては友だちが背の高い男を連れてきてくれることに慣れっこになっていた。男に関して、ほかのことは大して問題じゃないみたいだった――背がたっぷり一八〇センチ以上あれば、ニナとペアにさせられる。多くの場合、男はこの状況にむくれた――背の高い男にも選ぶ権利はあるだろう――そしてニナは、それでも猫背でにこにこしながら、きまり悪さにどうしようもなくなるのだった。

少なくとも両親は、ニナの人生はニナのものだという態度だった。二人とも医者で、ミシガンの小さな町に住んでいた。ニナは大学を卒業してから、両親と暮らした。地元の高校でラテン語を教えていた。休暇になると、まだ結婚や再婚に絡め取られておらず、そうなりそうもない大学のときの友人たちとヨーロッパへ行った。ケアンゴーム山地を歩いていたとき、ニナの一行はオーストラリア人とニュージーランド人のグループに出会った。彼らは一時的にヒッピー暮らしをしていて、そのリーダーらしい人物がルイスだった。ルイスは他の仲間たちより二、三歳年上で、ヒッピーというよりは経験豊かな放浪者、口げんかだの困ったことだのが起こったときに頼れる男なのは明らかだった。ルイスはそれほど背が高くはなかった――ニナより十センチくらい低かった。にもかかわらず、ルイスはニナを好きになり、旅程を変更して自分といっしょに行こうと誘った――ルイス自身は嬉々として仲間たちを放り出してしまった。

やがてルイスは放浪には飽き飽きしていることが判明した。そしてまた、ニュージーランドで文句なく素晴らしい生物学の学位と教員免許を取得しているということも。ニナはルイスに、ヒューロン湖の東岸に面したカナダの町のことを話した。子供の頃、そこの親戚を訪ねたことがあったのだ。通りに並ぶ背の高い木や、簡素な古い家々や、湖の向こうへ沈む夕日のことを話して聞かせた――いっしょに暮らすには素晴らしいところだし、それに、イギリス連邦とのつながりがあるからルイスが仕事を見つけるのも楽かもしれない。二人はちゃんと仕事を見つけた。二人とも、高校に――ニナは数年後、ラテン語が廃止されたときに教えるのを止めたが。なにか他の科目を教えられるようにアップグレードコースを受講することもできたけれど、ルイスと同じ場所で同じような仕事をしなくてもよくなって、じつは密かに嬉しく思っていたのである。ルイスという人間の影響力、動揺を引き起こすような教え方は、友と同時に敵もつくった。だから、その只中にいなくてすむのは、ニナにとってほっとすることだったのだ。

子供はもうすこしあとにしようということになっていた。二人ともちょっと見栄っ張りすぎるのかもしれないとニナは思っていた――お父さんお母さんなどといういささか滑稽でたいしたことのないアイデンティティーをまとうのが嫌だったのだ。二人とも――だが、ルイスは特に――家の大人たちとは違うということで、生徒たちに敬服されていた。知的にも肉体的にももっとエネルギッシュで、複雑ではつらつとしていて、人生を楽しむことに長けていたから。

ニナは合唱団に加わった。リサイタルの多くは教会で行なわれたが、その際に、ルイスがどれほどこういった場所を嫌っているか、ニナは気がついた。ほかに適当な場所がないことも多いし、べつに演目が宗教的なものだというわけではない(もっとも、演目がメサイアのときは、多少苦しかったが)とニナは主張した。ルイスの考えは古い、最近はどんな宗教であれ、害悪なんてほとんど及ぼすことはできないと。この問題は大喧嘩に発展した。二人は暖かい夏の夕べ、外の歩道を通る人に互いのどなり声が聞こえないよう駆けずり回って窓を閉めなくてはならなかった。

こういった喧嘩は凄まじいもので、ルイスがいかに敵を求めているかということだけでなく、ニナもまた、どんどん激しくエスカレートする口論からは引き下がれないということが判明した。どちらも舌鋒を緩めようとはせず、猛烈に信条を主張した。

人が自分と違うのが許せないの？　どうしてこんなことがそんなに大事なの？

これが大事じゃないんなら、大事なものなんかないさ。

空気が嫌悪感でよどむように思えた。解決のつきようのない問題を巡って徹底的に。二人は無言でベッドに入り、翌朝、無言で別れ、その日一日不安に苛《さいな》まれた――ニナは、ルイスが家に帰ってこないのではないかと、ルイスは、家に帰ってもニナがいないのではないかと。だが、二人の幸運は持ちこたえた。夕刻近く、二人は後悔に打ちひしがれて和解した。愛に身を震わせ、かろうじて地震を免れ、廃墟のただなかを歩き回ってきたかのように。

それが最後ではなかった。きわめて穏やかに育ったニナは、これがノーマルな生活なのだろうかと思った。それについてルイスと話し合うことはできなかった――和解のあとの二人は、感謝に満ちあふれ、優しく、愚かしかった。ルイスはニナをかわいいニナ・ハイエナと呼び、ニナはルイスをメリー・ウェザー・ルイスと呼んだ。

数年まえ、道端に新しい種類の看板が見られるようになった。それまでは長いあいだ、キリスト教への帰依を訴えたり、大きなピンクの心臓と途絶える鼓動を示す線を描いた、中絶を思いとどまらせるための看板だった。今回現れたのは、創世記の言葉だった。

初めに、神は天地を創造された。

神は言われた。「光あれ」こうして光があった。

神は御自分にかたどって人を創造された。男と女に創造された。

たいてい言葉といっしょに、虹やバラといったエデンの美しさを表すシンボルが描いてあった。

「いったいこれってどういう意味？」とニナは言った。「どっちにしろ変化ではあるけどね。『神は世界を愛でたもう』からの」

「これは創造説だよ」とルイスは答えた。

「それはわかるわよ。だけど、どうして看板にしてあちこちに立てなきゃならないの？」

聖書の物語をそのまま信じる姿勢を強化しようとする明確な動きが現在あるのだと、ルイスは言った。

「アダムとイヴ。お決まりのたわ言だ」

ルイスはこのことに、さほど不快感を感じているふうでもなかった——あるいは、クリスマスごとに教会のまえではなく町役場の芝生にキリスト生誕像が飾られることと同程度の不快感しか。教会の敷地と町の敷地とはべつだろうに、とルイスは言った。ニナが身につけたクエーカーの教えではアダムとイヴにはあまり重点が置かれていなかったので、家に帰ると、欽定英訳聖書を取り出して、創世記をぜんぶ読んでみた。さいしょの六日間の荘厳なる進展は面白かった——水が分かれたり、太陽や月が設置されたり、地を這うものや宙を飛ぶ鳥たちが現れたり。「美しいじゃない」とニナは言った。「偉大なる詩だわ。みんなに読ませるべきよ」

世界の隅々で見られるさまざまな創世神話以上のものでも以下のものでもないし、美しいだの詩だのといった言葉には飽き飽きしてうんざりだとルイスは言った。

「あれはカモフラージュだよ」と言った。「連中は詩のことなんかぜんぜんかまっちゃいないのさ」

ニナは笑った。「『世界の隅々』だって。科学者がなんてものの言い方するのよ？　それってぜったい聖書の表現よ」

ニナは時折、この問題でルイスをからかってみた。ただし、やりすぎないよう気をつけなければならなかった。決定的な威嚇だと、あるいは侮辱的な言動だとルイスが感じるぎりぎりのところに注意を払わなければならなかった。

時折、郵便物のなかのパンフレットがニナの目にとまった。目を通すことはせず、しばらくのあいだは、どの家にもこういう類のものが来ているとばかり思っていた。熱帯地方での休日、その他派手な幸運を提供するダイレクトメールなどといっしょに。ところが、ルイスが同じものを学校でも受け取っていることがわかったのだった――『創造説主義者のプロパガンダ』とルイスは呼んでいた――ルイスの机に置いてあったり、教員室のルイスの書類入れにつっこんであったり。

「生徒たちはぼくの机には近づけますよ。だけど、いったいどこのどいつがここの書類入れにつっこんでるんですか？」ルイスは校長に問いかけた。

わからない、自分も受け取っていると、校長は答えた。ルイスはこの学校の数名の教師の名前を挙げた。ルイスが隠れクリスチャンと呼んでいる連中である。そんなにかっかすることないじゃないか、捨てちまえばすむんだから、と校長は言った。

授業中の問題はあった。もちろん、常にあった。必ずなんだ、とルイスは言った。うんざりするような小柄な女子の聖者とか男女どちらかの生意気なヤツが進化論を妨害しようとするのだ。これに対して、ルイスには効果実証済みの対策があった。妨害した生徒に、世界史に対する宗教的な解釈を望むのであれば、隣の町にクリスチャンのための学校があるからどうぞそちらへ行ってくれ、と言うのだ。問題の起こる回数が増してくると、そちらへ行くバスがあるから、よければ教科書を片づけて本日この時間から行ったらどうだ、とつけたすのだった。

「とっとと行けよ、この――」とルイスは言った。あとになって問題となった――ルイスが実際に「クソ野郎」と言ったのか、それともそこで言葉を切ったのか。だが、たとえ実際には口にしなかったとしても、相手を侮辱したのはたしかだった。あとにどんな言葉が続くか、誰にでもわかるのだから。

生徒たちは最近では新しいやり方を始めていた。

「べつに必ずしも宗教的な視点がほしいというわけじゃないんです、先生。ただ、どうして宗教的視点にも均等な機会を与えてもらえないのかって言いたいだけなんです」

ルイスは議論に乗った。

「それはね、ぼくはきみたちに科学を教えるためにここにいるからだ、宗教じゃなく」

これが、ルイス自身から言ったと聞かされた言葉である。ルイスはこう言ったという者もいた。

「ぼくはきみたちにクソみたいなことを教えるためにここにいるわけじゃないからね」そして、たしかに、たしかにだよ、とルイスは言った。多少ずつ変えた質問で四度目か五度目に授業を中断されたとき（「べつの見方を聞くことは私たちに害になると思いますか？　無神論を教えられるとしたら、それはある種の宗教を教えられるようなもんじゃないんですか？」）、そういった言葉が口から滑り出たのかもしれないと。だが、こういう挑発を受けていたルイスは謝らなかった。

「この教室ではぼくがボスということになっているんでね、なにを教えるかはぼくが決めるんだ」

「わたしは神がボスだと思いますけど、先生」

教室から出て行かされた生徒がいた。親が校長にねじ込みに来た。もしかするとルイスと談判するつもりだったのかもしれないが、校長がそうはさせなかった。ルイスはあとになってようやく、教員室で飛び交うおおむね冗談めかした言葉によって、そういった面談のことを聞かされた。

「きみは心配することはないよ」と校長は言った——校長の名前はポール・ギビングズ、ルイスより二、三歳若かった。「あの親たちは、ちゃんと聞いてもらえたって思えたらそれでいいんだ。ちょっとおだてとけばいいんだよ」

「ぼくがおだてたってよかったんです」ルイスは言った。

「ああ。内心はおだてるどころじゃなかったけどね」

「注意書きを出しておかなきゃ。犬や父兄は立ち入り禁止」

「そんなところだ」ポール・ギビングズは同調するようにため息をついた。「だけど、彼らには彼らの権利があるからね」

地元紙に投稿が載り始めた。二、三週間に一回、「不安に駆られる親」とか「クリスチャンの納税者」とか「我々はこの先どこへ向かうのか？」とかいう署名で。なかなかちゃんとした文章だった。きちんと段落に分けて巧みに論旨を展開しており、どれも一人の代表者の手になるもののような感じだった。すべての親が私立のクリスチャン・スクールの学費を払えるわけではないが、みな税金は払っている、と投書は指摘した。したがって、自分たちの信仰に反していたり、意図的に信仰を踏みにじったりすることのない教育を公立の学校で子供に受けさせる資格があると。科学用語を用いて、いかに記録が誤って解釈されてきたか、進化論を証拠立てると思われた発見が実際には聖書の記述を裏付ける結果となっている、などと説く投書もあった。そして、聖書の言葉を引き合いに出して、今日の教育はまちがっており、このままでは社会のまともなルールすべてが放棄されることになろうと予言するものもあった。

そのうちに、語調が変化した。怒りのこもったものになった。反キリストの手先が政府や教室を掌握している。サタンが子供たちの魂に爪を伸ばしており、子供たちは現にテストで地獄の教義の反復を余儀なくさせられている。

「サタンと反キリストってどう違うの、それともいっしょ?」とニナはたずねた。「クエーカーはそういうの、すごくいいかげんだったの」

こういうことを冗談扱いしなくてもいいだろう、とルイスは答えた。

「ごめんなさい」ニナはまじめに謝った。「こういうの、ほんとうは誰が書いてるんだと思う? どこかの牧師?」

違うな、とルイスは言った。もっと組織化されたものだろう。巧みに立案された運動、中心となる事務所があって、個人の住所から出されたようにして投書する。ここで、自分の教室で始まったことではないのかもしれないと、ルイスは考えていた。すべて計画され、学校が標的とされたのだ。

おそらく、住民の共感を得やすい地域の。

「で？　個人的なものじゃないわけね」

「慰めにはならないけどな」

「あらそう？　わたしはなると思うけど」

誰かがルイスの車に「地獄の業火」と書いた。スプレー式塗料ではなかった——ほこりの上に指で書いてあっただけだ。

生徒の小集団が、ルイスの上級生クラスをボイコットし始めた。親の手紙を盾にして、教室の外の床に座り込む。ルイスが授業を始めると、歌い始める。

すべての輝ける美しきもの
大小すべての生き物たち
すべての賢く驚くべきもの
すべては神がつくられた——

校長は廊下に座り込んではいけないという規則を発動したが、生徒たちに教室に戻れとは命じなかった。グループは体育館の外の倉庫へ行かされ、そこで歌い続けた——ちゃんとべつの賛美歌も用意していたのだ。彼らの歌声は、体育教師のハスキーな号令や体育館の床を踏み鳴らす音と妙な具合に交じり合った。

月曜の朝には校長の机の上に請願書が置かれ、同時にその写しが町の新聞社へ届いた。関わっている子供たちの親だけでなく、町にあるさまざまな教会の信徒の署名も集められた。いちばん多く集まったのは原理主義の教会だったが、統一教会や英国国教会、長老教会のものもあった。

請願書には地獄の業火という言葉はなかった。サタンや反キリストといった言葉も。聖書に説かれている天地創造についてもひとつの説として敬意を払い、均等に学ぶ機会を与えて欲しいという要望が述べられているだけだった。

「ここに署名した私たちは、神があまりに長いあいだなおざりにされてきたのではないかと考えています」

「ばかばかしい」とルイスは言った。「あいつらは均等に学ぶ機会なんて考えちゃいないよ——選択の自由なんてことはね。あいつらは絶対主義者だ。ファシストさ」


ポール・ギビングズがルイスとニナの家にやってきた。スパイが耳をそばだてているかもしれないところで例の問題について話し合いたくなかったのだ（事務員の一人がバイブル・チャペル（聖書を重んじるキリスト教の一派）のメンバーだった）。校長は、ルイスを説得できるとはあまり思っていなかったのだが、とにかくやってみなければならなかったのだ。

「連中のおかげでどうしようもなくなっちまったんだ」と校長は言った。

「ぼくを首にしたらいい」とルイス。「どっかのアホな創造説論者を雇ったらどうです」

このクソッタレは楽しんでやがる、とポールは思った。だが、自分を抑えた。このところ、もっぱら自分を抑えてばかりいるような気がした。

「そういう話をするためにここへ来たんじゃない。つまりね、連中の言うことは筋が通っていると思う人間は大勢いるだろうってことなんだ。教育委員会の人間も含めてね」

「連中を喜ばせてやれば。ぼくを首にしてくれ。三月にはアダムとイヴだ」

ニナがコーヒーを運んできた。ポールは礼を言って、ニナの視線をとらえようとした。この件をニナはどう考えているのか知りたかったのだ。が、むだだった。

「ああ、そうだな」とポールは言った。「たとえそうしたいと思ってもできないんだ。それに、そんなことしたくもないし。組合に叩かれるからな。話は州全体に広がるぞ、ストライキ問題になるかもしれない、子供たちのことを考えないとな」

そう言えばルイスに効果があるんじゃないかと普通なら思えるところだ——子供たちのことを考えないと、などと言えば。だが、ルイスはいつものように自分の旅に出てしまっていた。

「三月にはアダムとイヴだ。イチジクの葉はあってもなくても」

「ちょっと言ってほしいだけなんだけどな、これもまたひとつの解釈なのであって、人それぞれで信じるものは違うんだってね。創世記の物語を十五分か二十分やってくれよ。読み上げるんだ。敬意を表するんだよ。どういうことなのかわかってるだろ？　連中は無視されたと思ってるんだ。無視されてるって思うのが嫌なだけなんだよ」

ルイスがあまり長いあいだ黙って座っているので、希望が頭をもたげてきた——ポールの心のなかで、そしてことによるとニナの心のなかでも、ひょっとしたら、と——だがその長い沈黙は、提案に見出せる悪辣さを嚙みしめるためだった。

「どうだ？」ポールがおそるおそるたずねた。

「お望みならば創世記をぜんぶ読み上げますよ。それから言ってやる、これはごった煮だってね。

同族的な自己権力強化と、おもによそのもっと優れた文化からの借り物である神学概念と——」

「神話でしょ」とニナが言った。「神話というのはけっきょくのところ偽りではなくて、ただ——」

ポールはニナの言葉に注意を払う必要をあまり認めなかった。ルイスは注意を払わなかった。

ルイスは新聞社に手紙を書いた。書き出しは穏やかで学究的だった。大陸の変動や海の生成と消滅、生命の不運な始まりが綴られていた。太古の微生物、魚のいない海、鳥のいない空。繁殖と破壊。両生類、爬虫類、恐竜の時代。気候の変動、さいしょのちっぽけな哺乳類。試行錯誤、遅れて登場した頼りなげな霊長類、ヒト型生物が後ろ足で立ち上がり、火を見つけ出し、石を尖らせ、自分のテリトリーを定め、そしてついに最近の急激な発達。船やピラミッドや爆弾を作り、言語や神を考案し、お互いを生贄《いけにえ》にし、殺し合う。自分たちの神の名がエホバかクリシュナか(このあたりで言葉が激してくる)、あるいは豚肉を食べることの是非を巡って戦い、戦争やフットボールの試合でどっちが勝つかに非常な興味を示す天にいるどっかの意地悪ジジイに向かってひざまずいて祈りの言葉をわめく。驚くべきことにけっきょくいくつかのことがうまくいき、自分たち自身や自分たちのいる世界について知り始め、それから、せっかく苦労して手に入れた知識を捨ててしまったほうが幸せになれると思いこみ、意地悪ジジイを連れもどして、またひざまずいて昔ながらのたわ言を教わって信じろと皆に強制する。それならいっそ、また地球が平らだってことにしたらどうなのでしょう?
敬具、ルイス・スピアーズ
新聞の編集長はよそ者で、ジャーナリスト養成学校を卒業したばかりだった。彼は騒ぎを面白がり、反響を掲載し続けた（バイブル・チャペル信徒一同との署名のある「神は侮られることはない（ガラテヤ6の7）」、たわ言、意地悪ジジイという言葉に神経を逆撫でされた、寛容でありたいと思いながらも心沈む統一キリスト教会の牧師が投稿した「筆者は議論の品位を落としている」）が、しまいに、こういった論争は時代遅れで場違いであり、広告主に悪い印象を与えると社主から注意が来た。もうやめておけ、と社主は命じた。

ルイスはべつの手紙も書いたが、こちらは辞表だった。辞表は、残念ではあるがとしながらも受理され、ポール・ギビングズは述べた――これまた新聞に掲載された――理由は健康上の問題であると。

これは本当だった。ルイス本人は公表したくない理由ではあったが。ここ数週間、足が弱っているような気がしていた。教室で生徒の前に立って行きつ戻りつ歩いてみせねばならないというまさにそのときに、震えがきて座りこみたくなったのだ。ルイスは屈しなかったが、椅子の背をつかまなければならないことがあった。強調するためのような顔をして。それに時折、足がどこにあるのかわからないような気がすることがあった。カーペットが敷いてあったら、ほんのわずかなしわでもつまずきかねなかったし、カーペットなどない教室でも、チョークのかけらや鉛筆が落ちているだけで災難が起こりそうだった。

ルイスはこの病気に逆上し、精神的なものではないかと考えた。ルイスは生徒をまえにしてノイローゼになったことなどなかった。どんな集団をまえにしたって。神経内科の診察室で本当の病名を告げられたとき、ルイスがまず感じたのは――とニナは夫から聞かされたのだが――おかしいほどの安堵感だった。

「ぼくはノイローゼじゃないかと思ってたんだ」ルイスはそう言い、二人とも笑い出してしまった。「ノイローゼじゃないかと思ってたんだよ。ところが、ただの筋萎縮性側索硬化症だったんだ」二人は笑いながら静まり返ったビロード張りの廊下をよろよろ歩き、エレヴェーターに乗りこんだが、そこでは驚きの眼差しで見つめられた――この場所では、笑い声などまず聞かれなかったのだ。

レークショアー・フューネラル・ホームは金色のレンガの広々とした新しい建物だった――ごく新しく、周囲はまだ芝生や植え込みができあがっていなかった。看板がなければ、診療所か官庁関係の建物かと思うところだ。レークショアー（湖に面した土地）といっても湖に面しているからではなく、葬儀屋――ブルース・ショアー――の苗字をちゃっかりくっつけただけだった。センスがないと思う者もいた。商売が街中の大きなヴィクトリア朝風の家で、ブルースの父親によって行なわれていたときには、あっさりとショアー・フューネラル・ホームという名前だった。それに、実際二階と三階にエドとキティーのショアー夫婦とその五人の子供たちが暮らす、広々とした、ホームだった。

この新しい建物には誰も住んでいなかったが、台所設備とシャワーのある寝室がひとつあった。妻と馬を育てている郊外の家まで十五マイル運転して帰るよりも、ここで一晩泊まるほうがブルースにとって便利な場合に備えてのものだった。

昨夜もそうだった。町の北で起こった事故のためである。十代の子供たちでぎゅう詰めになった車が橋台に激突したのだ。この種の事故は――ドライヴァーは免許取りたてかあるいは無免許で、みんなひどく酔っ払っている――ふつうは春の卒業シーズンの頃か、あるいは九月に新学期が始まったさいしょの二週間ほどの興奮している時期に起こる。今はむしろ新参者が不運に見舞われる時期だった——去年フィリピンからやってきたばかりの看護婦たちとか——ぜんぜん慣れていない初めての雪に遭遇して。

ところが、よく晴れた夜で道路も乾いていたのに、十七歳の子が二人、しかもどちらも地元の子だった。そしてそのちょっとまえに、ルイス・スピアーズがやってきたのだ。ブルースは手一杯だった——子供たちを人に見せられるようにする作業に、夜遅くまで時間をとられてしまったのだ。ブルースは父親に電話した。エドとキティーは今でも夏は街中の家で過ごしており、まだフロリダへ発ってはいなかった。そして、エドがルイスの処置をしにやってきたのだった。

ブルースは気分転換しようと、ちょっと走りに行った。まだ朝飯も食べず、ジョギングウェアのままでいるときに、スピアーズ夫人が古いホンダアコードで乗りつけたのが目に入った。ブルースはあわてて控え室へ行って、夫人のためにドアを開けた。

夫人は背が高く痩せぎすで、髪は灰色だが体の動きは若々しくきびきびしていた。この朝、夫人はさほど悲しんでいるふうには見えなかったが、ブルースは、夫人がコートも着ていないことに気づいた。

「いやいやすみません」とブルースは言った。「ちょっと運動してきたところなんです。シャーリーはまだ来ていないみたいですね。このたびは本当にご愁傷様です」

「どうも」とニナは答えた。

「スピアーズ先生には、十一年生と十二年生の科学を教わりました。先生のことはぜったい忘れませんよ。お座りになりませんか？　ある程度心の準備はなさっていたでしょうが、いざとなってみるとなかなかそうはいかない経験ですからね。今からまずごいっしょに書類を片づけましょうか、それともご主人にお会いになられますか?」

ニナは言った。「わたしたちがしてほしいのは火葬だけです」

ブルースはうなずいた。「わかりました。あとで火葬になさるんですね」

「いいえ。すぐ火葬にしていただきたかったんです。それが夫の希望でした。遺灰を受け取れると思っていたんですが」

「いやあ、ぜんぜんそんなふうにはお聞きしていませんでした」ブルースはきっぱりと言った。「ご遺体はご対面の準備ができております。なかなかいいお顔をなさってますよ。奥さまには喜んでいただけると思います」

ニナは突っ立ったままブルースを見つめた。

「お座りになりませんか? 弔問などを予定していらっしゃったんじゃないですか? 葬儀のようなものは? スピアーズ先生と最後のお別れをしたいと思っている人はきっとものすごくたくさんいますよ。あの、うちではなんの宗教色もないような葬儀も執り行っています。誰か、牧師じゃない人が弔辞を述べるだけのようなね。それとも、そういう形式みたいなものも嫌だとおっしゃるなら、集まった人に立って思いを述べてもらってもいいんです。棺を開けておくか閉じておくかも奥さまのご希望次第です。ですがこのあたりでは、皆さんふつうは開けておくのを好まれるようですがね。火葬をお望みでしたら、棺はまたべつの部類のものになります、もちろん。うちではたいへん見栄えのいいものを用意しておりますが、費用的にはわずかなものです」

突っ立ったまま、見つめる。

じつを言えば、作業はすでに行なわれてしまっており、作業を行なわないでくれなどという指示はなかった。いわゆる、料金の発生する作業である。材料費は無論のこと。

「奥さまがお望みになるのではないかと思うことをお話ししているだけなんですよ、座ってゆっくりお考えになったときにね。私どもは奥さまのご希望をかなえようと――」

これはちょっと言い過ぎかな。

「ですがね、べつのご指示はなかったから、こういうふうにしたわけでして」

外で車が止まり、ドアが閉められ、エド・ショアーが控え室に入ってきた。ブルースは心底ほっとした。この商売については、まだまだ学ばねばならないことがたくさんある。それの、「遺族の扱い方」編だな。

エドが言った。「やあ、ニナ。あんたの車が見えたもんでね。ちょっと入ってお悔やみを言おうと思ったんだ」


ニナはその夜、居間で過ごした。寝たつもりだったのだが、ひどく浅い眠りで、ずっと自分がどこにいるか――居間のソファの上だ――そしてルイスはどこにいるか――葬儀屋だ――を意識していた。

いざしゃべろうとすると、歯ががちがち鳴った。これはニナにとってじつに驚きだった。

「夫をすぐに火葬にしていただきたかったんです」とニナは言おうとし、そう言い始めたのだった。ふつうにしゃべっているつもりで。ところが聞こえてきたのは、あるいはそう感じたのは、あえいだりどうしようもなくつっかえたりする自分の声だった。

「わたしの希望は――わたしの希望は――夫が望んでいたのは――」

エド・ショアーはニナの前腕を握り、もう片方の手で肩を抱いた。ブルースも両腕を上げたが、ニナに触れはしなかった。

「座ってもらっていればよかったね」ブルースが哀れな声をあげた。

「いや、いいんだ」とエドは言った。「ねえニナ、おれの車まで歩かないかい？　ちょっといい空気を吸いにいこう」

エドは窓を開けて運転した、町の旧い地域へと。そして、湖を見晴らす車回しのある行き止まりの通りへ。日中は景色を見にみんな車でやってくる——テイクアウトのランチを食べながら見ている人もいる——だが夜になると恋人たちの場所だ。車を停めながら、エドはそれに気づいたのかもしれない、ニナが気づいたように。

「新鮮な空気はこれでじゅうぶんだろ？」とエドは言った。「風邪を引きたくはないよね、コートも着ないで外へでたりして」

ニナは用心深く言った。「暖かくなってきてるわ。昨日みたいに」

暗くなってからであろうが昼日中であろうが、これまで停めた車のなかに二人でいたことはないし、二人っきりになれる場所を探したりしたこともなかった。

今そんなことを考えるのは下品な気がした。

「ごめんなさい」とニナは言った。「とりみだしちゃって。ただこう言いたかっただけなの、ルイスは——わたしたちは——夫は——」

そしてまた同じことが起こり始めた。またも歯ががちがち鳴って、震えが来て、言葉がつっかえる。みじめったらしいったらない。こんなの、本当の気持ちでさえないのに。ニナがさっき感じていたのは、ブルースと話す――あるいはブルースの言うことを聞く――ことから生じた怒りと苛立ちだった。今の気持ちは――ニナ自身の考えでは――しごく穏やかでまともだった。

そして今度は、二人っきりだったので、エドはニナに触れようとしなかった。ただ話し始めただけだった。なにも心配はいらない。ちゃんとしてあげるから。すぐにね。うまく運ぶようにするよ。わかったから。火葬だね。

「息をしてごらん」とエドは言った。「吸って。止めて。さあ吐いて」

「だいじょうぶよ」

「ああ、だいじょうぶだよ」

「どうしちゃったのかしら」

「ショックのせいだよ」エドはこともなげに言った。

「こんなことないのに」

「水平線を見てごらん。これも効くよ」

エドはポケットからなにか取り出していた。ハンカチ？　だが、ニナにはハンカチは必要なかった。涙は出てこない。ただ体が震えるだけだ。

それはきっちり折りたたんだ紙だった。

「あんたのためにとっておいたんだ。ご主人のパジャマのポケットに入っていたんだよ」

ニナは紙片をバッグにしまった。大切に、だが興奮はせず、処方箋かなにかのように。それから、エドがなにを言っているのか気がついた。

「夫が運び込まれたときにその場にいたのね」

「おれが処置したんだ。ブルースに呼び出されてね。自動車事故があって、あいつ一人じゃ手が足りなかったんだ」

ニナはなんの事故？　とも訊かなかった。そんなことはどうでもよかった。今はただ、ひとりになって自分へのメッセージを読みたいだけだった。

パジャマのポケットとは。探さなかった唯一の場所だ。ニナは、夫の体には触れなかったのである。


ニナは自分の車を運転して家に帰った。エドに車まで送ってもらってから。エドが手を振って視界から消えるとすぐに、ニナは車を道路端に停めた。運転しながらすでに、バッグから片手で紙片を取り出していた。エンジンをかけたまま書かれた文字を読み、それからまた車を出した。

自宅まえの歩道には、べつのメッセージがあった。

「神のご意志」

チョークであわてて書いたひょろひょろした文字だ。かんたんに消せるだろう。

ルイスがニナに読ませるべく書き残したのは詩だった。数行にわたる痛烈な狂詩だ。タイトルがつけられていた――「創世記主義者とダーウィンの息子による軟弱世代の魂のための戦い」

ヒューロン湖の岸辺には
学びの殿堂があった。
そこにはぼんやり眼《まなこ》のボンクラ生徒が大勢

たくさんの退屈な教師どもの講義を拝聴しにやってきた。

退屈教師の王様はじつにスバラシイやつで
大口開けてバカ笑い。
マヌケ野郎の頭にはゴリッパな考えがひとつ——
あいつらが聞きたがっていることをぜんぶ教えてやれ！

ある冬、マーガレットが連続した夜の催し物を思いついた。いろんな人にしゃべってもらおうというのである——あまり長くならない程度に——自分の知っていること、いちばん関心を持っていることについて。教師たちのためにと考えたことだった（「教師っていつも、いやでも聞いてなきゃならない聴衆のまえに立ってべらべらしゃべる側じゃない」と彼女は言った。「誰かほかの人が自分に向かってなにかしゃべるのを座って聴いてみる必要があるわ、たまにはね」）。そこで、教師以外の人も招待したほうが面白いだろうということになったのだった。まずはマーガレットの家で、持ち寄りの料理とワインでということに。

そんなわけで、ある晴れた寒い夜のこと、ニナはマーガレットの家の台所のドアの外で、コートや学校かばんやマーガレットの息子たちのホッケースティック——あの頃はまだみんな親元にいた——でいっぱいの暗い通路にたたずむことになったのだった。居間では——ここではもうニナの耳に声は届いてこなかったが——キティー・ショアーが自分の選んだテーマについて延々としゃべっていたが、テーマとは聖人だった。エド・ショアーと妻のキティーは「一般の人たち」として集まりに招待されていた——そして、マーガレットの隣人でもあった。エドはべつの夜にもうしゃべっていた。登山についてであった。自分でもロッキー山脈に何度か登っていたが、話したのはおもに、好きで読んでいる、悲劇に終わった危険な遠征のことだった（その夜二人でコーヒーを運んでくるときに、マーガレットはニナに「あの人、死体防腐処理《エンバーミング》の話をするんじゃないかってちょっと心配してたのよ」と言い、ニナはくすくす笑って「でも、あれはあの人の好きなことじゃないでしょ。あれは愛好家としてやることじゃないわよ。エンバーミング愛好家なんて、あんまりいないと思うけど」と答えたのだった）。

エドとキティーは見栄えのいい夫婦だった。あんな職業でさえなければエドはなかなか興味をかきたてられる男だ、とマーガレットとニナは密かに意見が一致した。長くて器用そうな両手の洗いざらした白さが異様に目について、この両手でなにに触れていたのだろうとつい考えてしまう。曲線美のキティーはしばしばダーリンと呼ばれていて——背が低く、胸が豊かで熱っぽい眼差しのブルネット、ハスキーで情熱に満ちた声をしていた。自分の結婚生活や子供や季節やこの町や、そしてとりわけ信仰に対する情熱に。キティーの所属する聖公会ではこのような情熱的な信者はまれで、厄介者になっているという噂だった。厳格で変わっていて、産婦の産後における祝別式といった秘儀を好むところがあったのだ。ニナとマーガレットもキティーのことを受け入れがたいと思ったし、害毒であるとルイスは考えていた。だが、ほとんどの人はすっかり魅了されていた。

この夜、キティーは暗紅色のウールのドレスに、子供たちのひとりがクリスマスプレゼントとして母親のために作ったイヤリングをしていた。そして、ソファのすみに正座していた。聖人たちの歴史的、地理的事象に終始している限りはなんの問題もなかった——つまり、ニナにとっては問題なかったということだ。攻撃を仕掛けなければなどとルイスが思いませんように、と願っていたのである。

残念ですが、東ヨーロッパの聖人はぜんぶとばして、おもにイギリス諸島の、特にコーンウォールやウェールズやアイルランドの、自分のお気に入りであるすばらしい名前を持つケルト族の聖人たちに的をしぼらせてもらいます、とキティーは言った。病の治癒だの奇跡だのの話になり、そしてとりわけ、キティーの口調がさらにうきうきと打ち明け話のようになり、イヤリングがチリチリ鳴ると、ニナは心配になってきた。不真面目だと思われるかもしれませんね、とキティーは言った。料理を大失敗したときにある聖人に話しかけるなんて。だが、キティーとしては、そういうときのためにこそ聖人がいると心底思っているのだ。聖人というのは、あまりにも立派すぎて、苦難や苦悩といった、万物を統《す》べる神を煩わせるのをためらってしまうような日常の些事《さじ》には興味など持たない、というような存在ではない。聖人のおかげで、わたしたちは多少なりとも子供の世界にとどまることができる。子供のように助けを、慰めを期待することができる。子供のようにならなければいけない（マタイ伝18の3）。そしてそれは小さな奇跡なのです——わたしたちが大きな奇跡を受け入れられるようにしてくれるのは、まさにそういった小さな奇跡なのではないでしょうか？

さてと。なにか質問はありますか？

誰かが聖公会における聖人の地位について質問した。プロテスタントの教会における地位について。

「そうですね、厳密に言えば、聖公会はプロテスタントとは言えないんじゃないでしょうか」とキティーは答えた。「ですが、そのことに踏み込むつもりはありません。信仰告白で『我は聖なる公同の教会を信ず』と言う場合、それはあまねくすべてのキリスト教会全体という意味ではないでしょうか。それから『聖徒の交わりを信ず』と言いますよね。もちろん、わたしたちの教会には像はありませんが、個人的にはあってもいいんじゃないかと思ってます」

マーガレットが「コーヒーはいかが?」と言い、その夜のフォーマルな部分は終了したのだという雰囲気が流れた。だが、ルイスは自分の椅子をキティーのほうへずらすと、にこやかといってもいい調子で質問した。「それで? つまりあなたはそういった奇跡を信じていらっしゃるというわけですか?」

キティーは笑った。「もちろんです。奇跡を信じなければ、わたしは生きていけません」

そのとき、このあとどうなるかニナにはわかったのだった。ルイスは穏やかに、そして執拗につっこみ、キティーは陽気な信念と、本人は魅力的で女らしいと思っているのかもしれない無定見で迎え撃つ。キティーの自信はそこにあった、たしかに——自分の魅力のなかに。だが、ルイスは魅せられないだろう。ルイスは知りたがる。今この瞬間、その聖人たちはどういう姿でいるのか? 天国では、聖人たちは単なる死人と、有徳のご先祖様たちと同じところにいるのだろうか? そして、聖人はどうやって選ばれるんだ? 証明された、立証された奇跡によるのではないのか? だけど、どうやって十五世紀もまえの人間の行なった奇跡を証明するんだ? そもそも、どうやって奇跡を証明する? パンと魚の場合は、数えてだった。だがそれは実際に数えたんだろうか、それとも感覚的なもの? 信仰? ああ、そうだな。つまりすべては信仰に帰結するわけだ。日常も、人生のすべても。キティーは信仰によって生きているわけか?

そのとおり。

いかなる点においても科学を信用しないのか？　もちろん。子供が病気になっても、薬は与えないんだな。車のガソリンのことなんか気にしないわけだ、信仰があるんだから——

二人の周りではさまざまな会話が交わされているが、それでも、激しく危なっかしいので——キティーはいまや電線の上の小鳥のようにぴょんぴょんはずむ声で、馬鹿なこと言わないで、あたしのこと丸っきり頭がおかしいとでも思ってんの？　とか言っているし、ルイスのからかいはいっそう侮蔑的に、一段としつこくなっている——二人の会話は、部屋じゅうの人の耳に一部始終届いていることだろう。

ニナは口のなかが苦くなる。マーガレットの手伝いに台所へ行く。二人は入れ違いになり、マーガレットはコーヒーを運んでくる。ニナはそのまま台所を通り抜けて、廊下へ出る。裏口のドアの小さなガラス窓越しに、月のない夜の闇に見入る。通りの両側に盛り上がった雪や星を。ニナは熱い頬をガラスにくっつける。

台所のドアが開いたので、ニナはただちに体を伸ばして振り向き、笑顔をつくってこう言おうとする。「ちょっとお天気の具合を見ようと思って」だが、ドアを閉める一瞬まえ、明かりに浮かんだエド・ショアーの顔を認めると、そんなことは言わなくてもいいという気になる。二人は、短い社交的な、ちょっと申しわけなさそうな、自分とは関係ないんだというような笑い声を交わすが、それによって多くのことが語られ、理解し合えたような気がする。

二人してキティーとルイスをほうっておくのだ。ちょっとのあいだだけ——キティーとルイスは気がつかないだろう。ルイスはへたばったりしないし、キティーは破滅的な窮地から逃れるなんらかの方法——ルイスを哀れに思うというのもひとつの方法かもしれない——を見つけるにちがいない。キティーもルイスも自分たちにうんざりすることなどないのだ。

エドとニナはそう感じているのだろうか？　ほかの人間にうんざりしている、あるいは少なくとも論争だの信念だのにうんざりしている。あの決して手をゆるめることのない邁進ぶりに嫌気がさしている。

二人はそのとおり口にするわけではない。うんざりだと言うだけだ。

エド・ショアーはニナに腕をまわす。そしてキスする――口にではない、顔にではなく、喉に。ニナの喉の、ぴくぴくと脈打っているかもしれない部分に。

エドは、そうするにはかがまねばならない男だ。多くの男にとって、立っているニナのそこは、自然にキスできる部位だろう。だが、エドは背が高くてかがまねばならないのだから、そのむき出しの柔らかい部分にキスするのは、あえてということなのだ。

「ここにいると風邪を引くよ」と、エドは言った。

「そうね。なかに入るわ」


ニナは今日に至るまで、ルイス以外の男とセックスしたことはない。そうなりそうになったこともない。

セックスした。だれそれとセックスする。長いあいだ、ニナはそう言えなかった。ニナは愛を交わすという言葉を使った。ルイスはなんとも言わなかった。ルイスは強健で工夫に富んだパートナーで、肉体的な面でニナに対して無神経なところはなかった。思いやりに欠けるところはなかった。だが、感傷の周辺にあるものについてはすべて警戒の目を向け、そしてルイスに言わせると、そういうものは多いのだった。ニナは夫のこの嫌悪感に非常に敏感になり、ほとんど自分もそう感じるまでになっていた。

台所のドアの外でエド・ショアーにキスされた思い出は、しかしながら、宝物となった。毎年のクリスマスの合唱団によるメサイアでエドがテナーのソロを歌うたび、あの瞬間がニナの脳裏に甦るのだった。「わたしの民を慰めよ」という文句が星明りの針でニナの喉を刺し貫く。あのときニナのすべてが承認され、栄誉と輝きを与えられたかのごとく。


ポール・ギビングズはニナでてこずるだろうとは考えてもいなかった。控えめで温かい人柄の女性だとずっと思っていたのだ。ルイスのように辛辣なところはない。だが、賢い人だと。

「いいえ」とニナは言った。「夫はそんなことを望まなかったでしょう」

「ニナ。教職が彼の人生だったんだよ。彼は多くのものを与えた。大勢の人が、どれほどたくさんいるかきみにわかっているのかどうかは知らないけどね、彼の授業ですっかりひきこまれてしまった思い出を持ってるんだ。たぶん、彼らにとっては、高校時代のことでルイスのような思い出はほかにないだろうな。彼には存在感があったんだ、ニナ。存在感のある人もいればない人もいる。ルイスには断然あった」

「それはそうだろうと思います」

「だから、なんらかの形でお別れを言いたいと思っている人はたくさんいるんだ。みんなお別れを言いたいんだよ。それに、ルイスを称えたいんだ。言ってることはわかるだろう？　やっぱりこれがないと。幕引きがね」

「はい、なるほど、幕引きね」

意地の悪い言い方だな、と校長は思った。だが、無視することにした。「宗教色はぜんぜん出す必要はない。祈りの言葉はなし。一切触れないよ。ルイスがどれだけそういうことを嫌うかは、きみ同様私もわかっているから」

「夫は嫌うでしょう」

「わかってるよ。私がすべての進行役みたいなものを務めてもいい、こういう言葉を使っていいならね。どういう人にちょっとした感謝の言葉を述べてもらったらいいか、ちゃんと考えてあるんだ。たぶん六人くらい、締めくくりに私がちょっと。『弔辞』と言うべきなんだろうが、私はむしろ『感謝の言葉』と言いたいな――」

「ルイスはなにもないほうが喜ぶでしょう」

「それに、きみもなにかしゃべってくれたっていいんだ、きみの好きなところで――」

「ねえポール。聞いてちょうだい。ちょっと私の言うことも聞いてもらえないかしら」

「もちろん。聞いてるよ」

「そういうふうに進めるんなら、わたしもあいだで一言言わせていただきます」

「はあ。それはけっこう」

「亡くなったときに、ルイスが残したものがあるの――じつは、詩なんだけど。そういうふうに進めるつもりなら、わたしはそれを読みます」

「ああそう?」

「つまり、その場で読むんです、朗読するの。いまここでちょっとお聞かせするわ」

「なるほど。聞かせてもらうよ」

　ヒューロン湖の岸辺には
　学びの殿堂があった。
　そこにはぼんやり眼のボンクラ生徒が大勢
　たくさんの退屈な教師どもの講義を拝聴しにやってきた。

「たしかにルイスらしい」

　退屈教師の王様はじつにスバラシイやつで
　大口開けてバカ笑い。

「ニナ、いいよ、いいよ。わかったよ。つまりこれが望みなんだね？　ハーパー・ヴァレーのPTAが？」
「まだあるのよ」
「そりゃあるだろうね。ずいぶん気が動転してるんじゃないかな、ニナ。でなければ、きみはこういうことをする人じゃないからね。気分が落ち着いたら、後悔することになるよ」
「しないわ」
「きっと後悔するよ。もう切るからね。じゃあ失礼するよ」

「へえ」とマーガレットは言った。「彼、どうした？」

「じゃあ失礼するよって言ったわ」

「そっちへ行ってあげようか？　いっしょにいてあげてもいいのよ」

「いいえ、だいじょうぶ」

「誰かいなくてもいいの？」

「いないほうがいいの。今はね」

「ほんとに？　だいじょうぶ？」

「だいじょうぶよ」

ニナは先刻の電話での演技には、本当のところあまり気分がよくなかった。ルイスに言われていたのだ。「あいつらがトチくるって葬式めいたものなんかやりたがったら、ぜったい蹴散らしてくれよ。あのへなちょこ野郎ならやりかねないからな」だから、なんとかポールをとめなければならなかったのだ。だが、そのための自分の振る舞いは、露骨に芝居じみていたような気がした。憤激はルイスの担当だった、報復はルイスの専門だ――ニナにできたのは、ルイスの言葉を引用することだけだった。

本来の穏やかな気質だけでどうやって生きていけばいいのかと思うと、ニナは呆然とした。冷たく押し黙って、ルイスなしで。

やがて暗くなってから、エド・ショアーが裏口をノックした。遺灰の箱と白いバラの花束を抱えていた。

まず先に遺灰をニナに渡した。

「あら」とニナは言った。「すんだのね」

ずっしりしたダンボール越しに、温かみが伝わってきた。すぐにではなくじわじわと、皮膚越しに感じる血の温かみのように。

どこへ置いたらいいんだろう？　台所のテーブルの上の、ほとんど手をつけていない遅めの夕食の横じゃまずい。スクランブルエッグとサルサ、ルイスがなにかで遅くなって、ほかの教師たちとティム・ホートンの店かパブで食事することになった夜に、ニナがいつも楽しみにしていた献立だ。今夜はいい選択ではなかった。

カウンターもだめだ。かさばる日用雑貨みたいに見えるだろう。床もだめだし。そこならもっとかんたんに忘れていられるだろうが、なんだか低い地位に追いやったような気がしそうだ——猫のトイレ砂とか庭の肥料とかいった、皿や食べ物に近づけられないようなものが入っているみたいに。

ニナは、本当を言えばべつの部屋へ持っていきたかった。この家の明かりのついていない表側の部屋のどこかへ置きたかった。もっといいのは、押入れの棚だ。だが、そんなふうに追い払ってしまうのはなんだか早すぎる。それに、こちらを見つめているエド・ショアーの目には、じゃま物をとっとと片づけてしまうかのように、下品な誘いのように映るかもしれない。

ニナはけっきょく箱を低い電話台の上に置いた。

「あら、立たせたままにしてしまって」とニナは言った。「座ってちょうだい。さあどうぞ」

「食事のじゃまをしてしまったようだ」

「もう食べるつもりはなかったの」

エドはまだ花を持っていた。ニナはたずねた。「それ、わたしに?」花束を持ったエドの姿、遺灰の箱を持ったエドの姿は、ドアを開けたときには——グロテスクに見えた。いまこうして思い返してみると。そしておそろしく滑稽に。笑いがとまらなくなりそうな感じだった、誰かに話したら。マーガレットに話したりしたら。笑い出したりしなきゃいいけれど、とニナは思った。

それ、わたしに?

もちろん死者のためでもあろう。死者の家への花束。ニナは花瓶を探し始めた。それからやかんに水を入れ、「お茶を淹れるわね」と言って、また花瓶探しに戻って見つけ、水を満たし、茎を切るのにハサミを出してきて、ようやくエドから花束を受け取った。それから、やかんをかけたレンジの火をつけていないことに気づいた。ニナはやっとのことで自分を保っていた。バラを床に投げ出したり、花瓶を割ったり、夕食の皿の上でかたまっているごちゃごちゃを指で押しつぶしたりしてしまいそうな気がした。だけど、なぜ? 腹をたてているわけではない。ただ気が変になりそうなくらいの努力が必要なのだ、つぎつぎ物事をこなしていくのに。さあこんどはポットを温めなければ。紅茶を量らなければ。

ニナはたずねた。「ルイスのポケットから出てきたものを読んだ?」

エドは首を振った。ニナの顔は見ようとしない。うそをついているんだとニナは思った。エドはうそをついている、動揺している。エドはどのくらいニナの人生に踏み込もうとしているのだろう? もしも取り乱して、自分の感じた驚きを打ち明けたらどうなるだろう——言ってしまえばいいじゃないか、心を包んだ悪寒を——ルイスがなにを書いたかわかったときに。ルイスが書き残したものはそれだけだとわかったときに。

「気にしないで」とニナは言った。「ただの詩だったの」

二人のあいだには中間地点はなかった。礼儀正しいよそよそしさと包みこまれるような心の絆とのあいだには、なにもなかった。何年にもわたって、二人のあいだにあるものははっきり定まらないままだった。それぞれの結婚生活のためだ。それぞれの結婚生活が二人の人生の現実の中身だった——ニナにはルイスとの、ときに苛烈でうろたえることもある結婚生活が、人生の不可欠な中身だった。それぞれに結婚生活があるからこそ、このべつのなにかが甘やかで心を慰めてくれる期待となっていたのだ。それは独自で保てるようなものではなさそうだった。たとえ二人とも自由だったとしても。かといって、なんでもないわけでもなかった。試してみて、崩れ去るのを見てから、なんでもなかったと思うことになる危険もあった。

ニナはレンジの火をつけ、ポットを温める準備をした。そして言った。「ほんとうに親切にしていただいたのに、まだお礼も言ってなかったわね。お茶くらい飲んでいってもらわなくちゃ」

「よろこんで」とエドは答えた。

いっしょにテーブルに落ち着き、カップにお茶を注ぎ、ミルクと砂糖をすすめながら——パニックを起こしていたかもしれない瞬間に——ニナの頭にずいぶんと奇妙なことがひらめいた。

ニナはたずねた。「あなたがしていることって、実際はどういうことなの？」

「おれがしてること？」

「つまりその——夫にどんなことをしたの、昨日の夜？　それとも、ふつうはそんなこと訊かれない？」

「そこまで露骨にはね」

「訊かれたらいや？　いやなら答えないで」

「ただびっくりしただけだよ。べつにいやじゃないさ」

「こんなこと訊いちゃって、自分でもびっくりしてるわ」

「うん、じゃあ」エドは自分のカップを受け皿に置いた。「基本的には、血管と体腔を空にしなければならないんだが、その際に血の塊やなにやかやの問題が起きることがある。そこで、そういうことを避けるためにやらなきゃならないことをやるんだ。大部分の場合は頸静脈が使えるけれど、心臓を押さなきゃならないこともある。体腔を空にするには套管針《とうかんしん》というものを使う。まあ、曲がるチューブに長くて細い針をつけたようなものだな。といってももちろん、解剖で臓器が摘出されていたりするとまた違ってくる。なにか詰め物をしなければならない、自然な体のラインを復元するためにね……」

　エドは、こういうことを説明しながらずっとニナの顔から目を離さず、用心深く話を進めた。だいじょうぶ——ニナが心の内に自覚している感情は、ただの落ち着いてゆったりした好奇心だった。

「知りたいって言ったのはこのこと？」

「そうよ」ニナはしっかりと答えた。

　問題ないのがエドにもわかった。エドはほっとした。ほっとして、ありがたがるような部分もあったかもしれない。エドはきっと、仕事のこととなるとみんながまるで触れなかったり、でなければ冗談の種にしたりすることに慣れっこになっていたのだ。

「それから液体を注入するんだ。ホルムアルデヒドとフェノールとアルコールの溶液なんだけどね、それに、手と顔のために、色素を加えることが多い。みんな顔は大事だと思っているからね、顔ではやることがたくさんある。まぶたの処理とか歯茎をワイヤーで止めたりとか。それに、マッサージしたり、まつげをいじったり、特殊な化粧を施したり。だけど、手のこともみんな気にするね。柔らかく自然に見えて、指先にしわなんか寄らないようにしてほしいって……」

「そういう作業をぜんぶやってくれたのね」

「それはいいんだ。あんたの望むことじゃなかったんだから。おれたちがやるのは、大部分は美顔術みたいなことだよ。近頃では、おれたちが関心を持っているのは、長期にわたる保存なんてことよりそっちのほうだね。あのレーニンでさえ、ほら、干からびたり変色したりしないよう、再注入し続けなきゃならなかったんだからね——まだやるのかどうかは知らないが」

エドの声の広がりが、あるいは気楽さと生真面目さがいっしょになった口調が、ニナにルイスを思い起こさせた。ニナは一昨夜のルイスを思い出した。弱々しい口調で、でも満足げに単細胞生物——細胞核もなく、対になった染色体もなく、ほかにはなにがないんだっけ？——のことを話してくれた姿を。地球上の生命体の歴史のほぼ三分の二のあいだ、それが唯一の生命の形態だったのだ。

「ところで古代エジプト人はね」エドは言った。「魂は旅に出ると考えていたんだ。旅を終えるには三千年かかる。それから魂は体に戻ってくる、そこで体をそこそこいい状態に保っておかなきゃならない。だから彼らのおもな関心事は保存だったんだ。今日ではとても真似のできない水準なんだよ」

葉緑体もないし、それになかったのは——ミトコンドリア。

「三千年」とニナは言った。「それから帰ってくるのね」

「ああ、彼らによればね」エドは空のカップを下に置くと、もう帰らなくてはと言った。

「ありがとう」ニナは礼を言った。それからさっと訊ねた。「魂とかって、信じてる?」

エドは両手で台所テーブルを押さえるようにして立っていた。ため息をつき、首を振って答えた。

「ああ」


エドが立ち去ってからすぐ、ニナは遺灰を持って出ると車の助手席に置いた。それから家へ戻って鍵とコートを取ってきた。町の外へ一マイルばかり走った。十字路のところまで。車を停めて外へ出て、脇道へ入る。箱を持って。夜はひどく冷たく静かで、月がすでに空高くのぼっていた。

この道はさいしょ、ガマの生えた沼地を突き抜ける——ガマは今では乾ききって、ひょろっとわびしく突っ立っている。トウワタも生えていた。莢《さや》は空っぽで、貝殻のように光っている。月光のもと、すべてがはっきりと識別できる。馬のにおいがした。そうだ——近くに二頭いる。ガマや農家のフェンスのむこうにがっしりした黒い体が見えていた。突っ立って、大きな体を互いに軽く触れ合わせながら、ニナを見ていた。

ニナは箱を開き、ひんやりした灰のなかに手をつっこんで、それを投げるというか、落とした——おとなしく灰にならなかった小片とともに——道端の植え込みのあいだに。これは、六月に湖に踏みこんで、初泳ぎしようと冷たい水のなかへ身を躍らせるのに似ていた。はじめは気分の悪くなるようなショック。それから、自分がまだ動いているという驚き。鋼《はがね》のような強い愛情の流れの上に浮き上がって——人生の水面で、落ち着いて、生きている、刺すような冷たさが相変わらず体に押し寄せてはくるけれど。

イラクサ

Nettles

一九七九年の夏のこと、オンタリオ州アクスブリッジのサニーという友人の家の台所へ入っていったわたしは、ある男がカウンターに立ってケチャップサンドイッチを作っている姿を目にした。夫と――二度目の夫だ、その夏別れた人ではなく――トロントの北東部の丘陵をドライヴしながら、そのときの家を探してみた。だらだらしながらもねばりづよく、あの家が建っていた道を見つけ出そうとしたのだが、だめだった。解体されたのかもしれない。サニー夫婦はわたしが訪れた数年後に家を売ってしまった。二人の住んでいるオタワからは遠すぎて、夏を過ごす場所としては不便だったのだ。子供たちは、十代になると行きたがらなくなった。それに、ジョンストン――サニーの夫――の維持管理の手間も大変だった、週末はゴルフで過ごすのが好きだったのに。ゴルフコースは見つかった――きっとあれだろうと思う、みすぼらしかった芝生の縁はきれいに整えられ、クラブハウスも立派になっていたが。

わたしが子供の頃住んでいた田舎では、夏になると井戸が涸れることがあった。これはほぼ五、六年に一度、雨がじゅうぶん降らないときに起こった。井戸は地面に掘った穴だった。我が家の井戸はたいていの家のものより深かったが、囲い飼いしている動物たちのために水がたくさん必要だった——父はギンギツネとミンクを飼っていた——そこである日、井戸掘削業者がすばらしい機器を携えてやってきて、穴は地中にむかってどんどん深く、岩のなかに水が見つかるまで掘り下げられた。それ以後は、我が家では一年中いつでも、どれほど乾ききった気候だろうが、澄んだ冷たい水をポンプで汲み上げることができるようになった。それは誇るに足ることであった。ポンプにはブリキのマグカップがぶらさげてあって、焼けつくような日にそれで水を飲むと、わたしの脳裏には黒い岩にダイヤモンドのように輝く水が流れる様が浮かぶのだった。

井戸掘削業者は——井戸掘りと呼ばれることもあった、彼の職業を正確に呼ぼうなどとは誰も思わないし、昔ながらの名称のほうが呼びやすいとでも言うように——マイク・マッカラムという男だった。うちの農場の近くの町に住んでいたが、家は持っていなかった。クラーク・ホテルで暮らしていて——春にやってきて、この地方で見つかった仕事がぜんぶ終わるまで滞在するはずだった。そしてまた移動するのだ。

マイク・マッカラムはわたしの父よりも若かったが、わたしより一歳二ヶ月年上の息子がいた。この少年は父親といっしょに、父親が仕事をしている地域のホテルや下宿屋で暮らし、そのときどきの近くにある学校へ通っていた。少年の名前もマイク・マッカラムだった。

なぜ彼の年齢を正確に知っているかというと、子供というのはこういうことをすぐさま確かめるものだからだ。友だちになろうかどうしようか協議する際に必要不可欠なことのひとつなのである。彼は九歳でわたしは八歳。彼の誕生日は四月でわたしは六月だった。彼が父親とともに我が家へやってきたのは、夏休みのまっただなかだった。

マイクの父親はダークレッドのいつも泥や埃にまみれたトラックを運転していた。雨が降っていると、マイクとわたしは運転台によじのぼった。ああいうとき、マイクの父親はうちの台所に入ってきてタバコを一服しながらお茶を飲んでいたのか、それとも木の下に立っていたのか、その足ですぐ仕事をしていたのか、覚えていない。雨は運転台の窓に降り注ぎ、屋根に石があたっているような大きな音をたてた。男くさいにおいがした――仕事着や道具やタバコや汚れた長靴やすっぱいチーズのようなソックスの。それに毛の長い濡れそぼった犬のにおいも――レインジャーもいっしょだったからだ。わたしにとってはレインジャーがいるのは当たり前だった。犬がついてくるのには慣れっこだったが、ときには訳もなく、家にいなさい、納屋へ入れ、ついてくるな、と命じることもあった。だが、マイクは犬をかわいがっていて、いつも優しく名前を呼んでは、わたしたちの計画を話して聞かせ、ウッドチャックやウサギを追いかけるといった犬の用事にかまけているときは待ってやったりしていた。父親とそういう暮らしをしているので、マイクは自分の犬を飼うことができなかったのだ。

レインジャーがいっしょだったある日、犬がスカンクを追いかけた。スカンクは向き直ると、犬に浴びせかけた。マイクとわたしにもいくぶん責任があるということになった。母はやっていたことを中断して町へ車を走らせ、トマトジュースの大缶をいくつか買ってこなくてはならなかった。マイクがレインジャーをなだめすかしてたらいに入れ、わたしたちは犬の体にトマトジュースを注ぐと、ブラシで毛になすりこんだ。まるで血で洗っているように見えた。これほど大量の血を注ごうと思ったら、何人分いるだろう？　とわたしたちは考えた。馬なら何頭？　象なら？

マイクよりはわたしのほうが、血や動物を殺すことには慣れていた。わたしはマイクを、牧場の納屋の前庭の門に近い隅の、父がキツネやミンクの餌にする馬を撃ち殺して解体する場所へ連れて行った。その場所は地面がむき出しで、踏み固められ、血が深くしみこんで赤さび色になっているように見えた。それからこんどは、納屋の前庭の、餌用のひき肉にするまえに馬の死体を吊るしておく肉貯蔵小屋へ連れて行った。肉貯蔵小屋といってもただの小屋で、壁はワイヤーウォール、その壁にはハエが真っ黒に群がって死肉のにおいに酔っていた。わたしたちは板を持ってきて、ハエをつぶした。

うちの農場は小さかった——九エーカーだった。わたしが隅々まで探索できるほどしかなかったが、どんな隅っこといえどもそれぞれ異なった特徴があった。言葉では言い表せなかったが。長く伸びた血の気のない馬の死体が恐ろしげなフックからぶら下がっている、ワイヤーでできた小屋や、生きている馬が餌の肉に変わる場所である、踏み固められて血がしみこんだ地面のどこが特別なのかは、かんたんにわかる。だが、べつのものもあった。たとえば納屋の通路の両側の石だ。わたしには同じくらい訴えかけてくるものがあった。そこではなにも格別のことは起こっていなかったのだが。一方の側には大きくてつるつるした白っぽい石が隆起して、他を圧倒していた。そのせいで、そちらの側は広々と開けているようにわたしには感じられて、いつもそちらの側へのぼるようにしていた。もういっぽうの側は石がもっと黒っぽく、せせこましくくっつきあっていて嫌な感じがしたのだ。木にも同じく一本一本に違った枝ぶりや風格があった——ヤナギは穏やかに、カシは威圧的に、カエデは愛想よく平凡に、サンザシは年取って意地悪く見えた。川の浅瀬のくぼみでさえ——父は数年前にここの砂利を売っていた——はっきりした特徴を持っていた。春の大水が退くときの水がいっぱいの状態で見るのがいちばんわかりやすかっただろうが。小さくて丸くて深くて完璧なものもあった。尾っぽのように広がっているものも。広くて形が定まらず、ごく浅いのでいつも小波がたっているものも。

マイクはこういったものを、またべつの視点から見た。そして、彼といっしょにいるようになったわたしも。彼の見方でも自分の見方でも見た。わたしの見方はそもそも言い表しようのないものだったので、内緒のままにしておくしかなかった。彼の見方は即効的な便宜性につながっていた。通路の大きな白っぽい石は飛び降りる台となった。全力でちょっと走って宙に身を躍らせ、斜面の小さな石の上を飛び越えて厩のドアの横の固めた地面に着地するのだ。木はどれも登るためのものだった。とくに家の横のカエデの木は、枝を伝うとヴェランダの屋根に降りることができた。そして砂利の採掘場は単に飛び込むための場所だ。高く伸びた草のあいだを猛烈な勢いで走ったあげくに、獲物に飛びかかるケダモノのような叫びをあげながら。もっと早い時期の水かさが多かった頃なら、いかだを作れたのに、とマイクは言った。

そういう計画も考えてはみたのだ、川についても。だが、八月の川は、水は流れているものの石だらけの道のようなもので、川を下ろうだの泳ごうだのする代わりに、わたしたちは靴を脱いでばしゃばしゃ歩きまわった——むき出しの真っ白な岩から岩へと飛び移り、水面下のぬるぬるの岩ですべったり、一面に生えている葉っぱの平たいスイレンやその他の、名前を思い出せなかったりさいしょから知らない（アメリカボウフウとかドクゼリとか？）水生植物のあいだをかきわけて進んだり。こういった植物は密生しているのでその下には島が、乾いた地面があるように見えるのだが、実際は川の泥に生えていて、曲がりくねった根っこでわたしたちの脚をさえぎるのだった。

この川は町を悠然と流れる川と同じもので、上流へ歩いて行くと、ダブルスパンの道路橋が見えた。ひとりのときやレインジャーしかいなかったときは橋まで行ったことはなかった。たいてい町の連中がいたからだ。橋から釣りをしにきたり、水位が高いときには手すりから男の子たちが飛びこんでいた。今はそんなことはしていないだろうが、下で水をはね散らしているのが何人かいることはじゅうぶん考えられた――町の子たちはいつだってそうなのだが、偉そうな大口をたたく敵意むき出しの連中が。

浮浪者がいることも考えられた。だが、マイクにはこんなことは言わなかった。橋へ行くのはいつものことで、不愉快なことや禁じられていることはなにもないかのように先にたって進んでいくマイクには。声が聞こえてきた。わたしの予測していたとおり、男の子たちの大声だった――まるで橋は自分たちのものだとでも言わんばかりだ。レインジャーは、ここまではつまらなそうにわたしたちについてきていたのだが、今度は土手のほうへ行ってしまった。この頃にはレインジャーは老犬になっていたし、子供なら誰にでもなつくというわけではなかった。

男がひとり、橋からではなく土手で釣りをしていて、レインジャーが水からあがったときにたてたさざなみに悪態をついた。そして、そのバカ犬を家に置いておけないのかと言った。マイクは男に口笛を吹かれただけみたいな顔でそのままどんどん進み、やがてわたしたちは橋の陰に入った。わたしはここまで来るのは生まれてはじめてだった。

橋の床が天井みたいで、板のすきまから陽光が筋になって差しこんでいた。車が一台通り抜け、雷のような音がして光がさえぎられた。そのあいだ、わたしたちはじっと立って上を見上げた。「橋の下」は独自の場所だった。単なる川の一部というのではなく。車が行ってしまった隙間からまた太陽の光が差しこむと、水に反射して光の波を投げかけ、コンクリートの杭の上のほうに奇妙な光の泡が踊った。マイクは大声をあげてこだまを試し、わたしも同じようにした。でも、小さな声で。岸にいる男の子たち、橋の向こう側にいる知らない子たちが、浮浪者のほうがまだましなくらいこわかったのだ。

わたしはうちの農場のむこうの地元の学校へ通っていた。在校生は減り続けていて、わたしの学年はわたし一人だけだった。だが、マイクは春からずっと町の学校へ通っていて、男の子たちとは顔見知りだった。わたしとではなく、あの子たちといっしょに遊んでいたかもしれない、目を離さないでいられるよう——ときどきは——、仕事に連れて行こうなどと父親が思いついていなければ。きっと挨拶の言葉が交わされたのではなかっただろうか、町の男の子たちとマイクのあいだで。

おい。ここでなにやってんだよ?

べつに。おまえたちはここでなにやってんだ?

べつに。いっしょにいるのは誰だ?

誰でもない。ただの女の子だ。

やーい。女の子だってさ。

じつのところ、ゲームが進行中で、みんなそっちに気をとられていた。みんなのなかには女の子たちも含まれていた——土手のずっと上のほうには女の子もいて、自分たちでさかんになにかやっていた——わたしたちはもうみんな、男の子と女の子のグループがいつもいっしょに遊ぶような年齢は過ぎていたのだが。女の子たちは町から男の子たちについてきたのかもしれない——ついていってるわけじゃないというふりをしながら——あるいは、男の子たちが女の子たちのあとを追ってきたのかもしれない。困らせてやろうと思っていたのに、なぜか、みんながいっしょになるとこのゲームが始まり、全員参加が必要だったので、通常の垣根が崩れてしまったのだ。そして、加わる人数が増えれば増えるほどいいというゲームだったので、マイクもあっさり参加し、わたしも引っ張りこまれた。

それは戦争ごっこだった。男の子たちは二手にわかれ、木の枝でざっとこしらえたバリケードの陰や、ざらざらのとがった草やわたしたちの頭より高いイグサや水草といった隠れ家から、お互いに攻撃しあった。中心となる武器は粘土の玉、泥玉で、野球のボールくらいの大きさだった。たまたまそこにはちょうど粘土の出る場所があった。土手をちょっとあがったところにある、はんぶん草で隠れた灰色のくぼみで（ここを見つけたことでこんなゲームをしようということになったのかもしれない）、女の子たちはここを持ち場に、弾薬の準備に励んでいた。ねとねとの粘土をなるべく固くぎゅっと丸めるのだ——砂利が混じったり、草や葉っぱや小枝をいっしょにすくいあげて絡めてしまうこともあったが、わざと石を入れてはいけなかった——そして、玉は一回しか使えないので、うんとたくさん作らねばならなかった。あたらなかった玉をひろって集めておいてまた投げるということはできなかった。

戦争ゲームのルールは単純だった。玉——正式な呼び名は砲弾である——が顔か頭か体にあたったら、死んで倒れなければならない。腕や脚なら、倒れるが負傷しただけだ。すると女子はもうひとつの仕事として、はいだして、負傷兵を病院である踏み固めた場所へひきずって行かねばならない。傷には葉っぱがはりつけられ、負傷兵は百数えるまでじっと横たわっていることになっていた。それがすんだら、また起き上がって戦える。死んだ兵士は戦争が終わるまで起き上がってはいけない。そして戦争は、どちらか一方が全員死ぬまで終わりにはならないのだった。

女子も男子と同じく二つにわかれていたが、男子と同じだけの人数はいなかったので、弾薬作り兼看護婦として一人の兵士だけを担当しているわけにはいかない。それでも、組み合わせは決まっていた。女の子はそれぞれ自分の玉の山を抱えて特定の兵士のために働いており、兵士は負傷して倒れるとある女の子の名前を呼ぶ。するとその子はできるだけすばやく兵士を引きずっていって、傷の手当をするのだった。わたしはマイクのために武器を作り、マイクが呼ぶのはわたしの名前だった。あたりはひどくやかましく——始終「おまえは死んだぞ」という勝ち誇った、あるいは怒りに満ちた（怒りに満ちたというのは、死んだことになっている子はもちろん必ずこっそり戦いに戻ろうとするからである）叫び声や、犬のほえ声、レインジャーではないのだが、なぜか戦闘に巻きこまれてしまったらしい——あまりうるさいので、男の子が自分の名前を呼んでいないかいつも注意していなければならなかった。呼ばれるとはっとして、針金で全身を貫かれたようになる。献身の無上の喜びに（少なくともわたしにとってはそうだった、ほかの女の子たちと違って、たったひとりの兵士だけに奉仕すればいいわたしにとっては）。

ああいうふうに集団で遊ぶのも、わたしには初めてだったのではないかと思う。大掛かりで懸命な活動の一員となるのは、とても楽しかった。そしてそのなかで選ばれて、ひとりの兵士への奉仕を固く誓わせられる立場となるのは。負傷すると、マイクはぜったい目を開けず、動かずにぐったり横たわり、わたしはぬるぬるした大きな葉っぱを、彼の額や喉や——シャツをたくしあげて——かわいい無防備なへそのある白く柔らかい腹に押し当てるのだった。

誰も勝たなかった。かなりたった頃、ゲームは口論と大量よみがえりで終わってしまった。わたしたちは体についた粘土を落とそうと、帰るとちゅうで川の水のなかに寝そべった。ショーツもシャツも、どろどろのずぶぬれになった。

もう夕方だった。マイクの父親は帰り支度をしていた。

「なんて格好だ」と父親は言った。

うちには、家畜を屠ったり特別の仕事があるときに父の手伝いに来る臨時雇いの男がいた。男は老けた幼な顔で、喘息のようにぜいぜい息をした。わたしを捕まえては、窒息しそうになるまでくすぐるのが好きだった。誰も止めてくれない。母は気に入らないようだったが、父は母に、ふざけてるだけじゃないかと言っていた。

臨時雇いの男は庭で、マイクの父親を手伝っていた。

「おまえら二人は泥のなかで転げまわってたんだろ」と男は言った。「まあとにかく、おまえらは結婚しなくちゃならんな」

網戸のむこうで、母がそれを聞いていた（母がそこにいることに男たちが気づいていたら、どちらもそんなことは口にしなかっただろう）。母は出てくると、わたしたちの様子について口にするまえにまず、臨時雇いの男に低いしかりつけるような声でなにか言った。

母の言葉の一部が、わたしの耳に届いた。

兄と妹みたいなものだ。

臨時雇いの男は足元に目を落としながら困ったようににやにやした。

母はまちがっていた。母よりは臨時雇いの男のほうが真実に近かった。わたしたちは兄と妹みたいなものではなかった。わたしがそれまで知っていたどの兄妹みたいでもなかった。わたしのたったひとりの弟はまだほんの赤ん坊だったので、男兄弟を持つという経験を味わったことはなかった。それに、わたしが知っている夫婦とも似てはいなかった。なにしろみんな年を取っているし、まるでべつべつの世界で暮らしていて、お互いの顔の見分けもつきかねるんじゃないかと思えるほどだったから。わたしたちは、それほど表立って示す必要のない絆で結ばれた、しっかり馴染んだ恋人同士のようなものだった。そしてわたしにとっては、少なくともそれはぞくぞくするような厳粛なものだった。

臨時雇いの男がセックスのことを言っていたのだということはわかっていた。当時のわたしが「セックス」という言葉を知っていたとは思えないが。そしてそのために、いつも嫌っていたその男がいっそう嫌いになった。はっきり言って、男はまちがっていた。わたしたちは、見せあいっこも触りあいっこもやましい愛情行為もしなかった——わざわざ隠れ場所を探すことも、いじくる楽しみも、不満も、当座のなんとも恥ずかしい気持ちも、なにもなかった。わたしの場合そういったシーンは、従兄のひとりとか、ちょっと年上の二人の女の子たち、同じ学校に通っていた姉妹とのあいだで起こった。わたしはことのまえもあともこうしたパートナーたちに嫌悪感をおぼえ、自分の心のなかでさえも、そんなことはぜんぜん起こらなかったんだと怒りをこめて否定したものだった。そういった逸脱行為は、わたしが好意や敬意を感じていた相手ならばぜったい考えられなかったことだろう——わたしに嫌悪感を抱かせる相手なればこそだったのだ。あの忌まわしい欲情のうずきが、自分自身に対する嫌悪感をわたしに抱かせるように。

マイクに対する思いのなかでは、局部的な悪魔は皮膚の下にくまなく広がるときめきや優しさに、目や耳の喜びに、ぞくぞくするような満足感に変化した、他人がいるところでは。毎朝目が覚めると、マイクの姿に飢えているのだった。小道をがたごと揺れながらやってくる井戸掘削業者のトラックの音に。わたしはけっして面に出さないようにしながら、マイクの首の後ろや頭の形、眉を寄せたところ、はだしの長い足の指、汚い肘、大きくて自信たっぷりの声、体のにおいを賛美していた。わたしは進んで、むしろ飛びつくように、わたしたちのあいだの説明も理解も必要ない役割を受け入れた――つまり、わたしはマイクを手伝い、敬服し、マイクは指図し、いつでもわたしを守るという。

そしてある朝、トラックは来なかった。ある朝、当然のことながら仕事はすべて完了し、井戸には蓋がかぶせられ、ポンプが元どおり据えられ、皆が清水に驚嘆していたのである。その日の昼食のテーブルからは、椅子が二脚減っていた。大人のマイクも子供のマイクもいつもわたしたちと昼食をともにしていたのだ。子供のマイクとわたしは決して言葉は交わさなかったし、ほとんどお互いに目も合わさなかった。マイクはパンにケチャップをつけるのが好きだった。マイクの父親はわたしの父と話をしたが、話題はもっぱら井戸や事故や地下水位のことだった。真面目な男だ。仕事一筋だな、と父は言った。それでも彼――マイクの父親――は、話をほとんどいつも笑い声で終えるのだった。その笑い声には孤独な響きがあった。まだ井戸の底にいるような。

父子は来なかった。仕事は終わり、これ以上来る理由はなかった。そして、この地方での井戸掘削の仕事としては、うちの仕事が最後だったことがわかった。どこかよそで仕事が待っていて、いい天気が続いているあいだにできるだけ早くそっちに取り掛かりたかったのだ。なにしろホテル暮らしだったので、荷物をまとめてすぐ発つこともできた。そして、マイクの父親はそうしたのだった。

どういうことになるか、なぜわたしにはわかっていなかったのだろう？　あの最後の日の午後、マイクがトラックに乗りこんだとき、さよならは言わなかったのだろうか、マイクはもうもどってこないのだと気がつかなかったのだろうか？　マイクは手は振らなかったのだろうか、こっちへ顔を向けなかったのだろうか――あるいはこっちへ向き直らなかったのか――この日は機材をぜんぶ積み込んだために重くなったトラックが、うちの小道をガタガタとこれを最後に走っていったあのときに？　水が噴き出したとき――水が噴き出して、飲んでみようとみんながまわりに集まったのを覚えている――わたしにとってどれだけのものが終わってしまったのか、どうしてわからなかったのだろう？　今になって思う。もしかすると、別れをあまり意識させないように周到に考えられていたのかもしれないと。さよならを言わせないようにして、わたしが――わたしたちが――あまりに悲しんだりして面倒なことにならないよう。

だが、あの当時、子供の気持ちに対してそんな考慮が払われることはあまりなかったのではないだろうか。わたしたち子供の問題だった、傷ついたり我慢したりというのは。

わたしは面倒を起こしたりはしなかった。さいしょの衝撃のあとは、誰にも感情を見せなかった。臨時雇いの男はわたしを見かけるたびにからかった（「ボーイフレンドに逃げられたのか？」）が、わたしは男のほうを見もしなかった。

マイクが行ってしまうことをわたしは、わかっていたにちがいない。レインジャーがもう歳で、すぐに死ぬだろうとわかっていたのと同じように。将来いなくなることを、わたしは受け入れていた――ただ、マイクが姿を消すまでまったくわかっていなかっただけなのだ、いないというのがどんなものなのか。わたしのテリトリーのすべてがどんなふうに変わるか。まるで地すべりに襲われて、マイクの喪失ということ以外すべての意味をえぐりとられてしまったみたいだった。このあとは、通路の白い石を見るたびにマイクのことを思い出さずにはいられず、だからそれに対して嫌悪を感じた。カエデの木の大枝に対しても同じような気持ちを抱いた。あまりに家に近すぎるからと、父がその枝を切ると、残された傷跡に対してそんな気持ちをもった。

何週間か過ぎたある日、母がなかで靴をはいてみているあいだ、秋のコートを着て靴屋の入り口の横に立っていると、女の人の呼び声が聞こえた。「マイク」その人は店の前を走りぬけながら呼んでいた。「マイク」とっさにわたしは、この見知らぬ女性はマイクの母親にちがいないと決めこんでしまった——マイクからではないが、彼の母親は死んだのではなく父親と別れたのだと聞いていた——なにかの理由で一家で町へ帰ってきたのだと。一時的なものなのかずっと住み着くのかなどということは考えもせず、ただ——今やわたしは店から駆け出していた——すぐにもマイクに会えるのだとしか思わなかった。

女の人は五歳くらいの男の子に追いついていた。男の子は隣の食料品店のまえの歩道に置いてあるリンゴのブッシェル容器からひとつ勝手に取り出したところだった。

わたしは立ち止まって、信じられない思いで男の子を見つめた。言語道断で非道な魔法が目の前で行なわれたかのようだった。

よくある名前だ。汚らしい金髪の、のっぺりしたマヌケな顔の子だった。

心臓がどきんどきんと打っていた。胸のなかで泣きわめいているように。

バスでアクスブリッジに着くと、サニーが待っていてくれた。サニーは骨太で、晴れやかな顔つきで、銀色がかった茶色の縮れた髪の両サイドを、お揃いではないコームで留めていた。肉がついても――実際についていたのだが――主婦らしくは見えない女性で、堂々と女の子っぽかった。

サニーはいつものようにわたしを自分の生活にさっと放りこんだ。こんなことをしゃべりながら。遅刻するかと思った、今朝はクレアの耳に虫が入って、病院へ連れていって出してもらわなくちゃならなかったし、それから犬が台所の段の上でもどしてしまうし。たぶん移動もあの家も田舎も嫌いなせいだと思うけど。自分――サニー――がわたしを迎えに家を出たときには、ジョンストンが男の子たちに掃除させてたわ。だって、犬をほしがったのはあの子たちなんだから。おまけにクレアはまだ耳のなかでブンブンいう音がするって言うし。

「だからさ、二人でどこか雰囲気のいい静かなところへ行って酔っぱらって、帰るのなんかやめちゃったらどうかしら？」とサニーは言った。「でも、帰らなきゃね。ジョンストンがね、奥さんと子供さんたちがアイルランドへ行っちゃったっていう友だちを招待したの。いっしょにゴルフへ行くつもりみたい」

サニーとはヴァンクーヴァーで友だちになった。わたしたちの妊娠はちょうどうまくかみ合っていたので、マタニティーウェア一式を二人で使うことができた。わたしの台所か彼女の台所で、週に一度くらい、子供たちに気をとられたり、ときには寝不足で眩暈がしたりしながらも、濃いコーヒーやタバコで元気をつけながら怒濤のようにおしゃべりを始めるのだった――自分たちの結婚生活のこと、喧嘩のこと、自分の欠陥について、興味深くも恥ずべき原動力について、過去の野心について。わたしたちはいっしょにユングを読み、自分たちの夢を記録しようとした。生殖活動に眩惑され、女の心が母性でいっぱいになっているとされる人生のその時期に、わたしたちはなおもシモーヌ・ド・ボーヴォワールやアーサー・ケストラー（ハンガリー生まれの英国の思想家）、『カクテル・パーティー』（エリオットの詩劇）などについて語り合わずにはいられなかった。

　夫たちには、こんな気持ちはぜんぜんなかった。そういうことを夫と話そうとすると、むこうは「ふん、ただの文学だろ」とか、「哲学入門みたいなこと言うじゃないか」と言うのだった。


　今ではどちらもヴァンクーヴァーを離れていた。ただしサニーは、夫や子供たちや家具とともにふつうに、ありきたりの理由で――彼女の夫がべつの仕事についたのだ――引っ越したのだが。そして、わたしが引っ越した理由は、束の間、しかも特殊なサークルのなかだけで強く是認されるなかなか目新しいものだった――夫や家や結婚生活で得たすべてを捨てたのだ（もちろん子供はべつである、子供は分担せねばならない）、偽善や喪失や恥辱と無縁の人生を送ることを望んで。

　わたしは今ではトロントのとある家の二階に住んでいた。階下の人たちは――家主一家――十年ばかりまえにトリニダードからやってきたのだった。通りのいたるところで、ヴェランダや幅の狭い高窓のある古いレンガ作りの家々、かつてはヘンダーソンとかグリシャムとかマカリスターとかいった名前のメソジスト派や長老教会派の人たちが住んでいた家々が、オリーヴ色や茶色がかった肌の、たとえ話せるとしてもわたしには耳慣れない英語を話し、四六時中スパイシーで甘い料理の独特の香りを大気に漂わせる人々でいっぱいになっていた。わたしにはこういうことすべてが嬉しかった――真の変革を成し遂げたという気分になれたからだ。結婚という巣をあとにして、必要とされていた長い航海を果たしたのだという気分に。だが、十歳と十二歳の娘たちに同じ気持ちになるのを期待するのは酷だった。わたしは春にヴァンクーヴァーを離れたのだが、娘たちは夏休みの初めにわたしのところへ、二ヶ月まるまる過ごす予定でやってきた。娘たちは通りのにおいに胸が悪くなり、喧騒におびえた。暑くて、わたしが買った扇風機を回しても眠れなかった。窓を開けっぱなしにしておかなくてはならないのに、裏庭のパーティーは四時まで続くこともあった。

科学センターやCNタワー（カナディアン・ナショナル・タワー。世界一高いトロントのシンボルタワー）、美術館、動物園に出かけたり、デパートの涼しいレストランで食事したり、ボートでトロント・アイランドへ行ったりしたところで、友だちに会えないことの埋め合わせにはならなかったし、わたしが提供する家庭のまがい物を受け入れさせることもできなかった。娘たちはペットの猫を恋しがった。自分たちの部屋を、近隣で自由に過ごせることを、だらだらと家に引きこもっていられる日々を欲した。

しばらくのあいだ、娘たちは文句を言わなかった。姉が妹に「わたしたちが満足してるって、ママには思わせておかなきゃ。でないと、がっかりしちゃうからね」と言うのを耳にした。

しまいに、爆発した。非難。苦痛の告白（わたしへのあてつけに構築された苦痛の誇張かも、とわたしは思った）。下の娘が泣きながら言った。「どうしてママは家にいられないの？」すると、上の娘が苦々しげに答えた。「だって、ママはパパが大嫌いなんだもん」

わたしは夫に電話した――彼はわたしにほとんど同じ質問をし、そして自分で、ほとんど同じ答えを出した。わたしは切符を変更し、子供たちを手伝って荷物を詰め、空港へ連れて行った。道すがらずっと、上の娘に教えてもらったたわいないゲームをみんなでやった。まず数字を選ぶ――27とか42とか――それから窓の外を見て目に入る男を数える。二十七番目、四十二番目、とにかくその数字にあたった男が結婚相手となるのだ。ひとりで戻ってくると、わたしは娘たちの残したものをぜんぶ集め――下の子が描いたマンガ、上の子が買った「グラマー」（若い働く女性向けのアメリカの雑誌）、トロントでは身につけられても家では無理なアクセサリーや服がいろいろ――ゴミ袋につっこんだ。そして、娘たちを思い出すたびにおおよそ同じことを繰り返した――自分の心をぴしゃっと閉じたのだ。耐えられる苦痛もあった――男と関係しているものだ。そして、そうではない苦痛もあった――子供たちと関係した――耐えられない苦痛が。

　わたしは娘たちが来るまえの生活に戻った。朝飯を作るのをやめ、毎朝イタリアン・デリでコーヒーを飲み、焼きたてのパンを食べた。ここまで家事と無縁になれるんだと思うと、ひどく嬉しかった。だが、まえには気づかなかったことに気づくようにもなった。毎朝ウィンドウに面したスツールや歩道のテーブルに座っている人々の幾人かが浮かべる表情に――こうしているのがぜんぜんすばらしいことではなく、孤独な生活のありふれた習慣でしかない人たちの。

　そして家へ帰ると、今は急ごしらえの台所になっている元のサンポーチの窓の下に置いた木のテーブルに何時間も座って、執筆にいそしんだ。物書きとして生計を立てたいと望んでいたのだ。小さな部屋はすぐに太陽で暑くなり、腿の裏側が――わたしはショーツをはいていた――椅子に張りついた。足の汗にまみれたプラスチックのサンダルからは、独特のほのかに甘い化学臭がした。わたしはそのにおいが好きだった――それはわたしの勤勉さのにおいであり、望むらくは成果のにおいでもあった。わたしが書くものは、かつての生活でジャガイモを煮ながら、あるいは洗濯物がゴトゴト自動的に回るのを聞きながらなんとか書いていたものと比べて、なんの進歩もなかった。ただ、もっと書けたし、悪くなってはいない――それだけのことだった。

　夕方になると風呂に入り、女友だちの誰かと会ったりする。クィーン通りかボールドウィン通りかブランズウィック通りの小さなレストランのまえの歩道のテーブルでワインを飲み、自分たちの生活について語る――おもに恋人についてだが、「恋人」という言葉はどうにも気色が悪いので、「つきあっている男」という言い方をした。そして、つきあっている男と会うこともあった。子供たちがいるあいだは追放に処してあった。もっともわたしは二度このルールを破ってしまったのだが。娘たちを凍えるような映画館に残して。

この男とは結婚生活に終止符を打つまえからのつきあいで、離婚の直接の原因でもあった。彼に対しては――そしてほかの誰に対しても――そうじゃない振りをしていたけれど。彼に会うときはのんきそうな顔をして、自立しているところを見せつけようとした。ニュースを交換し――わたしは必ずニュースを用意しておいた――いっしょに笑い、峡谷へ散歩に行った。でも、わたしがほんとうに望んでいたのは、ただ彼をセックスに誘い込むことだけだった。セックスの激しい情熱が互いの最上の自我を融合させてくれると思っていたのだ。わたしはこういうことに関して愚かだった。特にわたしのような年齢の女にとっては非常に危険な意味で。デートのあとでひどく幸せになることもあった――眩惑され、安心して――そしてまた、不安とともに石のように重く横たわることもあった。彼が立ち去ったあと、目から涙がこぼれ落ちるのを感じて、自分が泣いていることに気づく。これは彼のなかにかいま見てしまったなにかの影や無神経さ、彼から与えられた遠まわしの警告などによるものだった。窓の外は暗くなり、裏庭でパーティーが始まる。音楽や叫び声や、喧嘩に発展するのかもしれない挑発。そしてわたしはこわくなる。敵意が、ではなく、言ってみれば不在が。

そんな気分のときにサニーに電話し、そして週末を田舎で過ごしたらどうかと招待されたのだった。

「きれいなところね」とわたしは言った。

だが、車で走り抜けている田舎の景色は、わたしにはどうでもよかった。緑のコブが連なる丘陵に、牛の姿も見えた。草がぎっしり生えた小川には低いコンクリートの橋がかかっている。新しいやり方で刈り取られた干草が、巻いて野原に置いてあった。

「家を見るのを楽しみにしててね」とサニーが言った。「悲惨よ。水道管のなかにネズミがいたの。死んだのがね。風呂の水のなかにずっと毛がちょこっと混じっていたのよ。もうちゃんと始末したけど。でも、次になにが起こるかわかったもんじゃないわ」

サニーはわたしの新生活については訊こうとはしなかった――気遣いか、それとも不賛成だったのか？　どう切り出したらいいのかわからなかっただけなのかもしれない。想像がつかなかったのかも。どっちにしろ、わたしはうそを、あるいは半分うそを答えていたことだろう。別れるのは大変だったけど、そうしなければならなかったの。子供たちのことは気になってたまらないけど、犠牲はつきものだものね。男を自由にしておいてやること、自分が自由でいることを学んでるの。セックスを気楽に考えることもね。けっこう難しいけど。始まりがそうじゃなかったし、もう若くないし。でも、学んでるの。

週末か、とわたしは思った。ひどく長いような気がした。

家のレンガには、ヴェランダを撤去した跡が残っていた。サニーの息子たちが庭で歩きまわっていた。

「マークがボールをなくしたんだ」年上の子が――グレゴリーだ――叫んだ。

サニーはその子に、わたしにこんにちはしなさいと言った。

「こんにちは。マークがボールを納屋のむこうに投げたんだけど、見つからないんだ」

最後にサニーに会ったあとに生まれた三歳になる女の子が、台所のドアから駆け出してきて立ち止まった。知らない人を見てびっくりしたらしい。でも気を取り直すと、わたしに話しかけた。

「あたしの頭のなかにね、虫が飛びこんじゃったの」

サニーは女の子を抱き上げ、わたしは一泊用のバッグを持ち、いっしょに台所に入った。そこでマイク・マッカラムがパンにケチャップを塗っていたのだった。

「こんなところで会うなんて」わたしたちはほとんど同時に言った。二人で笑いながら、わたしは彼のほうに、彼はわたしのほうに駆け寄った。そして握手した。

「あなたのお父さまかと思ったわ」とわたしは言った。

井戸掘削業者を思い浮かべるところまでいっていたのかどうかはわからない。まず思ったのだ、この見覚えのある男は誰だろう？ 身ごなしが軽くて、井戸へ出入りするのなんか平気みたいな。短く刈った髪が灰色になりかけていて、深くくぼんだ明るい色の目。骨ばった顔、愛想はいいけれど生真面目な。身についた、不愉快ではない遠慮深さ。

「そりゃあないな」と彼は答えた。「父さんは死んだよ」

ジョンストンがゴルフバッグを持って台所に入ってきてわたしに挨拶し、マイクに急ぐよう言った。そこへサニーが口をはさんだ。「この二人、知り合いなのよ。知り合いだったの。驚いたことにね」

「子供のころの話だよ」とマイクは言った。

ジョンストンが、「ほんとか？　そりゃあ驚きだ」と言うと、わたしたちは声をそろえて次に出てくると見て取った言葉を口にした。

「世間は狭い」

マイクとわたしはまだお互いに顔を見合わせて笑っていた——サニーやジョンストンは驚きだと思っているのかもしれないこの発見は、わたしたちにとっては面白くて眩しい幸運の再燃なのだということを互いにはっきりさせておこうというように。

その午後、男たちが出かけているあいだずっと、わたしは幸せなエネルギーに満ちあふれていた。夕食のために桃のパイをこしらえ、クレアが昼寝するよう本を読んでやった。サニーは息子たちを汚い入り江へ釣りに連れて行ったが、成果はあがらなかった。それからわたしとサニーはワインの瓶を持って居間の床に座りこみ、また友だちとして、人生ではなく本について語り合った。


わたしが覚えていることとマイクが覚えていることは異なっていた。マイクは、どこかの古いコンクリートの基礎の狭い表面を、いちばん高いビルと同じくらいの高さで、つまずいたら落ちて死んでしまうんだということにして歩きまわったのを覚えていた。わたしは、それはきっとどこかほかのところなんじゃないかと言ったが、それから車庫の基礎のことを思い出した。コンクリートは流しこまれたが、車庫は建てずじまいで、うちの小道と道路がぶつかるところにあった。わたしたちはあの上を歩いたんだっけ？

そうだ。

わたしには、橋の下で大声をあげたかったけれど町の子たちがこわかったという記憶があった。マイクには橋の記憶はまったくなかった。

どちらも、粘土の砲弾と戦争のことは覚えていた。

わたしたちはいっしょに皿を洗った。そうすれば失礼にならずに二人でしたい話ができるからだ。マイクは父親が死んだ経緯を聞かせてくれた。交通事故で死んだのだ。バンクロフト近郊の仕事から戻ってくる途中で。

「きみのご両親はまだ健在?」

母は死んで父は再婚したとわたしは答えた。

話のどこかで、わたしはマイクに、夫と別れたこと、トロントで暮らしていることを打ち明けた。子供たちはしばらくいっしょにいたけれど、今は父親と夏休みを過ごしていると。

マイクは、キングストンに住んでいるのだがそれほど昔からではないと語った。ジョンストンとは最近仕事を通じて知り合ったのだという。マイクもジョンストンと同じく土木技師だった。マイクの妻はアイルランド娘で、生まれはアイルランドだがカナダで働いていて彼と知り合ったらしい。看護婦だ。今はちょうどアイルランドのクレア州へ里帰りしているのだった。子供を連れて。

「子供さんは何人?」

「三人」

皿を片づけてしまうと、わたしたちは居間に行って、男の子たちにスクラブル（単語作りゲーム）をしようと言った。サニーとジョンストンを散歩に行かせてやろうと思ったのだ。一回すると――もう寝る時間だった。だが、子供たちにもう一回やろうとせがまれ、みんなでまだゲームをやっているときに子供たちの両親が帰ってきた。

「なんて言われてたんだっけ？」とジョンストンが言った。

「まださっきの続きだよ」とグレゴリー。「ゲームが終わるまではかまわないって言ったでしょ。まだ続いてるんだ」

「ほんとかしら」とサニー。

楽しい夜だった、住み込みのベビーシッターがいるんじゃ、自分もジョンストンも甘やかされちゃう、とサニーは言った。

「昨日の夜なんて、なんと映画に行ったのよ。マイクに子供たちをみててもらってね。古い映画なんだけど。『戦場にかける橋《ブリッジ・オーヴァー・ザ・リヴァー・クワイ》』」

「オンだよ」とジョンストン。「『オン・ザ・リヴァー・クワイ』だ」

マイクが口をはさんだ。「どっちにしろぼくは見てるから。何年もまえに」

「すごくよかったわ」とサニー。「ただ、結末はうなずけなかったけどね。あの結末はまちがってる。ほら、アレック・ギネスが水のなかのワイヤーを朝見つけるじゃない、そして誰かが橋を爆破しようとしているって気がつくでしょ？　そして逆上してなんだかひどくややこしいことになって、みんないっしょくたに死んじゃうことになるじゃない？　だけど、彼はただワイヤーを見てなにが起こるか悟って橋の上にそのままいて、いっしょに吹っ飛ばされればそれでいいと思うの。彼の性格ならそうあるべきよ。そのほうがもっと劇的な効果があがるわよ」

「いや、ちがうね」以前にも同じ議論を経験しているような口調でジョンストンが言った。「ハラハラドキドキはどこにあるんだよ？」

「わたしはサニーに賛成」とわたしは口をはさんだ。「わたしも結末はややこしすぎると思ったもの」

「マイクは？」とジョンストンがたずねた。

「ぼくはなかなかいいと思ったけどな」とマイクは答えた。「あのままでなかなかよかったよ」

「男性陣対女性陣だな」とジョンストン。「男性陣の勝ち」

それからジョンストンは息子たちにスクラブルを片づけろと命じ、息子たちは従った。だが、グレゴリーは、星を見たいとせがむつもりでいた。「ここでしか星は見えないんだもん」とグレゴリーは言った。「家じゃあ、クソみたいに明るいからさ」

「言葉に気をつけろ」父親はそう言いながらも、よし、五分だけだぞ、と許可し、わたしたちはみんなで外に出て空を見上げた。みんなで目印星を探した。ひしゃく星の柄の二番目の星のすぐ横にある。あの星が見えたら、空軍に入れるくらい目がいいってことなんだ、とジョンストンが言った。少なくとも、第二次大戦中はそういうことになっていた。

「わたしは見えるけど、でも、そこにあるってまえから知ってたからね」とサニーが言った。

マイクが、ぼくも同じだな、と言った。

「ぼくも見えたよ」グレゴリーがふんという顔で口をはさんだ。「あそこにあるのを知っていようといまいと、見えたよ」

「ぼくも見えた」とマークが言った。

マイクはわたしのちょっと斜めまえに立っていた。実際にはわたしよりサニーのほうに近かった。

わたしたちの後ろには誰もおらず、わたしはマイクにちょっと触れたくなった——ほんの軽く偶然のようにして、腕か肩に。そしてもし彼が身をよけなかったら——ほんとうに偶然なのだと好意的に受け止めてくれるなら?——むき出しの首筋に指を当ててみたいと思った。彼もそうするだろうか、もしも彼のほうがわたしの後ろに立っていたなら。彼もまた、星じゃなくこんなことに気をとられるだろうか?

だが、彼は堅い男のように思えた。きっと自分を抑えるだろう。

そしてきっとそのせいだろうと思う、その夜マイクはわたしのベッドに来なかった。どっちにしろ、それには不可能に近いほどのリスクがあったのだが。二階には部屋が三つあった——客室と両親の部屋はどちらも子供たちが寝ている大きな部屋とつながっていた。小さい二部屋のどちらかへ行こうと思ったら子供たちの部屋を通らねばならない。まえの晩は客室で寝たマイクは、階下の、居間にあるソファベッドに移っていた。サニーは彼がわたしに譲ってくれたベッドをひっぺがしてまた作り直すのではなく、マイクのほうに新しいシーツを渡していた。

「あの人はとっても清潔だし」とサニーは言った。「それになんといっても、昔なじみなんだしさ」

マイクが使ったシーツに身を横たえて、穏やかな夜が送れるわけはなかった。現実にはそんなことはなかったが、夢のなかで、シーツは暑い太陽に照らされた水草や川の泥や葦のにおいがした。

リスクがどれほど小さかろうとマイクがわたしのところに来ないということはわかっていた。友だちの家でそんなことをするのは薄汚いことだ、マイクの妻とも——まだなっていないとしたら——友だちになるであろう人たちの家で。それに、わたしがそう望んでいるかどうか、マイクにはわからないではないか。マイク自身がほんとうにそう望んでいるのかどうかも。わたしでさえ、確信がもてないのだから。これまでのところ、自分は常に、その時点で深い関係にある男に忠実な女であると思っていられたのだ。

眠りは浅く、夢は性的なものばかりで、もどかしくて不愉快なサブプロットつきだった。マイクが協力してくれそうになったりすると、じゃまが入るのだ。マイクが横道にそれてしまうこともある。たとえば、わたしにプレゼントを持ってきたのに失くしてしまった、どうしても見つけなければ、とマイクが言う。そんなの気にしないで、プレゼントなんかどうでもいいから、わたしにとってはあなた自身がプレゼントなの、わたしが愛している、ずっと愛してきた人なんだから、とわたしは言う。でも彼はすっかり気を取られている。そしてわたしを非難したりすることもある。

夜通し——あるいは少なくとも目が覚めているときはずっと、そしてわたしはたびたび目を覚ました——窓の外ではこおろぎが鳴いていた。さいしょは鳥かと思った、夜の鳥が飽きもせずに合唱しているのかと。町暮らしが長かったので、こおろぎがまるで滝の音のような鳴き声を響かせるのをすっかり忘れていたのだ。

これも言っておかなくてはなるまい。目覚めたときに、乾いた地面に乗り上げている自分に気づくこともあった。ありがたくない正気の状態である。あの男のなにを実際に知っているというのだ？　あるいは、彼がわたしについてなにを？　彼はどんな音楽がすきで、どんな政治的立場なんだ？　彼が女に求めているものは？

「二人とも、よく眠れた？」サニーがたずねた。

マイクが「ぐっすり寝ましたよ」と答えた。

わたしは「うん、まあ」と答えた。

その朝は、近所のプールのある家へ全員がブランチに招かれていた。マイクは、かまわないなら、ぼくはそれより、ちょっとゴルフコースをまわってきたいなあと言った。

サニーは「いいわよ」と答えて、わたしの顔を見た。わたしが「そうねえ、どうしようかなあ――」と言うと、マイクが「ゴルフはしないんだろ？」とたずねた。

「やらない」

「でもさ。いっしょに来てキャディーやってくれてもいいな」

「ぼくが行ってキャディーやる」グレゴリーが言った。わたしたちの行くところにはどこへでもついていくつもりなのだ。わたしたちのほうが両親より寛大だし面白いと決めこんでいる。

サニーがダメだと答えた。「あんたは母さんたちといっしょに来るのよ。プールに入りたくないの？」

「子供はみんなあのプールでションベンするんだよ。知っといてほしいなあ」

わたしたちが出かけるまえに、雨の予報が出ているとジョンストンが注意してくれた。ぼくたちは運に任せてみるよ、とマイクは答えた。わたしは彼が「ぼくたち」と言ったのがうれしく、彼の横の妻の席に座るのもうれしかった。自分たちをカップルと考えることに喜びを感じた――思春期の女の子みたいだと自分でも思う、くらくらする喜びを。妻をやっている気分が楽しくてしょうがなかった、まるでそれまで妻にはなったことがないかのように。現実の恋人である男にはそんな感情を抱いたことはなかった。わたしはほんとうに真の愛を得て落ち着き、自分のはみ出した部分をともかくも駆逐して、幸せに暮らしていたのだろうか？

だが、二人きりになるとなんとなく窮屈さを感じた。

「このあたりってきれいね」とわたしは言った。今日はほんとうにそう思った。この日の白っぽい曇り空の下だと、丘陵は前日の真鍮のような太陽の光のなかより穏やかに見えた。夏の終わりの木々は葉がぼさぼさで、多くは縁が赤さび色になり始め、なかにはもう茶色や赤になってしまっているものもあった。葉の違いの見分けがつくようになってきた。「カシの木ね」とわたしは言った。

「ここは砂地なんだ」とマイクが言った。「このあたり一帯がね――ここはオークリッジズと呼ばれているんだ」

アイルランドもきれいでしょうね、とわたしは言った。

「まるでむき出しのところもあるよ。岩だけで」

「奥さまはアイルランドで育ったの？　あの素敵な訛りがあるわけ？」

「彼女がしゃべるのを聞いたら、アイルランド訛りがあるって思うだろうな。ところが故郷へ帰ると、訛りがなくなったって言われるんだ。まるでアメリカ人だって。むこうじゃいつもアメリカ人って言われるんだ――みんなカナダ人のことなんか頭にないからね」

「で、お子さんたちは――お子さんたちはぜんぜんアイルランド訛りなんかないんでしょうね？」

「ないね」

「ところで、どちらなの――男の子、女の子？」

「男の子が二人と女の子が一人だよ」

わたしは自分の人生の矛盾や悩みやなくてはならないものについて、話したくてたまらなくなってきた。わたしは言った。「子供たちがいなくて、さびしくてたまらないの」

だが、マイクはなにも答えなかった。同情の言葉も、励ましもない。こういう状況でお互いのつれあいや子供のことを話すのはそぐわないと思ったのかもしれない。

そのあとすぐに、わたしたちの車はクラブハウスの横の駐車場に入っていった。するとマイクが自分の堅苦しさを埋め合わせしようとするように、ちょっとはしゃいだ口調で言った。「雨が心配で、日曜ゴルファーたちはみんな家にいるみたいだな」駐車場に停まっているのは一台だけだった。

マイクは車から降りると、事務所へ行ってヴィジターの料金を支払った。

わたしはゴルフコースに出るのは初めてだった。テレビで試合の様子を一度か二度見たことはあったが、見ようと思ってのことではなく、わたしの知識といえばアイアンと呼ばれるクラブがあるか、あるいはクラブと呼ばれるアイアンがあり、ニブリック（アイアンの9番）と呼ばれるものがひとつあって、コース自体はリンクスと呼ばれるというくらいだった。マイクにそう言うと、彼は「きみにはものすごくつまらないかもしれないな」と答えた。

「つまらなくなったら、散歩するわ」

この言葉は彼の気に入ったみたいだった。彼はずっしり温かい手をわたしの肩にかけると「それもいいね」と言った。

わたしの無知は問題ではなかった——もちろん、わたしはほんとうにキャディーをやる必要はなかった——それにつまらなくはなかった。わたしはただマイクについてまわって、見ていればいいだけだった。彼を見ている必要すらなかった。コースの端の木々を見ていたってよかった——背の高い木で、羽毛のようなこずえにほっそりした幹、名前はよくわからなかったが——アカシア？

——この地上ではぜんぜん感じられない風に時折そよいでいた。それに鳥の群れもいた。クロウタドリかそれともムクドリか、群れ全体が切迫したように飛びまわる。といっても、一本のこずえからべつのに移るだけなのだが。そういえば鳥はそんなふうにしていたっけ、とわたしは思い出した。八月、あるいは七月の末くらいでも、鳥が騒々しい大集会を始める。南へ向かう準備だ。

マイクはときどきなにかしゃべったが、わたしに、というわけではなかった。返事の必要はなく、じつのところ、返事なんてできやしなかっただろうし。とはいえ、ここでひとりでプレーする場合よりは口数が多かったのではないかと思う。マイクの発するとぎれとぎれの言葉は、自分に対する叱責だったり、慎重に成功を祝う言葉だったり、警告だったり、ぜんぜん言葉になっていないこともあった——意味を伝えようとしているただの音だ。そしてそれは実際、意味を伝えるのだ。ぴったり寄り添おうとしながら長いあいだ親密に暮らしていれば。

となると、わたしの役目はこうだった——彼自身の意向を増幅し拡大してみせるのだ。よりゆったりした、というか、彼の孤独の周りを歩く元気付けてくれる存在だ。もしわたしが男だったら、彼はこんなことをまったく同じように期待しはしなかっただろうし、これほど自然に気楽に求めもしなかっただろう。あるいはわたしが彼にとってしっかりした絆を感じられない女だったとしたら。

これはべつに考えたあげくにわかったことではない。二人でリンクスをまわりながら、こみ上げてきた喜びのなかにすべて見えたのだ。昨夜うずくような苦痛を与えた肉欲はすっかり和らいで、今や世話女房っぽいこぢんまりした種火に縮まっていた。わたしはマイクがセットアップし、選択し、じっくり考え、目を細め、スイングするのを目で追った。そしてボールの行方を、わたしにはいつも上出来に思えたのにマイクにとってはたいてい問題ありの、わたしたちのつぎの挑戦の場所、わたしたちの当面の未来を見つめた。

歩きながら、わたしたちはほとんど言葉を交わさなかった。降ってくるかな？　わたしたちはそう言った。雨があたらなかった？　わたしは一滴あたったような気がした。違うかもしれない。これは礼儀としての天気の話ではなかった――すべてが競技の文脈のなかにあった。回りきれるかな？

回りきれないのがわかった。雨が一滴落ちてきた。たしかに雨だ。そしてまた一滴、それからざあっと。マイクはコースのずっとむこう、雲が色を変えて白ではなく紺色になっているほうへ目をやり、特に心配そうでもなくがっかりしたふうでもない口調で言った。「ほうら、来たぞ」彼はてきぱきと道具を片づけたりバッグを閉めたりし始めた。

そのときわたしたちはクラブハウスからいちばん離れたところにいた。鳥たちはいっそうバタバタと、どうしたらいいかわからないように頭上を飛び回っていた。木々のこずえは揺れ、石だらけの波が浜に叩きつけられるような音――真上からのように聞こえたが――がした。マイクが言った。「よし。こっちへ入ったほうがいいな」そしてわたしの手を取ると、急いで刈り込んだ芝生を横切って、コースと川のあいだにある低木や丈の高い草の茂みに入った。

芝生のちょうど端にある茂みは葉が濃い色で、なんだかきちんとして見えて、生垣として植えてあるのかと思うほどだった。だが、自然のままの茂みだった。入りこむのは無理なように見えてもいたのだが、近づくと、ちょっとした隙間がいくつかあった。動物やゴルフボールを探す人間がつけた細道だ。地面はやや下り坂になっていて、でこぼこの茂みの壁をいったん抜けると、川が少し見えた――じつのところ、ゲートの看板に記されているクラブハウスの名前はこの川から来ていた。

リヴァーサイド・ゴルフクラブ。水は青みがかった灰色で、こんな天気に見舞われて、池の水ならさざなみが立つところだが、うねっているように見えた。わたしたちと川とのあいだには草むらがあって、どの草も花盛りだった。赤や黄の鐘型の花をつけたアキノキリンソウにホウセンカ、そして、ピンクがかった紫の小さな花が密生している、わたしが花の咲いたイラクサじゃないかと思ったもの、それに野生のアスター。ブドウのつるもあって、そこらじゅうのものを捕らえては巻きつき、地面でもつれていた。土はやわらかかったがねばねばした感じではなかった。ひどく茎がもろそうできゃしゃに見える草でさえ、ほとんどわたしたちの背丈と同じかそれ以上に伸びていた。立ち止まって草のあいだを見上げると、ちょっとむこうで木々が花束のようになって揺れ動いているのが見えた。そして、真っ黒い雲の方角から、なにかが近づいていた。本降りの雨が、今降っているこのパラパラの後ろからこっちへ向かってきているのだ。だがそれは、雨などというものではなさそうだった。まるで空の大きな部分が外れて降ってきているようだ。ざあざあと揺るぎなく、はっきり目には見えないけれど活発な形状をとって。雨のカーテン——ヴェールではなく、ほんとうに厚くて激しくはためくカーテン——が先にたって迫ってくる。まだ軽いゆるやかな水滴しか体に感じないうちから、それははっきりと見えた。まるで窓から外を見ていたら、窓が砕け散るなんて信じられないでいるうちに実際に砕け散り、雨と風がいっせいに襲いかかってきて、わたしの髪はあおられて頭上に逆立って、というような按配だった。次は皮膚がそうなるんじゃないかという気がした。

そしてわたしは向き直ろうとした——それまでなかった衝動に駆られたのだ、茂みを出てクラブハウスに駆けこみたいという。だが動けなかった。立っているのでさえやっとだった——開けたところへ出たら、たちまち風になぎ倒されるだろう。

まえかがみになって頭を草につっこみ、風に逆らいながら、マイクがわたしのまえに回り込んだ。ずっとわたしの片腕を握りながら。それから自分の体でわたしを嵐から守るようにこっちへ向き直った。それは爪楊枝でさえぎった程度の効果しかなかった。マイクがわたしに面とむかってなにか言ったが、聞こえない。叫んではいるのだけれど、声はひとつもわたしまで届かなかった。彼は今やわたしの両腕を握っていた。その手をわたしの手首へとすべらせると、ぎゅっと握りしめた。そして下へひっぱって――ふたりとも一瞬よろめきながら、姿勢を変えようとして――いっしょに地面に低くしゃがみこんだ。ぴったりくっつきあっていたので、お互いの顔は見えなかった――ただ見下ろすことしかできない、すでに足のまわりの地面にあちこち出来ているミニチュアの川やつぶれた草や自分たちのびしょぬれの靴しか。そしてそれすら、顔を流れ落ちる滝を通してなのだ。

マイクはわたしの手首を離して両手をぎゅっとわたしの肩に置いた。それはなおも、安心させるというよりは制止の意味合いが強かった。

わたしたちは風が通り過ぎるまでそのままでいた。せいぜい五分ほどだったはずだ、ひょっとしたらたったの二、三分。雨はまだ降っていたが、もうふつうの土砂降りになっていた。マイクは手をはずし、わたしたちはよろよろと立ち上がった。二人とも、シャツもズボンもぴったり体に張り付いている。わたしの髪は長い魔女の巻き毛のように顔にかぶさり、マイクの髪は額でぺったりと、何本かの短い黒い尻尾のようになっていた。わたしたちは笑みを交わそうとしたが、ほとんどそんな力もなかった。それからキスをし、つかのま抱き合った。これはわたしたちの体がそう望んだというよりは、儀式、生き延びたことの確認だった。つるつる冷たい唇は互いにすべり、抱き合うとちょっとひんやりした。服の水がしぼり出されて。

　雨はどんどん和らいだ。わたしたちはちょっとよろめきながら半分倒れた草のあいだを進み、それから密生したびしょぬれの茂みを抜けた。大きな木の枝がゴルフコースのいたるところに飛ばされている。どれかが当たって死んでいたかもしれないと思ったのは、もっとあとになってからだった。

　落ちている大枝をよけながら、開けた場所を歩いた。雨はほとんどやんで、あたりは明るくなっていた。わたしはうつむいて歩いていた――髪から滴る水が顔を伝わずに地面に落ちるように――そして、肩に当たる太陽の熱を感じて、祝祭の光を見上げた。

　わたしはじっと立ったまま深く息を吸い、顔から髪を振りのけた。さあ今だ。こうしてびしょぬれで無事に太陽の輝きに向き合っているんだ。今こそなにか言わなくては。

「きみに話していないことがあるんだ」

　マイクの声にわたしは驚いた。太陽に驚いたように。だが、正反対の驚きだった。その声には重みがあった、予告が――謝罪に縁取られた決意が。

「いちばん下の息子のことなんだけど」とマイクは続けた。「いちばん下の息子は去年の夏に死んだんだ」

　なんと。

「車に轢かれたんだよ」とマイク。「轢いたのは僕だ。うちの私道をバックしていてね」

　わたしはまた立ち止まった。彼もいっしょに立ち止まった。わたしたちは二人とも前方を見つめた。

「ブライアンっていうんだ。三歳だった。あのね、僕はあの子が二階で寝てるものと思ってたんだ。ほかの子たちはまだ起きていた。でも、あの子は寝かされていた。それが、また起きだしてたんだな。だけど、確かめればよかったんだ。もっと注意して確かめればよかったんだ」

わたしは彼が車から降りた瞬間を想像した。彼があげたに違いない声を。子供の母親が家から駆け出してきたときの情景を。あの子じゃない。あの子はこんなところにいない。こんなはずない。二階で寝ていた。

マイクはまた歩き始め、駐車場に入っていった。わたしはちょっと後ろからついていった。そして、なにも言わなかった——優しい、月並みな、なにもならない言葉は一言も。わたしたちはそんな言葉は無視したのだ。

マイクは言わなかった。僕のせいなんだ、乗り越えることなんてできないよ、とは。僕はぜったいに自分を許せないだろう。でも、できるだけ許そうとはしてるんだ、とは。あるいは、妻は僕を許してくれてるけど、彼女も乗り越えることはできないんだ、とも。

わたしにはみんなわかった。これで、彼が最悪を経験した男であることがわかった。最悪というのが具体的にどういうものなのか——わたしは知らないし、知りそうになったこともないが——知っている人間であると。彼と彼の妻はともにそれを知り、そのことが彼らを結びつけている。そういったことはどちらかでしかないのだ、引き裂くか、一生結びつけるか。彼らが最悪の状態で生きるだろうというのではない。そうではなく、そんな状態を知っているということを共有していくだろうということなのだ——その冷たく空っぽで閉じられた核心を。

誰にでも起こりうることだ。

そのとおり。だが、そういうふうには思えない。この人、あの人と、そこここで一人ずつ特別に選ばれているように思えてしまう。

わたしは言った。「不公平よね」わたしはこうした意味のない罰のことについて、非道で破壊的な打撃のことについて言いたかったのだ。こういう状況で起こるほうがたぶん、戦争や災害で悲嘆があふれているただなかで起こるよりももっと悲惨だろう。なにより悲惨なのは、一人の人間が、おそらくはその人らしからぬ行動によって、単独で、動かしがたい責任を負っている場合だろう。

わたしはそういうことを言っていたのだった。だが、じつはこういうことも言いたかった。不公平よね。わたしたちになんの関係があるっていうの？

あまりに乱暴きわまる抗議なので、ほとんど無邪気に、まったく素のままの自我から出てきたような気がするほどだ。無邪気、つまり、それが自分自身から出てきたもので、口に出していなければ、ということである。

「だよな」とマイクは穏やかに言った。公平さなんてどこにもありはしない。

「サニーとジョンストンはこのことを知らないんだ」とマイク。「誰も知らない、引っ越してからの知り合いはね。そのほうがいいような気がしたんだ。ほかの子供たちにとっても——あの子たちは、弟のことはほとんど口にしない。弟の名前はぜったい口にしないんだ」

わたしは彼らの引っ越してからの知り合いではなかった。彼らの新しい、つらい、ふつうの生活の周囲にいる人間ではなかった。わたしは事情を知る人間となった——それだけのことだ。彼だけにとっての、事情を知る人間。

「へんだなあ」トランクを開けてゴルフバッグをしまいこむまえにあたりを見まわしながら、マイクが言った。「さっきここに車を停めてたやつはどうしちゃったんだろう？　僕たちが来たときに、もう一台停まってなかったっけ？　だけど、コースでは一人も見かけなかったな。考えてみるとさ。見かけた？」

見てない、とわたしは答えた。

「ミステリーだ」とマイク。そしてまた、「だよな《ウェル》」

それは昔しょっちゅう耳にした言葉だった。同じ調子で口にされるのを。子供の頃に。ひとつのこととべつのこととの架け橋。あるいは結論。あるいはそれ以上言いようのない事柄を言うときに。あるいは考えを。

「井戸《ウェル》は地面の穴」ふざけるときはそう返すのだった。

嵐のおかげでプールパーティーはお開きとなった。人が多すぎて全員がどやどや家に入るわけにはいかなかったので、子連れの客はたいていが自宅に帰るほうを選んだ。

車で家に向かいながら、マイクもわたしもむき出しの上腕や手の甲や足首のまわりがチクチク痛痒いというかひりひりすることに気づき、お互いにそう口にした。草むらにしゃがみこんだとき、服で覆われていなかった部分だ。わたしはイラクサのことを思い出した。

乾いた服に着替えて、サニーの農家の台所に座りこんで、わたしたちは大変だった出来事のことを語り、発疹を見せた。

サニーはどうしたらいいか知っていた。前日にクレアを連れて行ったのは、この家族が地元の病院の救急外来を訪れたさいしょではなかった。もっとまえの週末に、男の子たちが納屋の裏のぬかるんだ草むらへ入っていって、みみず腫れやぶつぶつだらけになって帰ってきたのだった。医者によると、イラクサのなかに入ったに違いないということだった。イラクサのなかで転げまわったんじゃないか、と言われたらしい。冷湿布が処方された。抗ヒスタミン・ローションと錠剤も。マークとグレゴリーは回復が早かったので、ローションはまだ瓶に残っていた、それに錠剤も。

わたしたちは、錠剤は断った——症状はそれほどひどくはなさそうだった。

サニーは、ハイウェイで車にガソリンを入れていた女の人と話をしたことがあるんだけどね、と切り出した。その人が言うには、葉っぱがイラクサの発疹には最高の湿布薬になる植物があるらしい。錠剤だのなんだのは必要ないと女性は言った。その植物の名前はカーフズフット（子牛の足）みたいな感じだった。コールドフット（冷たい足）かな？　とある橋のそばの切り通しへ行けば見つかると教えてくれたらしい。

サニーはその草を試したがった。民間療法というのが気に入ったのだ。わたしたちは、もうちゃんとローションがあるんだし、しかもお金も払っているじゃないかと指摘しなければならなかった。

サニーは嬉しそうにわたしたちの世話をしてくれた。じつのところ、わたしたちの苦難は一家全員を楽しい気分にさせたのだった。土砂降りでいろいろな計画がおじゃんになった憂鬱から救い上げて。わたしたちが二人でいっしょに出かけようと決めたこと、そして二人でこんな冒険をしたこと——こうして体に証拠を残すような冒険を——で、サニーとジョンストンはからかいたくてたまらなくなったようだった。ジョンストンのおどけた表情、サニーの朗らかなおせっかい。もしわたしたちが本物の悪行の証拠を持ち帰っていたとしたら——臀部のみみず腫れ、腿や腹に走る赤い筋——もちろん彼らは、こうまで大喜びして寛大な顔はしてくれなかっただろう。

わたしたちが足をたらいに浸けて腕や手にはがちがちに厚い布を巻かれて座っている姿は、子供たちには面白かったらしい。特にクレアは、わたしたち大人がはだしでいるマヌケな光景に喜んだ。マイクがクレアのために長い足の指をくねくねさせて見せると、クレアは気味悪そうにしてくすくす笑い出すのだった。

そうだ。わたしたちがまた会ったとしても、同じことだろう。会わなかったとしたって。使いものにならない、身のほどをわきまえた愛（本物じゃないと言う人もいるだろう、くびり殺されたり、悪い冗談になってしまったり、哀れにも摩滅してしまう危険を、決して冒さないのだから）。危険はひとつも冒さないけれど、それでも甘い滴りとして、地下資源として生き続ける。その上に、この新たな沈黙の重みを乗せて。この封印を。

友情がしだいに先細りになっていった年月を通じて、わたしは一度もサニーに彼の消息をたずねなかったし、聞いたこともなかった。

あの大きなピンクがかった紫の花をつけた植物は、イラクサではなかった。それがヒヨドリバナと呼ばれることを、わたしは今では知っている。わたしたちが踏みこんだに違いない針を持つイラクサは、もっとどうってことのない草で、薄い紫の花を咲かせ、茎には細くて猛々しい、肌を刺して刺激するトゲトゲが意地悪くついている。こちらもまた存在するのだ、ひっそりと、荒れた草地の茂みのなかに。

ポスト・アンド・ビーム

Post and Beam

ライオネルは自分の母親がどんなふうに死んだかを語った。

母親は化粧品を求め、ライオネルが鏡を持った。

「一時間ほどかかるわよ」と母親は言った。

ファンデーション、おしろい、まゆずみ、マスカラ、リップライナー、口紅、ほお紅。震える手でゆっくりと、だが、仕上がりは悪くなかった。

「一時間なんてかからなかったじゃない」とライオネルは言った。

いや、そのことじゃないの、と母親は答えた。

死ぬまでの時間が、という意味だったのだ。

父さんを呼ぼうかとライオネルはたずねた。ライオネルの父親、母親の夫、母親の牧師を。

母親は言った。なんのために、と。

母親の予言によるならば、あと約五分しかなかった。

一同は家の——ローナとブレンダンの家の——裏の小さなテラスにすわっていた。バラード入江とグレー岬の灯火が見渡せる。ブレンダンは立ち上がると、スプリンクラーを芝生のべつの方角へ向けた。

ローナはライオネルの母親に、ほんの数ヶ月まえに会っていた。小ぎれいな白髪の女性で雄々しい魅力があり、ロッキー山脈の町からヴァンクーヴァーまで、巡業中のコメディーフランセーズを見にやってきたのだった。いっしょに行こうとライオネルがローナを誘ったのだ。公演のあと、ライオネルに青いヴェルヴェットのマントを着せかけてもらいながら、母親はローナに、「息子の女友だち《ベラミ》に会えてよかったわ」と言った。

「フランス語の使いすぎはやめようよ」とライオネルが言った。

ローナは、どういう意味なのかさえよくわからなかった。ベラミ。美しい友だち？　愛人？

ライオネルは母親の頭ごしに眉をつりあげて見せた。うちの母親がどう思っているにせよ、僕のせいじゃないからね、とでも言うように。

ライオネルは以前、大学でブレンダンの教え子だった。十六歳の磨かれざる天才。ブレンダンがかつて見たことがないほどの素晴らしい数学的頭脳だった。ブレンダンの脚色じゃないかと、あとになってローナは思った。才能ある学生に対する彼の並外れた親切心ゆえの。そしてまた、ことの成り行きゆえに。ブレンダンはアイルランド的なるものすべてに背を向けていた——自分の一族にも自分の教会にもセンチメンタルな歌にも——だが、悲劇的な話にはどうも弱いのだった。そしてじつを言えば、輝かしいスタートを切ったあと、ライオネルは一種の神経衰弱に陥って入院せねばならなくなり、姿を消してしまったのだった。やがてブレンダンがスーパーで彼に出会い、ここノースヴァンクーヴァーの、自分たちの家から一マイルと離れていないところに住んでいるのを知ったのである。彼は数学をきっぱりと断念し、聖公会の出版局で働いていた。

「うちへ遊びに来いよ」とブレンダンは誘った。ライオネルはあまり元気がなく、孤独に見えたのだ。「うちの奥さんの顔を見に来てくれ」

今では家庭持ちなんだということが、人を招待できるのが、ブレンダンには嬉しかった。

「だけど、きみがどんな人かわかんないしさ」この話をローナにしたとき、ライオネルは言った。

「嫌な感じの人かもしれないと思ってた」

「あら」とローナは言った。「どうして?」

「さあ。奥さん族なんてさ」

ライオネルは夕方、子供たちが寝てからやってきた。家庭生活がちょっとでも入り込んでくると——赤ん坊の泣き声が開いた窓から聞こえてきたり、おもちゃを砂場に片づけずに芝生に散らかしてあるといってブレンダンがローナを叱ることがあったり、ジントニック用のライムを買うのを覚えていたかとローナに問いかける声が台所からしたり——とたんに、ライオネルの細身で背の高い体や熱っぽくて疑り深そうな顔に、震えやこわばりが生じるように見えた。すると一呼吸入れねばならない、人との価値ある交わりのレベルに戻るには。一度、ライオネルがうんと小さな声で「おお、もみの木」の節で歌ったことがあった。「おお結婚生活、おお結婚生活」と。顔にはかすかに笑みが浮かんでいた、というか、ローナには笑っているように見えた、暗闇のなかで。この微笑みは、四歳になる娘のエリザベスの微笑みと似ているようにローナには感じられた。人前で母親にちょっと不埒な意見をささやくときの。満足げで少し不安そうな、かすかな秘密の微笑み。

ライオネルは古くさい型の大きな自転車で丘をのぼってきた――子供以外はほとんど誰も自転車なんか乗らないこの時代に。着替えずに、仕事着のままなのだろう。黒っぽいズボン、いつも薄汚くてカフスとカラーがすりきれている白いワイシャツ、目立たないネクタイ。コメディーフランセーズを見に行ったときは、これに肩幅が広すぎて袖は短すぎるツィードのジャケットが加わっていた。ひょっとしたらほかには服を持っていなかったのかもしれない。

「僕はわずかばかりの金しか稼いでないんで」とライオネルは言う。「それに主《しゅ》のぶどう園で働いてるわけでもないし。大主教の教区だからね」

そして、「自分はディケンズの小説の登場人物なんだって思うことがあるんだ。おかしいよね、ディケンズなんて好きでもないのに」などと。

ライオネルはしゃべるときにいつも首を一方へ傾げて、ローナの頭のちょっとむこうを見つめる。声音は軽やかで生き生きして、神経が高ぶると甲高くなることがあった。なんでも少し驚いたような口ぶりでしゃべる。ライオネルは、大聖堂の後ろの建物の自分の職場について話した。小さなゴシック様式の高窓やニスを塗った木造部(教会っぽい雰囲気を出すために)、帽子掛けにかさ立て(なぜかライオネルをもの悲しい気分にさせる)、タイピストのジャニーン、それから教会ニュースの編集発行人、ミセス・ペンファウンド。ときどき姿を見せる幽霊のような、心ここにあらずといった風情の大主教。そこではティーバッグを巡って、これを好むジャニーンと嫌うミセス・ペンファウンドのあいだで戦いが続いている。それぞれが内緒のおやつをむしゃむしゃやり、決して他人に分けようとはしない。ジャニーンはキャラメルだし、ライオネル自身は砂糖衣をかけたアーモンドが好きだ。ミセス・ペンファウンドの秘密の楽しみがなにかということは、ライオネルもジャニーンもまだつきとめていない。ミセス・ペンファウンドはぜったいに包装紙をゴミ箱に入れないからだ。だが、彼女のあごはいつもこっそり動いている。

ライオネルはしばらく患者として入っていた病院のことを持ち出し、職場と似ていると話した。ないしょのおやつという点で。なべてないしょだという点で。だが違っているのは、病院ではときどき縛り上げられて連れて行かれ、電気のソケットにプラグで繋がれる、と彼は言った。

「なかなか興味深かったですよ。実際は責め苦です。だけど、説明できないな。それがふしぎなところなんだけど。ちゃんとおぼえているのに、なんと言っていいかわからないんだ」

病院でのこうしたあれこれのせいで、どうも記憶が定かでなくて、とライオネルは言った。細かいことが欠けている。彼はローナの話を聞きたがった。

ローナはライオネルに、ブレンダンと結婚するまえの生活を話した。育った町の、並んで建っているまったく同じ二軒の家のことを。そのまえには染料川《ダイ・クリーク》と呼ばれる深い水路があった。昔は編み物工場から出る染料で染まった水が流れていたのだ。家の裏は粗放牧地で、女の子たちは行ってはいけないことになっていた。その一軒で、ローナは父親と暮らしていた——もう一軒には祖母とおばのベアトリス、それにいとこのポリーが住んでいた。

ポリーには父親がいなかった。そういうふうに言われていて、昔はローナもほんとうにそう信じていた。ポリーには父親がいない。マンクスネコに尻尾がないように。

祖母の家の居間には聖地の地図があった。さまざまな色合いの毛糸でできていて、聖書に出てくる場所の位置を示していた。これは祖母の遺言によって統一教会の日曜学校へ贈られた。ベアトリスおばさんは、あの抹消された恥辱からこっち、男とは一切つきあったことがなく、日頃の立居振る舞いが細心でキリキリしているので、ポリーを妊娠したのは処女懐胎ではないかとつい思いたくなってしまうのだった。ローナがベアトリスおばさんから学んだことといえば、ただ、縫い目は割らずに必ず寝かせてアイロンをかけること、そうすればアイロンのあとがつかない、それと、薄手のブラウスを着るときは必ずスリップを身につけてブラジャーの肩紐が見えないようにせねばならない、ということだけだった。

「へえ、なるほど、なるほど」とライオネル。まさに足の先までわかったとでも言うように、両脚をぐっと伸ばす。「次はポリーだ。その啓蒙の光の届かない一家の、ポリーって人はどんな人なの？」

　ポリーはいい人よ、とローナは答えた。すごく活動的で社交的で親切でしっかりしてて。「へえ」とライオネル。「台所のことをもう一度話してよ」

「どっちの台所？」

「カナリアのいないほう」

「うちのね」ローナは台所のレンジをパンを包むパラフィン紙でどんなふうに磨いて光らせるか話した。その後ろのフライパンを置く黒ずんだ棚も、流しとその上にかかった一隅が三角形に欠けている小さな鏡も、その下のローナの父親が作った小さなブリキの桶も。そのなかにはいつも、櫛と古いカップの取っ手と、ローナの母親のものだったにちがいない乾いた口紅を入れた小さな壺が入っていた。

　ローナはライオネルに母親の唯一の思い出を話して聞かせた。ある冬の日、母親と街中へ行った。歩道と通りのあいだには雪があった。ローナは時計を読めるようになったところで、郵便局の時計を見上げた。するとちょうど母親と毎日ラジオで聞いていたメロドラマの始まる時刻だった。ローナは気になってしょうがなかった。物語を聞きのがすことではなく、ラジオをつけず、母親と自分が聞かなかったら、物語のなかの人々はどうなるのだろうと思ったのだ。気になるどころではなかった。おびえだった。たまたま居合わせなかったり、ちょっとした偶然によって、どんなふうに物事が失われるか、起こらなくなってしまうかと思うと。

そしてその記憶のなかでさえ、母親はただぼってりしたコートに包まれた臀部と肩でしかなかった。

父親に対する自分の意識も同じようなものだ、父親はまだ生きているけれど、とライオネルは言った。さっと翻る法衣？　ライオネルと母親はいつも、父親がどのくらいのあいだ家族と口をきかないでいられるかで賭けをしたものだった。一度母親に、どうして父親があんなにいらいらしているのか聞いたことがある。すると母親は、さあわからないわと答えた。

「たぶん、自分の仕事が好きじゃないんじゃないかしら」と母親は言った。

ライオネルは、「どうしてべつの仕事をしないの？」とたずねた。

「たぶん、自分のしたい仕事がわからないんじゃないかしらね」

ライオネルはそのとき、母親に連れて行かれた博物館でミイラをこわがったことを思い出した。この人たちはほんとうは死んでいない、みんなが帰ったらケースから出られるのよと母親は言った。そこでライオネルは言った。「お父さんは、マミー《ミイラ》になったらいいんじゃないの？」母親はミイラのマミーとお母さんのマミーをごっちゃにして、あとになってからこの話を冗談として繰り返し、がっくりきたライオネルは母親のまちがいを訂正できなかった。ほんの子供の頃にがっくりきてしまったのだ、コミュニケーションという大問題について。

これがライオネルの心に残った数少ない思い出のひとつだった。

ブレンダンは笑った――この話を聞いてローナやライオネル以上に笑った。ブレンダンは「きみたち二人はなにをくっちゃべってるんだ？」などと言いながらしばらく二人といっしょに腰をおろして、それから、さしあたって義務は果たしたぞというようなやれやれという面持ちで、ちょっとやらなきゃいけないことがあるからと言って立ち上がり、家に入ってしまうのだった。二人で仲良くしていてくれたら満足、ある意味そうなることを予測して、そういう具合にもっていったんだ――だけど、二人の話を聞いているとどうも落ち着かなくてさ、とでも言いたげに。

「ここへ来てしばらくふつうにしているのは、あいつにとってはいいことだよ。自分の部屋にこもってないでさ」ブレンダンはローナにそう言った。「もちろん、あいつはおまえにぞっこんなんだ。かわいそうなヤツさ」

ブレンダンは、よその男がローナにぞっこんだと好んで口にした。とりわけ学部のパーティーに参加したときなどに。奥さん連のなかではローナがいちばん若かったのだ。ブレンダンがそんなことを言うのを誰かに聞かれたら、ローナは決まり悪くてたまらなかっただろう。願望まじりの馬鹿げた誇張だと思われやしないだろうかと。だがときどき、特にちょっと酒が入ると、ブレンダンと同じくローナも、自分には誰彼なく惹きつける魅力があるのかもしれないという気がしてわくわくすることがあった。だがライオネルの場合はそんなことはないという確信がローナにはあり、ブレンダンが彼の前でぜったいそんなことをほのめかさないでくれますようにと、強く願っていた。母親の頭ごしにこちらを見たライオネルの表情を覚えていたのだ。そこには拒否があった、軽い警告が。

ローナはブレンダンに詩のことを話さなかった。週に一度かそのくらいの間隔で、きちんと封をして投函された一編の詩が郵便で届くのだ。匿名ではない――ライオネルの署名があった。彼の署名は殴り書き同然で判読しづらかった――だが、どの詩のどの語句もそうだった。幸いなことに、語数はいつも多くなく――ぜんぶで十語か二十語しかないこともあった――そして紙面に奇妙な軌跡を描いていた、きまぐれな鳥の飛跡のように。さいしょ見ただけでは、ローナにはさっぱりわからない。あまり一生懸命にならないほうがいいということをローナは発見した。ただ前にかざして、トランス状態になったかのように長いあいだじっと見つめるのだ。するとたいてい言葉が現れる。ぜんぶではない――どの詩にもどうやってもわからない言葉が二つ三つある――だが、それはさほど問題ではなかった。句読点はなく、ダッシュを使っていた。言葉はほとんどが名詞だ。ローナは詩と馴染みのない人間ではなかったし、すぐに理解できないものをさっさとうっちゃる方でもなかった。だが、ローナにはこういったライオネルの詩が、多かれ少なかれ自分の感じているとおりのものではないかと思われた。例えば仏教のような――将来は理解し活用することができるかもしれないが、今のところ自分にはわからない知の源であると。

さいしょの詩が届いたあと、ローナはなんと言ったらいいものだろうと思い悩んだ。感謝の意はこめながらも馬鹿みたいではない言い方。ローナはただ「詩をありがとう」と言うのが精一杯だった――ブレンダンが声の届かないところにいるときに。「面白かったわ」と言うのは押さえた。ライオネルはぎこちなくうなずき、会話を封じてしまうような声を発した。詩は引き続き届いたが、もう口に出されることはなかった。メッセージではなく贈り物と考えたらいいのではないかとローナは思い始めた。といっても愛の贈り物ではない——たとえばブレンダンならそう考えそうだが。詩のなかにはライオネルのローナに対する気持ちなどかけらもなかった、個人的なものは一切。ローナは春の歩道で気づくことのあるあのかすかな痕跡を思い出した——一年まえにそこに張りついた濡れた木の葉が残した、かすかな跡を。

ほかにもまだ、もっと緊急のことで、ローナがブレンダンに話していないことがあった。ライオネルにも。ポリーが遊びに来ることを話していなかった。いとこのポリーが実家からやってくるのだ。

ポリーはローナより五歳上で、高校を卒業してからずっと、地元の銀行で働いていた。まえにもここまで来るのに十分な額を貯めたことはあったのだが、旅行ではなく排水ポンプに使うことにしたのだ。だが今度は、バスでこの国を横断してこちらへ向かっているところだった。ポリーにとって、これはごく当たり前でまっとうな行動だ——いとこ夫婦の一家を訪ねるという。ブレンダンは、ほぼ確実に侵入と感じるだろう。招待されない限り何人たりともしてはいけないことだと。ブレンダンはべつに人が訪れるのを嫌っているわけではない——ライオネルを見るといい——が、その選択は自分でしたいのだった。ローナは毎日なんと切り出そうかと考えた。毎日先延ばしにした。

そして、これはライオネルにも話せなかった。ほんとうに問題だと思えることは彼には話せないのだ。問題について話すということは、解決法を探し求める、期待するということだ。そして、それは面白くはない。人生に対する面白い姿勢を示すものではない。むしろ、浅くていやらしい期待の気持ちを表すものだ。ありきたりの不安、単純な感情などというものについて聞かされることを、ライオネルは喜ばなかった。まったくあきれ果てるような、我慢のできない、それでいて皮肉なことに愉快だとさえ言えるような印象を与える物事を好んでいたのだ。

ちょっとまずいかなと思えることをひとつ、ローナは話したことがあった。結婚式の当日、そして式の最中にも、自分がどれほど泣いたか話したのだ。でも、ローナはちゃんと冗談っぽく、ハンカチを取り出そうとブレンダンに握りしめられた手を懸命に引き抜こうとしたのに、むこうがどうしても放してくれないので、ずっと鼻をぐずぐずいわせていなければならなかったと説明したりしたのだった。だがじつのところ、ローナは結婚したくなくて泣いたのでも、ブレンダンを愛していないから泣いたのでもなかった。ローナが泣いたのは、それまでずっと家から出ようと考えていたのに、実家のすべてがとつぜん自分にとってひどく貴重なものに、実家のみんなが他の誰よりも自分にとって親しいものに思えたからだ。自分の内心の思いはいっさい彼らから隠してきたというのに。ローナが泣いたのは、前日、台所の棚を掃除したりリノリウムの床をごしごしこすったりしながらポリーといっしょに笑ったからだった。ローナはセンチな芝居をしているような振りをして、さようなら古ぼけたリノリウムよ、さようならティーポットのひびよ、さようならテーブルの下のいつもわたしがガムをくっつけていた場所よ、さようなら、と言ったのだった。

なかったことにしてちょうだいって彼に言えばいいじゃない、とポリーは言った。だがもちろん、本気ではなかった。ポリーは誇りに思っていたし、ローナ自身も誇りに思っていた。十八歳で、本物のボーイフレンドを持った経験がなかったローナが、こうしてハンサムな三十男と、教授と結婚しようとしているのだ。

それなのに、ローナは泣いた。新婚早々のころ、実家から手紙をもらってはまた泣いた。そんなローナの姿を見て、ブレンダンは「きみは自分の家族が大好きなんだね」と言った。

思いやりのある口調に聞こえたので、ローナは「そうよ」と答えた。

ブレンダンはため息をついた。「僕のことより家族のほうが好きなんだね」

そうじゃないとローナは答えた。ときどき家族がかわいそうになるだけなのだと。みんな厳しい生活を送っている。祖母は毎年毎年四年生を教えている、目がひどく悪くて板書しようにもほとんど見えないくらいなのに。ベアトリスおばさんは神経の障害がいろいろあって仕事はぜんぜんできないし。それに父さんは——ローナの父親は——自分のものでもない金物屋で働いている。

「厳しい生活だって?」とブレンダンは言った。「あの人たちは強制収容所にでも入れられているわけ?」

そして、この世の中では人は進取の気性を持たなくちゃいけないと言った。するとローナは新婚の床に身を投げ出し、今では思い出すのも恥ずかしいくらい腹立ち紛れに泣きわめいたのだった。ブレンダンはしばらくするとやってきてなだめてくれたが、それでもなお、ほかの方法では議論に勝つことができない場合の女の常套手段としてローナは泣いたのだと思っていた。


ポリーの外見について、ローナが忘れてしまっていたことがいくつかあった。どのくらい背が高かったか、首が長かったか、ウェストが細かったか、胸がほとんどまっ平らだったか。ごつごつした小さなあご、ゆがめた口元。白い肌、短くカットした羽毛のように細い明るい茶色の髪。ポリーはか弱そうにも頑丈そうにも見える。茎の長いデイジーの花みたいだ。フリルのある刺繍つきのデニムのスカートをはいていた。

ブレンダンはポリーが来ることを四十八時間まえに知った。ポリーはカルガリーからコレクトコールで電話してきて、ブレンダンが出たのだ。そのあとで、ブレンダンは三つ質問をした。口調は冷たかったが落ち着いていた。

ポリーは何日滞在するのか?

どうしてきみはぼくに話さなかったのか?

ポリーはなぜコレクトコールで電話してきたのか?

「さあねえ」とローナは答えた。


夕食の支度をしている台所で、今やローナは二人がお互いになにを言うか聞き取ろうと神経をはりつめていた。ブレンダンがちょうど帰ってきたのだ。ブレンダンの挨拶は聞こえなかったが、ポリーの声は大きくて、危なっかしくはしゃいでいた。

「でね、ほんと、出だしからまずっちゃったのよ、ブレンダン。まあ、あたしがなんて言ったか聞いてちょうだい。ローナといっしょにバス停から通りを歩いてきてね、で、あたし言ったの。わあ、すっごーい、えらく高級なところに住んでんのね、ローナ——でさ、それから、だけどあの家見てよ、なんであれがこんなとこにあんの? そして言ったの、あの家、納屋みたいじゃないって」

これ以上まずい出だしはなかっただろう。ブレンダンはこの家をたいそう自慢に思っていたのだ。最新式の家で、ポスト・アンド・ビーム工法と呼ばれるウェストコースト・スタイルで建てられていた。ポスト・アンド・ビーム工法の家はペンキを塗らない、自然のままの森に溶けこむようにという考えからだ。結果として簡素で機能的な外観となり、屋根は平らで壁よりも突き出している。内部は梁《ビーム》がむき出しで、木材部分はどれも覆われていなかった。この家の暖炉は石造りの煙突で天井へ抜けるようになっていて、窓は長細く、カーテンはない。この建築様式は常に最高です、と建築家は言い、ブレンダンは初めての人に家を見せるときに、この言葉を「最新式」という言葉とともに繰り返した。

だが、ポリーに対してはそう言おうとはせず、この建築様式に関する写真入りの——べつにこの家ではないが——記事が出ている雑誌を取り出そうともしなかった。

ポリーは、しゃべるときは話しかけようと思う相手の名前から始めるという故郷での習慣を持ち込んだ。「ローナ——」とか「ブレンダン——」とか。ローナはこういう話し方を忘れてしまっていて——今ではなんだか命令的で傲慢なように思えた。夕食の席でのポリーの会話はほとんどが「ローナ——」で始まり、ローナとポリーだけが知っている人々の話が続いた。ポリーはべつに失礼な振る舞いをしようとしているわけではなく、くつろいでいるところを見せようと、耳障りではあるが果敢な努力を重ねているだけだということは、ローナにもわかっていた。それに、さいしょはブレンダンを会話に引き込もうとしていた。ポリーもローナも二人ともそうしていた。話題になっている人物の説明をしてみた——だが、だめだった。ブレンダンは、食卓になにか必要なものがあるときにローナの注意を引いたり、ダニエルが幼児用椅子の周りに離乳食をこぼしたぞと教えたりする以外は口を開かなかった。

ポリーはローナとテーブルを片づけるあいだもしゃべり続けた。そのあと皿を洗うときも。ローナは、いつもはまず子供たちを風呂に入れて寝かせてから皿を洗い始めるのだが、今夜は狼狽のあまり——ポリーが泣きそうになっていることに気づいたのだ——ちゃんと順序どおりに片づけるどころではなくなってしまった。ダニエルは床で這いまわらせておき、社交の機会や新しい人間に興味を持つエリザベスはそばで会話を聞かせておいた。この状態でいたあげく、ダニエルが幼児用椅子を倒し——幸いにもダニエルは下敷きにならずにすんだが、仰天して泣きわめいた——ブレンダンが居間からやってきた。

「寝る時間が遅れてしまったみたいだな」ブレンダンはそう言いながら、息子をローナの腕から抱き取った。「エリザベス。さあ、お風呂に入るんだ」

ポリーは町の人たちの話から実家の様子へと話題を移していた。順調とは言えない。金物屋の経営者が——ローナの父親がいつも雇い主というよりは友だちのような言い方をしていた人物——事前に一言の断りもなく、店を売り払ってしまったのだ。新しい経営者は店を拡張しようとしているが、一方で商売はカナディアン・タイヤに食われている。そして彼がローナの父親になんらかの口論をふっかけない日は一日もない。ローナの父親は店から帰ってくるとすっかり意気消沈していて、ソファに横になることしか頭にない。新聞にもニュースにも興味を示さない。重炭酸ソーダを飲んでいるくせに、胃の痛みのことを口にしようとしないのだと言う。

ローナは父親からきた手紙のことを話した。そういった問題はたいしたことではないように書かれていたのだが。

「そりゃあ、お父さんとしてはそう書くんじゃないの?」とポリーは言った。「あんたにはね」

二軒の家を維持していくのは絶え間ない悪夢だ、とポリーは言った。みんなで一軒の家に移ってもう一軒を売るべきなんだろうけど、今では退職した祖母が四六時中ポリーの母をいじめるのだが、ローナの父親はそんな二人と暮らすことに耐えられない。ポリーは、いっそ家を出て二度と戻るまいと思うことがよくあるが、自分がいなくなったらみんなどうなるだろう？

「あなたは自分の人生を生きるべきよ」とローナは言った。ポリーにアドヴァイスするなんて、へんな感じだった。

「そりゃあ、たしかにね」とポリー。「あたしはさ、出て行くのがいいことだったときに出て行くべきだったのよ。そうしていればよかったのよね。でも、それっていつだったの？　出て行くのがとってもいいことだったときなんて、覚えがないもん。例えばさ、まず学校時代はずっとあんたの面倒をみなきゃならなかったでしょ」

　ローナは申しわけなさそうな、助けになりたいという口調でしゃべってはいたが、仕事の手を止めてまでポリーのニュースをきちんと聞こうとはしなかった。ローナはポリーの話を、好意を持っている知り合いに関わることだけれど自分に責任のあることではないかのように受け止めていた。父親が毎晩ソファに横になる姿を想像してみた。認めようとはしない痛みのための薬を飲みながら。そして隣のベアトリスおばさん。自分は人になんと言われているのだろうか、陰で笑われてるんじゃないだろうか、壁に自分のことをいろいろ書かれているんじゃないだろうかと気にしている。スリップをのぞかせたままで教会へ行ってしまったと泣いたり。実家のことを考えるとローナはつらかったが、ポリーが繰り返し訴えかけようとしていると感じないではいられなかった。いわば降参させようと、内輪の悲嘆でくるみこもうとして。だが、ローナはぜったいに言いなりにはなるまいと思っていた。

　まあちょっと自分を見てごらんなさいよ。自分の生活を見てみれば。そのステンレスの流し。最高の建築様式だとかっていう家。

「もし今家を出たりしたら、とにかくすごい罪悪感を感じるだろうと思うの」とポリーは言った。

「きっと耐えられないわ。みんなを見捨てたりしたら、すごく罪悪感を感じちゃう」

もちろん、罪悪感なんか感じない人もいるけどね。ちっとも感じない人が。

「たっぷり泣き言を聞かされたんだな」闇のなかで並んで横になると、ブレンダンが言った。

「彼女、悩んでるのよ」ローナは言った。

「忘れないでくれよ。ぼくたちは大金持ちじゃないんだからな」

ローナは唖然とした。「ポリーはお金を欲しがってるわけじゃないわ」

「そうなの？」

「お金が欲しくてわたしにいろいろ話してるわけじゃないわよ」

「そう言い切らないほうがいいんじゃないか」

ローナは身を硬くして横たわり、返事をしなかった。それから、夫が機嫌を直してくれそうなことを思い出した。

「ポリーはね、ここに二週間しかいないんだって」

こんどはブレンダンが返事をしなかった。

「彼女、美人だと思わない？」

「いや」

ポリーがウェディングドレスを縫ってくれたのだとローナは言いかけた。ローナはネイヴィーブルーのスーツで式に臨もうと思っていたのだが、式の数日まえにポリーが言ったのだ。「それじゃあだめよ」そして自分の高校時代のフォーマルドレスをひっぱり出し（ポリーはずっとローナより人気があって、よくダンスをしにでかけていた）、白いレースの襞と袖を縫いつけてくれたのだ。だって、花嫁はぜったいに袖がなくちゃね、とポリーは言った。
だけどそんなの、ブレンダンにはどうでもいいことじゃない？

ライオネルは数日間留守にしていた。父親が退職したので、ロッキー山脈の町からヴァンクーヴァー島へ引っ越す手伝いをしていたのだ。ポリーがやってきた次の日、ローナはライオネルから手紙を受け取った。詩ではない——ほんものの手紙だ、たいそう短かったが。

あなたをぼくの自転車に乗せる夢を見ました。ぼくたちはすごい速さで走りました。あなたは、こわがっている様子は見せませんでした。おそらくこわかったはずなのですが。この夢を解釈しなければ、なんて思わないようにしないとね。

ブレンダンは早めに出かけた。夏期講座を担当しているのだが、朝食はカフェテリアで食べると言っていた。ブレンダンが出かけるとすぐに、ポリーが自分の部屋から出てきた。襞飾りつきのスカートではなくスラックスをはいて、自分で自分を面白がっているように始終にやにやしている。ローナと目を合わさないよう、ちょっとうつむいていた。
「外に出てヴァンクーヴァーを見てまわらなくちゃね」とポリーは言った。「もうここには来れそうにないから」

ローナは地図に何箇所か印をつけ、道順を教え、いっしょに行けなくてごめんなさい、でも子供たちがいっしょじゃかえってじゃまになるしね、と言った。

「あらいいのよ。あんたに来てもらおうとは思ってないわ。四六時中あんたの手を煩わせるつもりでここへ来たわけじゃないんだから」

エリザベスが緊張した雰囲気を察知してたずねた。「どうしてわたしたちがじゃまになるの?」

ローナはダニエルに早めに昼寝をさせ、目を覚ますとベビーカーに乗せて、みんなで運動場へ行こうとエリザベスに言った。ローナが選んだのは近くの公園にある運動場ではなかった——丘を下った、ライオネルが住んでいる通りの近くだった。ローナはライオネルの住所を知っていた。実際にその家を見たことはなかったが。アパートではなく、一戸建てだということも知っていた。ライオネルは二階の一室に住んでいたのだ。

それほど時間はかからなかった——帰りはきっともっと時間がかかるだろう、ベビーカーを押して坂を上るには。だが、ローナはもうノースヴァンクーヴァーの古い地区へ入っていた。小ぶりな家が狭い敷地に並んでいる。ライオネルが住んでいる家には一方のベルの横に彼の名前があり、もうひとつのベルの横にはB・ハッチンソンと記されていた。家主はハッチンソンさんという女性だと、ローナは知っていた。ローナはそちらのほうのベルを押した。

「おじゃましてすみません、ライオネルが留守なのは知っているんですが」とローナは言った。「でも、彼に本を貸してまして、それが図書館の本で、返却期限が過ぎてるんです。ちょっと彼の部屋へあがらせてもらって探したいんですけど」

家主の女性は言った。「おやまあ」家主は年配の女性で、頭にバンダナを巻いて、顔には大きな黒いほくろがいくつもあった。

「わたしたち夫婦はライオネルの友だちなんです。夫は教授で、大学で彼を教えていました」

「教授」という言葉はいつも効き目があった。ローナは鍵を渡された。ベビーカーを家の陰に停めると、エリザベスにその場を離れずダニエルを見ているように言いつけた。

「ここは運動場じゃないよ」エリザベスは言った。

「ちょっとここの二階へ行ってこなくちゃならないの。すぐすむから、ね？」

ライオネルの部屋には奥にくぼみがあって、そこに二口のガスレンジと食器棚があった。冷蔵庫も流しもなく、トイレにシンクがあるだけだ。窓のヴェネチアン・ブラインドは半分下ろしてあって、四角いリノリウムの床の模様は茶色のペンキで塗りつぶされている。ガスレンジのかすかなにおいに衣類や汗のむっとこもったにおいが混じり、それに松の香りの鬱血除去剤のにおいも漂っていたが、ローナはそれを——ほとんど考えもせずに、そして嫌悪感は一切抱かずに——ライオネル本人のにおいと受け止めた。

それ以外、部屋は手がかりになるようなものはほとんど与えてくれなかった。もちろん、ローナはここへ図書館の本など取りに来たわけではなかった。ライオネルの暮らしている空間へしばし入りこみ、彼の空気を吸い、彼の窓から外を眺めたかったのだ。見えるのはよその家々、おそらくはこの家のように小さな貸室に分割された、グラウス・マウンテンの木の生い茂った坂に建ちならぶ家々だった。この部屋のがらんとした様子、没個性は、じつに挑戦的だった。ベッド、整理ダンス、テーブル、椅子。家具付きと広告を出すために必要な家具だけだ。黄褐色のシュニール織りのベッドカヴァーでさえ、彼が引っ越してきたときにここにあったものに違いない。写真はない——カレンダーすら——そしていちばん驚くべきことに、本も一冊も。

どこかになにか隠れているにきまってる。タンスの引き出し？ ローナは見ることができなかった。時間がなかったからだけではない——エリザベスが庭から呼ぶ声が聞こえていた——私物と言えそうなものが一切ないというまさにそのことが、ライオネルの印象をいっそう強めていたからだった。彼の禁欲的なところや神秘性だけではなく、用心深さも——まるで罠を仕掛けて、ローナがどうするか見てやろうと待ち構えていたみたいじゃないか。

ローナがほんとうにしたかったのは、それ以上家捜しすることではなく、床にすわりこむことだった、四角いリノリウムのまんなかに。この部屋を眺めるというよりはこのなかに沈みこむようにして何時間もすわっていたかった。ローナのことを知っていたりローナになにか求めたりする者のいないこの部屋にいたかった。ずっとずっとこの部屋にいて、どんどん鋭く軽く、針のように軽くなりたかった。

土曜日の朝、ローナとブレンダンと子供たちは車でペンティクトン（オカナガン湖のほとりにある町）に行くことになっていた。大学院の男子学生の結婚式に招かれていたのだ。土曜の夜と日曜丸一日、そしてその夜もむこうで過ごして、月曜の朝に発って帰ってくる予定だった。

「彼女には話したの？」ブレンダンがたずねた。

「いいのよ。ポリーは行けるなんて思ってないんだから」

「だけど、彼女には話したの？」

木曜日はアンブルサイド・ビーチに行った。ローナとポリーと子供たちは、タオルや水遊びの道具やおむつや弁当やエリザベスのイルカの浮き輪を抱えて、バスを二度乗り換えて行った。一行が味わった物理的な苦行や他の乗客に引き起こした苛立ちや動揺は、奇妙に女性的な反応を生み出した——一種はしゃいだ気分である。ローナが妻の役割を担っている家から離れたということも手を貸していた。一行は偉業を成し遂げた気分でよれよれになって浜辺にたどり着き、居場所をこしらえた。そこから交代で水に入ったり子供たちの相手をしたり、ソフトドリンクやアイスキャンディーやフレンチフライを買ってきたりした。

ローナは軽く日焼けしていた。ポリーはぜんぜん焼けていなかった。ポリーは片脚をローナの脚に並べて伸ばすと、言った。「見てよ。生のパン生地みたい」

二つの家でこなさなければならない家事や、銀行の仕事のおかげで、十五分と太陽にあたっている暇なんかないのだとポリーは言った。だが、その口調は今度は淡々としていて、偉いだろうと言いたげなところや愚痴めいたところはなかった。ポリーを包んでいた不快な雰囲気——古雑巾のような——ははげ落ちていた。ポリーはちゃんと一人でヴァンクーヴァーをあちこち歩き回っていた——初めての都会での体験だ。バス停で知らない人に話しかけてどんなところを見たらいいかたずね、誰かのすすめにしたがってチェアリフトに乗ってグラウス・マウンテンの頂上にも行った。

砂浜に横になりながら、ローナは弁解した。

「この時期は、ブレンダンには大変なの。夏期講座はとっても気が張るのよ。決まっただけのことを決まった速さでやらなきゃいけないから」

「そうなの？　じゃあ、べつにあたしのせいだけじゃないのね？」とポリーは言った。

「ばかなこと言わないでよ。もちろん、あなたのせいじゃないってば」

「なら安心したわ。ブレンダンはあたしのこと、我慢できないんだと思ってた」

それからポリーは、郷里に自分とつきあいたがっている男がいることを話した。

「彼、すごく真剣なの。結婚相手を探してるのよ。ブレンダンもそうだったんじゃないかと思うけど、でも、あんたは彼に恋してたもんね」

「今でもよ」とローナは答えた。

「そうね、あたしは恋してないな」ポリーは顔を肘に押しつけながら言った。「でもさ、まあまあ好きだったら、つきあってみて、いいところを見ようって思ってればうまくいくかもしれないしね」

「で、いいところってどんなとこ？」ローナはエリザベスがイルカに乗るのを見ていられるよう上体を起こした。

「少し考える時間をちょうだいね」ポリーはくすくす笑った。「ちがうのよ。ほんとはたくさんあるの。ちょっと意地悪言ってみただけ」

おもちゃやタオルをかき集めながら、ポリーは言った。「ほんと、明日もまたここへ来てこうしていてもいいくらい」

「そうね」とローナ。「だけど、オカナガンへ行く支度をしなくちゃならないの。みんなで結婚式に招待されてるのよ」ローナはつまらない仕事の話でもするような口調で言った──やりたくないうんざりするようなことだから今まで話そうともしなかったんだ、みたいに。

ポリーは答えた。「へえ。なら一人で来ようかな」

「そうね。そうすればいいわ」

「オカナガンってどこ?」

翌日の夜、子供たちを寝かしつけてから、ローナはポリーが寝ている部屋へ行った。押入れからスーツケースを出しに行ったのだ、部屋は空だろうと——ポリーはまだ浴室で、ソーダを入れたぬるめの湯に一日焼いた体を浸しているだろうとローナは思っていた。

だが、ポリーはベッドのなかで上掛けを経帷子《きょうかたびら》のように体に巻きつけていた。

「お風呂から出ていたのね」どこもおかしなことはないような口調でローナは言った。「日焼けの具合はどう?」

「だいじょうぶ」ポリーはくぐもった声で言った。ローナはすぐに、ポリーは泣いていたのだ、たぶんまだ泣いているんだと気づいた。ベッドの足元に立ったまま、部屋を出るに出られなくなってしまった。がっくりとした気持ちが吐き気のようにローナを襲った。嫌悪感の波が。ポリーはべつに、いつまでも隠れているつもりはなかった。寝返りをうつと、顔をのぞかせた。疲れきった頼りなげな、焼けたのと泣いたのとで赤くなった顔を。目にはまたも涙がわきあがっている。惨めさのかたまり、確固たる非難の具現だ。

「いったいどうしたの?」ローナは驚いたふりをした。同情を寄せるふりをした。

「あんたはあたしがじゃまなのね」

ポリーの目はじっとローナに注がれていた。涙や苦渋や裏切りに対する非難でいっぱいになっていただけではない、そこには、抱きしめて、揺すって、慰めてもらいたいという法外な要求があふれていた。

ローナはひっぱたいてやりたいところだった。なんだってあなたにそんな権利があるのよ、と言ってやりたかった。どうしてわたしにまつわりつくの？　なんでそんな権利があるわけ？

家族。家族がポリーに権利を与えているのだ。ポリーは金を貯め、脱出を計画した。ローナが迎え入れてくれるはずだと思って。ほんとうにそうなんだろうか――このままここにいて二度と帰らなくてすむようになることを夢見ていたんだろうか？　ローナの幸運に、ローナの変容した世界に加わりたいと？

「わたしになにができると思ってるの？」ローナは自分でも驚いたことにひどく意地の悪い口調でたずねた。「わたしになにかの力があるとでも思ってるの？　彼はね、一度に二十ドル以上はくれないくらいなのよ」

ローナはスーツケースを部屋からひっぱり出した。

てんでまちがってるし、最低だ――自分の愚痴をあんなふうに持ち出すなんて。ポリーのに対抗して。一度に二十ドルだなんて、なんの関係もないじゃない。ローナは買い物用の口座を持っている。頼めば、夫に断られることはない。

ローナは眠れないまま、心のなかでポリーを非難した。

オカナガンはひどく暑く、沿岸部より夏が本物らしく思えた。淡い色の草の生えた丘や乾燥地帯の松の木のまばらな陰は、絶え間なくシャンパンが注がれ、ダンスしたりいちゃついたり、お手軽な友情や親善があふれかえる華やいだ結婚式にはぴったりの景観に思えた。ローナはたちまち酔っ払い、アルコールが入ると従来の気持ちの束縛を解き放つのがどれほどたやすいことかと驚いた。

みじめさの霧は晴れあがった。酔っ払ったまま、そしてみだらな気分のままでベッドに入った。ブレンダンのために。翌日の二日酔いでさえひどくはなく、罰というよりは清浄作用のように思えた。体が頼りなくは思えるが不快感はない状態で、ローナは湖の岸辺に横になり、エリザベスの砂の城作りをブレンダンが手伝ってやっているのを眺めた。

「お父さんとお母さんが結婚式で出会ったって、知ってた？」ローナはたずねた。

「ここみたいなのじゃなかったけどな」とブレンダンが言った。友人がマッケイグの娘（マッケイグ家はローナの故郷の町ではトップの家柄）と結婚したときに列席した式が、表向きは禁酒だったことを言ったのだ。披露宴は統一教会のホールで行なわれ――ローナはサンドイッチをまわすために駆りだされた女の子のひとりだった――酒は駐車場でそそくさとあおることになった。ローナは男がウィスキーのにおいをさせているのに慣れていなくて、ブレンダンはかわった整髪料をたっぷりつけすぎたに違いないと思ったものだ。にもかかわらず、彼の分厚い肩やがっしりした首、笑い方や威厳のある金茶色の目を素晴らしいと思ったのだった。彼が数学の先生だと知ったとき、その頭の中身にも恋をした。男がなんであれ自分にとってはまったく未知の知識を持っているかもしれないということに、わくわくしたのだ。自動車整備の知識でも同じ作用をもたらしたことだろう。

彼から返ってくる魅力は、まさに奇跡に思えた。あとになって、彼が妻を捜していたことを知った。もう十分な年齢、結婚する頃合だったのだ。彼は若い娘を求めていた。同僚や学生ではなく、娘を大学へやれるような家庭の出ではなくてもいい。スポイルされていない娘。頭はいいが、スポイルされていない娘。野の花、あの新婚の情熱のなかで彼はそう言った。そして、今でもときどき。

車で家へ帰るとちゅう、キアメオスとプリンストンのあいだのどこかで、一行はこの暑い金色の国に別れを告げた。だが、太陽はなおも輝き、ローナはほんのかすかな胸騒ぎを感じた。視界に髪が一筋かかっているような。振り払えばいいし、ひとりでになくなるかもしれない。

だが、それはすぐまたもどってくる。どんどん不気味にしつこくなり、しまいに飛びかかってきて、ローナはそれがなにかはっきり悟ったのだった。

不安だった——ローナは半分確信していた——一家がオカナガンに行っているあいだにポリーがノースヴァンクーヴァーの家の台所で自殺しているのではないかと。

台所で。ローナの想像ではぜったいそうなのだった。ポリーがどうやって自殺したかまでまざまざと浮かんだ。裏口のドアを入ったすぐのところで首を吊っているんだ。ローナたちが帰って、車庫から家に向かうと、裏口に鍵がかかっている。鍵を開け、ドアを押して開けようとするが、動かない。ポリーの体がじゃまになっているからだ。みんなで玄関へ急ぎ、そっちのほうから台所へ入ると、ポリーの死体と真っ向から対面してしまう。襞のあるデニムのスカートと紐でウェストを引き絞るようになっている白いブラウスを着ているだろう——ローナたちに歓待してもらうつもりでさいしょにやってきたときの派手な服装だ。長い白い脚が垂れ下がり、華奢な首の上で頭が致命的にねじれている。体のまえには台所椅子が置かれているだろう。ポリーが上に乗って、これで不幸も終わるのだと、足を踏み出すか跳ぶかした椅子が。

自分をじゃま者扱いする人間たちの家にひとりぼっち、そこでは壁や窓やコーヒーを飲むカップすら、ポリーを軽蔑しているように思えたに違いない。

ローナはポリーと二人だけで留守番させられたときのことを思い出した。祖母の家で、その日一日ポリーに面倒を見てもらうことになったのだ。たぶん、父親は店に出ていたのかも。だが、父親も行ってしまっていたような気がする。大人たち三人とも町を出ていたような。常にはない事態だったに違いない。買い物に遠出したりするような人たちではなかったし、ましてや楽しみで旅行するようなことはなかったから。葬式——きっと葬式だ。あれは土曜日で、学校はなかった。どっちにしろ、ローナはまだ学校へ行く歳ではなかった。髪もまだお下げにできるような長さではなかった。今のポリーの髪みたいに、短くてふわふわだった。

あの頃のポリーはちょうど、キャンディーやなにやかや、祖母の料理本に出ている美味しいおやつを作るのにこっていた。チョコレート・デーツケーキ、マカロン、ディヴィニティー・ファッジ。その日、なにかをかき混ぜている最中に、必要な材料が戸棚にないことにポリーは気がついた。自転車で山の手の店までひとっ走り買いに行かなくてはならない。外は風が強くて寒かった。地面はむき出しだ——季節は秋の終わりか春の初めだったか。出かけるまえに、ポリーは薪ストーブの調整弁を押しておいた。だがそれでも、これまで耳にした、母親がこんなふうにちょっとひとっ走り用足しに出かけたあいだに家が火事になって死んでしまった子供の話が浮かんできた。そこでポリーはローナにコートを着るよう命じ、外の、台所と家の主要部分とのあいだの隅の、風がそれほど当たらないところへ連れて行った。隣の家は鍵がかかっていたに違いない。でなければそっちへ連れて行けたはずだから。そこでじっとしていなさいとポリーは言い、店へ買い物に行ってしまった。じっとしてなさい、動かないでね、心配ないから、とポリーは言った。そしてローナの耳にキスした。ローナは言われた通りに従った。十分、いや十五分だったか、ローナは白いライラックの茂みの後ろにうずくまって、石の形を、家の土台の濃淡のある石を、心に刻み込んでいたのだった。ポリーが大急ぎで帰ってきて自転車を庭に押し倒し、ローナの名前を呼びながらやってくるまで。ローナ、ローナと、赤砂糖だかくるみだかの袋を投げ出して、ローナの顔じゅうにキスするまで。ローナはあの隅っこで、潜んでいた誘拐犯――そういう男がいるからこそ女の子は家の裏の野原へ行ってはいけないと言われている、悪い男――に見つかってしまったかもしれないという不安がポリーの胸にきざしていたのだった。ポリーは帰ってくるあいだじゅう、そんなことが起こっていませんようにと祈っていたのだ。そして起こってはいなかった。むきだしの膝や両手を温めようと、ポリーはローナを家のなかへとせきたてた。

ああ、かわいそうなおてて、とポリーは言った。ねえ、こわかった？　ローナは大騒ぎしてもらうのが嬉しくて、なでてもらおうと頭を差し伸べた。ポニーのように。

松が、より密生した常緑樹林となり、茶色いこぶのような丘はそびえたつ青緑の山々に変わった。ダニエルがぐずり始めたので、ローナはジュースの瓶を取り出した。そのあと、ローナはブレンダンに、赤ん坊をまえの座席に寝かせてオムツを換えたいから車を停めてくれと頼んだ。ローナがオムツを換えているあいだ、ブレンダンはタバコを吸いながら少し離れたところまで歩いた。オムツ交換の儀式はいつも多少苦手だったのだ。

ローナはこの機会を利用してエリザベスの童話の本も一冊取り出して、また元どおり車に乗りこむと子供たちに読んでやった。それはドクター・スースの本だった。エリザベスは詩をぜんぶ覚えていて、ダニエルでさえ、自分なりにでっちあげた言葉をどこではさんだらいいか、なんとなく知っていた。

ポリーはもうローナの小さな手を自分の手ではさんでこすってくれた人ではない。ローナの知らないことをなんでも知っている、この世で保護者として頼れる人ではない。すべてが変わってしまったのに、ローナが結婚してからの年月、ポリーはじっと動いていなかったように思えた。ローナはポリーの横をすり抜けてしまった。そして今では後ろの座席に、世話をしてやらねばならない愛する子供たちがいる。ポリーの年齢で自分の分け前をかき集めようとするなんて、あさましいことだ。

こんなことを考えたところで、無駄だった。論拠を並べるやいなや、押し開けようとするドアにぶつかる体を感じてしまうのだ。死体の重さ、灰色の体。ポリーの遺体、なにももらえなかった人の。見つけた家庭に居場所はなく、夢見ていたに違いない人生の変化が訪れる望みもなく。

「今度は『マドレーヌ』を読んで」とエリザベス。

「『マドレーヌ』は持ってきてなかったんじゃないかな」とローナ。「ほら、持ってきてないわ。いいじゃない、あなた、すっかり覚えちゃってるんでしょ」

ローナはエリザベスといっしょに暗誦し始めた。

パリの、つたの　からんだ、
ある　ふるい　やしきに、
十二にんの　おんなのこが、くらしていました。
2れつになって、パンを　たべ、
2れつになって、はを　みがき

2れつになって、やすみました。（『げんきなマドレーヌ』ベーメルマンス、瀬田貞二訳　福音館書店）

こんなの馬鹿げてる。メロドラマじゃないの。罪の意識なんだ。こんなことが起こってるわけがない。

でも、こういうことはちゃんと起こる。だめになってしまう人間もいるんだ。助けが間に合わなくて。ぜんぜん助けてもらえなくて。暗闇に放り出される人間がいるんだ。

そのままなかに、でんきを
つけて、ミス・クラベル、
「ようすが　どうもへんですね」

「お母さん」とエリザベス。「どうしてやめちゃうの？」

ローナは答えた。「ちょっと待って。口が渇いちゃったの」

一行はホープ（ヴァンクーヴァーの東にある町）でハンバーガーを食べてミルクシェークを飲んだ。それからフレーザー峡谷を下り、子供たちは後部座席で眠った。まだしばらくかかる。チリワック（ヴァンクーヴァーの東にある自治区）に着くまで。アボッツフォード（ヴァンクーヴァーの南東にある町）に着くまで。ニューウェストミンスターの丘陵が前方に、そして家が建ち並んだほかの丘陵が、町が見え始めるまで。まだ渡らねばならない橋が、曲がらねばならない角が、走らねばならない通りが、通り過ぎねばならない街角が。これらはすべて、それ以前となるのだ。つぎに同じものを見るのは、それ以後になることだろう。

スタンリー公園（ヴァンクーヴァーの有名な公園）に入ると、ローナは祈ろうと思いついた。破廉恥もいいところだ――不信心者の得手勝手な祈り。そんなことになりませんように、そんなことになりませんように、とぶつぶつつぶやく。そんなことになっていませんように。

その日はなおも雲ひとつなかった。一家はライオンズゲート・ブリッジからジョージア海峡（ブリティッシュ・コロンビア州南西部本土とヴァンクーヴァー島中東海岸のあいだにある）を眺めた。

「今日はヴァンクーヴァー島、見える？」ブレンダンがたずねた。「見てみろよ。ぼくには見えない」

ローナは首を伸ばしてブレンダンのむこう側を見た。

「ずっと遠くに」とローナは言った。「ほんのかすかにだけど、見えてるわよ」

そしてその青い、どんどんおぼろに、しまいにはほとんど消えてしまいそうになる、海に浮かんでいるように見えるかたまりを眺めながら、ローナはやらなければいけないことがひとつあると思いついた。取引だ。まだ取引は可能だと信じるのだ、最後の瞬間まで取引するのは可能だと。

真剣なものでなくてはならない、もっとも決定的で痛みを伴う約束とか提案でなければ。これを差し上げます。これを約束します。もしあれが本当にならずにすむならば、起こらずにすむならば。

子供たちはだめだ。ローナは子供たちを炎からひっぱり出すように、その考えをうっちゃった。

ブレンダンもだめだ。正反対の理由で。ローナはブレンダンをそこまで愛してはいない。彼を愛しているとは言えるし、ある程度までそれは本当で、彼から愛されたいとも思っているが、その愛の傍らにはかすかな憎しみのざわめきも流れている。ほとんど常に。だから、彼を取引に差し出すのは不届きな——そして無駄な——ことだ。

ローナ自身？　ローナの容姿とか？　健康は？

自分はまちがっているのではないかと、ふとローナは思った。こういう場合、選ぶのはこちらではないのかもしれない。契約条件を決めるのはこちらではないのかも。出くわしたときにああこれだったとわかるのだろう。それを謹んで受け入れると約束せねばならない、それがどんなものになるのかは知らないままで。約束するのだ。

だが、子供たちに関することであってはならない。

カピラノ通りを進んで、この町の自分たちが暮らす地区に、この世界での自分たちの居場所に入る。そこではローナたちの生がたしかな重みを帯び、ローナたちの行動がさまざまな結果を招く。木々のあいだから、ローナたちの家の確固たる木の壁が見えてくる。

「玄関からのほうが入りやすいわ」とローナは言った。「あっちなら階段がないから」

「二段ばかりがどうだっていうんだ？」とブレンダン。

「わたし、ぜんぜん橋を見なかった」エリザベスが叫んだ。とつぜんはっと目が覚め、がっかりしてしまったのだ。「どうして起こして橋を見せてくれなかったの？」

誰も答えない。

「ダニエルの腕、ぜんぶヒリヒリに焼けちゃってるよ」エリザベスはまだ不満の残る口調で言った。

ローナの耳に話し声が聞こえた。隣家の庭から聞こえるのだとローナは思った。そして、ブレンダンについて家の角を曲がった。まだぐっすり眠っていて重たいダニエルを肩で支えて。ローナはオムツのバッグと絵本のバッグを持ち、ブレンダンはスーツケースを運んでいた。

話し声の主たちが自分の家の裏庭にいるのを、ローナの視線がとらえた。ポリーとライオネルだ。庭用の椅子を二脚ひっぱってきて、陰のところですわっている。二人ともローナに背中を向けていた。

ライオネル。ローナは彼のことをすっかり忘れていた。

ライオネルはさっと立ち上がると、裏口を開けに走った。

「遠征隊は全員欠けることなくご帰館だね」ライオネルはそう言ったが、その声にはローナが聞いた覚えのないようなものがあった。自然に出てきた温かさが、ゆったりとした、しかるべき自信が見られた。一家の友人の声音だ。ドアを開けながら、ライオネルはローナと真っ向から目を合わせた——それまでほとんどなかったことだ——そして、微妙な綾も、秘密も皮肉な共犯めいたものも、不可解な献身もすっかり拭い去られた笑顔を見せた。なにやらこんがらがったものも、秘めたメッセージも、すっかりなくなっていた。

ローナもライオネルに合わせた口調でたずねた。

「それで——いつ帰ってきたの?」

「土曜日にね。きみたちが出かけることになってたのを忘れてたんだ。わざわざ挨拶しに来たら、みんないないじゃないか。でもポリーがいたからね、もちろん彼女が教えてくれて、ぼくもそうだったと思い出したんだ」

「ポリーがなにを教えてくれたって?」ライオネルの後ろへ近づいてきたポリーがたずねた。質問というよりは、半分からかいだった。自分の言うことはほとんどなんであれ喜んでもらえると心得ている女の。日に焼けて赤くなっていたポリーの額や首は落ち着いた色に変わり、というか少なくとも今までとは違う赤さになっていた。

「ほら」ポリーはそう言うと、ローナが片腕にぶらさげていた二つのバッグと手に持っていた空のジュースのボトルを受け取った。「赤ちゃん以外はぜんぶあたしが持ってあげるから」

ライオネルの柔らかい髪は、今では黒というよりもっと茶色っぽくなっていた——もちろん、ローナがこうして彼を太陽の下でまともに見るのは初めてだったのだが——それに彼の肌も日焼けしていた。額の白っぽい輝きがなくなるほどに。いつもの黒っぽいズボンだったが、シャツはローナが見たことのないものだった。黄色い半袖、アイロンをかけすぎててかてかになった安手の布地で、肩幅が大きすぎる。たぶん、教会の不用品バザーで買ったのだろう。


ローナはダニエルを二階の子供部屋へ運んだ。ベビーベッドに寝かせ、横に立って小声であやしながら背中をなでてやる。

部屋に入るなどというとんでもないことをしてしまったのだから、ライオネルにとっちめられるにちがいないとローナは思った。あの大家の老婦人がライオネルにしゃべっているだろう。ちょっと考えてみれば、そのくらいの予測はついたはずだ。自分は考えてみもしなかったのだ、たぶん。だって、問題ないようなつもりでいたから。自分でライオネルにしゃべろうとさえ思っていたのかもしれない。

運動場へ行く途中に通りかかってね、なかへ入ってあなたの部屋の床のまんなかに座ってみようかしらと思っただけなの。うまく説明はできないけど。そうすればちょっとの間安らげるような気がしたの、あなたの部屋に入って、床のまんなかに座れば。

ローナは思っていた――手紙をもらってから？――ライオネルとのあいだには絆があるのだと。はっきりしたものではないが、当てになる絆が。だが、ローナはまちがっていた。ローナはライオネルをこわがらせたのだ。でしゃばりすぎたのだ。彼は方向転換し、するとそこにポリーがいた。ローナの犯した罪のせいで、彼はポリーに興味を持った。

でも、ひょっとしたら違うかも。ひょっとしたら、彼はただ変わっただけなのかも。ローナは異様にがらんとしていた彼の部屋を思い出した。壁の光を。あそこから、様々に変貌した彼が出てくるのかもしれない。瞬く間にやすやすと作り出されて。ちょっとうまくいかなかったことがあって、それへの反応なのかもしれない。あるいは自分はなにかをやり遂げることができないと悟ったあげくのことかも。それとも、これといったことはなにもなしに――ただ、瞬く間に。

ダニエルが本格的に眠ってしまうと、ローナは階下へ行った。浴室では、ポリーがオムツをきちんとすすいでバケツに入れ、殺菌作用のある青い溶液に浸してくれていた。ローナは台所の床のまんなかに置いてあったスーツケースを持ち上げると、二階へ運んで大きなベッドの上に横にし、開いて、洗う服としまってもいい服を仕分けした。

この部屋の窓からは裏庭が見えた。声が聞こえた――エリザベスの甲高い、金切り声といってもいいような声。家に帰ってきた興奮と、そしてたぶんいつもより多い観客の注意をひきつけていようとしているのだ。ブレンダンが旅の様子を説明する、威厳のある、でも感じのいい声。

ローナは窓際に行って見下ろした。ブレンダンが物置へ行って鍵を開け、子供用のプールをひっぱり出そうとするのが見えた。ドアがばたんと閉じてブレンダンがはさまれそうになり、ポリーが急いで押さえて開ける。

ライオネルが立ち上がると、巻いてあったホースを伸ばしに行った。ライオネルがホースのありかを知っていることさえ、ローナには思いもよらないことだった。

ブレンダンがポリーになにか言った。礼を言ったのだろうか？　ひどく仲がよさそうに見える。どうしてこんなことに？

ポリーは今や注意を払うべき存在なのだということなのかもしれない、ライオネルの選択候補として。ライオネルの選択候補だ、ローナのお荷物ではなく。

それともブレンダンがいつもより機嫌がいいだけなのかもしれない、家を離れていたせいで。しばしのあいだ、家庭をきちんと運営していく苦労を忘れることができたのかも。この変化を遂げたポリーは危険な存在ではないということが、ちゃんとわかったのかも。

ひどく当たり前で、なおかつ驚くべき光景だ、まるで魔法のように出現した光景。誰もが楽しそうなのだ。

ブレンダンはビニールプールの枠を膨らまし始めた。エリザベスはパンツ一枚になって、待ちきれないように踊りまわっている。ブレンダンもべつに、水着を着て来いともパンツじゃだめだとも言わない。ライオネルは水を出して、プールのほうでお呼びがかかるまで、立ってキンレンカに水をやっている。家族持ち然として。ポリーがブレンダンになにか言うと、ブレンダンは息を吹きこんでいた口をつまんで、半分しかふくらんでいないビニールのかたまりをポリーに渡した。

ローナは浜辺でイルカをふくらませてくれたのがポリーだったのを思い出した。本人が言うとおり、ポリーは肺活量が多い。着実に、とくにがんばっているふうもなくふくらませていく。ショートパンツで、むき出しの足を開いてしっかりと立って、皮膚がカバノキの樹皮のように輝いている。そしてライオネルはポリーを見つめている。まさにぼくに必要な人だ、そう思っているのかもしれない。かくも有能で思慮深い女性。柔順で、だけどしっかりしている。虚栄心が強くもなければ、夢見がちでもなく、不満たらたらでもない。いつか結婚してもいいような人と言えるかも。いろいろなことを引き受けてくれる妻。そうすれば、ライオネルはどんどん変貌を遂げていくだろう。べつの女と恋に落ちるかもしれない、彼なりのやり方で。だが、妻は忙しくて気づかないだろう。

そうなるかもしれない。ポリーとライオネル。そうならないかも。ポリーは予定通り家に帰るかもしれない。そうなったとしても、失恋の痛みはないだろう。とまあ、ローナには思える。ポリーは結婚するかもしれない、しないかもしれない。でもどっちになるにしろ、男とのことでポリーの心は傷ついたりしないだろう。

すぐに子供用プールはぷっくりとふくらんだ。プールは芝生の上に置かれ、ホースがそのなかにつっこまれて、エリザベスが水のなかで足をばしゃばしゃしている。エリザベスは母親がずっとそこにいたのを知っていたかのように、ローナを見上げた。

「冷たいよ」エリザベスはおおはしゃぎで言った。「お母さん――冷たいよ」

するとブレンダンもローナを見上げた。

「そこでなにをしてるんだ?」

「荷物を片づけてるの」

「今しなくてもいいだろう。外へ出てこいよ」

「わかった。すぐ行くわ」

家に入ってからというもの――じつを言えば、耳に響いてきた話し声が自分の家の裏庭から聞こえていて、しかもポリーとライオネルのものだとさいしょに気づいたときから――何マイルも何マイルも抱き続けてきたあのポリーの体が裏口のドアにぶちあたる光景を、ローナは思い浮かべていなかった。今になってそのことに驚いた。目が覚めてずいぶんたってから夢のことを思い出して驚いたりするように。あの想像には、夢と同じ説得力や、恥ずかしくなるようなところがあった。夢と同じように無益なものでもあった。

同時にではなく、やや遅れて、例の取引の記憶もよみがえってきた。自分の馬鹿げた、素朴でノイローゼめいた、取引という思いつき。

だが、ローナが約束したのはなんだったのだろう?

子供たちに関することではない。

自分自身に関すること?

しなければならないことをなんでもやると約束したのだった、それがなにかわかったときに。

あれは言い抜けだった、取引にならない取引、なんの意味もない約束だった。

だが、ローナはさまざまな可能性を検討してみた。まるでこの話を誰かに聞かせようと――いまではもうライオネルではないが――だれかを楽しませるために聞かせようとして、作り上げていくかのように。

読書をあきらめる。

悪い家庭環境や貧しい国の子供たちの里親になる。彼らの心の傷や愛情不足を癒すべく努める。

教会へ行く。神を信じることにする。

髪を短く切り、化粧をやめ、二度とワイヤー入りのブラで胸を持ち上げたりしない。

ローナはベッドに腰をおろした。こんなおふざけに、こんな見当違いに疲れ果てて。


もっと道理にかなった考え方をするなら、ローナがしなければならない取引は、それまで暮らしてきたとおりに生活を続けていくということだった。この取引はすでに効力を発揮していた。起こったことを受け入れ、起こるであろうことをはっきり理解するのだ。同じような年月が流れていく、子供たちが大きくなるというだけで。あとひとりか二人ふえるかもしれない。その子たちも大きくなって、ローナとブレンダンは歳をとって、やがて老人となる。

今になって初めて、このときになって初めて、自分はなにかが起こることを期待している、人生を変えてくれるなにかを期待しているのだと、ローナにもはっきりわかったのだった。ローナは結婚を大きな変化として受け入れたが、それが最後の変化だと思ってはいなかったのだ。

こうなると、ローナにも誰にでも無理なく予測のつくこれ、今までどおり生活していくことしかない。それがローナの幸せなのだ。それこそローナが取引したものだ。秘密のことでも、変ったことでもなく。

ちゃんと心に留めておかなくては、とローナは思った。ローナはひざまずこうかとすら思った。これは重要なことだ。

エリザベスがまた呼ぶ声がした。「お母さん。こっちへ来てよ」それからほかの声も——ブレンダンとポリーとライオネルがつぎつぎとローナを呼ぶ声が。からかうように。

お母さん。
お母さん。
こっちへ来てよ。

そんなことがあったのは、もうずいぶん昔のこと。ノースヴァンクーヴァーで、ポスト・アンド・ビーム工法の家に住んでいたときの。ローナが二十四歳で、初めて取引をした頃のことである。

記憶に残っていること

What is Remembered

ヴァンクーヴァーのホテルの部屋で、若いメリエルは短い白の夏用手袋をはめている。ベージュのリネンのドレスを着て、髪は薄い白のスカーフで覆っている。黒っぽい髪である、あの頃は。メリエルは微笑む。タイのシリキット王妃が言ったこと、あるいは言ったとして、とある雑誌に引用されていた言葉を思い出して。引用の引用だ――シリキット王妃が、バルマンが言ったと言っていたことである。

「バルマンはわたくしにすべてを教えてくれました。彼は言ったんです、『常に白い手袋をなさることです。それが一番です』って」

それが一番です。なぜメリエルはこの言葉に微笑んでしまうのだろう。この助言は、なんだかとっても甘いささやきみたいに思える。ひどくばかばかしい、究極の知恵のように。手袋をはめた手は、フォーマルだが、子猫の手のようにいたいけに見える。

ピエールになぜ笑っているのかと訊かれて、「なんでもないの」と言ってから、わけを説明する。

「バルマンって誰だ？」とピエールはたずねる。

二人は葬式に行く支度をしていた。午前中の葬儀にちゃんと間に合うよう、昨夜ヴァンクーヴァー島の自宅からフェリーでやってきたのである。二人でホテルに泊まるのは、結婚式の夜以来初めてだった。休暇の旅行に行くときには今ではいつも二人の子供といっしょだし、金のかからない家族向きのモーテルを探すことにしていた。

夫婦で葬儀に参列するのはまだ二度目だった。ピエールの父親もメリエルの母親も亡くなっていたが、いずれもピエールとメリエルが出会う以前のことだった。昨年、ピエールの勤める学校の教師がとつぜん亡くなり、立派な葬儀が行なわれて、男子生徒たちが歌い、十六世紀の弔いの言葉が唱えられた。故人は六十代の半ばで、その死はメリエルとピエールにとってほんのちょっとした驚きでしかなく、悲しみはほとんどなかった。二人にしてみれば、六十五で死のうが七十五で死のうが八十五で死のうが、たいした違いはなかったのである。

今日の葬儀は別だった。葬られるのはジョナス。ピエールのずっと前からの親友で、同い年——二十九だった。ピエールとジョナスはウェスト・ヴァンクーヴァーでいっしょに育った——二人はライオンズゲート・ブリッジができるまえを知っていた。小さな町みたいだったときのことを。親同士も友だちだった。十一歳か十二歳のときには、二人でこぎ舟を作ってダンダレイヴ埠頭で進水させた。大学時代はしばらく別々の道を歩んだ——ジョナスはエンジニアになる勉強をし、ピエールは古典のクラスに籍を置き、文系と理系の学生は伝統的に軽蔑しあっていたのである。だが数年経つうちに、友情はある程度復活していた。ジョナスはまだ独身だったが、ピエールとメリエルのところに遊びに来て、一週間ばかり滞在することもあった。

二人の青年は自分たちの人生の成り行きを不思議に思い、そういうことに関して冗談を言った。ジョナスの選んだ専門は両親にとってはたいそう安心でき、ピエールの両親が密かに羨むようなものだったが、結婚して教職に就き、通常の責任を引き受けるようになったのはピエールのほうで、ジョナスはといえば、大学を卒業してからは女の子も仕事もひとつに落ち着かなかった。いつもいわば仮採用の状態で、それはけっきょくどの会社でもちゃんとした就職に結びつくことはなく、女の子とのつきあいにしても――少なくとも彼の言うところによれば――常にお試し期間なのだった。最後のエンジニアリングの仕事は州の北部で、ジョナスは辞めたか首になったかしたあともそこに留まっていた。「双方合意の上で、解雇された」とジョナスはピエールに書いて寄越し、ホテルで暮らしているのだが、上流の人々がたくさんいて、木材切り出しの仕事につけるかもしれないと付け加えてあった。彼はまた飛行機の操縦も習っているところで、ブッシュ・パイロット（カナダ北部やアラスカの叢林地帯を飛ぶ飛行士）になろうと思っているとのことだった。目下の経済的困難が解決したら訪ねていくとも約束していた。

　メリエルは、来なければいいと願っていた。ジョナスは居間のソファで眠り、朝になると寝具を床に落としていて、メリエルが拾ってやらなければならないのだ。ピエールを相手に十代の頃やもっと昔の出来事をあれこれ話しては、夜半まで寝かせなかった。彼はピエールをしょんべん頭《ピスヘアー》という当時のあだ名で呼び、ほかの昔なじみのことも悪臭《スティンク》プールとかドクとかバスターとか言って、メリエルがいつも聞いている名前――スタン、ドン、リック――では決して呼ばないのだった。メリエルがさほどすごいとも面白いとも思わないような昔の出来事の詳細（教師宅の玄関先の階段で犬の糞を入れた袋を燃やしたこと、五ドルやるからパンツを下げろとジジイにせがまれたこと）をぶっきらぼうにもったいぶって物語り、会話が現在のことになると苛立った。

ジョナスが死んだとピエールに伝えなければならなくなったとき、メリエルは動揺して申し訳ない気持ちになった。申し訳ないというのは、自分がジョナスを好きではなかったからで、動揺したのは、夫と自分がよく知っている同じ年代グループのなかでは初めての死者だったからだ。だが、ピエールは驚いたふうも、とりわけ悲嘆にくれる様子もなかった。

「自殺だな」とピエールは言った。

そうではなく事故だとメリエルは言った。暗くなってから砂利道でバイクに乗っていて、道から外れたのだ。誰かに発見されたか、あるいは連れがいて、すぐに助けられたのだが、一時間もせずに死んでしまった。怪我は致命的なものだった。

ジョナスの母親が、電話でそう言ったのだ。怪我は致命的なものだったんです。その口調はさっさとあきらめてしまったような、まるで動揺の感じられないものだった。ピエールが「自殺だな」と言ったときの口調のような。

そのあとピエールとメリエルは死それ自体についてはほとんど触れず、もっぱら葬儀のことやホテルの部屋のこと、泊りがけでみてくれるベビーシッターを頼まねばならないことなどを話し合った。ピエールのスーツをクリーニングに出して、白のワイシャツを買わなくては。あれこれ手配するのはメリエルで、ピエールはいかにも夫然として妻のやることをいちいち確認した。ピエールは妻にも自分同様、感情的にならず冷静でいてほしいのだろうと、そして本当は感じてもいない――とピエールはきっと思っているであろう――悲しみなど表明して欲しくないだろうと、メリエルにはわかっていた。どうして「自殺だな」などと言ったのかたずねると、ピエールは「ただふっとそんな気がしただけだよ」と答えた。夫のはぐらかしは一種の警告かあるいは非難ですらあるようにメリエルには感じられた。あたかもメリエルがこの死に――あるいは自分たちがこの死に接したことに――恥ずべき自己中心的な感慨を抱いているのではないかとピエールが疑っているかのように。不健全な、してやったりというような興奮を。

当時の若い夫はいかめしかった。ほんのちょっとまえまでは求婚者で、滑稽といってもいい存在で、性的な苦しみにもだえて、ぶざまで必死だったのに。ところがベッドをともにするようになると、頑なで非難がましくなった。毎朝仕事に出かける。きれいにひげを剃って、若々しい首にネクタイを締めて、なんだかよくわからない仕事で一日過ごし、夕食時にはまた家に帰って、夜の献立に批判的な視線を投げ、新聞をがさがさ広げて、台所の混乱、赤ん坊のむずかりや喜怒哀楽から身を隠す。なんと多くのことを、かくもすばやく学ばねばならないことか。ボスにどうへイコラするか、妻をどう管理するか。ローンや壁の保全や芝生や排水管や政治について、はたまた今後四半世紀のあいだ家族を養うための仕事について、いかに信頼を確立するか。当時、女は第二の思春期めいたものへと後戻りできた。日中、自らに課せられた子供たちにまつわる驚くほどの責任を常に頭におきながらではあるが。夫が出かけると気分が軽くなる。夢のような反乱。破壊分子の会合。高校時代に逆戻りのバカ笑い。夫たちの金で支えられる壁の内側でこういったものが増殖していった。夫がいない時間に。

葬儀のあと、一部の参列者はダンダレイヴのジョナスの両親宅へ招かれた。シャクナゲの生垣が花盛りで、赤やピンクや紫でいっぱいだった。ジョナスの父親は庭を褒められた。

「さあ、どんなもんですかねえ」と父親は言った。「けっこう急いで作ってしまわなきゃならなかったもんで」

ジョナスの母親が言った。「べつに昼食というほどのものじゃないんです。ほんのおつまみ程度で」ほとんどの人はシェリーを飲んでいた。男性のなかにはウィスキーを飲んでいる人もいたが。料理は広げた食堂テーブルに並べられていた——鮭のムースとクラッカー、マッシュルームのタルト、ソーセージロール、ふんわりしたレモンケーキやカットした果物、アーモンドを飾ったクッキー、それに小エビやハムやキュウリとアボカドのサンドイッチ。ピエールは小さな陶器の皿にぜんぶ盛り上げ、メリエルの耳にはピエールの母親が息子にこう言うのが聞こえた。「あのねえ、またいつでもお代わりできるのよ」

ピエールの母親はもうウェスト・ヴァンクーヴァーには住んでいなかったが、ホワイトロックから葬儀に駆けつけていた。そして、露骨に叱るのはためらわれるといったところがあった。いまやピエールは教師であり、世帯持ちなのだから。

「それとも、なくなると思ったの？」と母親は言った。

ピエールはぞんざいに答えた。「もしかして、ぼくの欲しいものは残らないかもしれないだろ」

母親はメリエルに話しかけた。「すてきなドレスねえ」

「ええ、でも見てください」メリエルは式のあいだ座っていてできたしわを手で伸ばした。

「それが困るのよね」ピエールの母親は言った。

「なにが困るって？」ジョナスの母親が温めた皿にタルトを移しながら、明るくたずねた。

「リネンの困るところはそれだってこと」とピエールの母親は答えた。「メリエルがね、ドレスがしわになっちゃったんですって」――彼女は「葬儀のあいだに」とは言わなかった――「だからね、それがリネンの困るところだって言ったのよ」

ジョナスの母親は聞いていなかったのかもしれない。部屋の向こうを見ながらこう言った。「あれがうちの子を診てくださったお医者さまよ。スミザーズから自家用機で飛んできてくださったの。ほんとうに、ありがたかったわ」

ピエールの母親は言った。「それはまた冒険ねえ」

「そうね。まあだけど、そんなふうにして飛び回って僻地の人たちを往診してるんだと思うわ」

話題となっていた本人はピエールと話をしていた。スーツではなかったが、タートルネックのセーターの上にきちんとしたジャケットを羽織っていた。

「きっとそうね」ピエールの母親が相槌をうつと、ジョナスの母親が「ええ」と言い、そしてメリエルは、あたかも何事かが――医者の服装？――二人の母親のあいだで説明され、納得されたかのように感じた。

メリエルは四つ折りにされたテーブルナプキンに目を落とした。ディナーナプキンほど大きくはなく、カクテルナプキンほど小さくもない。たたんだナプキンの角（角には青やピンクや黄色の小さな花の刺繡がある）が隣のナプキンの角と重なるように並べられている。同じ花の色が並ばないようになっていた。誰も列に手を触れていないか、あるいは触れたとしても――部屋のなかにはナプキンを持っている人もちゃんと数名いたから――きちんと端から取ったので列は崩れなかったのだ。

葬儀では、牧師は現世におけるジョナスの一生を子宮のなかの赤ん坊にたとえた。赤ん坊は、と牧師は語った。ほかの存在をまったく知らずに、暖かくて暗い、水でいっぱいの洞窟のなかにいます。すぐに押し出されることになる大きな明るい世界のことなど気づきもせずに。この世にいる私たちは、うすうす気づいてはいるものの、死の苦しみを乗り越えたあとで足を踏み入れる光明を思い描くことはとても無理です。もし赤ん坊が近い将来なにが起こるか、なんらかの形で教えられたら、不安と同時にとても信じられないという思いにとらわれるのではないでしょうか？ 私たちもたいていはそうです。ですが、それではいけません。私たちは確証を得ているのですから。それでもなお、私たちの愚かな頭では思い描くことはできません、想像もつきません、自分たちがどういう世界へと移行するのか。赤ん坊は無知にくるみこまれています。自らの愚かで無力なあり方を信じきっています。まったく愚かというわけでもなく、かといってまったくわかっているわけでもない私たちは、信仰によって、我らが主のお言葉で自らをくるみこむようにせねばなりません。

メリエルは牧師に目をやった。シェリーのグラスを持って廊下の入り口に立ち、ふくらませた金髪の陽気な女性のおしゃべりに耳を傾けている。死の苦しみやその先の光明について話しあっている雰囲気ではなかった。もし自分が近づいていってそういう話題を持ちかけたら、牧師はどうするだろう？

そんな勇気は誰にもない。そこまで礼儀を弁《わきま》えない者もいないだろう。

メリエルはピエールと僻地医療の医師のほうへ視線を移した。ピエールは少年のように快活に話している。最近あまり見せなくなった態度だ。それともメリエルには見せないだけなのか。メリエルは、今この場で初めてピエールを見たつもりになってみた。短く刈ったカールした黒に近い髪は、こめかみのあたりが後退して、なめらかな金色がかった象牙色の肌があらわになっている。角ばった広い肩に長い見事な手足、格好のいいやや小さめの頭。決して戦略的なものではないうっとりするような笑みを浮かべるのだが、男子校の教師になってからというもの、微笑みというものをまったく信用していないみたいだ。額には常に、かすかな険が刻まれていた。

メリエルは教師仲間のパーティーのことを思い出した――もう一年以上まえの――二人が部屋の両端で、周囲の会話から取り残されていたときのことを。メリエルは部屋をぐるっと回って、ピエールには気づかれないまま近寄り、知らない人に慎重に誘いを掛けるようにして話しかけてみたのだった。ピエールはちょうど今微笑んでいるように微笑み――しかし意味は違う、こちらの気を引こうとする女に話しかけるのだから当然ではあるが――芝居に応じた。二人は不穏な眼差しで見つめあいながらつまらない会話を交わし、しまいにいっしょに笑い出してしまった。誰かが二人のところへやってきて、夫婦間の冗談は禁止だと言った。

「どうしてぼくたちが本当に結婚しているって思うんだ?」こういうパーティーではふつうひどく用心深い態度をとるピエールはそう言った。

メリエルは、今はそんな馬鹿な考えはひとつもなしに部屋を横切ってピエールのところへ行った。もうすぐに暇乞いしてべつべつの帰路をたどらねばならないと念押ししておこうと思ったのだ。ピエールは車でホースシュー・ベイへ行って次のフェリーに乗る。そしてメリエルはノースショアーを横切ってリンヴァレーへ、バスで行かねばならない。この機会を利用して、死んだ母親が敬愛し、じつのところその人の名をとって娘の名とした女性を、血のつながりはないけれどメリエルがずっとおばちゃまと呼んでいた人を訪ねることにしたのだ。ミュリエルおばちゃま(家を出て大学へ入ってから、綴りを変えてメリエルにした)。この老婦人はリンヴァレーの老人ホームで暮らしていたが、メリエルは一年以上も訪ねていなかった。たまに家族でヴァンクーヴァーへ行くときに寄るには時間がかかりすぎるし、老人ホームの雰囲気や入居者の様子に子供たちが動揺する。ピエールもだ。本人は認めたがらないが。それどころかピエールは、だいたいあの女性はメリエルとどういう関係があるのだと問いただす。

いい、いい、いい、いい、いい、いい、いい、

べつに本当のおばさんってわけでもないのにさ。

だからこうして、メリエルはひとりで会いにいこうとしているのだった。機会があるのに行かなければ気がとがめるだろうから、とメリエルは言ったのだ。それに、そうと口には出さなかったが、家族から一時離れることになるのが楽しみでもあった。

「車で送ってやってもいいぞ」とピエールは言った。「バスなんて、どれだけ待たされるかわからないからね」

「無理よ」とメリエルは答えた。「フェリーに乗り遅れるわよ」メリエルはベビーシッターとの約束のことを指摘した。

ピエールは言った。「たしかにそうだ」

ピエールが話をしていた男――例の医者――は、この会話をじっと聞かされる羽目になったのだが、とつぜん口をはさんだ。「ぼくがお送りしましょう」

「飛行機でいらしたのかと思ってました」とメリエルが言うのと同時にピエールが「どうも失礼、妻なんです。メリエルです」と言った。

医者はメリエルに名を名乗ったが、ほとんど聞こえなかった。

「ホーリーバーン・マウンテンに飛行機を着陸させるのはそれほどかんたんじゃないんです」と医

者は言った。「だから、飛行場に置いて、車を借りてきたんですよ」

ちょっと礼儀を強要するような気配を相手に感じて、メリエルは自分の言い方が気に障ったのかと思った。ずうずうしくなりすぎるかはにかみすぎるか、たいていそうなってしまう。

「本当にいいんですか？」とピエールがたずねた。「お時間はだいじょうぶなんですか？」

医者はまっすぐにメリエルを見た。不愉快な目つきではなかった——ずうずうしくもないしはにかんでもいない、値踏みする眼差しでもない。かといって、相手に対する敬意をこめたものでもなかった。

医者は答えた。「もちろんです」

そこで、話は決まった。これから別れを告げて、ピエールはフェリーへ、そしてアシャーは、これが医者の名前だったのだが——あるいはドクター・アシャー——メリエルを車でリンヴァレーへ送る。

メリエルはその後、ミュリエルおばちゃまを見舞い——たぶん夕食もともにして、それからバスでリンヴァレーから街中のバス発着所へ行き（「街」へ行くバスはけっこう頻繁にある）、深夜バスに乗ってフェリー経由で家へ帰るつもりだった。

老人ホームはプリンセス・マナという名前だった。建物は平屋で棟がいくつかのび、ピンクがかった茶色の化粧しっくいが塗られていた。通りは交通量が多く、敷地と言えるほどのものはなく、騒音をさえぎったりわずかばかりの芝生を保護する生垣もフェンスもない。一方の隣には間の抜けた尖塔のあるゴスペルホールが、もう一方にはガソリンスタンドがある。

「『領主《マ》の屋敷《ナ》』って言葉には、もうなんの意味もないのね」とメリエルは言った。「二階があるってことさえ意味しないみたい。なにかに見せかけようとすらしていない建物だと思ってくれってだけのことなのね」

医者はなにも言わなかった――ひょっとしたらメリエルがなにを言ってるのかわからなかったのかもしれない。でなければ、たしかにそのとおりだが、そう口にする価値はないと思ったのか。ダンダレイヴからずっと、メリエルは自分がしゃべる声を聞きながら落ち込んでいたのだった。ぺらぺらしゃべったということについてはそれほどでもなかったのだが――ただ思い浮かんだことをしゃべっていただけだ――それよりむしろ、自分が面白いと思ったことを伝えようとした、ということについてというか、ちゃんと伝えることができたら面白かったかもしれないのに、ということに。でも、たぶん気取って聞こえただろう、それともばかげているように、あんなにぺちゃくちゃしゃべったのでは。平凡な会話はぜったい嫌だ、ほんものの会話じゃなくちゃ、と思っているようなタイプの女に見えたに違いない。そして、ぜんぜんうまくかみあっていない、自分のおしゃべりは相手には負担に違いないとわかっていながらも、おしゃべりをやめることができなかったのだ。

どうしてこんなふうになったのかわからなかった。この頃では知らない人と話すことがめったにないからというだけで、不安になったのか。夫ではない男性と二人だけで車に乗っているという常にない事態のせいか。

無分別にも、バイクの事故は自殺だというピエールの意見をどう思うかとたずねてみたりもしたのである。

「ひどい事故だと、そういう考えは浮かんできますからね」と医者は言った。

「私道のなかまで入っていただかなくてもいいわ」とメリエルは言った。「ここで降りますから」なにしろきまりが悪くて、かろうじて礼儀は保っているものの冷淡な医者と別れたくてたまらなかったので、メリエルは車がまだ通りを走っているうちに、いまにも開けそうにドアの取っ手に手をかけた。

「駐車場に入れるつもりだったんだけど」ともかく敷地に乗り入れながら、医者は言った。「ここで放り出すつもりはありませんよ」

メリエルは言った。「しばらくかかるかもしれないのよ」

「かまいませんよ。待ってるから。なかへ入って見学してもいいし。きみさえかまわなければ」老人ホームというところはわびしい気分になったり気が滅入ったりすることもあると、メリエルは言いかけた。そのとき、相手は医者なのだから、こういう場所であっても初めて目にするようなものはなにもないだろうと気がついた。それに「きみさえかまわないなら」という言い方のなにかが——堅苦しい口調ながらも、ちょっと心許なげでもあった——メリエルに意外の感を抱かせた。どうやら自分の時間を提供してつきあおうとしてくれているようだ、礼儀としてではなく、むしろメリエル自身に関係する理由で。謙虚でざっくばらんな申し出ではあったが、懇願ではなかった。もしメリエルがほんとうにもうこれ以上手間をとらせるつもりはないと言ったならば、それ以上言いつのりはしなかっただろう。穏やかに礼儀正しく別れを告げて、車で去っていただろう。

実際のところは、二人は車を降り、駐車場を並んで横切って玄関へと向かったのだった。

老齢の、あるいは体の不自由な人が何人か、ふわふわした低木数本とペチュニアの鉢に囲まれた、どうやら中庭のつもりらしい四角い敷石部分に座っていた。ミュリエルおばちゃまはそのなかにはいなかったが、メリエルは嬉しそうに挨拶してしまった。なにかがメリエルに起きていた。とつぜん力と喜びがみなぎった不思議な気持ちになり、一歩進むごとに踵から頭のてっぺんへと晴れやかなメッセージが伝わるように思えた。

あとになって医者に「どうしてあそこへいっしょに来てくれたの?」と訊くと、「きみをずっと見ていたかったからさ」と相手は答えた。

ミュリエルおばちゃまは自室のドアのすぐ外の薄暗い廊下で、ひとりで車椅子に座っていた。ふくれあがってかすかに光っているように見えた——だがそれは、タバコを吸えるように石綿のエプロンを巻かれているからだった。何ヶ月もまえ、季節がいくつか過ぎるまえにさよならを言ったときも、この同じ場所で同じ椅子に座っていたはずだ——石綿のエプロンはなかったが、きっとなにか新しい規則によるものなのだろう、それともさらに衰えが進んだということなのか。おそらく毎日この固定された、砂を入れた灰皿の横に座って、張り出し棚から作り物のツタが垂れ下がった、肝臓のような色に塗られた壁——ピンクか藤色に塗ってあるのだが、廊下がひどく薄暗いので肝臓の色に見える——を見つめているのだ。

「メリエル? あなただと思ったわ」おばちゃまは言った。「歩き方でわかるの。息の仕方でね。わたしの白内障、サイアクなのよ。見えるのはぼやっとした形だけで」

「そうよ、わたしよ。お元気?」メリエルは老女のこめかみにキスした。「どうして外のお日様の下に出ないの?」

「お日様は好きじゃないの」と老女は答えた。「お肌のことを考えなくちゃ」

冗談のつもりだったのかもしれないが、たぶん真面目だったのでは。老女の青白い顔と手は大きなしみで覆われていた——真っ白な部分は、この場所のかすかな光で銀色っぽく見えた。おばちゃまは本物のブロンドで、ピンクの顔、ほっそりしていた。いい格好にカットしていたストレートの髪は、三十代で白くなってしまった。今ではみすぼらしく、枕ですれてぼさぼさになり、耳たぶが平べったい乳首のように突き出している。昔は小さなダイヤモンドを両耳につけていたのだが——どこへいったのだろう？　耳にはダイヤモンド、本物の金鎖、本物のパール、変わった色合いのシルクのブラウス——琥珀色、茄子紺——そして素敵なほっそりした靴。

おばちゃまは病院のパウダーと、割り当てのタバコを吸う合間に一日中なめているリコリスの飴のにおいがした。

「椅子がいるわね」と老女は言った。そして前かがみになると、タバコを持った手を振って口笛を吹こうとした。「ねえちょっと誰か。椅子をお願い」

医者が言った。「ぼくが探してきますよ」

老若のミュリエルが残された。

「旦那様の名前はなんていうの？」

「ピエール」

「そして子供が二人いるのよね？　ジェインとデイヴィッドだった？」

「そうよ。だけど、ここへいっしょに来た人は——」

「あらまあ」と老人のほうのミュリエルは言った。「あの人は旦那様じゃないのね」

ミュリエルおばちゃまはメリエルの母の、というよりは祖母の世代に属していた。学校で、メリエルの母親の美術の先生だったのだ。さいしょは刺激を与えてくれる人、それから味方、やがて友人に。彼女は大きな抽象画を描き、なかの一枚は――メリエルの母親がもらって――メリエルの実家の奥の廊下に掛けてあり、作者が訪ねてくるときは食堂へ移された。陰気な色合い――臙脂《えんじ》と茶色（メリエルの父親はその絵を「火事になった肥やしの山」と呼んだ）――だったが、ミュリエルおばちゃまの心はいつも明るくくじけないように思えた。若い頃、内陸のこの町で教えるようになるまでは、ヴァンクーヴァーに住んでいた。今では新聞に名前が出ているような芸術家たちと友だちだった。戻りたいと願っていたが、しまいに戻って、芸術家たちの友であり後援者でもある金持ちの老夫婦のところに住み込んで家政を管理するようになった。老夫婦と暮らしているときは裕福なように見えたのだが、夫婦が死ぬと冷や飯を食うこととなった。年金暮らしとなり、油絵の具は買えないので水彩にし、自分は食べないで（とメリエルの母親は疑っていた）メリエルをランチに連れて行ってくれた――当時メリエルは大学生だった。そういうとき、おばちゃまはあふれるようにジョークや意見を語った。たいていは巷で絶賛されている作品やアイディアがいかにくだらないか、だがあちこちに――どこかの無名の現代作家の、あるいは過去の世紀の半分忘れられた作家の作品のなかに――けたはずれのものがあるというようなことだった。それが彼女の熱烈な褒め言葉だった――「けたはずれの」。いつどこそこで、自分自身驚いたのだが、世の中もまだまだ捨てたものじゃないというような素晴らしいものに巡り合ったのだと言いたげな、あの言い方。

医者が椅子を二つ持って戻ってきて、自己紹介した。今まで機会がなかったのだというように、ごく自然に。

「エリック・アシャーです」

「お医者様なの」とメリエルが説明した。葬式や事故のこと、スミザーズから飛行機を飛ばしてきたことも説明しようとしかけたが、話を取られてしまった。

「でも、ここへは仕事で来てるわけじゃありませんから、ご心配なく」医者は言った。

「いいえ」とミュリエルおばちゃまは答えた。「この子といっしょにいらしたのね」

「そうです」

このとき、医者は隣の椅子から手を伸ばすとメリエルの手を取り、一時ぎゅっと握りしめてから離した。それからミュリエルおばちゃまに言った。「どうしてわかったんですか？　ぼくの呼吸の仕方でですか？」

「そりゃあわかるわよ」老女はちょっとじれったそうに言った。「昔はわたしだって悪女だったんだから」

その声――震え、もしくはくすくす笑いを含んだ声――は、メリエルの記憶にあるおばちゃまの声とはぜんぜん違っていた。このとつぜん人変わりしてしまった老女の内側で、裏切りが進行し始めたかのようにメリエルには感じられた。過去に対する裏切り、おそらくはメリエルの母親と、母親が大切にしてきた優れた人との友情に対する。あるいは、メリエル自身とのあのランチに、高尚な会話に対する。高みにあったものが引きずり下ろされるようなことが起きそうだった。メリエルはこれにうろたえ、ちょっとだけ興奮した。

「あのね、わたしも昔友だちがいたの」ミュリエルおばちゃまが言ったので、メリエルは答えた。

「お友だち、たくさんいたわね」メリエルは二、三人名前を挙げた。

「死んだわ」とミュリエルおばちゃま。

メリエルは、いいえ、つい最近新聞でなにか見たわよ、回顧展だかなんとか賞だか、と言った。

「そう？　彼は死んだと思ったけど。ひょっとして誰かほかの人のことを考えていたのかもしれない——ディレイニー家はご存知？」

おばちゃまはメリエルではなく医者に直接話しかけた。

「いえ、知らないと思います」と医者は答えた。「知りません」

「昔みんなが行ったボウエン島に屋敷を持っていた一家なの。ディレイニー家って。聞いたことあるかもしれないと思ったんだけど。そうね。まあいろいろあったわけ。わたしも昔は悪女だったって言ったのはそういう意味よ。冒険ってやつ。でもね。冒険に見えたけど、すべて筋書き通りなの、わかるでしょ。だから実際はたいした冒険でもなかったの。みんなでべろんべろんに酔っぱらうのよ、もちろん。でも、必ずロウソクを円形に灯して、音楽をかけて、もちろんね——むしろ儀式みたいな感じで。でも、ぜんぶがってわけじゃないけど。誰か新しい人に出会って筋書きがぜんぶメチャメチャに、なんてことがないってわけじゃないのよ。初めて会ったっていうのに、猛烈なキスが始まって、森へ駆け込んじゃう。暗いなかでね。そんなに遠くへは行けないわ。それどころじゃないの。めろめろになっちゃって」

おばちゃまは咳き込み始めた。咳の合間に話そうとしてあきらめ、猛烈にごほんごほんとやった。医者は立ち上がると、熟練した手つきで老女の丸めた背中を何度か叩いた。咳はうめき声になった。

「ましになったわ」と老女は言った。「あのね、自分がなにをしているのかはわかってるんだけど、わかってないふりをするの。一度目隠しをされたことがあったわ。森のなかなんかじゃなくて、このときは屋内だけど。べつになんてことはないのよ、合意のうえだから。でもあんまりうまくはいかなかった——ていうかね、わかっちゃうんだもの。たぶんそこには見覚えのない人なんて誰もいなかったんじゃないかしら、どっちみち」

老女はまた咳き込んだ。さっきほどひどくはなかったが。それから頭をあげると、数分のあいだ大きな音をたてて深い息をした。両手は会話をおしとどめるように上へあげている。すぐに続きをしゃべるから、まだ大事なことがあるのよ、みたいに。でもけっきょく、笑ってこう言っただけだった。「今じゃね、ずっと目隠しされっぱなし。白内障よ。だからってもういけないことをされたりはしないけど、わたしの知ってる悪いお遊びには誘いこんでもらえないけどね」

「もうどのくらいになるんですか?」医者は礼儀正しい関心を示してたずねた。そしてメリエルがほっとしたことには、白内障の進行、除去、手術の是非、飛ばされて――おばちゃまの言い方によれば――ここで入居者のケアにあたることになった眼科医をミュリエルおばちゃまは信頼できない、などということについての熱心な会話が、情報に基づく議論が始まった。みだらな幻想――とメリエルは今や決めつけてしまっていた――は実にかんたんに医学的な話へと変わってしまい、ミュリエルおばちゃまは悲観的ながらも楽しげに、医者のほうは入念に安心させるように、会話が続いた。この建物のなかではきっと恒常的に行なわれている類の会話だ。

少しすると、メリエルと医者は目を見交わして、もうそろそろ暇乞いしてもいいのではないかと確かめあった。密やかで思慮深い、まるで夫婦のような眼差し。ほんとうは結婚していない二人のあいだに喚起されたその虚構、淡泊な親密さ。

そろそろ。

ミュリエルおばちゃまは、むこうから先手を打った。こう言ったのだ。「ごめんなさいね、悪いんだけど、あのねえ、どうも疲れてしまって」今やその様子には、さっきあんな話をした気配はまったくなかった。物思いに沈みながらも表面を取り繕い、なんとなく疚《やま》しい思いを抱いて、メリエルはかがんでおばちゃまの頬にお別れのキスをした。ミュリエルおばちゃまに会うのはこれが最後なのではないかという気がした。そしてその通りになったのだった。

角を曲がると、入居者が寝ている、あるいはひょっとしたらベッドから見張っているのかもしれない、ドアの開いた部屋が続くところで、医者はメリエルの肩甲骨のあいだに手を置くと、背中をウェストまですべらせた。その手がドレスの布をつまんでいることにメリエルは気がついた。座って椅子の背に押しつけていたので、湿った肌にはりついていたのだ。脇の下のところもじっとりしていた。

それに、トイレにも行きたかった。「来客用化粧室」をずっと探していたのだ。入ってくるときに見た覚えがあったのだが。

ほら。やっぱりあった。ほっとしたものの、問題はあった。とつぜん医者から離れて「ちょっと待っててね」と言わねばならなかった。自分ながら冷ややかでいらいらした声に聞こえた。医者は「ああ」と答えると、さっさと「男性用」のほうへ向かい、その場の微妙な雰囲気は消えた。

メリエルが暑い日差しのなかに出ると、医者は車のそばを歩きながらタバコを吸っていた。それまでタバコは吸ったことがなかった——ジョナスの両親の家でも、ここまで来る途中も、ミュリエルおばちゃまといたときも。タバコを吸うことで彼は離れてしまったように思われた。その行為で多少の苛立ちを示しているかのように。おそらくは、ひとつのことを片づけて次のことに取り掛からねばならないという苛立ちを。となるとメリエルにはわからなかった、自分が次のことなのか、それとも片づけられたことなのか。

「どこへ行こうか?」と、運転しながら医者は言った。それから、あまりにぶっきらぼうだったと思ったのか、「きみはどこへ行きたいの?」と。まるで子供か、ミュリエルおばちゃまに言うような口ぶりだ——今日の午後は相手をしなければならないことになった誰かに。メリエルは「わからないわ」と答えた。自分はその煩わしい子供になるほかないいんだというように。メリエルはがっかりして泣き出したいのを、欲求を大声でわめきたいのをこらえていた。ふと生じたおずおずした、それでいて必然的に思える欲求、だがそれは今やとつぜん不穏当で一方的なものだとされてしまった。ハンドルを握る彼の手はまったく彼だけのもので、メリエルに触れたことなど一度もないと言いたげだった。

「スタンリー公園はどう?」と彼が言った。「スタンリー公園を歩かないか?」

メリエルは答えた。「ああ、スタンリー公園。もう何年も行ったことないわ」その思いつきを聞いて元気が出た、それ以上のことは考えられない、という調子で。そしてさらにまずいことにこう付け加えてしまった。「ほんとうに素晴らしい天気だし」

「そうだね。たしかに」

マンガみたいな会話だ。耐えられなかった。

「レンタカーにはラジオがついていないんだよな。いや、ついてることもあるけどさ。ついていないこともある」

ライオンズゲート・ブリッジを渡りながら、メリエルは窓を下げた。そして、かまわないかと彼にたずねた。

「かまわないよ。ぜんぜん」

「いつも夏って感じがするの。窓を下げて肘を突き出して風が入ってくると——エアコンにはどうもなじめなくって」

「温度によっては、なじめるようになるさ」

メリエルはなんとか口を閉じていようとした。公園の木立に迎えられるまで。高く伸びて茂った木々がたぶん無分別や恥ずかしさをのみこんでくれるだろう。ところが、あまりにも嬉しそうなため息をもらして、すべてを台無しにしてしまった。

「プロスペクト岬」彼は標示を読み上げた。

あたりにはずいぶんたくさんの人がいた。まだ休暇の始まっていない、五月の平日の午後だというのに。ここですぐにこのことを話題にしようか。レストランまで車がずらっと道に並んで停められ、展望台のコインを入れる双眼鏡のところには行列ができていた。

「よし」彼は出ようとしている車を一台見つけていた。しばし会話はなくても許される、彼がエンジンをアイドリングさせ、じゅうぶんにバックしてからかなり狭いその場所に巧みに車を停めるあいだは。二人は同時に車を降り、歩道をぐるっとまわって肩を並べた。彼はどっちへむかって歩こうかというように、あちこちみまわした。目に入るどの道にも人が行きかっている。

メリエルの脚は震え、これ以上、耐えられそうもなかった。

「どこかほかへ連れて行って」とメリエルは言った。

彼はメリエルの顔を真っ向から見つめた。そして言った。「わかった」

その場の歩道の上、衆目の面前で。猛烈なキス。

連れて行って、とメリエルは言ったのだった。どこかほかへ連れて行って、と。どこかほかへ行きましょう、ではなく。それはメリエルにとって大切なことだった。リスク、権限の移譲。完璧なリスクと移譲。行きましょう——そこにはリスクはあるかもしれないが、権限の放棄はない。メリエルはここから始める——この一時を思い起こすときはいつでも——あのエロティックな崩落について。そして、彼もまた権限を放棄したとしたらどうだっただろう？　ほかってどこへ？　それもまたなかっただろう。彼はまさにああ言わねばならなかったのだ。わかった、と。

彼はメリエルを自分のいるアパートへ連れて行った。キツラノの。彼の友だちのアパートで、本人は漁船に乗り組んでヴァンクーヴァー島の西岸の沖合いにいるということだった。小さなまずまずの建物で、三階建てか四階建てだった。そのアパートについてメリエルが思い出せるのは、正面玄関の周囲がガラスレンガになっていたこと、あの頃の精巧でどっしりしたハイファイ装置があって、居間の家具といえばそれだけらしかったことだ。

べつのシーンのほうがよかったのだが。メリエルは、記憶のなかではそちらに置き換えていた。小さな六階建てか七階建てのホテル、かつてはファッショナブルな住まいだったところで、ヴァンクーヴァーのウェストエンドにある。黄ばんだレースのカーテン、高い天井、たぶん窓の一部には鉄格子、装飾用のバルコニー。実際には薄汚れたいかがわしいところなどなにもないのだが、ただ、秘められた悩みや罪を長らく受け入れてきた雰囲気がある。メリエルはうつむいて腕をぎゅっと両脇に押し付け、体全体に強い恥ずかしさをにじませながら狭いロビーを横切らねばならない。そして彼は、自分たちの目的をあからさまにしはしないけれど、隠しだてしたり言い訳したりするわけでもない低い声で、フロント係りに話しかける。

それから、昔風のエレベーターに乗り込む。昇降係りは年取った男だ――もしかすると老女か、それとも身障者か。悪徳に仕える秘密めいた人物だ。

なぜこんな想像を？　なぜこんなシーンを付け加えたのだろう？　それは晒《さら》されるあの一瞬を求めてのことだった。（空想の）ロビーを横切るメリエルの体を鋭い恥ずかしさとプライドが支配するあの一瞬。そしてまた、彼の声音を求めてのことだった。思慮深く威厳のある口調で、メリエルにはよく聞こえないことをフロント係りに言うときの。

あれは、アパートから数ブロック離れたドラッグストアでの彼の口調だったのかもしれない。車を停めると彼は言ったのだ、「ここでちょっと待っててくれ」と。結婚生活ではうっとうしくて気持ちをそぐように思われる実際的な準備が、こうした異なった状況下では不思議な情熱をメリエルの心にかきたてたのだった。新奇な無気力と従順さを。

暗くなってから、メリエルはまた連れ帰られた。公園を通り抜け、橋を渡り、ウェスト・ヴァンクーヴァーを抜けて、ジョナスの両親の家からすぐのところを通って。そしてほとんどぎりぎりにホースシュー・ベイに着いて、フェリーに乗った。五月末は一年でもっとも日が長い部類に入り、フェリーのドックにも明かりがつき、船腹にぞろぞろ入っていく車もライトをつけてはいたが、西の空にはまだ光が見え、その光を背景に黒々とした島影――ボウエンではなく、メリエルが名前を知らない島――が、入り江の口にプディングのようにこんもり浮かんでいた。

メリエルは押し合いへし合いしながら階段を上る人の群れに加わらなければならなかった。そして、客室甲板に着くと、さいしょに目についた席に腰を下ろした。いつもするように窓際の席を探そうともしなかった。船が海峡の向こう側に着くまでには一時間半あり、そのあいだにやることがたくさんあった。

船が動き出すやいなや、横にいた乗客たちがおしゃべりを始めた。フェリーでたまたま出会ってしゃべっているわけではなく、よく知っている友人か親戚同士で、海を渡るあいだたっぷり話すことがありそうだった。そこでメリエルは立ち上がってデッキに出て、トップデッキにのぼった。ここはいつもほかより人が少ないのだ。そして、救命具が入っている容器に腰掛けた。予期していた部分も予期していなかった部分も痛んだ。

しなければならないとメリエルが思っていたのは、すべてを記憶することだった――そして「記憶する」ことによって、心のなかでもう一度体験するつもりなのだった――それから、ずっとしまいこんでおくのだ。今日の経験をきちんと並べて、でこぼこだったり散らかっていたりするところがないようにし、すべてを宝物のように集めて片づけ、取っておくのだ。

メリエルは二つの予測にしがみついていた。一つ目は気持ちのいいものだが、二つ目は、今の時点ではかんたんに受け入れられるが、そのうちきっとつらくなってくるだろう。

ピエールとの結婚はずっと続く、持ちこたえるだろう。

もう二度とアシャーに会うことはないだろう。

二つとも、けっきょくは正しかった。

メリエルの結婚はほんとうに持ちこたえた――あれから三十年以上も、ピエールが死ぬまで。ピエールが病気になったばかりの、まだかなり楽だったころ、メリエルは夫に本を読んで聞かせた。

数年前に二人で読んだ本を何冊か通して、読み返すつもりで。なかの一冊が『父と子』だった。バザーロフがアンナ・セルゲイエヴナに激しい恋の告白をし、アンナが恐れをなすシーンをメリエルが朗読したあとで、二人は本を中断して議論を始めた（口論ではない――二人ともすっかり穏やかになって、そんなことはしなくなっていた）。

メリエルは違う成り行きのほうがいいと思った。アンナはそんなふうには反応しないだろうと。「作家なのよね」とメリエルは言った。「ツルゲーネフの場合、ふつうはそんなふうに感じないんだけど、ここではね、ツルゲーネフ本人が出てきて二人をぐいっと引き離すように感じるの、それも、なにか作家本人の目的のためにしているように」

ピエールはうっすら笑みを浮かべた。その表情はすべて表面的になっていた。「彼女は屈すると思うわけ？」

「いいえ。屈するわけじゃないわ。どうも彼女が信じられないの、彼と同じくらい夢中になってると思うのよ。二人はそういうことになるんだわ」

「それはロマンチックだな。きみは物事をねじまげてハッピーエンドにしようとしてるんだ」

「結末のことなんかなにも言ってないでしょ」

「あのさ」とピエールは辛抱強く言った。この種の会話は楽しかったがけっこうきつく、ちょっと一休みして力を蓄えねばならなかった。「もしアンナが言いなりになるとしたら、彼を愛してるからってことになるだろ。ことが終われば、いっそう愛するようになるだろう。女ってそんなものなんじゃないか？　愛しているとさ？　そして彼がどうするかというと――次の朝、たぶん彼女に声もかけずに行ってしまうんだ。それが彼の性格だよ。彼女を愛してるってことがたまらないんだ。

だから、あれ以上どうしようがあるっていうんだ？」

「なにか得られるわ。二人の経験を」

「彼はそんなことほとんど忘れてしまうだろうし、彼女は恥ずかしさと拒否反応とで死んでしまうよ。彼女は知性があるんだ。本人もわかっている」

「だけど」メリエルは窮地に陥った気がして、ちょっと言葉を切った。「だけど、ツルゲーネフはそうは言っていないわよ。彼女は完全に驚いたって言ってるじゃない。冷たい女だって」

「知性のせいで彼女は冷たいんだ。知的だってことは冷たいってことなんだ、女性の場合はね」

「そんなことないわ」

「十九世紀ではってことだよ。十九世紀じゃ、そうなんだ」


その夜フェリーの上で、すべてをきちんと整理しようと思いながら、メリエルはそんなことを一切しなかった。繰り返し甦る強烈な記憶の波をくぐりぬけねばならなかったのだ。そしてそれは続くことになった——しだいに間隔をあけて——その先何年も。見逃していたことを拾い集め続け、そういった事柄になおも動揺することになった。再び見たり聞いたりすることになった——二人であげた声を、二人で交わした眼差しを。なにかを認めての、励ますような眼差しを。見たところひどく冷たいのだけれど、深い敬意に満ちた、夫婦やすべてを互いに負っている人々のあいだで交わされるどんな眼差しよりも親密な眼差しを。

彼の薄茶がかったグレイの瞳を、間近で見たざらざらした肌を、鼻の横の古傷のような輪を、身を離して体を起こした彼のなめらかな胸板を、メリエルは覚えていた。だが、彼の容姿をわかるように描写することはできなかった。そもそもの初めから彼の存在をあまりに強く感じすぎて、ふつうに観察することができなかったのだとメリエルは思った。初めのころの、不確かでためらいがちなときのことをとつぜん思い出してさえなお、くるっと丸まってしまいたくなる、自分の体の生々しい驚きを、ざわめく欲望を守ろうとするかのように。愛しい人、愛しい人、とメリエルはそっけなく機械的な口調でつぶやくのだった、秘密の湿布薬となる言葉を。

新聞に出た彼の写真を見たとき、はっと心の痛みを感じたりすることはなかった。切抜きを送ってきたのはジョナスの母親で、連絡はたやさないからねと言っては、生きているあいだずっと折に触れて二人にジョナスのことを思い出させてくれていた。「ジョナスのお葬式に来ていたお医者さまを覚えていますか?」母親は小さなヘッドラインの上にそう書いていた。〈ブッシュ・ドクター墜落事故により死亡〉どうやら古い写真らしく、新聞に複写されてぼやけていた。どちらかというと分厚い顔で、微笑んでいる――彼がカメラにむかって微笑んでいるということが、メリエルには意外だった。彼は自分の飛行機ではなく、救急ヘリの墜落で死んだのだった。メリエルは切抜きをピエールに見せた。そして言った。「どうしてあの人がお葬式に来たのか、知ってた?」

「友だちみたいなものだったんじゃないかな。北にいる、迷える者同士」

「あの人と、なにを話していたの?」

「一度ジョナスに飛び方を教えようとしたことがあるって話をしてくれた。『二度とごめんだ』って言ってたな」

それからピエールはたずねた。「あの医者にどこかへ乗せていってもらったんじゃなかったっけ?　どこだった?」

「リンヴァレーよ。ミュリエルおばちゃまに会いに」

「じゃあ、きみはどんなことを話したんだ?」

「なんだか話しかけにくい人でねえ」

彼が死んだという事実は、メリエルの白昼夢——言うなれば——にさほどの影響は与えなかったようだった。偶然の出会い、あるいはなんとか手を尽くしての再会といった想像でさえ、どのみち現実にはなんの足がかりもなく、彼が死んだからといって訂正することもなかった。それらは勝手に薄れていくしかなく、メリエルには制御もできないし、なぜそうなるのかもわからないのだった。

あの夜、家に帰るとちゅうで雨が降り出した。それほどひどくはなかった。メリエルはフェリーのデッキにそのまま出ていた。立ち上がって歩き回ったあとは、救命具入れのふたの上には、服がぬれるのでもうすわれなくなった。そこで、船にかきたてられてできる泡を見つめていると、ある種の物語——もう誰も書かなくなってしまった類の——ならば、メリエルがなすべきことは水中へ身を投げることではないかと、ふと思った。ちょうど今のこの、幸せいっぱいで、二度とないくらい報われて、体の細胞ひとつひとつが甘いうぬぼれで丸々とふくらんでいる状態で。ロマンチックで、この上なく道理にあっているように——禁断の角度から見ると——思えた。

そうしたくなったのだろうか?　たぶん、そうしたくなるような気分になることを自分に許していただけだろう。たぶん、誘惑に負けるところからは程遠かったのではないか。誘惑に負けることがあの日の流れではあったのだが。

ピエールが死んで初めて、メリエルはもうひとつ思い出したことがあった。

アシャーはホースシュー・ベイのフェリーまで車で送ってくれた。彼は車から降りると、こちら側まで回ってきた。メリエルはその場に立って、彼にさよならを言おうと待っていた。そして、彼のほうへ足を踏み出した。キスしようとして——当然のことだろう、ここ数時間のことを思えば——すると彼は言ったのだ、「だめだ」と。

「だめだ」と彼は言った。「そういうことはしない」

もちろんそれはうそだった、そういうことはしないだなんて。外の、人目に触れるところで公然とキスはしないだなんて。その午後、プロスペクト岬でキスしたのに。

だめだ。

単純なことだ。警告。拒否。メリエルを守るためだと言えるかもしれない、彼自身を守ると同時に。たとえさっきは気にしなかったとしても。

そういうことはしないというのは、またまったくべつだ。べつの種類の警告だ。メリエルを喜ばせない情報。重大な過ちを犯させないようにしてやろうというつもりなのかもしれないが。誤った希望を抱くことがないよう、ある種の過ちを犯す不面目を味わうことのないようにと。

じゃあ、どうやって別れを告げたのだったろう？　握手した？　メリエルは思い出せなかった。

でも、彼の声が聞こえた。彼の軽やかで、それでいて厳粛な口調が。意志の固そうな、ただ好ましいだけの顔が見えた。自分の手の届かないところでわずかな変化が起こったのをメリエルは感じた。記憶が正しいということに疑念を持ったことはなかったのだ。どうやってこんなにうまく記憶を抑圧してこられたのだろう、これまでずっと。

もし抑圧できていなかったら自分の人生は違っていたかもしれないという気がした。どんなふうに？

ピエールとずっといっしょに暮らさなかったかもしれない。バランスを保つことができなかったかも。フェリー乗り場でのあの言葉を、同じ日のあれ以前の言葉や行動とをかみ合わせようとしていたら、メリエルはもっと警戒心を、もっと詮索心をかきたてられていたかもしれない。自尊心や意固地さがしゃしゃり出ていたかもしれない——どこかの男にこんな言葉を、自分に教訓を学ばせようとする拒否の言葉を取り消させたいという欲求が——だが、それだけではすまなかったろう。べつの人生を送っていたかもしれない——そちらのほうがよかったということではないが。おそらくは年齢（メリエルはいつも考慮に入れるのを忘れてしまうのだが）のせいかもしれないし、ピエールの死からこっち呼吸している希薄で冷たい空気のせいもあるのかもしれない、そのべつの人生を、それはそれでまた落とし穴や成就するもののある一種の探求にすぎなかったろうと思えるのは。

もしかすると、どっちみちそこまでわからないものなのかもしれない。もしかすると、繰り返し繰り返し同じことがわかるだけなのかもしれない——自分に関する、明らかではあるけれど心を波立たせる事実が。メリエルの場合は、ずっと慎重であろうと——あるいは少なくとも、感情をある程度きちんと管理しようと——努めてきたのだという事実が。

彼の示したちょっとした保身の行動、親切かつ痛烈な警告、硬直した態度、こういったものは彼に関してはいささか気が抜けて、時代遅れの威張った態度のようになってしまった。今やメリエルは彼のことを日常の煙幕のなかで見られるようになった、まるで夫だったように。

メリエルは思った。彼はずっとこのままなのだろうか、それとも自分は彼になにか新しい役割を用意しているのだろうか。心のうちでなおも彼に演じさせる役割を。これから先も。

クィーニー

Queenie

「あたしのことそう呼ぶのは、やめたほうがいいかも」とクィーニーは言った。ユニオン駅で出迎えてくれたときのことである。

わたしは言った。「ええ？　クィーニーって呼ぶのを？」

「スタンはその呼び方が好きじゃないの。馬みたいだって言うの」

彼女がもうクィーニーではなくリーナになったと言われたことよりも、彼女が「スタン」と言ったことのほうが、わたしには驚きだった。とはいえ、結婚して一年半もたってまだ夫をヴォギラ先生と呼んでいると考えるのは無理があっただろう。その一年半のあいだ彼女と会ったことはなく、ついさっき駅で人待ち顔の群れのなかに見つけた彼女は、ほとんど見分けがつかないくらいだった。髪は黒に染められ、顔のまわりでふくらませて、当時ビーハイヴ（蜂の巣箱のような髪型）のあとに流行っていたスタイルになっている。コーンシロップのような美しい色合い――てっぺんは金色で下のほうは黒っぽい――も絹のような流れも、どちらもまるで失われてしまっていた。黄色い柄物の薄手のワンピースは膝より数インチ上の丈だ。目の周りにこってり引いたクレオパトラのようなアイラインと紫のシャドウのせいで目が小さく見える、大きくではなく。まるでわざと目を隠しているかのように。今では耳にピアスの穴も開けて、金の輪っかがぶらさがっていた。

彼女もわたしを見ていくらか驚いているのがわかった。わたしは努めてはきはきと気楽な調子で言った。「あんたのお尻を包んでるのはワンピースなの、それともフリルなの?」彼女は笑い、わたしは続けた。「電車のなかはすごく暑くてさ。継母のペットみたいなはしゃいだ鼻声だ。

自分の声の響きが聞こえた。継母のペットみたいなはしゃいだ鼻声だ。

ブタみたいに汗かいちゃった。

路面電車でクィーニーの家に向かいながら、わたしはバカなことばかり口にしないではいられなかった。わたしはたずねた。「ここはまだ街中なの?」高いビルの群れはすぐに見えなくなったが、この地域が住宅地だとは思えなかったのだ。同じような店舗やビルが延々と続いている——クリーニング屋、花屋、食品店、レストラン。果物や野菜の箱が歩道に置かれ、二階の窓には歯医者や婦人服仕立て、配管業者の看板が出ている。それより高い建物も木も、ほとんどない。

「ほんとに街中ってわけじゃないけど」とクィーニーは答えた。「シンプソンズの場所を教えたのをおぼえてる? 路面電車に乗った場所を? あのあたりがほんとの街中よ」

「で、もうそろそろ?」

「まだもうちょいよ」

それから彼女は言い直した。「ちょっと。スタンはね、あたしが『ちょい』なんて言うのも好きじゃないの」

そうした繰り返しのせいか、それとも暑さのせいか、わたしは不安を感じ、なんだか気分が悪くなってきた。わたしのスーツケースを二人で膝にのせていたのだが、わたしの手のたった数インチ先には男の太った首とはげた頭があった。黒い汗まみれの長い髪が二、三本、頭皮にはりついている。なぜか薬品戸棚にあったヴォギラ先生の歯のことを、つい思い出してしまった。クィーニーが隣家のヴォギラ家で働いていたときに見せてくれたのだ。ヴォギラ先生がスタンになろうとは思いもよらない、ずっと以前のことだった。

歯をくっつけたものが二つ、先生のかみそりとひげそり用ブラシ、汚ならしく毛のついたひげそり用せっけんが入った木の容器の横に置かれていた。

「これ、先生のブリッジなの」とクィーニーは言った。

ブリッジ？

「歯のブリッジよ」

「やだ」とわたしは言った。

「これは予備なの」とクィーニー。「はめてるのはべつのなの」

「やだ。これ、黄色くない？」

クィーニーはわたしの口に手をあてた。先生の奥さんに聞かれたくなかったのだ。奥さんは階下で食堂のソファに寝ていた。目はたいてい閉じていたが、眠っているとは限らなかった。

やっと路面電車を降りると、二人で重いスーツケースをなんとか運びながら急な坂をのぼらなければならなかった。家々はまったく同じというわけではなかった。さいしょは同じに見えたが。野球帽のように壁から屋根が張り出しているものもあれば、二階全体が屋根のようになっていて、屋根板で葺《ふ》いてあるものもあった。屋根板は暗緑色やえび茶や茶色だった。歩道から数フィートのところにポーチがあって、家と家のあいだは狭く、双方の窓から手を伸ばして握手できるくらいに見えた。歩道では子供たちが遊んでいたが、クィーニーは割れ目をつついている鳥に対するほどにも注意を払わなかった。おそろしく太った男が上半身裸で自分の家の玄関口にすわりこんで、なにか言いたいんじゃないかと思ったほど、こちらを暗い眼差しでじっと見つめていた。クィーニーはその前をずんずん通り過ぎた。

坂のとちゅうでクィーニーは曲がり、ゴミ箱のあいだの砂利道を進んだ。二階の窓から女がなにか叫んだが、わたしにはなにを言っているのかわからなかった。クィーニーは叫び返した。「あたしの妹よ、遊びに来たの」

「うちの大家さんよ」とクィーニーは言った。「表側と二階が大家さんの住まいなの。ギリシャ人なのよ。英語はほとんどしゃべれないの」

クィーニーとヴォギラ先生は、そのギリシャ人の家族とバスルームを共同で使っていたのだった。トイレに行くときはトイレットペーパーを持っていくのだ——忘れたら、紙はない。わたしはすぐにトイレへ行く必要があった。ちょうど生理がひどくて、ナプキンを換えなければならなかったのだ。そのあと何年も、暑い日の通りの光景、茶色いレンガや黒っぽく塗られた屋根板の色調、路面電車の音などに、あのときの下腹の痛み、水洗の渦、体から流れ出るもの、激しい狼狽をふっと思い出すことがあった。

ひとつの部屋はクィーニーが先生と寝る寝室になっていて、もうひとつの部屋が小さな居間代わり、それに狭い台所とサンポーチがあった。サンポーチに置かれたキャンプベッドがわたしの寝場所だった。窓のすぐ外では家主がべつの男とバイクを修理していた。オイルや金属や機械類のにおいが熟れたトマトのにおいと、日差しのなかで交じり合っている。二階の窓からはラジオの音楽が響き渡っていた。

「あれがね、スタンにはがまんできないの」とクィーニーは言った。「あのラジオ」クィーニーは花柄のカーテンを閉じたが、騒音と日差しはなおも入りこんできた。「裏をつけられたらよかったんだけど」と彼女は言った。

わたしは血まみれのナプキンをトイレットペーパーにくるんで手に持っていた。クィーニーは紙袋をよこして、外にゴミバケツがあるのを教えてくれた。「毎回ね」と彼女は言った。「あそこへすぐに捨てて。忘れないでよね。それから、箱を彼の目につくところへ置かないで。そういうのが目に触れるのを嫌うの」

わたしはそれでも平気な顔をしていようと努めた。くつろいでいるふりをしようと。「わたしもそういうきれいで素敵な服を買わなくちゃ」とわたしは言った。

「あたしが縫ってあげてもいいけど」クィーニーは頭を冷蔵庫に突っ込みながら言った。「コーラ飲むけど、あんたは？ 見切り品を売ってる店があるのよ。この服、ぜんぶで三ドルくらいで作ったの。ところで、あんた今サイズはいくつ？」

わたしは肩をすくめた。そして、痩せようとしてるところなんだと答えた。

「あらそう。まあたぶんなにか見つかるわよ」

「おまえと同じくらいの歳の小さな娘のいる女の人と結婚しようと思うんだ」と父は言った。「その子にはお父さんがいないんだよ。それでひとつ約束してほしいんだ。それはね、そのことでその子をいじめたりなにか意地悪を言ったりなんてことは、ぜったいしないでもらいたいってことだ。姉妹同士、これからけんかしたり意見があわなかったりすることもあるだろうが、それだけは言っちゃだめだ。そしてもしほかの子たちがそんなこと言ったら、その子たちのほうについちゃだめだぞ」

わたしには母親がいないが誰もそのことで意地悪なんか言わないじゃないかと、わたしは反論した。

父は「それはまたべつだ」と答えた。

父はすべてにおいてまちがっていた。わたしたちはどうみても同じくらいの歳ではなかった。父がベットと結婚したとき、クィーニーは九歳でわたしは六歳だったのだ。もっともあとになってわたしが一年飛び級し、クィーニーが一年落第すると、学校では近くなったが。それに、わたしの知る限りクィーニーに意地悪しようとする子などいなかった。誰もが友だちになりたがるタイプだったのだ。野球のチームを作るときは、うっかりプレーばかりやるのにさいしょに選ばれる。スペルは苦手なのに、スペリングチームにもさいしょに選ばれた。それに、わたしとクィーニーはけんかなんかしなかった。一回も。彼女はわたしにとても親切にしてくれたし、わたしは彼女をおおいに賞賛していた。あのダークブロンドの髪、眠そうな黒い目だけでも崇拝していただろう——彼女のルックス、笑い声のためだけでも。彼女の笑い声は甘くてざらざらしていてブラウンシュガーみたいだった。驚いたことに、これだけ優位に立っているというのに、彼女は心優しくて親切でいられるのだった。

クィーニーが姿を消した朝、冬の初めのあの朝、わたしは目が覚めたとたんに彼女がいなくなっているのを悟った。

まだ暗い、六時から七時のあいだだったと思う。家のなかは寒かった。わたしはクィーニーと共同で使っていた茶色のウールの大きなバスローブをはおった。わたしたちはそれをバッファロー・ビルと呼び、朝先にベッドから出たほうが引っつかんでいた。どこからやってきたかは謎だった。「たぶんベットがあんたのお父さんと結婚するまえの友だちのじゃないかな」とクィーニーは言った。「だけどなにも言わないでよ。あたしがベットに殺されちゃうから」

クィーニーのベッドは空で、バスルームにもいなかった。わたしは明かりをつけずに階段を降りた。ベットを起こしたくなかったのだ。玄関の小さな窓から外をのぞいた。硬い車道、歩道、前庭の平らな芝生も、ぜんぶ霜で光っている。雪は遅れていた。廊下のサーモスタットの温度を上げると、闇のなかで炉が作動して、頼もしいうなりをあげた。うちは石油炉をつけたばかりで、いまだにさあ地下室へ行って火を起こさねばと思って毎朝五時に目を覚ましてしまう、と父は言っていた。

父は台所につながった食糧貯蔵室だったところで寝ていた。鉄製のベッドと、父が眠れないときに読む古いナショナル・ジオグラフィックを重ねておく背もたれの壊れた椅子が置いてあった。ベッドのフレームに結わえたひもで天井のライトをつけたり消したりしていた。こういった配置のすべてがわたしには、一家の主、父親にとっては、しごく当たり前で適切なものに思えた。父は歩哨のように眠るべきなのだ。粗末な毛布にくるまって、家には馴染まない機械とタバコのにおいをまつわりつかせて。深夜まで目を開けて本を読み、眠っているあいだもずっと警戒を怠らずに。

それでも、父はクィーニーに気づかなかったのだ。家のなかのどこかにいるに違いないと父は言った。「バスルームは見たのか？」

「あそこにはいないわよ」とわたしは答えた。

「母親といっしょにいるのかもしれないぞ。また神経過敏《ヒービージービズ》になってさ」

ベットが悪い夢を見て目を覚ますと——完全に目が覚めないこともあるが——父はヒービージービズ（アメリカの漫画家ビリー・デベックの「バーニー・グーグルとスナッフィー・スミス」より）だと言うのだった。ベットはまごつきながら寝室から出てくるが、なににおびえたのかは言えない。するとクィーニーがベッドへ連れもどさなくてはならないのだ。クィーニーはベットの背中に寄り添って横になり、子犬がミルクをぺちゃぺちゃなめるような声を出してなだめる。するとベットは、朝になるとなにも覚えていないのだった。

わたしは台所の電気をつけた。

「起こしたくなかったの」とわたしは言った。「ベットを」

布巾でしょっちゅうこすられてばかりの底が錆びたパンを入れる缶や、洗ったままで片づけていないレンジの上の鍋や、フェアホルム・デリからもらった標語「主は我が家の中心」を、わたしは見つめた。それが破局にえぐられているのも知らず、一日が始まるのを愚かしくも待っているこういったものすべてを。

横のポーチへ通じるドアには鍵がかかっていなかった。

「誰かが入ってきたんだ」とわたしは言った。「誰かが入ってきてクィーニーを連れて行ったんだ」

父が股引の上にズボンをはいて出てきた。ベットもシュニール織りのガウンにスリッパをはいて、とちゅうで電気をつけながらパタパタ降りてきた。

「クィーニーはおまえといっしょじゃなかったのか？」と父はベットにたずねた。そしてわたしにはこう言った。「ドアの鍵は内側から開けなきゃならなかったはずだ」

ベットが言った。「クィーニーがいったいどうしたっていうの？」

「ちょっと散歩したくなっただけかもしれないぞ」と父が言った。

ベットはこれを無視した。顔はなにかピンクのもので覆われ、それが乾いていた。ベットは化粧品の販売員で、自分で試したことのないものは決して売らない主義だった。

「ヴォギラさんちへ行ってちょうだい」とベットはわたしに言った。「あの子、あそこでなにかやらなきゃいけないことがあったのを思い出したのかも」

奥さんの葬儀から一週間ほどたっていたが、クィーニーはヴォギラ家での仕事を続けていて、先生がアパートへ移れるよう皿やリネン類を箱詰めしていた。先生は学校のクリスマスコンサートの準備に追われていて、荷造りをぜんぶ自分でするのは無理だった。ベットはクィーニーがどこかの店でクリスマス時期の店員として雇ってもらえるよう、さっさとやめさせたがっていたのだが。

わたしは自分の靴を取りに二階へ行かないで、ドアの横にあった父のゴム長をはいた。そして、よたよた庭を横切ってヴォギラ家のポーチに行くと呼び鈴を鳴らした。呼び鈴はチャイムで、この家の音楽性を宣言しているように思えた。わたしはバッファロー・ビルをぎゅっと体に巻きつけて祈った。ああ、クィーニー、クィーニー、お願いだから電気をつけて。もしクィーニーがここで仕事をしているならば、電気はすでについているはずだということを、わたしは忘れていた。

応答はなかった。そこで木のドアを叩いた。こうしてしまいに先生を起こしてしまったら、きっとご機嫌が悪くなることだろう。わたしは頭をドアに押しつけて、なにか気配がしないか聞き耳をたてた。

「ヴォギラ先生。ヴォギラ先生。起こしちゃってすいません、先生。誰かいないんですか？」

ヴォギラ家のむこう隣の家の窓が押し上げられた。年取った独身男のハヴィーさんが妹と住んでいる家だ。

「よく見なさい」ハヴィーさんが上から大声で言った。「車庫の通路を見てごらん」

先生の車が消えていた。

ハヴィーさんは窓をがちゃんと閉めた。

我が家の台所のドアを開けると、父とベットが紅茶のカップをまえにテーブルに座っていた。いっしゅん、秩序が回復したのかと思った。たぶん電話がかかってきて、動揺を鎮めてくれる知らせをもたらしたのだ。

「先生はいなかった」とわたしは告げた。「車もなかったよ」

「ああ、わかってるわ」とベットが答えた。「もうぜんぶわかってるの」

父が言った。「こいつを見ろ」そして、テーブルのむこうから一枚の紙を押しやった。

いいいいわたしはヴォギラ先生と結婚しますと書いてあった。ではまた。クィーニー。

「砂糖入れの下にあった」と父は言った。

ベットがスプーンを落とした。

「あの男、訴えてやりたい」とベットは叫んだ。「あの子を感化院に放りこんでやりたい。警察を呼ばなきゃ」

「あの子は十八だから、本人がしたいと思えば結婚できるんだ。警察は道路封鎖してくれやしないよ」と父は答えた。

「誰が道路を走ってるなんて言った？　どっかのモーテルへしけこんでるわよ。あの大バカ娘と出目でむっつりスケベのヴォギラのやつ」

「そんなこと言ったところであの子は戻ってきやしないぞ」

「戻ってなんかいらない。はいつくばって帰ってきたってごめんだわ。自分でベッドを整えたんだからね、あの出目のクソ野郎とそのベッドで寝りゃあいいのよ。あいつがあの子の耳にねじこんだって、あたしの知ったこっちゃないわ」

「もうたくさんだ」と父が言った。


クィーニーはコーラで飲んだらいいからと、わたしに鎮痛剤を二錠持ってきてくれた。

「びっくりしちゃうわよ、生理痛がきれいになくなるんだから、結婚すると。で――あんたのお父さんからあたしたちのこと聞いたの？」

秋に教員養成大学へ入る前に夏のあいだ仕事をしたいと父に話したところ、トロントに行ってクィーニーを訪ねたらいいかもしれないと言われたのだ。父のトラック運送会社気付けでクィーニーが手紙を寄越して、冬を乗り切る金をいくらか融通してもらえまいかと頼んできたのだと父は言った。

「あんたのお父さんに手紙を書く必要なんかなかったのにさ」とクィーニーは言った。「スタンが去年肺炎にかかったりしなければね」

「それで初めて、あんたがどこにいるかわかったのよ」そう言うと、わたしの目には涙があふれてきた。どうして泣けたんだろう。所在がわかったとき、すごく嬉しかったからだ。わかるまではひどくさみしかった。クィーニーにすぐさま「もちろん、ずっとあんたに連絡しようとは思ってたのよ」と言ってほしかったのに、言ってくれなかったからだ。

「ベットは知らないの」とわたしは言った。「ベットは、わたしがひとりでやっていくんだと思ってるの」

「あたしもそのほうがいいな」クィーニーは落ち着いた口調で答えた。「母さんは知らないほうがいいって意味よ」

うちのことで、クィーニーに聞かせたいことがたくさんあった。わたしはトラック運送会社の車両が三台から十二台になったこと、ベットがマスクラットのコートを買い、ビジネスを拡大して、今では家でエステも開業していることを話した。このために、ベットは父が寝ていた部屋を改装し、父はベッドとナショナル・ジオグラフィックを自分の事務所——父が運送会社の敷地へ移設した空軍の兵士用宿舎——へ移した。台所テーブルで大学入学資格の勉強をしていると、ベットの言葉が聞こえてきたものだ。「こんなにデリケートなお肌なんですもの、タオルなんかぜったいにお使いになっちゃいけませんわ」そして、赤ら顔のご婦人にローションやクリームをこってりぬりたくる。時には同じく熱心な、でもあまり希望に満ちてはいない口調でこんなふうに言ったりもする。「じつはねえ、悪魔がいたんですよ。悪魔がすぐ隣に住んでたんです。なのに気がつかなかったんです。だって気がつきませんよねえ、ふつう。あたしはいつも人様のことは、なるべくいいようにしか考えませんから。うんとひどい目にあわされるまでね」

「そうよねえ」と客は言う。「あたしだって同じよ」

あるいは「悲しいってどういうことかわかってると思ってらっしゃるでしょうけどね、きっと半分もおわかりじゃありませんよ」。

そしてベットはご婦人をドアまで送って戻ってくると、ううとうめいて言うのだ。「あの人の顔、暗いところで触ったらサンドペーパーと区別がつかないわよ」

クィーニーはこんな話に興味を示さなかった。それに、どっちみち時間もあんまりなかった。わたしたちがコーラを飲み終わらないうちに、足早に砂利を踏みしめる音が聞こえてきたかと思うと、ヴォギラ先生が台所へ入ってきたのだ。

「ほら、誰が来たか見てよ」クィーニーが叫んだ。先生に触れようとするかのように半分立ち上がったが、むこうは流しのほうへ向きを変えてしまった。

クィーニーの口調にはいかにも楽しそうな、びっくりでしょという響きが満ちていたので、わたしの手紙のことやわたしがやってくるということは先生に伝えていなかったのだろうかと思った。

「クリシーよ」とクィーニーは言った。

「そうみたいだな」と先生は答えた。「きみはきっと暑いのが好きなんだね、クリシー、夏のトロントへ来るなんて」

「この子、仕事を探すんだって」とクィーニー。

「それで、きみはなにか資格でもあるのかい?」と先生はたずねた。「トロントで仕事を見つけられるような資格は持ってるの?」

クィーニーが答えた。「この子、大学入学資格を持ってるわ」

「なるほど、それでじゅうぶんだといいがね」と先生は言った。そして、コップに水を入れると飲み干した。わたしたちには背を向けて立ったまま。奥さんとクィーニーとわたしがあのもうひとつの家、我が家の隣のヴォギラ家の台所テーブルにすわっていたときとまったく同じだった。先生がどこかのレッスンから帰ってきたり、表側の部屋でピアノを教えていて一休みしたりする。足音が聞こえたとたん、奥さんはわたしたちに、警告するようににやっとしてみせる。そしてみんなでスクラブルの文字に目を落として、先生がこちらに気づいてもいいし気づかなくてもいいという状況にしてあげるのだ。気がつかないこともあった。食器棚を開ける、蛇口をひねる、コップをカウンターに置く、これらは一連の小さな爆発にも等しかった。あたかも、おれがここにいるあいだ、息ができる者がいたらしてみろと言わんばかり。

学校で音楽を教えるときも同じだった。一分も無駄にはしない歩調で教室に入ってきた先生が棒で一度こつんとやると、それが開始の合図なのだ。耳を立て、飛び出た青い目を油断なく光らせ、緊張したけんか腰のような面持ちで、そっくりかえって通路を行ったり来たりする。いつ生徒の机の横で立ち止まるかわからない。ちゃんと歌っているか、歌う真似をしているだけじゃないのか、調子っぱずれになっていないか確かめるために。そして、頭をゆっくりと下げる。飛び出た目をこちらの目と合わせ、手で他の声を静止し、その生徒を恥じ入らせるのだ。噂によると、あちこちの合唱団やグリークラブでも独裁者だということだった。それでも歌い手たちには大人気だった。特にご婦人方には。クリスマスにはいろいろなものを編んでくれるのだった。学校から学校へ、合唱団から合唱団へと移動するときに寒い思いをしないようにと、ソックスやマフラーやミトンを。

奥さんの具合が悪くなって家を切り盛りできなくなり、クィーニーがやっていたとき、引き出しから編み物作品をひとつひとつひっぱり出して、わたしの顔の前で振ってみせた。送り主の名前なしに届いたらしかった。

わたしにはそれがなにかわからなかった。

「ピーターヒーター（股間用サポーター）よ」とクィーニーは言った。「奥さんがね、先生に見せるなって。きっと腹をたてるからってさ。ピーターヒーターってなにか知らない？」

「げえ」とわたし。

「ただのじょうだんよ」

クィーニーも先生も夜になると仕事に行かなくてはならなかった。先生はレストランでピアノを弾く。タキシードを着て。そしてクィーニーは映画館で切符売りをしていた。映画館はほんの数ブロックしか離れていなかったので、わたしはそこまでいっしょに歩いていった。切符売り場におさまった彼女を見ると、化粧も、染めてふくらませた髪も輪っかのイヤリングも、けっきょくそんなに変じゃないな、と思った。クィーニーのような格好をした女の子たちが幾人も、通りを歩いたりボーイフレンドと映画を見に入ってきたりしていたのだ。それに、まわりのポスターに出ている女の子たちのなかにもそっくりな格好をしているのがいた。クィーニーはドラマの世界とつながっているように見えた。熱い情事や危険に満ちた、内側のスクリーンの上で描き出されている世界と。

クィーニーは――わたしの父の言葉を借りるなら――誰に対しても後部座席に座っている必要はない（誰にもひけはとらないの意）ように見えた。

「ちょっとぶらぶらしてきたら？」とクィーニーはわたしに言った。でもどうも自分が変に目立つような気がした。カフェにすわってコーヒーを飲みながら、なにもすることがないし行き場もないんだと世間にむかって宣伝するなんて、とんでもないことだ。あるいは店に入って、買える望みのない服を試着するだなんて。わたしはまた坂をのぼり、自分の部屋の窓から呼びかけるギリシャ人の女の人に、こんにちはと手を振った。そしてクィーニーの鍵でなかに入った。

サンポーチの簡易ベッドに腰を下ろした。もってきた服を掛けておく場所はないし、どっちにしろ荷物を出すのはよくないかもしれないと思った。先生は、わたしがここにいるというしるしをちょっとでも目にするのは嫌かもしれない。

ヴォギラ先生の様子もクィーニーと同じく変わったなとわたしは思った。でも、先生のはクィーニーのように、わたしには強烈な異国風の魅力や洗練に思えるものへの変化ではなかった。先生の髪はまえは赤味がかった灰色だったが、それが今ではまったくの灰色になり、顔の表情――もしも無礼な行為や不適切な行為でもあれば、あるいは家のなかの物があるべき場所にないというただそれだけのことでも、すぐに怒りで赤くなりそうな――は、いっそう常に不満をためこんでいるように見えた。まるで始終、目の前に侮辱が突きつけられている、悪行が罰せられないまま放置されているとでも言わんばかりに。

わたしは立ち上がってアパートを歩き回ってみた。よその家というのは、そこの住人がいるあいだはしげしげと見るわけにはいかない。

部屋としては台所がいちばんよかった、暗すぎたが。クィーニーは流しの上の窓に蔦を這わせて、先生の奥さんがしていたのと同じように、取っ手の取れたきれいなマグカップに木のスプーンをたてていた。居間にはピアノがあった。まえの家の居間にあったのと同じピアノだ。肘掛け椅子がひとつ、レンガと板で作った本棚、レコードプレイヤー、それにレコードがたくさん床に置いてあった。テレビはない。クルミ材のロッキングチェアーも、つづれ織りのカーテンも。羊皮紙のシェードに日本の風景が描かれたフロアランプもなかった。こういったものもぜんぶ、雪の日にトロントへ運ばれたのに。わたしは昼休みの時間で家にいて、引越しトラックを見たのだ。ベットは玄関の窓にずっとへばりついていた。しまいに、いつも知らない人に対して示したがる尊厳をすっかり忘れ果てて、ドアを開けて引越し屋の男たちに叫んだ。「トロントへ戻ったらあの男に言っといて、またこの辺に顔を見せるようなことがあったら、やめときゃよかったって後悔することになるよってね」

男たちは元気よく手を振った。こんなシーンには慣れてるんだと言うように。たぶん、そうなのかもしれない。家具を運んでいると、怒鳴ったり怒ったりはしょっちゅう目にするだろうから。だけど、みんなどこへ行ってしまったんだろう？　売ったのかな、とわたしは思った。売ったにちがいない。ヴォギラ先生は専門の仕事がトロントではうまくいかなくて大変みたいだと父は言っていた。それにクィーニーは、「支払いできなくなった」というようなことを言っていた。支払いできなくなるようなことがなければ、ぜったい父に手紙を書いたりはしなかっただろうと。

クィーニーが手紙を書くまえに、二人は家具を売ったにちがいない。

本棚には『音楽事典』『世界のオペラガイド』『偉大な作曲家たちの生涯』が並んでいた。大きな薄いきれいな表紙の本も一冊あった——『オマルハイヤームのルバイヤート』——先生の奥さんがソファの傍らによく置いていた本だ。

同じような装丁の本がもう一冊あったが、題名ははっきり思い出せない。題名のなにかが、わたしの興味を引いた。「花でおおわれた」とか「芳香を放つ」といった言葉が。その本を開いてみた。

目にしたさいしょの文章ははっきり覚えている。

「ハリムの若い女奴隷《オダリスク》たちはまた、その爪の絶妙なる利用法についても教育を受けていた」

オダリスクとはなにかわたしにはわからなかったが、「ハリム」(なぜ「ハーレム」ではないのだろう？)という言葉がヒントを与えてくれた。わたしは読み続けた。爪を使ってどんなことをするよう教育されていたのか知りたかったのだ。どんどん読んだ。たぶん一時間くらいだろうか。それから本を床に投げ出した。興奮と嫌悪感を感じ、信じられない思いだった。大人はほんとうにこんなことに興味を持つのだろうか？ 丸まったり絡まったりするきれいなつる草の表紙のデザインまでもが、多少とげとげしく腐敗して見えた。元の場所に戻そうと本をひろいあげると、本が開いて見返しの名前が見えた。スタン・アンド・マリゴールド・ヴォギラ。女らしい筆跡だ。スタンとマリゴールド。

わたしはヴォギラ先生の奥さんの白くて高い額やきゅっと丸まったうす墨色のカールを思い出した。ボタンパールのイヤリングや襟元が蝶結びになっているブラウスを。奥さんは先生よりかなり背が高く、そのせいで連れ立って外出しないのだと言われていた。だけどほんとうは、奥さんが息切れするからだった。階段をあがったり、洗濯物を干したりしても息が切れてしまう。しまいには、テーブルにすわってスクラブルをしても息が切れるようになった。

父はさいしょ、わたしたちが奥さんのために食料品を買ってきたり洗濯物を干したりしても、お金をもらうことを禁じた——ご近所のよしみなんだからと言って。

ベットは、みんながただで世話しに来てくれるかどうか、あたしも寝込んでみようかしらね、と言った。

そのうちにヴォギラ先生がやってきて、クィーニーに家へ来て働いてもらいたいのだがと持ちかけた。クィーニーは行きたがった。高校で落第したのだが、また同じ学年をやる気はなかったのだ。しまいにベットが、いいわと言った。ただし、看病は一切するなと注意して。

「先生が看護婦を雇わないほどのしみったれだとしても、あんたには関係のないことだからね」

ヴォギラ先生は毎朝薬を用意し、毎晩奥さんの体をスポンジで拭くんだと、クィーニーは言った。奥さんのシーツを湯船で洗おうとまでしたのだと。家に洗濯機がないわけでもないのに。

みんなで台所でスクラブルをしていると、コップで水を飲んだあとの先生が片手を奥さんの肩に置いては長い難儀な旅から帰ってきたようなため息をついていたことを、わたしは思い出した。

「やあ、おまえ」と先生は言うのだった。

奥さんはうつむいて先生の手に軽くキスする。

「はい、あなた」と奥さんは言う。

それから先生はわたしたちを見るのだ、クィーニーとわたしを、わたしたちの存在が必ずしも腹だたしいものではないというように。

「やあ、きみたち」

それからしばらくたって、クィーニーとわたしは暗いベッドのなかでくすくす笑うのだった。

「おやすみ、おまえ」

「おやすみ、あなた」

あの頃に戻れたらと、どれほど思ったことか。

朝方トイレへ行ったのとナプキンをゴミバケツに捨てにそっと外へ出た以外は、サンポーチの簡易ベッドに座ったままヴォギラ先生が家から出て行くのを待った。先生はどこへも行くところがないんじゃないかと心配だったが、どうやらあるようだった。先生が出て行くとすぐに、クィーニーが声を掛けてくれた。皮をむいたオレンジとコーンフレークとコーヒーが用意してあった。

「それから、ほら新聞」とクィーニーは言った。「求人欄を見てたの。だけどまず、あんたの髪をなんとかしたいなあ。後ろをちょっと切って、上のほうをローラーで巻いてみたいんだけど。かまわない?」

わたしはかまわないと答えた。食べているあいだでもいいと。クィーニーはわたしの周りをぐるぐる回りながら眺めて、どうしようか頭をひねった。それからわたしをスツールに座らせて――わたしはまだコーヒーを飲んでいた――髪を梳《す》いたり切ったりし始めた。

「ところで、どんな仕事を探すの?」とクィーニーはたずねた。「クリーニング屋の仕事がひとつあったよ。カウンターの。どうかなあ?」

「いいんじゃない」とわたしは答えた。

「まだ先生になるつもりなの?」

わからないとわたしは答えた。クィーニーは教師なんてつまらない仕事だと思っているかもしれないという気がした。

「あんたは先生になるべきよ。頭がいいんだもん。先生は給料もいいし。あたしみたいなのよりたくさんもらえるのよ。もっと自立できるわ」

でもべつにかまわないんだけど、映画館で働くのもね、とクィーニーは続けた。去年のクリスマスの一ヶ月ほどまえにこの仕事を見つけて、そのときとても嬉しかったのだと言う。ついに自分のお金ができて、クリスマスケーキの材料が買えるようになったからだ。それに、トラックの荷台にクリスマスツリーを積んで売っていた男とも仲良くなった。その男から五十セントで一本売ってもらい、自分で坂を引っ張りあげた。そして、木に赤と緑のクレープペーパーの、安いテープをかけた。銀箔のボール紙で飾りをいくつか作り、あとの飾りは、クリスマス前にドラッグストアで安くなったやつを買った。クッキーも焼いて、雑誌に出ていたのを真似して木に吊るした。ヨーロッパの風習らしい。

クィーニーはパーティーを開きたかったのだが、誰を招けばいいのかわからない。ギリシャ人一家がいるし、スタンには友人が数名いる。それから、スタンの生徒も招いたらどうだろうと思いついた。

わたしはまだクィーニーが「スタン」と言うのに馴染めなかった。その呼び名は、ヴォギラ先生とクィーニーとの親密な関係を示唆するだけにとどまらなかった。それはもちろんのことだ。だが、それはまた、クィーニーが彼をゼロから作り出したかのような印象を与えた。新たな人物を。スタンという。わたしも――先生の奥さんは言うまでもなく――ともに知っていたヴォギラ先生なる人物は存在していなかったかのように。さいしょから。

スタンの生徒は、今は大人ばかりで――彼はほんとうのところ、学校へ通う子供よりは大人のほうが好きなのだ――子供の場合のようにゲームやらお楽しみやらの心配をする必要はなかった。二人は日曜の夜にパーティーを開いた。ほかの夜はぜんぶ、スタンのレストランでの仕事やクィーニーの映画館での仕事でふさがっていたからだ。

ギリシャ人一家は手作りのワインを持ってきて、生徒たちの何人かはエッグノッグミックスとラムとシェリーを持ってきた。それに、ダンス音楽のレコードを持ってきた客もいた。スタンはそういった種類のレコードは持っていないだろうと思ったようだが、それは正しかった。

　クィーニーはソーセージロールとジンジャーブレッドを作り、ギリシャ人女性はお国風のクッキーを持ってきた。すべて申し分なく、パーティーは成功だった。クィーニーはアンドリューという名前の中国人の男の子とダンスした。クィーニーが大好きなレコードを持ってきてくれたのだ。

「向きを変えて《ターン》、向きを変えて《ターン》、向きを変えて《ターン》」と言われたので、わたしは指示どおりに頭を動かした。するとクィーニーは笑って、「ちがう、ちがう、あんたに言ったんじゃないの。そのレコードよ。そういう歌なの。バーズの歌よ」

「ターン、ターン、ターン」とクィーニーは歌った。「トゥー・エブリシング。ゼア・イズ・ア・シーズン――」

　アンドリューは歯科の学生だった。けれど『月光』ソナタを弾けるようになりたいと思っていた。スタンは、弾けるようになるにはずいぶんかかるだろうと言っていた。アンドリューは辛抱強かった。クィーニーに、クリスマスにノーザン・オンタリオの実家へ帰る金がないんだと話した。

「中国の人かと思った」とわたしは言った。

「ちがうの、中国の中国人じゃないの。この国の人間よ」

　みんなで子供のゲームをひとつした。椅子取りゲームだ。その頃にはみんながやがや陽気になっていた。スタンでさえ。スタンは走り抜けようとしたクィーニーをつかまえて自分の膝に座らせ、放してくれなかった。そしてみんなが帰ってしまうと、片づけもさせなかった。とにかくベッドへ連れこみたがったのだ。

「男の人ってどんなだか、わかるでしょ」とクィーニーは言った。「あんたもうボーイフレンドとか、いる?」

わたしはいないと答えた。父がいちばん最近雇った運転手が、さして必要でもない連絡事項を伝えに始終うちへやってくるのだが、父は「あいつはクリシーと話がしたくて来るんだ」と言っていた。でもわたしは彼を冷たくあしらい、むこうは今のところわたしをデートに誘う勇気は出ないようだった。

「じゃあ、あんたまだアレを実際には知らないわけ?」とクィーニーは言った。

「ちゃんと知ってるわよ」とわたしは答えた。

「へええ」とクィーニー。

パーティーのお客はほとんどぜんぶ食べつくしてしまっていたが、ケーキだけは残っていた。みんなケーキはあんまり食べなかったのだが、クィーニーは気を悪くはしなかった。ずいぶんこってりしていたし、ケーキにとりかかった頃には、みんなソーセージロールやほかのもので満腹になっていたのだ。それに、本には熟成させなければいけないと書いてあったのにその時間がなかったので、残ったのはかえって好都合だとクィーニーは思った。ワインに浸した布でケーキをくるんで涼しいところに置いておこうと考えていたら、スタンに引き寄せられたのだった。そうしようと思っていたのか、あるいは実際にそうしたのか、とにかく朝になって見るとケーキがテーブルの上になかったので、自分はそういうふうにしたんだとクィーニーは思った。よし、ケーキはちゃんとしまったんだ、と思ったのだ。

一日か二日たって、スタンが言った。「あのケーキを一切れ食べてみよう」あら、もうちょっと置いといたほうがいいわよ、とクィーニーは言ったが、スタンはきかない。クィーニーは戸棚を見て、それから冷蔵庫を見たが、ケーキはない。くまなく探したが見つからない。テーブルの上にあったのを見たときのことを思い返してみた。記憶がよみがえってきた。きれいな布を出してワインに浸し、残ったケーキを丁寧にくるんだこと。その上からパラフィン紙でくるんだこと。でも、いつそうしたのだろう？　ほんとうにそうしたのだろうか、それともそんなつもりになっていただけなんだろうか？　包んでから、ケーキをどこに置いたのだろう？　自分がケーキを片づける情景を思い浮かべようとしたが、なにも浮かんではこなかった。

クィーニーは食器棚のあちこちを探した。でも、ケーキは大きいからそんなところに隠れているわけがないのはわかっていた。それからオーヴンのなかを確かめ、ドレッサーの引き出しとかベッドの下とか押入れの棚とかいったとんでもない場所まで探してみた。どこにもなかった。

「どこかに置いたんなら、そこにあるはずだ」スタンは言った。

「置いたのよ。どこかに置いたの」とクィーニーは言った。

「ひょっとしたら酔っ払って捨てちまったんじゃないか」

「酔ってなんかいなかったもん。捨てたりしないよ」

それでもクィーニーはゴミ箱をのぞきにいった。ない。

スタンはテーブルについてじっと見ている。どこかに置いたのならそこにあるはずだ。クィーニーは焦燥感に駆られてきた。

「たしかなのか？」とスタンはたずねた。「人にやってしまったりしてないのはたしかなんだろうな？」

たしかだ。人にやってしまったりしていないのはたしかだ。とっておこうとくるんだのだ。たしかに、たぶんたしかに、とっておこうとくるんだのだ。人にやったりしていないのはたしかだ。

「ああ、それはどうだろうなあ」とスタンは言った。「たぶん、人にやっちまったんじゃないか。誰にやったのかもわかるぞ」

クィーニーはその場に棒立ちになった。誰に？

「きっとアンドリューにやったんだ」

アンドリューに？

ああそうだ。かわいそうなアンドリュー。クリスマスに帰省する金がないってきみに話したんだろ。アンドリューを気の毒に思ったんだな。

「それで、あのケーキをやったんだ」

いや、とクィーニーは言った。どうしてそんなことしなきゃならないの？　そんなことするわけないよ。アンドリューにケーキをあげようだなんて考えたこともない。

「リーナ、うそをつくんじゃない」とスタンは言った。

それがクィーニーの長い惨めな苦闘の始まりだった。ちがう、ちがう、ちがう、あのケーキは誰にもあげてない、と言うしかなかった。アンドリューにケーキなんかあげてない。うそはついてない。ちがう、ちがう、と。

「たぶん、酔ってたんじゃないか」とスタンは言った。「酔っていて、はっきり覚えてないんだ」

酔ってはいなかったとクィーニーは言った。

「酔っていたのはあんたでしょ」と。

スタンは立ち上がると、クィーニーに手を振り上げながら迫ってきて、おれが酔っていたなんて言うな、そんなことはぜったい言うなとわめいた。

クィーニーは叫んだ。「言わない。言わない。ごめんなさい」するとスタンは殴らなかった。でもクィーニーは泣き出した。泣きながら、スタンを納得させようとした。あんなにいっしょうけんめい作ったケーキを、人にやったりするわけがないじゃない。どうして信じてくれないの？　どうしてスタンにうそをつかなきゃならないの？

「誰でもうそはつく」とスタンは言った。そして、クィーニーが泣きながら信じてくれと懇願すればするほど、スタンは冷ややかに、皮肉っぽくなった。

「ちょっと論理で考えてみよう。もしケーキがここにあるなら、立って見つけるんだな。ここにないなら、おまえは人にやっちまったんだ」

そんなの論理じゃないと、クィーニーは言った。見つからないからといって、人にやったことにはならない、と。するとスタンはまた近づいてきたが、まったく落ち着いて半分笑みすら浮かべていたので、クィーニーはいっしゅんキスされるのかと思った。ところがスタンは両手でクィーニーの喉元をつかむと、ほんのちょっとのあいだ首を絞めた。指のあとすら残らないくらいに。

「へえ」とスタンは言った。「へえ――おれに論理を教えるつもりか？」

それから、レストランでピアノを弾くために着替えに行ってしまった。

スタンはクィーニーに口をきかなくなった。ほんとうのことを話したらまた口をきいてやると書いたメモを寄越した。クリスマスのあいだじゅう、クィーニーは泣いてばかりいた。クリスマスの日にはスタンとギリシャ人一家のところへ行くことになっていたのだが、クィーニーは顔を泣きはらして行けなかった。スタンはひとりで出かけて、妻は病気だと言わねばならなかった。どっちみち、ギリシャ人一家はおそらく真相を知っていたのだろうが。壁越しに騒ぎが聞こえていただろうから。

クィーニーはこってり塗りたくって仕事に行ったが、支配人に言われた。「この映画がお涙ちょうだい物語だと客に思わせたいのか？」鼻炎にかかったのだと言うと、家に帰らされた。

その夜帰ってきたスタンがクィーニーなどいないかのようにふるまうと、クィーニーは向き直って彼を見つめた。わかっていたのだ、スタンはベッドへ入ってきて、クィーニーの隣に柱のように横たわるだろうと。寄り添ってみても、こちらが離れるまで柱みたいに横たわり続けるだろうと。スタンはずっと毎日そんな生活を続けられるだろうが、自分はだめだとクィーニーにはわかっていた。こんなことを続けなければならないのなら、死んでしまうと思った。彼にほんとうに首を絞められたみたいに、死んでしまうだろう。

そこでクィーニーは言った、許してちょうだい、と。

許して。あなたが言ったとおりのことを、あたしはやりました。ごめんなさい。

お願い。お願い。悪かったわ。

スタンはベッドに腰かけた。なにも言わなかった。

ケーキをあげちゃったのをほんとうに忘れていたんだけど、今そのことを思い出した、すまないと思っている、とクィーニーは言った。

「うそをついていたんじゃないの」と言った。「忘れていたの」

「アンドリューにケーキをやったのを忘れたのか？」とスタンはたずねた。

「きっとそうよ。忘れてたの」

「アンドリューに。アンドリューにやったんだな」

そうよ、とクィーニーは答えた。そう、そうよ。あたしはそうしたの。それからわあわあ泣きわめいて彼にすがりつき、許してくれと懇願した。

わかったよ、ヒステリーはやめてくれ、とスタンは言った。許すとは言わなかったが、温かいタオルでクィーニーの顔を拭いて、寄り添って横になって抱きしめ、たちまちほかのこともぜんぶやりたくなったようだった。

「もう月光ソナタ君のレッスンはなしだ」


ところがなんと、クィーニーはあとになって問題のケーキを見つけたのだ。布巾で包んでその上からパラフィン紙で包んであったのは記憶のとおりだった。そしてそれを買い物袋に入れて、裏のポーチのフックに吊るしてあったのだ。当然だ。サンポーチは理想的な場所だった。冬になると寒すぎて使えなくなるのだが、凍るほどの冷たさではないのだ。ケーキをそこへ吊るしたとき、きっとそう考えていたにちがいない、ここは理想的な場所だと。そして忘れてしまったのだ。クィーニーはちょっと酔っていた——そうにちがいない。けろっと忘れてしまったのだ。そしてどうだ。

クィーニーはケーキを見つけたが、捨ててしまった。スタンには言わなかった。

「捨てちゃったの」とクィーニーは言った。「すごく上手にできてたし、高い果物やらあれこれ入ってたんだけど、またあの話が蒸し返されるのはぜったい嫌だったの。だから、そのまま捨てちゃったのよ」

　クィーニーの声は、つらかった話のときは恐ろしく悲痛だったのに、今はいたずらっぽくて笑いに満ちていた。まるで今までの話はずっと冗談だったんだ、ケーキを捨てたのが最後のバカバカしいオチなんだと言わんばかりに。

　わたしはクィーニーの顔を見るのに、まず彼女の手から自分の頭を引き抜くようにして、それから振り向かねばならなかった。

「でも、先生がまちがってたんでしょ」とわたしは言った。

「そりゃ、もちろん、あの人がまちがってたのよ。男ってね、まともじゃないの、クリシー。あんたにも結婚したらわかるけどね」

「じゃあ、ぜったいしない。ぜったい結婚なんかしない」

「あの人、ただ嫉妬してたのよ」とクィーニーは言った。「すごく嫉妬してたの」

「ぜったいしない」

「そうね、あんたとあたしはぜんぜん違うからね、クリシー。ぜんぜん違うからね」クィーニーはため息をついて言った。「あたしは愛の生きものなの」

　映画のポスターにありそうな文句だとわたしは思った。「愛の生きもの」だなんて。クィーニーの映画館でやっていた映画のどれかのポスターの文句なのかもしれない。

「このローラーをはずしたら、あんたばっちりよ」とクィーニーは言った。「ボーイフレンドがいないなんて言ってるのも今のうち。でも今日は探しに行くには遅すぎるね。明日早起きしよう。もしスタンになにか聞かれたら、二、三ヶ所まわって電話番号を知らせてきたって言うのよ。お店とかレストランとか言ったらいいわ。とにかく、ちゃんと探してるって思っておいてもらわなくちゃ」

わたしは翌日、さいしょに訊いてみたところで雇われた。けっきょくのところ、それほど早起きはできなかったのだが。クィーニーはわたしの髪をまた変えることにし、目にも化粧してくれた。だが、彼女が思っていたような仕上がりにはならなかった。「あんたはやっぱり自然派タイプね」とクィーニーは言い、わたしはぜんぶ洗い落として、自分の口紅をつけた。ありふれた赤で、クィーニーのような光る淡い色じゃないやつだ。

この頃にはもう、クィーニーがわたしといっしょに出かけて郵便局の私書箱を覗くには遅くなっていた。映画館へ行く用意をしなければならなくて。その日は土曜日で、夜だけでなく午後も仕事せねばならなかったのだ。クィーニーは鍵を取り出すと、悪いけど私書箱を見てきてくれないかと、わたしに頼んだ。そして場所を説明してくれた。

「あんたのお父さんに手紙を書くときに、自分の私書箱を作らなくちゃならなくてね」とクィーニーは言った。

わたしが見つけた仕事は、アパートの地下にあるドラッグストアだった。わたしはそこの軽食スタンドで働くことになった。初めてその店に行ったときは、自分がまるでどうしようもないような気がしていた。髪は暑さでだらんとのび、上唇には汗の口ひげができている。少なくとも、生理痛はましになっていたが。

白衣を着た女がカウンターでコーヒーを飲んでいた。

「仕事のことで来たの？」と女はたずねた。

わたしは、そうだと答えた。女は角ばったしかめっ面で、眉をペンシルで描き、薄紫の髪をビーハイヴにしていた。

「あんた、英語はしゃべれるでしょうね？」

「はい」

「つまりさ、習って覚えたわけじゃないわよね？　外国人じゃないでしょうね？」

外国人ではないと、わたしは答えた。

「ここ二日で女の子を二人使ってみたけど、二人とも帰さなきゃならなかったのよ。ひとりは英語を話せるふりをしてただけで話せなくて、もうひとりはなんでも同じことを十回以上言わなきゃならなかったの。流しで手をよく洗ってちょうだい。そしたら、エプロンを持ってきてあげるから。うちの主人は薬剤師でね、あたしはレジをやってるの」（わたしは初めて、隅にある高いカウンターの後ろから、灰色の髪の男の人が見ていないようなふりをしてこっちを見ているのに気がついた）「今は暇だけど、そのうち忙しくなるから。この一角はお年寄りばかりでね、お昼寝がすむとここへコーヒーを飲みに来はじめるの」

わたしはエプロンをつけ、カウンターの後ろに陣取った。トロントで仕事を見つけたのだ。わたしはあれこれ聞かずにどこになにがあるか把握しようと努めたが、二つだけは質問しなければならなかった——コーヒーメーカーの使い方と代金をどうするかだ。

「あんたは勘定書きを書けばいいの。そしたらお客がそれをあたしのところへ持ってくるから。なにを考えていたのよ?」

問題はなかった。客は一時に一人か二人で、たいていはコーヒーかコーラを注文した。カップはすぐに洗って拭いて、カウンターもきれいにしておいた。それに、わたしの勘定書きの書き方はちゃんとしていたようで、ぜんぜん苦情はなかった。お客は女の言ったとおり、ほとんどがお年寄りだった。なかにはわたしに優しく話しかける人もいて、このあたりでは見かけない顔だと言われたり、どこから来たのかとたずねられたりすることもあった。なんだかぼうっとしている人もいた。女の人がトーストを注文したので、ちゃんと作った。それからハムサンドイッチも。四人が一時に来ると、ちょっとあたふたした。パイとアイスクリームを注文した男の人がいたが、アイスクリームをすくおうとするとセメントのように固い。でも、やってのけた。わたしは自信がついてきた。注文されたものを出すときは客に「はいどうぞ」と言い、勘定書きを差し出すときは「お勘定でございます」と言った。

客が途切れたときに、レジの女がこちらへやってきた。

「あんた、誰かにトーストを作ってたけど」と女は言った。「読める?」

そして、カウンターの背後の鏡の上の張り紙を指した。

〈朝食メニューは午前11時まで〉

トーストなら構わないと思った、トーストサンドにすれば、とわたしは答えた。

「あら、それはまちがってるわ。トーストサンドはいいけど、十セント増し。トーストはだめ。これでちゃんとわかった?」

わたしは、はいと答えた。さいしょはヨレヨレだったかもしれないが、今はそれほどでもなかった。働いているあいだじゅう、帰ってヴォギラ先生に、はい、仕事を見つけたんです、と報告したら、どれほどほっとするだろうと考えていた。これでもう、自分の住む部屋を探しにだって行けるのだ。明日の日曜に行ってみてもいいかもしれない、ドラッグストアが休みなら。もしわたしがたとえ一部屋でも借りられるようになったら、またヴォギラ先生を怒らせたりしたときに、クィーニーにも逃げ場ができる。そしてもしクィーニーが先生と別れようと心を決めたら（クィーニーは話をああいう終わらせかたにしたけれど、別れることもひとつの可能性として考えてみたら、とわたしは主張していた）、二人で働けば小さなアパートを借りられるかもしれない。少なくとも、専用のコンロとトイレとシャワーのついたワンルームくらいは。そうすれば、実家でいっしょに親と暮らしていたころのようになる、親はいないけれど。

わたしはサンドイッチにちぎったレタスとキュウリのピクルスを添えた。これは鏡の上のべつの張り紙に謳《うた》ってあることだった。だが、ピクルスを瓶から出すと、ちょっと多すぎる気がしたので、半分に切った。そうやって用意したサンドイッチをちょうど男の客に出したときに、レジの女がやってきて、自分用のコーヒーを一杯注いだ。女はレジへコーヒーを持って戻ると、立ったまま飲んだ。客がサンドイッチを食べ終わって金を払い、店を出て行くと、女はまたやってきた。

「あんたあの客にピクルスを半分にして出してたわね。どのサンドイッチもそうしてたの？」

わたしはそうだと答えた。

「あんた、ピクルスの切り方を知らないの？　一個のピクルスをサンドイッチ十皿分に使わなきゃいけないのよ」

わたしは張り紙を見た。「一切れとは書いてませんよ。ピクルス一個って書いてあります」

「もうたくさん」と女は言った。「エプロンをはずしなさい。雇い人の口答えは許さないわ。ぜったいにね。バッグを持って出て行ってちょうだい。給料は、なんて訊かないでね。どっちにしろなんの役にもたたなかったんだし、今日のは練習のつもりだったんだから」

灰色の髪の男は、気まずそうな笑みを浮かべてこっちを見ていた。

というわけで、わたしはまた通りに出て、路面電車の停留所へ歩いた。でも今ではいくつかの通りはわかっていたし、乗り物の乗り方も知っていた。それに就業経験もできた。軽食スタンドで働いたことがあると言えるのだ。証明を求められたりしたら厄介になるが――でも、故郷の軽食スタンドなんだと言えばいい。路面電車を待ちながら、応募しようかと思っていたほかの店のリストと、クィーニーにもらった地図を取り出した。でも、時間は思っていたより遅く、ほとんどの場所は遠すぎるように思えた。ヴォギラ先生に話さなければならないのが不安だった。わたしは歩いて帰ることにした。そうすれば、帰り着くころには先生は出かけているかもしれない。

坂をのぼりかけたところで、郵便局のことを思い出した。取って返して私書箱から手紙を取り出し、また家にむかって歩いた。きっと先生はもう出かけているだろう。

ところが、出かけていなかった。家の横手の通路に面した、居間の開いた窓の横を通ると、音楽が聞こえた。クィーニーがかけるようなものではない。ヴォギラ先生の家の開いた窓からときどき聞こえてきたような、複雑な音楽だった――注意深く耳を傾ける必要があり、なんだかよくわからない、少なくともそれほどすぐにはわからないような音楽。クラシックだ。

クィーニーは台所にいた。またべつのぴちぴちの服を着て、ちゃんと化粧している。腕にはバングルをつけていた。トレイにティーカップを並べている。太陽の光の下から入ってきたわたしは、ちょっとのあいだ目がくらみ、体じゅう汗まみれだった。

「しーっ」わたしがドアをバタンと閉めると、クィーニーはそう注意した。「あの人たち、むこうでレコードを聞いてるの。彼と彼の友だちのレズリよ」

クィーニーがそう言ったちょうどそのとき、音楽が急にとまって、興奮した口調の会話が始まった。

「どっちかがレコードをかけると、もう片方はちょっと聞いただけでそれがなにか当てなきゃならないの」とクィーニーは説明した。「ちょっとかけてはとめて、を何度も繰り返すの。こっちはイライラしちゃう」クィーニーはデリカテッセンのチキンをスライスすると、バターを塗ったパンの上にのせた。「仕事見つかった?」

「うん。でも、続かなかった」

「あらそう」クィーニーはたいして関心がないみたいだった。でも、音楽がまた始まると、顔をあげてにこっとし、言った。「行ってくれたの? ほら――」そして、わたしが手に持っていた手紙に目をとめた。

クィーニーは包丁を取り落とすと、あわてて寄ってきて低い声で言った。「手に持ったまま家に入ってくるなんて。言っておけばよかった、バッグに入れといてって。内緒の手紙なんだから」クィーニーがわたしの手から手紙をひったくったとたん、レンジの上のやかんが甲高い音を立て始めた。

「わあ、やかんを下ろしてよ、クリシー、早く、早く! 下ろさないと、あの人がここへ来ちゃうじゃない。この音ががまんできないの」

クィーニーはくるっと背を向けると、封筒を破いた。

わたしはコンロからやかんを下ろした。するとクィーニーは言った。「お茶を淹れてくれない、頼むわ――」急を要する便りを読んでいる人の、低い、なにかで頭がいっぱいになった声だ。「お湯を注げばいいだけ、もう量ってあるから」

クィーニーは内輪の冗談でも読んでいたように笑った。わたしが茶葉に湯を注ぐと、「ありがとう。ほんとうにありがとうね、クリシー、ありがとう」とクィーニーは言った。そして、向き直ってこちらを見つめた。顔はばら色で、腕の何本ものバングルがチリチリと、微妙な興奮に鳴っている。クィーニーは手紙を折りたたむとスカートをたくしあげ、パンティーのゴムにはさんだ。

「あの人ときどきあたしのバッグを調べるの」

「お茶はあの人たちに出すの？」とわたしはたずねた。

「そうよ。それからあたしは仕事に戻らなきゃ。あら、あたしなにをしてたんだっけ？　サンドイッチを切らなくちゃ。包丁はどこ？」

わたしは包丁をひろいあげ、サンドイッチを切って皿に盛りつけた。

「この手紙、誰からだか知りたくない？」とクィーニーがたずねた。

見当がつかなかった。

「ベット？」とわたしは言ってみた。

クィーニーがぱっと明るくなったのはベットが密かに許してくれたせいかもしれないと、期待したのだ。

わたしは封筒の上書きさえ見ていなかった。

クィーニーの表情が変わった——いっしゅん、ベットが誰かさえわかっていないように見えた。それから、また幸せそうな表情になった。近寄って両腕をわたしに巻きつけると、耳元でささやいた。恥ずかしそうに震える、それでいて意気揚々とした声で。

「アンドリューからなの。このお盆、あの人たちのところへ運んでくれる？　わたしはだめだから。今はだめだから。ああ、ありがとうねえ」


仕事に出る前に、クィーニーは居間へ行ってヴォギラ先生と友だちの両方にキスした。両方とも額に。そしてわたしに軽やかに手を振った。「バイバイ」

お盆を運んで行くと、ヴォギラ先生の顔には不機嫌そうな表情が浮かんだ。クィーニーじゃなかったからだ。でも、わたしに驚くほど穏やかな声をかけ、レズリに紹介してくれた。レズリは恰幅がよくて禿げていて、さいしょはヴォギラ先生と同じくらいの歳に見えた。でも、見慣れると、禿げている割にはけっこう若いようだった。ヴォギラ先生の友だちならきっとこうだろうというような人ではなかった。無愛想でもなければ物知りぶったところもなく、気持ちのいい人柄で、なにかとこちらを励ましてくれる。たとえば、軽食スタンドでの仕事の顚末を話したら、こう言われた。

「いやあ、それはなかなかたいしたことだよ。応募したさいしょのところで雇ってもらえるなんてね。きみがいい印象を与えるコツを心得てるってことだよ」

あの経験が話しづらいということもなかった。レズリがいるおかげですべてが気楽になり、ヴォギラ先生の態度も優しくなったように思えた。友だちの前ではわたしにちゃんと礼儀正しくしておかなくちゃな、というように。先生がわたしの変化を感じ取ったせいもあったのだろう。相手を恐れなくなると、相手はその変化に気づくものだ。先生はこの変化をはっきりと察していたわけではないだろうし、どうしてそうなったのかさっぱりわからなかっただろうが、わたしの変化に困惑して、いつもより注意深くなっていた。そんな仕事をやめられて幸運だったじゃないかとレズリが言うと、先生も同意し、おまけに、その女はトロントのその種の胡散臭い場所で見かけることのある百戦錬磨の詐欺師みたいだな、とさえ言った。

「それにその女、きみに賃金を払わないのはけしからんよ」先生は言った。

「その主人のほうがなんとかしたっていいんじゃないか」とレズリ。「主人が薬剤師だっていうんなら、ボスはそっちだろう」

ヴォギラ先生が言った。「その男、そのうち特製の薬湯でも作るんじゃないか。女房のためにさ」

お茶を淹れたりミルクや砂糖を差し出したりサンドイッチをまわしたりするのは、そんなに気苦労ではなかった。おしゃべりするのでさえ。相手が陥っている危険について当人の知らないことを知っていると。ヴォギラ先生が知らないというだけで、わたしは先生に対して嫌悪感以外の感情を抱けたのだ。べつに先生が変わったわけではない——もし変わったのだとしたら、それはわたしが変わったせいだろう。

ほどなく、そろそろ仕事に行く支度をしなければならないと先生が言い出した。そして着替えに行ってしまった。するとレズリは、いっしょに夕食を食べないかとわたしを誘った。

「すぐそこに行きつけの店があるんだ」とレズリは言った。「ぜんぜんしゃれた店じゃないけどね。スタンの店とはぜんぜんちがうけど」

ぜんぜんしゃれた店じゃないと聞いて、わたしは嬉しかった。そして「いいわ」と答えた。レズリの車でまずヴォギラ先生をレストランでおろし、それからいっしょにフィッシュアンドチップスの店へ行った。レズリは大盛りディナーを注文した――チキンサンドをいくつか食べたところだというのに――そしてわたしは普通のを頼んだ。彼はビール、わたしはコーラをもらった。

レズリは自分のことを話した。音楽を選ばず、自分も教員養成大学へ行けばよかったと思っていると。音楽では生活があまり安定しないらしい。

わたしは自分のことに気を取られていて、レズリがどんな種類の音楽家なのかたずねることさえしなかった。父はわたしに往復切符を買ってくれていた。「あの二人のところで、どういう状況にならないとも限らないからな」と言って。クィーニーがアンドリューの手紙をパンティーのゴムにはさんだのを見た瞬間、わたしは切符のことを思い出したのだった。それがアンドリューの手紙だとはまだ知らなかったのに。

わたしはただトロントへ来たわけではなかった、夏の仕事のためだけに来たのではなかった。クィーニーの生活にかかわるために来たのだ。必要だというのなら、クィーニーとヴォギラ先生の二人の生活にかかわるために。クィーニーがわたしといっしょに暮らすなどと想像していたときだって、その想像にはヴォギラ先生が関係していて、クィーニーがわたしと暮らすようになれば先生にはいい気味だと思っていた。

そして、往復切符のことを思い出したとき、わたしにはほかにも、当然のように思っていたことがあった。つまり、ベットと父のもとに帰って、あの二人の生活にかかわったっていいんだということだ。

父とベット。ヴォギラ先生と奥さん。クィーニーとヴォギラ先生。クィーニーとアンドリューだっていい。彼らはカップルで、そのそれぞれが、たとえバラバラになっていようとも、現在あるいは記憶のなかに独自の熱気と混沌をたたえた秘密の巣穴を持っていて、わたしはそこからは切り離されている。切り離されていないといけない、切り離されていたいのだ。だって彼らの生活には、わたしを導いてくれるものも励ましてくれるものも見当たらないのだから。

レズリもまた切り離された人間だった。血縁や友情でつながっているいろいろな人の話を聞かせてはくれたが。姉とその夫。姪たちや甥たち。休日に泊まりに行く夫婦。こういう人たちはみな問題を抱えているが、みな価値ある人たちなのだった。レズリは彼らの仕事について、仕事がないことについて、才能について、運命のめぐり合わせについて、判断の誤りについて、多大な興味を示しながらも熱くはならずに話した。彼は切り離されているように見えた、愛情や憎しみから。

もっとあとならば、わたしは不都合を感じていたかもしれない。動機を持ちあわせない男に女が抱く苛立ち、いや疑惑さえも。友情しか提供してくれず、しかもそれを、たとえ拒まれても相変わらず陽気に立ち去ることができるほどかんたんに提供する男。ここには女の子を捕まえたいと思っている孤独な男はいなかった。わたしにさえ、それがわかった。それなりの人生の上っ面にその場限りの慰めを見出す男がいるだけだ。

レズリとの交わりはまさにわたしが必要としていたものだった。自分ではほとんど気づいていなかったが。たぶん彼は意識してわたしに親切にしたのだろう。自分はヴォギラ先生に親切にしている、あるいは少なくともかばっていると、ついさっき忽然《こつぜん》とわたしが思ったように。

わたしが教員養成大学に行っていたとき、クィーニーがまた家出した。わたしはそのニュースを父からの手紙で知った。いったいいつどうしてそんなことになったのかわからないのだと、父は書いていた。ヴォギラ先生はしばらく知らせてこなかったらしいが、やがて知らせてきたのは、クィーニーが実家へ帰るかもしれないと思ってのことだった。父はヴォギラ先生に、その可能性はあまりないだろうと告げた。わたしへの手紙には、もうクィーニーは妻としてはふさわしくないんじゃないかなんて、こっちからはちょっと言えないしなあ、と書いてあった。

何年ものあいだ、わたしが結婚してからでさえ、ヴォギラ先生からクリスマスカードがきた。鮮やかな色の包みを積んだ橇、飾りつけをした戸口で友だちを迎える幸せ家族。たぶん、今のわたしの生活にはこういうシーンがいいんじゃないかと先生は思ったのだろう。それとも、売り場でただ適当に選んだのかもしれない。必ず差出人の住所が書いてあった――自分の存在をわたしに思い出させ、自分がどこに住んでいるか知らせようとしていたのだ、なにか消息があった場合に備えて。

わたし自身はそういった類の消息を期待するのはやめてしまっていた。クィーニーが駆け落ちした相手はアンドリューなのかそれともほかの誰かなのかということさえ、わからずじまいだった。もしアンドリューだったとして、そのままいっしょにいるのかどうかも。父が死んだとき金がいくらか残されていたので、クィーニーの行方探しが本気で行なわれたが、無駄に終わった。

だが今、なにかが起こった。子供たちが大人になり、夫が退職し、夫婦であちこち旅行するようになったここ数年、ときどきクィーニーを見かけるような気がするのだ。彼女を目にするといっても、特にそう願ったり努めたりしているわけではないし、本当に彼女だと思っているわけでもない。

一度は混んだ空港でだった。クィーニーは腰布を巻いて花を飾った麦わら帽子をかぶっていた。日に焼けてはしゃいで、裕福そうで、友だちに囲まれていた。一度はウェディングパーティーを一目覗こうと教会の入り口で待っている女たちのなかにいた。彼女はしみだらけのスェードのジャケットを着て、裕福そうにも健康そうにも見えなかった。またべつのときには、横断歩道で足止めをくっていた。列になった保育園の子供たちをプールか公園へ連れて行く途中だった。暑い日で、彼女はずっしりした中年体型を花柄のショートパンツに標語入りのTシャツで包んで、あけっぴろげに気楽に人前にさらしていた。

最後がいちばん奇妙で、アイダホ州トウィンフォールズのスーパーマーケットでのことだった。わたしがピクニックの弁当用に買おうとしていた物を持って角を曲がると、年取った女がショッピングカートに寄りかかっていた。まるでわたしを待っていたかのように。しわだらけの小柄な女で、口元をゆがめ、不健康な茶色っぽい肌だった。黄色がかった茶色の髪はブラシのよう。紫のパンツが小さな腹部のふくらみの上までひっぱりあげられている——痩せているのに、歳のせいで腰のくびれという重宝なものを失ってしまうタイプだった。パンツはどうやらリサイクルショップで手に入れたもののようで、十歳児のようなぺちゃんこの胸元でボタンで留めている、派手な色合いだけれど、縮んでごわごわになったセーターもそうらしかった。

カートは空だった。バッグすら持っていなかった。

そして、それまでの女たちとは違って、彼女は自分がクィーニーだとわかっているようだった。彼女はわたしに、こちらが誰だかわかってひどくはしゃいでいるような、そしてこちらにも自分が誰だか察してほしいと言いたげな笑顔を向けた。これはまたとない機会なのだ——千日のあいだにたった一日だけ、彼女が闇のなかから現れてもいいことになっている機会なのだと思いたくなるような。

ところがわたしはただ、頭のおかしい見知らぬ人を相手にするように口をにこっと形ばかり横に広げただけで、そのままレジのほうへ進んだのだった。

それから、駐車場で夫にちょっと忘れ物をしたからと断ると、急いで店のなかへ戻ったのだ。通路をあちこち歩いて探した。だが、あのほんのちょっとのあいだに、例の年取った女はいなくなってしまったようだった。わたしが出たすぐあとに店を出てしまったのかもしれない。今頃はトゥィンフォールズの通りをどこかへ向かっているのかも。歩いて、あるいは家族か隣人の運転する車でか。あるいは自分で運転しているのかもしれない。でもまだ最低限の可能性はあった。彼女はまだ店内にいて、お互い通路を行き来しながらすれ違っているのかもしれない。わたしは一方へ行ったかと思うとまたべつのほうへ走った。夏の店内の凍りつくような温度に震えながら。人の顔をまともにのぞきこんでは、おそらくはギョッとさせていたのだろうと思う。わたしはその人たちに、どこでクィーニーが見つかるか教えてくれと声には出さずに懇願していたのだから。

分別を取り戻して、そんなことは無理だし、クィーニーだろうとそうでなかろうと、あの人はもうわたしを置いて行ってしまったのだと自分を納得させるまで。

クマが山を越えてきた

The Bear Came Over the Mountain

フィオーナは親元で暮らしていた。彼女とグラントの通う大学がある町で。その家は出窓のある大きな家で、グラントには豪華ではあるが散らかって見えた。床の敷物は曲がっているし、ニスを塗ったテーブルにはカップの跡がついていた。フィオーナの母親はアイスランド人だった――ふわふわした白髪で怒れる極左シンパの精力的な女性だった。父親は名のある心臓内科医で病院では尊敬を集めていたが、家庭では嬉々として従属的立場に甘んじ、上の空のような笑みを浮かべてわけのわからない激論に耳を傾けていた。豊かな者も、みすぼらしいなりをした者も、あらゆる種類の人々がこうした激論を戦わせていた。始終出入りしては議論したり協議したり。外国訛《なま》りのこともあった。フィオーナは専用の小さな車やカシミヤのセーターを山ほど持っていたが、女子学生クラブのメンバーではなかった。両親の家でのこういった活動がたぶんその理由だったのだろう。

べつに本人は気にしていなかったが。女子学生クラブなんて、フィオーナにとってはばかばかしく、政治も同様だった。レコードプレイヤーで『四人の反乱軍の将軍（スペインの反フランコ将軍派が好んで歌った）』をかけるのは好きだったし、びくつかせてやれそうな客が来たときには、『インターナショナル』をうんと大きな音でかけることもあった。縮れ毛の暗い顔をした外国人――フィオーナの言うところによると西ゴート族――がフィオーナの関心を引こうとしたし、ほかにもなかなか立派でおかたい若いインターンが二、三人。フィオーナはこういう連中をみんな笑いものにした、グラントのことも。グラントの田舎風の言い回しをおどけて真似したりした。求婚されたとき、冗談だろうとグラントは思った。ポートスタンリーの浜辺で、晴れ渡った寒い日のことである。砂が顔に吹きつけ、砕け散る波は足元に小石まじりの砂をどっとたたきつけた。

「面白いと思わない――」とフィオーナが叫んだ。「面白いと思わない、わたしたちが結婚したら?」

グラントはその申し出に応じ、思うと叫んだ。ぜったいにフィオーナから離れたくないと思った。彼女は生気に満ちていた。

家を出る寸前に、フィオーナは台所の床についたしみに気がついた。その日履いていた安物の黒い室内履きのせいだった。

「もうしみはつかないと思ってたんだけど」フィオーナはごく普通の苛立ちと困惑をにじませた口調で言いながら、べとべとするクレヨンでなすったような灰色のしみをこすった。

もうこんなことは二度としなくていいんだわ、とフィオーナは言った。あの室内履きは持っていかないから。

「いつもドレスアップしていようかな。でなきゃ、セミ・ドレスアップ。だってホテルにいるようなもんでしょ」

フィオーナは使った雑巾をゆすぐと、流しの下の扉の内側にかけた。それから、白いタートルネックのセーターとオーダーメイドのベージュのスラックスの上に毛皮の襟のついた金茶色のスキージャケットをはおった。フィオーナは背が高くて肩幅が狭く、七十歳になってもまだ姿勢が良くてすっきりしていた。長い脚に大きな足、ほっそりした手首足首、ちょっと滑稽なくらい小さな耳。トウワタの羽毛のように軽い髪は白っぽいブロンドだったのに、グラントがはっきりいつとは気がつかないうちに白くなってしまったが、まだ肩まで伸ばしている。フィオーナの母親がそうだったように（そのことに、田舎町の未亡人で医者の受付をやっていたグラント自身の母親はぎょっとしたのだった。フィオーナの母親の長い白髪は、家の様子以上に、考え方だの政治問題だのといったことについてグラントの母親が知りたかったことをすべて教えてくれたのだ）。

それ以外は、ほっそりした骨格で小さなサファイア色の目のフィオーナはぜんぜん母親に似ていなかった。口元がちょっと歪んでいるのだが、今は赤い口紅でそれを強調している——いつも家を出るまえに最後に塗るのだ。この日のフィオーナはまさに彼女らしく見えた——率直で曖昧、実際彼女はそんなふうなのだ。優しくて皮肉っぽい。

一年以上まえのこと、グラントは小さな黄色のメモがやたらとたくさん家中に貼ってあるのに気づき始めた。これはなにも目新しいことではなかった。フィオーナはいつもメモする——ラジオで小耳に挟んだ本の題名や自分がその日必ずやらなければと思っている用事。朝のスケジュールまでメモするのだ——やたら細かいところが不可解だがいじらしい、とグラントは思った。

7AM、ヨガ。7：30—7：45、歯、顔、髪。7：45—8：15、散歩。8：15グラントと朝食。

新しいメモは違っていた。台所の引き出しにテープでとめてある——カトラリー、布巾、包丁。引き出しを開けてなかを確かめればすむことじゃないのか？　戦争のとき、チェコスロヴァキアで国境パトロールをしていたドイツの兵士たちの話をグラントは思い出した。あるチェコ人から聞いたのだが、パトロール隊の犬はみんな「犬《フント》」と書いた標識をつけていたというのだ。どうしてだ？　とチェコ人が聞くと、ドイツ兵たちは「だって犬《フント》だからさ」と答えたそうだ。

グラントはフィオーナにその話をするつもりだったのだが、やめたほうがいいと思い直した。二人はいつも同じことで笑うのだが、もし今回はフィオーナが笑わなかったとしたら？

さらに悪いことが起り始めた。町へでかけたフィオーナは、電話ボックスからグラントに電話してきて、車で家まで帰る道順をたずねた。野原を横切って森まで散歩に出かけ、ぐるっとフェンス伝いに帰ってきた——おそろしく遠回りだ。フェンスをたどっていけば必ずどこかへたどり着くと思ったのだ、とフィオーナは言った。

どうにもわからなかった。フィオーナはそのフェンスのことをまるで冗談みたいにしゃべったし、電話番号はなんの問題もなく思い出せるのだ。

「べつに心配するようなことはないと思うわ」とフィオーナは言った。「ただぼうっとしちゃうだけじゃないかな」

睡眠剤は服用しているのかとグラントはたずねた。

「のんだとしても覚えてないわよ」とフィオーナは答えた。それから、軽薄な言い方してごめんなさいと謝った。

「ぜったいになにものんでないわ。のむべきなのかもね。ヴィタミン剤とか」

ヴィタミン剤は役に立たなかった。玄関に立って、自分がどこへ行こうとしていたのか頭をひねった。野菜の鍋をかけて火をつけるのを忘れ、コーヒーメーカーに水を入れるのを忘れた。グラントに、この家へ越してきたのはいつだったかとたずねた。

「去年だったかしら、それとも一昨年?」

十二年まえだとグラントは答えた。

「それって、びっくりね」とフィオーナは言った。

「彼女はいつも、多少そんなところがあるんです」とグラントは医者に話した。「一度、毛皮のコートを預けたまま忘れてしまったんですよ。その頃は冬にはいつもどこか暖かいところへ行っていたんです。そうしたら彼女、わざとやったんだって言ったんです。あれは、罪を置き忘れにしたようなものだと。毛皮のコートについて、一部の人から抱かされていた罪悪感をね」

グラントはもっと説明しようとしたのだが、うまくいかなかった――こういった出来事に対するフィオーナの驚き方とか謝り方が、なんとなく礼儀として機械的にそうしているだけのようで、密かに楽しんでいるのを隠しきれていないと言おうとしたのだが。まるで、思いがけない冒険に出くわしたみたいに。あるいはゲームをやっていて、グラントにも理解してもらいたいと思っているかのように。いつも二人で自分たちのゲームをやっていたのだ――馬鹿げた訛り、自分たちで創作したキャラクター。ぺちゃくちゃさえずったり甘い言葉を並べたりするフィオーナの作り声は、ときに(このことは医者には言えなかったが)不気味なくらい、フィオーナが会ったこともなければ知りもしないグラントの女たちの声に似ていた。

「そうですね」と医者は言った。「さいしょは部分的ということもあります。わたしたちにはわかりようがないですからねえ。進行具合のパターンを見ないと、なんとも言えないんですよ」

ちょっとたつと、どんなレッテルを貼られるかということはほとんど問題ではなくなった。フィオーナはもう、一人で買い物に行くことはなくなっていたが、グラントが背中を向けているあいだにスーパーからいなくなってしまった。警官が、数ブロック先で道路のまんなかを歩いているところを保護してくれた。警官が名前をたずねると、フィオーナは即座に答えた。そのあと、警官は首相の名前をたずねた。

「そんなことも知らないんならねえ、お兄さん、あなたはこういう責任のある仕事はぜったいに辞めるべきね」

警官は笑った。ところがフィオーナは、そこでボリスとナターシャを見なかったかたずねるという過ちを犯した。

これは一昔前にフィオーナが友だちから頼まれて引き取ったボルゾイで、二匹が死ぬまでひどく可愛がっていたのだった。犬を引き取ったのは、フィオーナには子供は望めそうもないとわかったのと同じ頃だったかもしれない。管かなにかがつまっているとかねじれているとかで――グラントはもう思い出せなかったが。いつもそういった女性器関連については考えないようにしてきたのだ。それとも、フィオーナの母親が死んだあとのことだったかもしれない。犬の長い脚や絹のような毛、細くて穏やかで毅然とした顔は、散歩に連れて出るフィオーナによく似合っていた。そしてあの頃グラント自身はと言えば、大学でのさいしょの仕事を手にした頃で（義理の父の資産は歓迎された、政治的汚名にも関わらず）、彼のことを、フィオーナのいつものとっぴな気まぐれで拾われ、ちゃんと身づくろいしてもらって可愛がられていると見る人もいたかもしれない。幸いなことに、彼自身はずっとあとになるまでこれには気がつかなかったのだが。

スーパーから迷い出てしまった日の夕食時に、フィオーナはグラントに言った。「わたしをどうしなきゃいけないか、わかってるでしょ？　あそこに入れなきゃ。シャロウレイクだった？」

グラントは答えた。「メドウレイクだよ。まだそこまではいってないよ」

「シャロウレイク、シリーレイク」フィオーナはゲームで競い合っているかのように言った。「スィリーレイク。愚かな湖《スイリーレイク》ね」

グラントはテーブルに肘をつき、両手に顔を埋めた。そして、もし本当にそれを考えるとしても、永続的なものである必要はないってことにしておいてくれ、と言った。一種の試行的な措置。安静療法だ。

規則により、十二月中は入所できないことになっていた。ホリデーシーズンというのは、気持ちの上で落とし穴が多いのだ。そこで二人は一月に、車で二十分のその場所に出かけた。幹線道路に出るまでの沼地のような谷間を抜ける田舎道は、もう完全に凍っていた。沼地に生えるオークやカエデが輝く雪の上に棒のような影を投げかけていた。

フィオーナが言った。「あ、思い出した」

グラントは答えた。「ぼくも考えていたところだ」

「だけど、あれは月明かりのなかだったけど」

フィオーナが言っているのは、満月の夜、二人で、黒いストライプの影が落ちる雪原へスキーに出かけたときのことだった。冬の最中でなければ入れないこの場所へ。枝が折れる音が冷気のなかに響いたっけ。

あのときのことをこんなに鮮やかに正確に思い出せるのに、フィオーナには本当にそこまで問題があるのだろうか？

グラントは向きを変えて帰りたくなるのを、なんとかこらえた。

べつの規則が主任から説明された。新たな入所者は初めの三十日のあいだ面会を禁じられるのだ。たいていの人は馴染むのにそのくらいかかるのだという。この規則が導入されるまでは、進んで入所した人でさえ、嘆願だの涙だのかんしゃくだのといった騒ぎを起こしたらしい。三日目、四日目ごろになると後悔し始め、家へ帰らせてくれとせがみ出す。それに乗せられる親族が出てきて、入所者は家に連れ帰られることになる。以前と同様、家ではうまくやっていけないのに。半年後、あるいはほんの数週間後のこともあるが、愁嘆場がまた繰り返されることになる。

「ところがですね」と主任は言った。「ひとりにしておかれると、たいていしごくうまく馴染んでしまうんです。実際、街へ連れて行くのになだめすかしてバスに乗せなければならないくらいで。自宅へ帰るのも同じです。そうなると、家へ連れて帰ってもぜんぜん問題ありません、一、二時間、家に帰ってもね——自分から、夕食に間に合うようにここへ帰らなければと気にするようになるんです。そうなると、メドウレイクが自分の家になるんですよ。もちろん、二階の入所者はそうはいきません。外へは出しません。手がかかりすぎますし、どっちにしろ、本人は自分がどこにいるのかわかっていませんからね」

「妻は、二階に行くようなことにはなりません」とグラントは言った。

「そうでしょうね」と主任は慎重な口ぶりで答えた。「まずさいしょに、すべてきちんと説明しておきたいだけです」


二人は数年まえに何度かメドウレイクへ行ったことがあった。隣人だった独身の農夫の老人、ファーカー氏を見舞いに行ったのだ。彼は、冷蔵庫とテレビが加わった以外は二十世紀初頭から変わっていない、隙間風の入るレンガ造りの家でひとりで暮らしていた。グラントとフィオーナのところへごくたまに前触れなしに訪れては、地元の話題とともに、自分が読んでいる本のことを話したがった——クリミア戦争や極地探検、銃器の歴史に関するような。だが、メドウレイクへ入ってからは、この施設の決まりきった日常のことしか話さなくなり、二人は、自分たちの訪問は喜ばしくはあるものの、かえって老人にとっては負担となるのではないかと感じた。それにとりわけフィオーナは、あたりに漂う小便とブリーチのにおいを嫌がったし、薄暗い壁のくぼみにおざなりに飾られたプラスチックの花束や天井の低い廊下も嫌いだった。

あの建物はもうなくなった。五〇年代に建てられたそれほど古くないものだったのだが。同じくファーカー氏の家もなくなり、トロントの誰かの週末用の別荘として安手のお城みたいな家が建った。新しいメドウレイクは風通しのいい丸天井の建物で、松の香りがかすかに漂っているのが心地いい。本物の緑もたっぷりと巨大な壺に生けられていた。

ところが、フィオーナに会わずに過ごさねばならない長い一ヶ月のあいだ、グラントが妻の居場所としてつい思い浮かべてしまうのは、古い建物のほうだった。人生でいちばん長い一ヶ月だと、グラントは思った——十三歳のとき、母とともにラナーク郡の親戚を訪ねた一ヶ月より長かった。関係が始まったばかりのころ、ジャッキー・アダムズが家族と休暇を過ごしに行ってしまった一ヶ月より長かった。グラントは毎日メドウレイクへ電話しては、クリスティーという看護師が出てくれるよう願った。グラントが毎日電話してくるのをちょっと面白がっているようではあったが、ほかのどの看護師よりも細かく様子を教えてくれるのだ。

フィオーナは風邪を引いたが、新規の入居者にはありがちなことらしい。

「子供が学校へ行きだしたときと同じですよ」とクリスティーは言った。「初めての病原菌にいろいろさらされるんです。だから、しばらくのあいだは片っ端からかかるんですよ」

そして風邪はよくなった。抗生物質がいらなくなり、入所したときほど混乱が見られなくなった(グラントはこのとき初めて、抗生物質のことや混乱のことを聞かされた)。食欲は旺盛で、サンルームにいるのが気に入っているようだ。テレビを見るのが好きらしい。

昔のメドウレイクで耐えがたかったことのひとつが、どこでもテレビがついていることだった。どこへ座ろうが、考え事も会話ものみこまれてしまう。収容患者(あの頃はフィオーナと二人でそう呼んでいたのだ、入居者ではなく)のなかにはテレビに目をやる者もいれば、テレビに受け答えする者もいたが、たいていはただ座っておとなしくテレビの暴力に耐えていた。新しい建物では、グラントの覚えている限り、テレビは専用のリビングか自室にあった。見る見ないは選択できた。

ということは、フィオーナは見たいと思ったにちがいない。なにを見たいと思ったのだろう?

この家で暮らしてきた歳月、フィオーナと二人でいっしょによくテレビを見てきた。カメラの及ぶすべての動物や爬虫類や昆虫や海洋生物の生活を覗き見、いくつものけっこう似通った十九世紀の名作小説らしきものの筋を追った。デパートでの日々を描いたイギリスのコメディーに夢中になって、セリフを暗記してしまうくらい何度も再放送を見た。現実の世界で死んだり別の仕事についたりして俳優が消えると嘆き、彼らの役柄がまた甦って、同じ俳優が現れると喜んだ。売り場監督の髪が黒から灰色に変わり、しまいに黒に戻るのを見た。安っぽいセットはぜんぜん変わらないのに。だが、これらもまた褪せていった。しまいには、セットも黒々した髪もロンドンの通りの埃がエレベーターのドアの下にもぐりこむように褪せてゆき、この悲しみは、グラントとフィオーナには『名作劇場』のどんな悲劇よりもこたえるように思えた。そこで、二人は最終回のまえに見るのをやめてしまった。

フィオーナには何人か友だちができたとクリスティーは言った。確実に自分の殻から出てきていると。

どんな殻だと言うんだ？　グラントは問い返したかったが、自分を抑えた。クリスティーに気にいられたままでいたかったのだ。

誰かが電話してくると、グラントは留守電に任せておいた。折々のつきあいがある人たちは近くに住んでいるわけではなく、この地方で暮らす同じく退職した人々で、なんの断りもなくいなくなることがよくあった。ここに住むようになったさいしょの年、グラントとフィオーナは冬じゅうずっと動かなかった。田舎の冬は初めての体験で、家の修理などでやることはたくさんあった。それから、自分たちもできるあいだに旅行しておこうと思い立ち、ギリシャやオーストラリア、コスタリカなどへ出かけた。今もそうした旅行に出ていると、みんな思ってくれるだろう。

運動がてらスキーはしたが、沼までは行かなかった。太陽が沈んで、青い緑の氷の波で巻かれているように見える田舎の大地を覆う空がピンクに染まるころ、家の裏の野原をぐるぐる回った。回数を数えながら回って、それから暗くなった家に帰り、テレビのニュースをつけて、夕食を食べる。二人はいつもいっしょに夕食の準備をした。どちらかが飲み物を作り、もうひとりが火を起こす。そして二人で、グラントの仕事（グラントは伝説の北の狼に関する研究報告を、特に世界の終わりにオーディンを呑み込む大きな狼フェンリルについて書いていた）や、フィオーナが読んでいる本や、近くにいながらもべつべつに過ごした日中に考えたことなどについて話すのだ。これは二人にとっていちばん親密感の強まる一時だった。もちろん、ベッドに入った直後の五分か十分、肉体的に甘やかな一時――セックスに行きつくことはそれほど多くはないが、セックスがまだ終了したわけではないと心強くなれる一時――もあったが。

夢のなかで、グラントは一通の手紙を友人だと思っていた同僚に見せた。手紙はしばらく思い出しもしなかった女の子の、ルームメイトからのものだった。殊勝ぶりながら敵意に満ちた書き方で、めそめそ訴えながら脅していた――グラントは書き手を潜在的なレズビアンだと思った。女の子本人はグラントがきれいに別れた子で、彼女が騒ぎを起こしたがるとは考えられなかった。ましてや自殺を図るなど。だが、手紙はどうやらじわじわとそう告げようとしているらしかった。

その同僚というのは、夫であり父でありながら、真っ先にネクタイを投げ捨てて家を出て、魅力的な若い愛人と毎晩床のマットの上で過ごし、ヤクやマリファナのにおいをさせながらヨレヨレになって研究室や教室にやってくるようになったうちの一人だった。だが、今ではそういった不品行に疑いの目を向けていて、そういえば実際にそんな女の子の一人と結婚したのだが、女の子は昔ながらの主婦と同じく、ディナーパーティーを開いたり子供を産んだりするようになっているんだったと、グラントは思い出した。

「ぼくなら笑わないな」同僚はグラントに言った。グラントは笑った覚えはなかったのだが。「それにぼくがきみなら、フィオーナが驚かないように話しておくけどな」

そこでグラントはフィオーナに会おうとメドウレイクへ出かけた——古いメドウレイクへ——そして代わりに階段教室へ入っていった。みんなグラントの授業が始まるのを待っている。そして最後尾のいちばん高い列に座っているのは冷たい表情の若い女性の一群で、全員黒いローブを着て喪に服し、グラントにひたと苦々しげな視線を向けてそらさず、これみよがしに講義のノートは一切とらないで知らん顔だ。

フィオーナは一列目に静かに座っていた。彼女は階段教室をパーティーでいつも見つけるコーナーに変えてしまっていた——フィオーナがミネラルウォーターで割ったワインを飲み、ありふれたタバコを吸い、飼い犬の滑稽な話をする忘れられた一角である。潮にのみこまれずに、フィオーナ自身と似たタイプの人たちと、まるで、べつのコーナー——寝室や暗いヴェランダで演じられているものは、みなただの幼稚なコメディーだとでもいうように。貞節は粋で、寡黙はありがたいものなのだとでもいうように。

「いやあねえ」とフィオーナは言った。「あの歳の女の子って、いつもあちこちでどうやって自殺しようかしらなんて話をしてるのよね」

だが、フィオーナにそう言ってもらってもじゅうぶんではなかった——じつのところ、なおさら寒気を覚えた。フィオーナはまちがっているんじゃないか、なにか恐ろしいことがもう起こっていて、フィオーナには見えないものが自分には見えているんじゃないかという気がした——黒い輪が厚くなっていているんじゃ、集まってきているんじゃないか、自分の喉笛の周りに、この部屋の上部にぐるっと。

叫び声をあげて夢から覚めたグラントは、夢と現実の識別に取りかかった。

手紙は来た。そして「サイテー」という言葉が研究室のドアに黒のペンキで書かれた。フィオーナは、ある女の子がグラントに変にのぼせてしまって、と聞かされて、夢のなかと同じようなことを言った。同僚は関わっていなかったし、黒いローブの女たちが教室に現れたこともなかったし、誰も自殺などしなかった。グラントは汚名をきせられることもなかったし、じつのところ、ほんの数年後だったらどんなことになっていたか考えたら、うまく免れたほうだといえるだろう。だが、噂は広まった。はっきり冷遇されるようになった。クリスマスの招待はほとんどなく、大晦日は夫婦だけで過ごした。グラントは酔っ払い、べつに要求もされないのに——そしてまた幸いなことに、告白するという過ちを犯すこともなく——フィオーナに新しい人生を誓った。

あのときグラントが感じていた恥ずかしさは、だまされたという、進行していた変化に気づかなかったという恥ずかしさだった。そして、そのことに気づかせてくれた女は一人だけではなかった。過去においても変化はあった。まったく突然にうんとたくさんの女が手に入るようになった——と、グラントには思えた——そして、今度はこの新しい変化だ。起こったことは、自分たちにはまったく思いもよらないことだと女たちは言うようになった。女たちは共同戦線を張っていた、自分たちは無力で途方に暮れているからといって。そしてすべてに傷ついた、喜ぶというよりは。自分たちが主導権を握るときでさえ、自分たちが非常に不利な立場にあるからこそそうするのだった。

女たらし（グラントが自分をこう呼ばねばならないのだとしたらだが――夢のなかでグラントを非難した男の半分も女を征服したこともなければ悶着を起こしたこともないというのに）の生活には、親切心や寛容さや犠牲すら必要とされるなどということはとても認めてはもらえまい。たぶん初めはないだろうが、少なくとも事態が進むにつれて必要となる。グラントは何度も、女のプライドに、脆弱《ぜいじゃく》さに、実際に抱いている以上の愛情――あるいはより荒々しい情熱――を注ぐことで応えてきた。それもこれも今こうして、傷つけられただの、食い物にされただの、自尊心をめちゃめちゃにされただのと非難されるためだったわけだ。それに、フィオーナをだましたと――もちろん、たしかにフィオーナをだました――だがそれなら、他の夫たちの妻への仕打ちに倣《なら》って彼女と別れたほうがよかったというのか？

グラントはそんなこと、思いもよらなかった。よそで欲求に応えねばならないからといって、フィオーナとの愛の営みをやめたことなどなかった。一晩たりとも妻から離れたことはなかった。サンフランシスコやマニトゥリン島のテントで週末を過ごすために、手の込んだ話をでっちあげたりすることはなかった。ヤクや酒をほどほどに楽しみ、論文を発表し続け、委員を務め、キャリアを伸ばしてきた。仕事や結婚を投げ出して田舎へ行って、大工になったり養蜂を始めたりする気は毛頭なかった。

ところが、けっきょくあのようなことが起こってしまった。グラントは早期退職をして、年金は減額された。心臓内科医であるフィオーナの父親は大きな家でひとり途方に暮れながらストイックな生活をしばらく送ったあとで死に、フィオーナはその家もジョージア湾に近い田舎にある父が育った農家も相続した。フィオーナは病院ボランティアのコーディネーターという仕事（本人いわく、ドラッグやセックスや知的な争いなんてことと関わりのない悩みを人々が現実に抱えている日常社会における仕事）をやめた。新しい生活は新しい生活なのだった。

ボリスとナターシャはこの頃には死んでいた。片方が病気になって先に死に――どちらだったかグラントは忘れてしまったが――それからもう一方も死んだ、おもに同情心から。

グラントとフィオーナはせっせと家を整えた。クロスカントリー用のスキーも買った。二人はそれほど社交的ではなかったが、徐々に幾人かの友人もできた。もはや熱に浮かされたような恋愛遊戯はなかった。ディナーパーティーで、女の裸足のつま先が男のズボンのなかにもぐりこむこともなかった。ふしだらな妻はもういなかった。

すんでのところだったとグラントには思えた。悪いことをしているという感覚が摩滅してきていた。フェミニストどもや、それにたぶんあの哀れで愚かな女の子自身、そして友人面した卑劣な連中が、あわやというときに押し出してくれたのだ。じつのところ、苦労するほどの価値はなくなりかけていた生活から。あのままだったら、フィオーナを失っていたかもしれない。

メドウレイクへ初めて面会に行く日の朝、グラントは早くに目覚めた。ずっと昔、初めて新しい女と会う約束をした日の朝のように、身の引き締まる興奮でいっぱいだった。そういった感情は必ずしも性的なものではなかった（あとになって会うのがあたりまえになると、それだけになるのだが）。そこには発見への期待があった、精神が広がるような感覚が。そしてまた、弱気や卑下、警戒感もあった。

グラントは家を早く出すぎてしまった。面会は二時以降でなければできないのだ。駐車場に座って待つのは嫌だったので、車をべつの方向へ向けた。

雪解けだ。雪はまだたくさん残っていたが、冬の初めの眩しく硬い景色は消えうせていた。灰色の空の下にぽつぽつと散らばる塊は、野原のゴミのように見えた。

メドウレイクの近くの町で、グラントは花屋を見つけて大きな花束を買った。今までフィオーナに花をプレゼントしたことはなかった。他の誰にも。マンガに出てくる愚かな恋人か疚しいところのある夫のような気分で、グラントは施設に入った。

「まあ。こんな早い時期に水仙」とクリスティーが言った。「きっと大金をはたいたんでしょうね」クリスティーは先にたって廊下を歩き、小部屋というか台所みたいな部屋の明かりのスイッチを押し、花瓶を探した。ぽってりした若い女性で、髪以外はすべての部分をあきらめてしまったように見える。髪はブロンドでたっぷりしていた。まったくの平凡な顔と体のてっぺんに、かくもふんわりゴージャスな、ホステスかストリッパーのような髪がのっている。

「ほら」クリスティーは廊下のむこうへあごをしゃくって見せた。「ドアの右側に名札があります」たしかにあった。ブルーバードの飾りのある名札だ。グラントはどうしようか考えた末ノックをし、それからドアを開けて妻の名を呼んだ。

部屋にはいなかった。クローゼットのドアは閉じられ、ベッドはきちんとしている。ベッドのサイドテーブルの上にあるのはティッシュの箱と水のコップだけだ。写真も絵も一枚もないし、本や雑誌もない。ひょっとしたらこういうものは戸棚に入れておかなくてはならないのかもしれない。

グラントはナースステーションか受付のようなところに戻った。クリスティーは「いませんか?」と驚いた顔をしたが、それはおざなりに感じられた。

花を持ったまま、グラントはもじもじした。「わかりました、わかりました——お花はここへ置いておきましょうね」初めて登校してきた知的発達の遅れた子を相手にするようにため息をつくと、クリスティーは廊下を通って、大きな天窓から光が差し込む伽藍天井の広々した中心部へグラントを連れて行った。何人かが、壁際の安楽椅子に座っている。あとはカーペットを敷いた床の中央にあるいくつかのテーブルのところにいた。あまり見苦しい人はいない。歳はとっている——なかには身体能力が衰えて車椅子の人もいた——が、身だしなみはいい。フィオーナとファーカーさんの見舞いにきたときには、どきっとするような光景を目にしたものだった。あごにひげを生やしたおばあさんたち、腐ったプラムのような出目の人。よだれを垂らす人、頭をゆらゆらさせる人、おかしなことをペラペラしゃべる人。今は、あまりにひどい患者は出されてしまったように見えた。それとも薬を使ったり手術が行なわれるようになったのかもしれない、外見の見苦しさや、おしゃべりその他の抑制不能に対処する方法があるのかも——ほんの数年まえにはなかったような。

だがしかし、鬱々として楽しめないらしい女性がひとり、ピアノに向かっていた。一本指で叩いているが、ぜんぜん曲にはなっていない。べつの女性がコーヒーサーヴァーと重ねたプラスチックのカップの陰からじっと見つめているが、うんざりした顔だ。だが、あれはきっと職員にちがいない——クリスティーのような薄緑でパンツスタイルの上下を着ているから。

「いいですか?」クリスティーが声を低めて言った。「ただ近づいて、やあって言ってください、驚かさないようにね。承知しておいてくださいね、奥さまはもしかしたら——まあね。とにかくどうぞ」

フィオーナの横顔が目に入った。カードテーブルの近くに座っているが、ゲームはしていない。顔がちょっと太ったように見えた。頬の贅肉で口の端が隠れているが、まえにはなかったことだ。フィオーナはすぐ近くに座っている男のゲームを見つめていた。男は手にしたカードがフィオーナに見えるように傾けていた。グラントがテーブルに近寄ると、フィオーナは目をあげた。みんなが目をあげた――テーブルのプレイヤー全員が、不快げに。それから、みなすぐにカードに目を落とした。どんな介入も寄せつけないぞというように。

だがフィオーナはいつもの、ちょっとゆがんだ、まごついたような、茶目っ気のあるチャーミングな笑顔を浮かべると、椅子を引いてグラントのほうへやってきて、自分の口に指を当てた。

「ブリッジよ」フィオーナはささやいた。「ものすごく真剣なの。みんな、ほんとうに入れこんじゃってるのよ」そしてグラントをコーヒーテーブルのほうへ引っ張っていきながら言った。「わたしも大学でしばらくあんなふうだったわ。友だちと授業をさぼって談話室に座りこんで、タバコを吸いながら夢中でやったものよ。ひとりはフィービっていう名前だったけど、あとは覚えてないわ」

「フィービ・ハート」とグラントは言った。そして、小柄で胸のぺちゃんこな黒い目の少女を思い浮かべた。たぶん今はもう死んでいるだろう。フィオーナやフィービやほかの友人たちが、煙に包まれて、魔女のように熱中している。

「あなたも彼女のこと、知ってたの?」フィオーナは、今度はうんざりした顔の女性に笑顔を向けた。「なにか飲む? お茶は? ここのコーヒーはあんまり美味しくないの」

グラントはお茶をぜんぜん飲まなかった。

フィオーナを抱き寄せることができなかった。彼女の声や笑顔のなにかがそうさせてくれなかったのだ。いつもどおりではあったものの、カードのプレイヤーたちやコーヒーのところにいた女までをも、グラントから——そしてまたグラントを彼らの不機嫌から——守ろうとするかのような彼女の態度のなにかが。

「花を持ってきたんだ」グラントは言った。「きみの部屋が明るくなるんじゃないかと思ってね。部屋に行ってみたんだよ、そしたらきみはいなかった」

「そりゃそうよ」とフィオーナ。「ここにいるんだもの」

「新しい友だちができたんだね」グラントはフィオーナが隣に座っていた男のほうをあごで示した。このとき男が目をあげてフィオーナを見ると、フィオーナは振り向いた。グラントがそう言ったからかもしれないし、背中に視線を感じたのかもしれない。

「あら、あれはオーブリーよ。面白いのはね、わたし、ずっとずっとまえから彼を知ってるの。あの人、店で働いていたのよ。わたしのおじいちゃんがいつも買い物していた金物屋で。彼とわたしはいつもふざけあっていたんだけど、わたしをデートに誘う勇気はなかったの。ぎりぎり最後の週末までね。彼、野球の試合に連れて行ってくれたのよ。でも、試合が終わるとおじいちゃんが迎えに来て、わたしを車に乗せて連れて帰ったわ。わたしは夏休みに遊びにいってたの。祖父母のところへね——二人は農場に住んでいたのよ」

「フィオーナ。きみのおじいさんとおばあさんがどこに住んでいたのかは知ってるよ。ぼくたちはそこに住んでるんじゃないか。住んでただろ」

「ほんと?」フィオーナはそれほどの関心はないようだった。あのゲームをしていた男がフィオーナに視線を注いでいたのだ。それは頼むような眼差しではなく命令的だった。男はグラントと同じくらいの年頃か、ちょっと上くらいだった。ごわごわした豊かな白髪が額にたれ、肌はがさがさだが色は白く、古くなってしわのよったキッドの手袋のように黄色っぽかった。長い顔には威厳と憂鬱が漂い、自信なさげなたくましい老馬のような美しさがあった。だが、フィオーナに関しては、自信がないわけではないようだった。

「戻らなくちゃ」以前と違って太ったフィオーナの顔が、ぽっと赤くなった。「あの人、わたしが座っててあげないとゲームできないと思ってるの。おばかさんよね、わたしはもうゲームのことなんかほとんどわからないのに。悪いけど、ちょっと失礼するわ」

「すぐ終わるの?」

「そうね、そのはずだけど。成り行きによるわね。あのぶすっとした女の人に丁寧に頼んだら、お茶を淹れてもらえるわよ」

「かまわないよ」とグラント。

「じゃあ行くけど、ひとりでだいじょうぶね? あなたには変に思えるかもしれないけれど、驚くほどすぐに慣れてしまうものなのよ。誰が誰だかわかってきてね。そりゃあ、なかには夢の世界で満足しきっちゃってる人もいるけど――みんながみんな、あなたが誰だかわかってくれるとは思わないでね」

フィオーナは自分の椅子に戻り、オーブリーの耳元になにかささやいた。そして、相手の手の甲を指先で軽くたたいた。

グラントはクリスティーを探しに行き、廊下で見つけた。アップルジュースとグレープジュースのピッチャーを載せたカートを押していた。

「ちょっと待ってくださいね」クリスティーはグラントにそう言って、ドアのなかに顔をつっこんだ。「アップルジュースがありますけど？　グレープジュースは？　クッキーはいかが？」

グラントを待たせておいて、クリスティーは二つのプラスチックのコップを満たして部屋へ持って入った。戻ってくると、くず粉のクッキーをふたつ紙皿に載せた。

「で？　奥さまがちゃんと人の輪にも加わったりしてらして安心なさいました？」

グラントは答えた。「そもそも妻は、ぼくが誰だかわかってるんでしょうか？」

グラントには判断がつきかねた。フィオーナは悪ふざけをしていたのかもしれない。彼女ならありえないことではない。最後のあの演技でしっぽを出しているじゃないか、こっちを新しい入居者じゃないかと思っているような話し方をしたりして。

もしそんなふりをしようとしていたのなら。もしあれが演技なら。

だが、それならあとを追いかけてきて夫のことを笑うんじゃないか、おふざけが終わったら。そのままゲームのほうに戻って、夫のことなんか忘れたような顔をするはずはない。それじゃあんまりひどすぎる。

クリスティーは言った。「間が悪かったんですよ。ゲームをしているところだったから」

「彼女はゲームをやってもいなかったんですよ」

「ええ、でもお友だちがやっていたでしょう。オーブリーが」

「で、あのオーブリーって誰なんです?」

「誰って、オーブリーですよ。奥さまのお友だちです。ジュースはいかが?」

グラントは首を振った。

「あのねえ」とクリスティー。「そういう愛情が生まれるものなんです。しばらく続くんです。親友みたいなもんですね。そういう時期があるんです」

「つまり、彼女はほんとうにぼくが誰だかわかってないかもしれないってことですか?」

「わかってないかもしれません。今日のところはね。でも明日になったら——そんなことわからないでしょう? いつも行ったり来たり変化して、それについてはどうしようもないんです。しばらくここへいらしてれば、わかってきますよ。そんなに深刻に受け止めなくてもいいってことがわかります。その日その日で考えなくちゃ」

その日その日で。だが、行ったり来たり変化する状態とはならず、グラントが事態に慣れることもなかった。フィオーナのほうはグラントに慣れたようだったが、自分に特別な関心を寄せてしつこく通ってくる男としてだけだった。ひょっとするとうっとうしい存在だったのかもしれない、彼女の昔ながらの礼儀正しさから本人にはそう悟らせてはならないというだけで。フィオーナに気もそぞろな社交上のお愛想で遇されて、グラントはもっとも必然的で明白な質問をしそびれてしまうのだった。自分がおよそ五十年も連れ添った夫だということを覚えているのかどうか、問いただすことができないのである。そんなことをたずねたら彼女はばつの悪い思いをするのではないか——自分自身にばつの悪い思いをするのではなく、グラントのために——という気がしたのだ。そわそわと笑ってみせ、礼儀正しさや当惑でグラントを抑制しておいて、結局なんとなく否定も肯定もせずにすませてしまったことだろう。あるいは否定か肯定の答えを返したとしても、ぜんぜん満足のいく答え方ではなかっただろう。

グラントが話のできる看護師はクリスティーだけだった。ほかの看護師たちのなかには、まるで冗談扱いする者もいた。ある嫌なやつなど、グラントに面と向かって笑ってみせた。「あのオーブリーとフィオーナ？　あの二人、けっこうマジみたいね？」

クリスティーの話によると、オーブリーは農家に除草剤──「とかそういったものをいろいろ」──を売る会社の代理店をやっていたということだった。

「立派な人だったのよ」とクリスティーは言ったが、これはオーブリーが正直で気前がよく人に親切だったということなのか、それとも、話し方も服装も上品でいい車に乗っていたということなのか、グラントにはわからなかった。たぶん両方なのだろう。

そして、まだそれほどの歳でもなく退職もしていなかったときに──とクリスティーは語った──なにか尋常ならざる障害を負ったのだった。

「ふつうは奥さんが世話をしているんです。家で面倒見てるんですけどね。奥さんの息抜きのために、一時的にここへ預けられてるんです。奥さんがお姉さんからフロリダへ誘われたとかで。だってほら、大変な思いをしてきたでしょ。まさかああいう男の人がそうなるとはねえ──ご夫婦で休暇にどこかへ出かけたら、なにかにかかったんです、病気かなにか。すごく高い熱が出て。それでこん睡状態に陥って今みたいになっちゃったんです」

グラントは、入居者間のこうした愛情について訊いてみた。度を越したりすることはないんですか？　今ではご機嫌をとるような口調で訊けるようになっていた。そうすれば、したり顔であれこれ言われずにすむのではないかと期待して。

「どういう意味かによりますね」とクリスティーは答えた。そして記録をつけながら、どう答えたものか考えていた。書き終わると、目を上げてきさくな笑みを浮かべた。

「ここで厄介なことになるのは、おかしいんですけどね、お互いぜんぜん仲が良くなかった人同士のほうが多いんですよ。たとえば、その人、男、女？　以上のことはお互い知りもしないようなね。おじいさんのほうがおばあさんのベッドへもぐりこみたがると思うでしょ、ところが、反対のことがしょっちゅうなんです。おばあさんがおじいさんを追いかけるんですよ。まだそれだけ元気があるんでしょうね、たぶん」

そこでクリスティーは笑みを消した。ちょっとしゃべりすぎた、無神経なことを言ってしまったというように。

「誤解しないでください。べつにフィオーナのことを言ったわけじゃないんです。フィオーナはレディーです」

へえ、じゃあオーブリーは？　グラントはたずねたかった。だが、オーブリーは車椅子生活だということを思い出した。

「奥さまは本物のレディーです」クリスティーのその口調があまりにきっぱりと安心させるような調子だったので、かえってグラントは安心できなかった。フィオーナの姿が頭に浮かんだ。縁に穴かがり刺繍のあるブルーのリボンのついた長いネグリジェを着て、じいさんのベッドのカヴァーをじらすように持ち上げている。

「じつはときどき思うんですけど――」とグラントは言った。

クリスティーが鋭い口調で問い返した。「思うって、なにを?」

「彼女、一種の芝居《シャレード》をやってるんじゃないかって」

「一種の、なんですって?」とクリスティーは言った。


たいてい午後にはカードテーブルにいる二人の姿が見られた。オーブリーの手は大きくて指が太かった。トランプをうまく扱うことができない。フィオーナが代わりに札を切ったり配ったりし、ときには彼の手から落ちかけていた札をさっとまっすぐにしたりした。グラントは部屋のむこうから、妻がすばやく動いたり笑いながらさっと謝ったりするのを見守った。フィオーナの髪が頬に触れたオーブリーが、夫然として顔をしかめるのが見えた。オーブリーはフィオーナがそばにいる限り、無視しているのが好きらしかった。

だが、フィオーナがグラントに微笑みかけて会釈したり、グラントにお茶を淹れようと椅子を引いて立ち上がったり――グラントがそこにいる権利を認め、たぶんグラントに対してほのかに責任を感じているということを示すと――するとオーブリーの顔には重苦しい狼狽の表情が浮かぶのだった。オーブリーはカードを手からすべらせて床に落とし、ゲームを台無しにしてしまう。

フィオーナにあたふたと事態を収拾させるために。

ブリッジテーブルにいないときには、二人は廊下を歩いていることもあった。オーブリーは片手で手すりにつかまり、もう一方の手でフィオーナの腕か肩をにぎっている。看護師たちはこれを驚くべきことだと思っていた。フィオーナがオーブリーを車椅子から立たせたのだ。だが、もっと長い距離になると——建物の端のサンルームとかもう一方の端のテレビルームへ行くとなると——車椅子が必要になった。

テレビはいつもスポーツチャンネルに合わされているようで、オーブリーはどんなスポーツでも見たが、どうやら好きなのはゴルフらしかった。グラントはそれを二人といっしょに見ることに否やはなかった。いくつか後ろの椅子に座った。大きな画面では、ギャラリーの小グループと解説者がプレイヤーのあとについてのどかなグリーンをまわり、適切な場面で儀礼的に拍手する。だが、プレイヤーがスイングし、ボールが空を横切って指示された孤独な飛行をするときには、どこもかしこもしーんとした。オーブリーもフィオーナもグラントも、そしてたぶんほかの老人たちも、すわったまま固唾をのみ、それからオーブリーがまず吐息をついて満足ないしは失望を表す。そのちょっとあとに、フィオーナが同じ調子で合わせるのだった。

サンルームにはそんな静けさはなかった。二人はいちばん密に茂った熱帯植物らしきもののあいだ——木陰の隠れ家と言ってもいいだろう——に座り、グラントは押し入りたいのをなんとか我慢するのだった。葉がさらさらいう音や水のはねる音に混じって、フィオーナの低い話し声や笑い声が聞こえてくる。

それからクックックッと笑うような声が。あれはどっちの声だろう?

どちらでもないかもしれない——たぶん、隅のかごに入ってる派手で小生意気な鳥の声だろう。

オーブリーは話はできたが、声はおそらく昔どおりではないのだろう。今なにか言っているようだ——子音がいくつか不明瞭だ。気をつけろ。あの男がここにいる。なあおまえ。

噴水の青い底には願い事のコインがいくつか沈んでいた。グラントは、誰かが実際にコインを投げこんでいるところは見たことがなかった。五セント玉や十セント玉や二十五セント玉を見つめながら、タイルに貼りつけてあるのだろうかとグラントは思った——これまたこの施設の、元気づけるための装飾なのだろうか。

野球の試合での十代のカップル。男の子の友だち連中からは離れて外野席のいちばん上にすわる。むき出しの木の座席に数インチ離れて。闇が降りてくる。晩夏の夜はすぐに冷えてくる。二人の手がすべり、臀部が移動する。目は眼下のフィールドに注いだままで。もし着ていれば、彼はジャケットを脱いで彼女の細い肩にかける。その下で、彼女を引き寄せるかもしれない、指を広げて彼女の柔らかい腕をつかんで。

昨今のように、誰もがさいしょのデートで寝てしまったりなんてことはない。

フィオーナの細くて柔らかい腕。十代の欲情が彼女を驚かせ、そのしなやかな新しい体の神経すべてを駆け巡る。光に照らされた試合の土ぼこりのむこうで、夜が深まるなかで。

メドウレイクには鏡があまりなかったので、グラントはストーカーのようにうろつく自分の姿を見ないですんだ。だが、ときどきふっと、フィオーナとオーブリーにくっついて歩く自分の姿は、さぞバカみたいで哀れだろう、ひょっとすると頭がどうかしているように見えるかもしれないな、と思った。フィオーナと、あるいはオーブリーと対決したところで勝ち目はない。どんな権利があって自分はここにいるのかどんどんわからなくなるのに、引き下がることができない。家にいて、机で仕事をしていても、家を掃除していても、必要に迫られ雪かきをしていても、心のなかでカチカチいっているメトロノームはしっかりメドウレイクに、次の面会に合わされていた。自分で自分が望みのない求愛を続ける強情な少年のように思えることがあった。いつの日か振り向いて、自分の愛に気づいてもらえると信じこんで有名人女性を街でつけまわすどうしようもない輩のように思えることが。

グラントはぐっと自分を抑えて面会を水曜と土曜だけにした。それから、施設ではほかのことを観察するようにした。一般の見学者で、査察か調査をしているんだというような顔をして。

土曜日には休日の活気と緊張感が漂った。家族がまとまって訪れる。たいていは母親が仕切っていて、陽気でしつこい牧羊犬のように夫や子供たちが散りぢりにならないようにしていた。うんと小さい子供たちだけが不安を見せない。すぐに廊下の床の緑と白の四角に気がついて、どちらか一色を選んで歩き始める。もう一色は飛び越えるのだ。大胆な子は車椅子の後ろに乗せてもらおうとする。叱られてもこんないたずらをやめない子もいて、車へと連れ去られることになる。すると、年上の子か父親が待ってましたとばかりにいそいそとその役目を買って出て、面会を免除される。

会話が途切れないようにしているのは女たちだ。男たちは状況におびえ、ティーンエイジャーは不機嫌になっている。面会客を迎えるほうは、車椅子にのったり杖をついてとぼとぼと、あるいは自力でぎくしゃく歩いたりして、行列の先頭に立ち、これだけの面会客を迎えて誇らしそうではあるが、その緊張感からいささか目がうつろになったり、やたらしゃべったりしている。それにこうしてさまざまな外部の人間に取り囲まれると、内部の居住者たちはやはり普通の人間のようには見えない。女性のあごの剛毛はきれいに剃ってあるし、見えない目は眼帯か黒いレンズで隠され、不適切な話しぶりは薬で抑制されているかもしれない。だがどうしても膜のようなものは残る、つきまとう硬さが――あたかも自分たち自身の思い出に、最後の写真になることに満足しているのだとでもいうように。

グラントは、今ではファーカー氏がどう感じていたかもっとわかるようになった。ここの人たちは――どんな活動にも参加せず、ただ座ってドアを見つめたり窓の外を見たりしている人たちでさえ――頭の中では忙しい生活を送っており（腸の恐るべき動きとか、どこもかしこも痛んだりうずいたりする体は言うに及ばず）、しかもそれはたいていの場合、面会客の前ではうまく説明したりほのめかしたりできない生活なのだ。彼らにできるのはただ、車椅子やなにかで動き回りながら、見せたり話したりできるものがあればいいのだがと思うだけなのである。

サンルームはなかなかのものだし、大きな画面のテレビもある。父親たちはすごいと思うようだ。母親たちはシダが見事だと言う。そのうちみんなで小さなテーブルの周りに座ってアイスクリームを食べる――ティーンエイジャーたちだけは拒否する、嫌で嫌でたまらないのだ。女たちは震える老人のあごからよだれを拭きとり、男たちは目をそらす。

この儀式にはなんらかの満足感があるに違いなく、おそらくティーンエイジャーたちでさえ、いつの日かこうして訪れたことをよかったと思うこともあるだろう。グラントには家族のことはよくわからないが。

オーブリーのところへは子供も孫も姿を現さないし、トランプはできないので――テーブルはアイスクリームパーティーにのっとられている――彼とフィオーナは土曜日のパレードからは遠ざかっていた。こうなるとサンルームはあまりに人気がありすぎて、二人で親密に話をするにはむかない。

そういう話はもちろん、フィオーナの部屋の閉ざされたドアの向こうで続いているのかもしれない。グラントはどうしてもノックすることができなかった。その前にしばらくたたずんで、心底悪意に満ちた激しい嫌悪を抱きながら、ディズニーの小鳥を見つめてはいたのだが。

あるいは、二人はオーブリーの部屋にいるのかもしれない。だが、グラントはそれがどこなのか知らなかった。施設を探せば探すほど、廊下や腰をおろす場所や傾斜路がつぎつぎに現れる。そうしてうろついていると、いまだに迷子になりそうなのだった。絵や椅子をひとつ目印に決めておくのだが、翌週になるとその目印がどこかへ動かされているように思える。このことをクリスティーに話すのはためらわれた。グラント自身、頭に混乱をきたしていると思われてはいけないので。こうして常に配置換えしているのは入居者のためではないかとグラントは思った――日々の運動をもっと面白くするために。

これも口にはしなかったが、グラントはときどき少し離れたところにいる女性を見て、フィオーナだと思ってから、そんなはずはないと思い直すことがあった。着ている服のせいだ。いったいいつフィオーナは明るい花柄のブラウスに冴えた青色のスラックスなんか好むようになったんだ？ある土曜日、グラントは窓の外を眺めていてフィオーナを見かけた――フィオーナにちがいない――今では雪も氷もなくなった舗装してある小道で、オーブリーの車椅子を押していた。そしてその服装ときたら、ばかげたニットの帽子に青と紫が渦巻いたジャケット、そこらへんの女がスーパーへ行くときに着ているようなものだった。

きっとだいたい同じサイズの女性同士なら、わざわざ服を仕分けしたりしないのだろう。どっちみち本人には自分の服がわからないと思っているのだ。

髪も切られていた。あの天使のような光輪が切られてしまっていた。水曜日はすべてがもっといつもどおりで、カードゲームもまた行なわれ、工作室では女性たちが、横で誰かにわいわい言われたりほめられたりせずにシルクの花や衣装を着せた人形を作っていて、オーブリーとフィオーナはまたちゃんと見えるところにいるので、グラントは妻と短い友好的な、そして苛立たしい会話を交わすことができる。グラントはたずねた。「どうして髪を切られたんだ?」

フィオーナは確かめるように両手を頭へあてた。

「どうしてって——わたしべつにかまわないもの」と彼女は答えた。

二階はどうなっているのか確かめておかなくては、とグラントは思った。クリスティーの言う、完全におかしくなってしまった人が収容されているところだ。一階を歩き回ってひとり言をつぶやいたり通りがかりの人に奇妙な質問を投げたりしている者たちは(「あたし、セーターを教会に置いてきちゃったのかしら?」)、どうやらまだ一部しかおかしくなっていないらしかった。

まだ資格がないのだ。

階段はあるが、上のドアは鍵がかかり、鍵は職員しか持っていなかった。誰かが机の後ろのブザーを押して開けてくれないと、エレベーターにも乗れない。

完全におかしくなった人たちは、なにをしているのだろう?

「ただ座っているだけの人もいます」とクリスティーは言った。「座って泣いてる人も。家が揺らぐほどわめこうとする人もね。知らないほうがいいですよ」

元に戻ることもある。

「部屋に一年通っていても、こっちのことをぜんぜん覚えてくれないんです。それがある日、あら、こんにちは、いつ家に帰れるの、みたいに。まるっきりとつぜん、完全に普通に戻っちゃうんです」

でも長いあいだではない。

「わあ、元に戻ったんだ、って思うでしょ。ところがまたおかしくなるんです」クリスティーは指をぱちんと鳴らした。「こんな具合にね」

グラントが昔働いていた町には、年に一、二回フィオーナと二人で行く本屋があった。そこへひとりで行ってみた。なにも買う気はしなかったのだが、リストを作っていたなかから二、三冊選んで、それからたまたま見つけたのも一冊買った。それはアイスランドに関する本だった。アイスランドへ行った女性旅行家の描いた十九世紀の水彩画の本だ。

フィオーナは自分の母親の言葉をぜんぜん学ばず、その言葉が伝える物語——グラントがその職業人生において講義し、論文を書き、今もなおそれについて書いている物語——にもさほど敬意を払うふうではなかった。物語の英雄を「ニャールのおっちゃん」とか「スノッリのおっちゃん」とか呼んだ。だがここ数年、国そのものについては興味を持つようになり、旅行案内書を眺めていた。ウィリアム・モリスやオーデンの旅に関する本も読んでいた。実際に行ってみようとは思っていなかったようだが。気候があまりにひどいから、と言っていた。それに——と彼女は言った——ひとつはそういう場所がなくちゃ、いろいろ想像もし、知ってもいて、もしかしたら憧れてもいて——だけどぜったいにこの目で見ることはないってところが。

グラントがアングロサクソン文学並びに北欧文学をさいしょに教え始めたとき、教室には普通の学生が集まってきた。だが数年たつと、グラントは変化に気づいた。既婚女性が学校へ戻り始めたのだ。もっといい仕事につくための資格を取ろうとか仕事のためとかいうのではなく、ただ単に、通常の家事や趣味以外により興味を持てる対象を得ようとしてのことだった。充実した人生を送るために。そしてたぶん当然の成り行きだったのだろう、そういったことを教えてくれる男がその充実した人生の一部となるのは。こういった女たちにとってそういう男が、自分たちが相変わらず食事をこしらえてやったり共寝したりしている男よりも謎めいて魅力があるように見えてくるのは。

彼女たちが選ぶ科目は、たいてい心理学か文化史か英文学だった。考古学や言語学を選ぶこともあるが、大変だとわかるとやめてしまう。グラントの授業を取った者は、フィオーナのようにスカンディナヴィア人の家系だったのかもしれないし、ワグナーとか歴史小説からスカンディナヴィアの神話についてなにか学んでいたのかもしれない。グラントがケルト語を教えていると思った者もいた、ケルト的なるものすべてに神秘的な魅力を感じるタイプだ。

そういった志願者たちに、グラントは机のむこう側からかなり乱暴に言い渡した。

「美しい言葉を学びたいなら、スペイン語にしなさい。メキシコに行ったら使えるしね」

忠告を聞き入れて去る者もいた。グラントの厳しい口調に個人的な感銘を受けたらしい者もいた。彼女たちは真剣に勉強し、グラントの研究室に、統制のとれた申し分ない生活に、成熟した女性の従順な姿が、恐る恐る是認を求める姿が、思いがけずわっと押し寄せた。

グラントはジャッキー・アダムズという女を選んだ。彼女はフィオーナと反対で——背が低く、柔らかく、黒っぽい目で、感情をむき出しにするタイプだった。アイロニーとは無縁だった。関係は一年間、彼女の夫が転勤になるまで続いた。彼女の車のなかでさよならを言ったとき、彼女は震えを抑えることができなかった。まるで低体温症になったみたいだった。彼女からは何度か手紙が来たが、神経の高ぶった調子なので、どう返事を書いていいものやらわからなかった。返事を遅らせたままにしているうちに、グラントはなぜか思いがけなくジャッキーの娘と言ってもいい年頃の女の子と関係を持つようになった。

というのは、また別のもっと眩暈《めまい》のするようなことが、ジャッキーにかかずらわっているあいだに進行していたのである。長い髪にサンダル履きの若い女の子たちが研究室へやってくるようになったのだが、ほとんどがいつでもセックスオーケーだったのだ。慎重に近づいて、優しく気持ちをほのめかしてといったジャッキーに対して必要だったことは、もはや無用だった。他の多くの者たち同様グラントも旋風に襲われ、望みが行動となり、グラントはふと、なにかを失ったような気になることがあった。だが、後悔する時間などあるものか。他にも同時進行の関係や激しく危険な出会いのことを耳にした。スキャンダルが炸裂し、あちこちで劇的で悲痛なドラマが見られたが、ともかくこういうほうがいいのだという意識があった。報復もあった――解雇が。だが、解雇された者たちはもっと小規模で寛容な大学か学習センターへ移り、置き去りにされた多くの妻たちはショックを乗り越えて、その風俗、つまり自分たちの夫を誘惑した女の子たちの性的な無頓着さを身につけた。以前はごくありきたりだった学者仲間のパーティーは、地雷原になった。流行病が突発し、スペイン風邪のように広がった。だが今回は、人々は伝染病を追いかけ、十六歳から六十歳のあいだで伝染を避けたがるものはほとんどいないように思えた。

だが、フィオーナはまったくちがうようだった。母親が死にかけていて、病院での経験がきっかけで、教務課での事務仕事をやめて新しい仕事を始めた。グラント自身は極端には走らなかった、少なくとも周囲の一部と比べれば。ほかの女とはジャッキーほど親密になることはなかった。グラントが感じていたのは、おもに生活の満足度がぐんと上がっているという感触だった。十二歳の頃からずっとあった肥満傾向はなくなった。階段は二段ずつ駆けあがった。以前にはなかったことだが、研究室の窓から見える千切れ雲や冬の日没の美しさや、近所の居間のカーテンのすきまから輝きを放つアンティークランプの魅力、夕暮れの公園で響く、小山でそり遊びをしていて立ち去るのを嫌がる子供の泣き声などを楽しむようになった。夏になると、花の名前を覚えた。授業では、ほとんど声の出なくなった義理の母（病気は喉の癌だった）にコーチしてもらって、雄大で血なまぐさい頌歌《しょうか》を暗誦し訳してみせた。『首の代償』、『ホヴズロイスン』、吟遊詩人が自分に死を宣告した王、血斧のエリック王を称えるために作ったものだ（ちなみに詩人は当の王により──そして詩の力により──自由の身とされた）。みな拍手喝采してくれた──廊下に出ていたらどうだと、グラントがそのまえに面白がってからかった平和主義者まで。その日、それとも別の日だったか、車で家に帰りながら、グラントの頭には冒瀆的で馬鹿げた引用が駆け巡った。

かくして彼は知恵を増して大きくなり──

そして、神と人に愛されて。

グラントはそのときそれを恥ずかしく思い、迷信的な恐れを感じた。まだそう感じるが。だが、誰にも知られないのならば、そんな感情も不自然ではないように思えた。

次にメドウレイクへ行くとき、グラントは本を持っていった。その日は水曜だった。カードテーブルにフィオーナを探しにいくと、姿が見当たらない。

ひとりの女がグラントに声をかけた。「ここにはいませんよ。病気なんです」その口調は尊大で嬉しげで――グラントは自分のことをぜんぜん知らないのに自分は知っているんだという満足感にあふれていた。おそらく、フィオーナについて、フィオーナのここでの生活についていろいろ知っているということにも満足を覚えていたのだろう、グラント以上に知っているのではないかということに。

「彼氏のほうもここにはいませんよ」と彼女は言った。

グラントはクリスティーを探しに行った。

「べつになんでもないんです」フィオーナはどこが悪いのかとたずねると、クリスティーはそう答えた。「今日は一日ベッドのなかにいるというだけです。ちょっと動揺していて」

フィオーナはベッドで上体を起こしていた。何度かこの部屋に来たのにグラントは気づいていなかったのだが、ベッドは病院用で、そういう具合に起こせるのだった。手持ちの清純そうなハイネックのガウンを着て、顔は白かったが、桜の花の白さではなく練粉のようだった。

オーブリーがその傍らで、車椅子をできるだけベッドに近づけて座っていた。いつも着ているありきたりの開襟シャツではなく、ジャケットにネクタイをつけている。粋なツィードの帽子をベッドの上に置いていた。なにか大事な仕事で外出していたように見えた。

弁護士に会いに行ったんだろうか？　取引銀行かな？　葬儀屋と打ち合わせに？

なにをしていたにせよ、それが原因で疲れきっているように見えた。彼もまた、顔が灰色っぽかった。

二人はともに、硬い、悲痛な不安をたたえた表情で目をあげてグラントを見たが、入ってきたのが誰だかわかると、歓迎とは言えないまでもほっとした様子に変わった。

二人が思っていた人間ではなかったのだ。

二人は互いにしっかり手を取り合い、離そうとしなかった。

帽子がベッドの上に。ジャケットとネクタイ。

オーブリーは外出していたのではない。どこへ行っていたとか誰と会ってきたとかいうことではない。彼がこれからどこへ行くのかが問題なのだ。

グラントは本をベッドの、フィオーナの空いているほうの手の横に置いた。

「アイスランドについての本なんだ」と言った。「きみが読むかな、と思って」

「あら、ありがとう」とフィオーナは言ったが、本には目を向けなかった。グラントは妻の手を本に置いてやった。

「アイスランドだよ」

「アイス――ランド」とフィオーナ。さいしょの音節にはなんとか興味の片鱗が感じられたが、二番目までは続かなかった。どっちにしろ、フィオーナはまたオーブリーに注意を戻さねばならなかった。大きな分厚いその手をフィオーナの手から引き抜いたのだ。

「どうしたの？　どうしたの、いとしいあなた？」

グラントは妻がこんな美文調の言葉を使うのを聞いたことがなかった。

「ああ、はいはい。ほら、ここにあるわ」フィオーナはベッドの横の箱からティッシュをひとつかみ取った。

オーブリーはどうしたのかというと、泣き出していたのだった。鼻が垂れてきたのだが、哀れな見世物になりたくなかったのだ、特にグラントの前では。

「ほら、はい」フィオーナは本当なら自分で彼の鼻を始末して涙をふいてやったことだろう——そしてたぶん、二人だけだったなら彼もそうさせていただろう。だがグラントがいるので、オーブリーとしてはそうはさせられない。彼は精一杯うまくティッシュをつかむと、ぎこちない手つきながらなんとかちゃんと顔を二、三回拭いた。

彼が顔を拭いているあいだに、フィオーナはグラントのほうを向いた。

「ひょっとしてあなた、ここでなにか影響力を持っているんじゃないの？」フィオーナはひそひそ声でたずねた。「職員と話してるのを見かけたけど——」

オーブリーは抗議かもどかしさ、あるいは嫌悪を表すような声をあげた。それから上体をぐっと前へ傾け、フィオーナに身を投げかけたそうにした。フィオーナはベッドからさっと半分身を乗り出すと、彼を支えてしがみついた。グラントは手助けしないほうがいいように思えた。もちろん、オーブリーが床に倒れそうだと思ったら手を貸していただろうが。

「さあさあ」とフィオーナは言っていた。「ほら、だいじょうぶ。ちゃんと会えるわよ。会わなくちゃ。わたし、あなたに会いに行くわ。あなたも会いに来るでしょ」

オーブリーはフィオーナの胸に顔を埋めて、また同じ声を出した。こうなると、グラントの適切な振る舞いとしては、部屋を出て行くしかなかった。

「あの人の奥さんが早くここに来てくれるといいんだけど」とクリスティーは言った。「さっさと連れ出して、愁嘆場を短くしてくれたらいいのに。もうすぐ夕食を出す時間なのに、オーブリーがまだああしてくっついているんじゃあ、どうやって奥さんにちょっとでもものを食べさせたらいいのかしら？」

「ぼくがいましょうか？」とグラントは言ってみた。

「なんのために？　だって、べつに病気じゃないんですよ」

「いっしょにいてやれますよ」

クリスティーは首を振った。

「こういうことは自分で乗り越えなきゃならないんです。ふつうはあまり長く覚えていません。そんなに困るほどのことはないんです」

クリスティーはべつに無情なわけではなかった。知り合いになってから、生活ぶりをいくらか聞いていた。子供が四人いる。夫はどこにいるのかわからないが、アルバータかもしれないとクリスティーは思っている。下の息子は喘息がひどくて、一月のある夜など救急病棟へ連れて行くのが遅れていたら死んでいたところだった。この子は違法な薬物を服用したりしていないが、兄のほうはわからない。

クリスティーから見れば、グラントもフィオーナも、オーブリーだって幸運に思えるに違いない。さほどの不運にも見舞われずに人生をくぐりぬけてきたのだから。今こうして老齢ゆえに味わわねばならない苦しみなど、たいしたことではない。

グラントはフィオーナの部屋には戻らずに帰った。その日は風がほんとうに暖かくなって、カラスがうるさく騒いでいた。駐車場では、格子柄のパンツスーツの女性が、車のトランクから折りたたみ式の車椅子を取り出していた。

グラントが通っている道はブラックホークス・レーンと呼ばれていた。このあたりの通りはみな、昔のホッケーのナショナルリーグの名前がつけられている。ここはメドウレイクに近い町の郊外になる。フィオーナと定期的に町へ買い物には来ていたが、メインストリート以外はどこもよく知らなかった。

家並みはどれも同じ時期に建てられたように見える。たぶん三十年か四十年まえだろう。通りは広く、カーヴしていて、歩道はなかった――もう歩くなんてことはほとんどなくなるんじゃないかと考えられていた時代が思い起こされた。グラントとフィオーナの友人たちは、子供を持つようになると、こういうところへ引っ越していった。当初は引越しについて言い訳がましかった。彼らは「バーベキュー・エーカーへ行く」という言い方をした。

若い家族はまだここに住んでいる。車庫のドアの上にはバスケのゴールが取りつけられ、私道には三輪車がある。だが、きっと家族向けに建てられたに違いないのに落ちぶれ果てているものもあった。庭には車輪の跡がくっきり残り、窓にはアルミ箔が張ってあったり、色あせた旗が下がっていたりする。

貸家。若い男性の借家人――まだ独身か、あるいはまた独身になった男。

新築のときに越してきた人々の手でできるだけそのままに保たれているらしい家もいくつかあった――もっといい場所へ移る金がないか、ことによるとそんな必要を感じない人たちの。低木は十分に生長し、淡い色合いのビニール外壁のおかげで塗り直しの必要がない。こざっぱりしたフェンスや生垣は、その家の子供たちがみな大きくなって出ていき、両親たちはもはや、地域をうろつく新たな子供たちの通路として庭を開放する意義を感じていないことを示している。

オーブリーとその妻のものとして電話帳に記載されている家はそういう一軒だった。進入路には敷石が敷かれ、陶器のようにかっちりしたヒヤシンスで縁取りされている、ピンクと青が交互に。

フィオーナは悲しみを乗り越えることができなかった。食事を摂らず、食事時には食べるふりをして食べ物をナプキンに隠した。日に二度、栄養補助のドリンクを与えられていた――誰かがその場で、フィオーナが飲み下すのを監視することになっていた。ベッドから出て服は着たが、そのあとは自分の部屋で座っている以外なにもしたがらなかった。クリスティーや他の看護師、面会にやってきたグラントが廊下を歩かせたり外へつれて出たりしなければ、いっさい体を動かさなかっただろう。

春の日差しのなかに座りこんでは、さめざめと泣く。壁際のベンチで。それでも礼儀正しさは失わなかった――涙を流すのを謝り、忠告されて言い返したり、質問されて返事を拒んだりすることもなかった。だが、泣くのだった。泣き腫らして目の縁が赤くなり、見えにくくなった。彼女のカーディガン――彼女のものだとしたら――は、ボタンがかけちがってひん曲がっていた。髪を梳かさなかったり爪の手入れをしなかったりというところまではいかなかったが、すぐにそうなりそうだった。

筋肉が衰えてきているとクリスティーは言った。すぐに改善が見られないなら歩行器を使わせるようになると。

「だけど、一度歩行器を使うようになると、それに頼るようになって、あんまり歩かなくなってしまうんです、行かなければならないところへ行くだけで」

「もっと奥さんに働きかけてください」とクリスティーはグラントに言った。「励ましてあげるんです」

だが、グラントがやってみてもさっぱりだった。フィオーナはどうやらグラントが嫌いになったらしい、それを隠そうとはしていたが。ひょっとしたら、グラントの顔を見るたびにオーブリーとの最後のときのことを思い出すのかもしれない、グラントに助けを求めたのに助けてもらえなかったときのことを。

グラントには今や二人が夫婦であることを持ち出してもあまり意味がないように思えた。

フィオーナは廊下の向こうの、ほぼ同じ面々が相変わらずトランプをやっているところへは行こうとしなかった。テレビの部屋へもサンルームへも行きたがらなかった。

大きな画面は嫌い、目に悪いから、と言った。鳥の声はイライラするし、噴水もたまには止めてくれたらいいのに、と。

グラントの知るかぎり、フィオーナはアイスランドの本には見向きもせず、自分で家から持ってきた他の本――驚くほど少ない――にも同様だった。読書室というのがあって、フィオーナはそこにじっと座っているのだった。たぶん、ほとんど誰もいないからそこを選んだのだろう。グラントが棚から本を取って読み聞かせるのは受け入れてくれた。フィオーナにしてみればそのほうがいっしょに居やすいからではないかと、グラントは思っていた――フィオーナは目を閉じて自分の悲しみのなかに沈んでいられる。たとえ一分でも悲しみを忘れていたら、またぶつかったときにいっそうつらくなるだけなのだ。そしてグラントは、状況がわかって絶望しているのを夫には見せないほうがいいから、それを隠すためにフィオーナは目を閉じているのではないかと思うこともあった。

そこでグラントは、座って妻に読み聞かせた。昔の純愛物語や富を失ってからふたたび取り戻す物語の一節を。古い村とか日曜学校の図書室の廃棄処分本なのかもしれないようなものを。施設のほかのところにあるたいていのものとは異なり、読書室の内容を最新のものにしておこうという努力は、どうやらまったくなされていないようだった。

本の表紙は柔らかく、ほとんどヴェルヴェットのようで、木の葉や花の模様が押されて、宝石箱かチョコレートの箱のようだった。女性が――きっと女性だろうとグラントは思った――宝物のように家へ持ち帰れるように。

グラントは管理責任者のオフィスに呼ばれた。フィオーナが思ったほど元気にならないと言うのだ。

「サプリメントを摂取しているのに体重が落ちています。わたしたちはできるだけのことをしているんですが」

それはよくわかっています、とグラントは言った。

「じつは、ご存知だろうとは思いますが、一階では長期にわたるベッド介護はしておりません。具合がよくない場合の一時的なものならしますがね、弱って動けなくなったりまともに暮らせなくなったら、二階への移動を考えないとなりません」

フィオーナはそれほどしょっちゅうベッドに入ってはいないと思うと、グラントは言った。

「そうですね。ですが、体力を維持できないなら、そうなりますよ。今はちょうど境目なんです」二階は、頭の働きに問題のある人のためにあると思っていたと、グラントは言った。

「それもあります」と相手は答えた。

グラントがオーブリーの細君に関して覚えているのは、駐車場で見かけたときの格子柄のスーツだけだった。車のトランクにかがみこんだ背中で、ジャケットの後ろがぱかっと開いていた。ほっそりしたウェストに大きな尻という印象だった。

今日は、格子柄のスーツではなかった。茶色のスラックスにベルトをし、ピンクのセーターを着ている。ウェストに関しては正しかった——締め上げたベルトを見れば、彼女がウェストを強調しているのがわかった。そうしないほうがよかったかもしれない、その上も下もかなりふくらんでいるから。

夫よりも十か十二若いかもしれない。髪は短く、カールしていて、赤く染めている。目は青く——フィオーナより明るい青、つやのないのっぺりしたコマドリの卵、でなければトルコ石の青だ——ちょっと腫れぼったくゆがんでいる。そして、たくさんのしわがクルミ色のメイクのせいでいっそう目立っている。それとも、ひょっとしたらフロリダで焼いたのか。

どう自己紹介したらいいものかわからないのですが、とグラントは切り出した。

「メドウレイクでお宅のご主人にいつもお会いしていたんです。わたしも定期的に面会に行っているもので」

「そうですか」オーブリーの細君は、あごを挑戦的に動かした。

「ご主人はお元気ですか、おかげんは？」

「おかげんは」は、最後の瞬間に付け足した。普通なら「ご主人はお元気ですか？」と言うところだ。


「元気にしています」

「わたしの妻とご主人は、とても仲が良かったんです」

「そのことは聞いてます」

「そうですか。じつは、ちょっとお時間をいただけたら、お話ししたいことがあるのですが」

「うちの主人はおたくの奥さんとどうこうしようなんて気はぜんぜんなかったんですよ。そのことをおっしゃりたいんならね。主人は奥さんにヘンなことなんかこれっぽっちもしてません。そういう能力もないし、どのみちするつもりもなかったですしね。あたしの聞いたところじゃ、逆だったらしいですよ」

グラントは言った。「いや。そんなことじゃないんです。こうしておじゃましたのは、なにか苦情を言ったりするためじゃありません」

「あら。それはすいません。てっきりそうだと思ったもんで」

謝罪の言葉はそれだけだった。その口調は、すまなそうではなかった。拍子抜けして、まごついているようだった。

「じゃあまあ、入ってくださいよ。戸口じゃ風が吹きこんで寒いから。今日は見た目ほど暖かくないですからね」

というわけで、なかへ入れたというだけで、グラントにとってはちょっとした勝利だった。これほど苦労するとは思っていなかった。もっと違ったタイプの奥さんを想像していたのだ。慌てふためく家庭婦人、不意の訪問を喜び、こちらの親しげな口調に嬉しそうな顔を見せる。

グラントは玄関から居間へと導かれ、「台所でがまんしてくださいね、オーブリーの声が聞こえないといけないんで」と言われた。正面の窓の二重になったカーテンがグラントの目にとまった。どちらもブルーで、一枚は透き通り、もう一枚はすべすべしている。同じくブルーのソファと威圧的な淡色のカーペット、きらびやかな鏡や装飾品がいろいろ。

こういう襲いかかってくるようなカーテンを、フィオーナはなんとかって呼んでいた――フィオーナは冗談のように口にしていたのだが、そもそもはよその女たちが真面目に使っていたのを借用したのだ。フィオーナが整える部屋はいつもがらんとして明るかった――こんなに狭い空間にこんなにたくさんの装飾品がひしめいているのを見たら、フィオーナはびっくりするだろう。あれがどんな言葉だったのか、グラントには思い出せなかった。

台所につながる部屋――サンルームのようだ、午後の眩しい日差しをさえぎるためにブラインドが下ろされているが――から、テレビの音が聞こえた。

オーブリーだ。フィオーナの願いに対する答えが数フィートむこうに座っていて、音からすると野球を見ているようだった。オーブリーの細君がグラントの顔をのぞきこんだ。「いいですか?」と言いながら、ドアを半分閉めた。

「コーヒーでも淹れましょう」と細君はグラントに言った。

「ありがとうございます」

「息子が去年のクリスマスに、あの人のためにスポーツチャンネルを契約してくれたの。あれがなかったら、どうしていいかわからないわ」

台所のカウンターの上には、ありとあらゆる道具や器具が並んでいた——コーヒーメーカー、フードプロセッサー、包丁研ぎ器、グラントには名前も用途もわからないものも。どれもまっさらで高価に見えた。まるで梱包から取り出したばかりか、毎日磨いてでもいるように。

こういったものを褒めたらいいかもしれないと、グラントは思った。細君がちょうど使っているコーヒーメーカーを褒めたグラントは、うちも一台買おうかってフィオーナといつも考えていたんですよ、と言った。これはまったくのうそだった——フィオーナは一度に二杯分しか淹れられないヨーロッパ風の道具一本やりだったのだ。

「くれたのよ」と細君は言った。「うちの息子夫婦がね。カムループスに住んでるの、ブリティッシュ・コロンビアの。使いこなせないほどいろんな物を送ってくるの。代わりに、ここへ顔を見せにくるのにお金を使ったっていいのにね」

グラントは達観した口調で言った。「きっと自分たちの生活で忙しいんでしょう」

「去年の冬はハワイへ行けないほど忙しくはなかったみたいだけど。ほかに子供がいればいいんでしょうけどね、すぐ近くに。でも、息子ひとりなの」

コーヒーができあがり、細君はそれを、テーブルの上の茶と緑のマグカップ二つに注いだ。陶器でできた木の、途中で切られたような形の枝からはずして。

「人間ってやつは孤独を感じるものなんです」とグラントは言った。今がチャンスだという気がした。「大切に思う人に会えないと、悲しくてたまりません。たとえばフィオーナみたいに。ぼくの妻の」

「奥さまに面会に行くんだっておっしゃったじゃないですか」

「行ってます。でもそれじゃだめなんです」

それから思い切って、ここへ来た目的である頼みごとを持ち出してみた。オーブリーをまたメドウレイクへ連れて行くことを考えてみてはもらえまいか、なんなら週に一回でも、面会に。ほんの数マイルの距離だし、それほど大変なことではないと思う。あるいはもしちょっと息抜きしたいというのであれば――グラントはそれまでこんなことは考えてもおらず、自分が言い出したことにむしろ愕然としたのだが――自分がオーブリーを連れて行ってもいい、それはぜんぜんかまわない。ちゃんとやってのけられると思う。そうすれば、細君のほうは自由な時間が持てる、と。

グラントが話しているあいだ、細君はよくわからない味の正体を突き止めようとするかのように、閉じた唇と隠された舌を動かした。そして、コーヒー用のミルクとジンジャークッキーの皿を持ってきた。

「お手製よ」皿を置きながら細君は言った。もてなすというよりは挑むような口調だった。それ以上なにも言わずに座り、自分のコーヒーにミルクを注ぎ、かき混ぜた。

それから、だめだと言った。

「お断りします。そんなことできません。理由はね、主人を動揺させたくないから」

「ご主人は動揺なさいますかね？」グラントは真剣にたずねた。

「そりゃあしますよ。します。そんなのぜったいだめよ。家に連れ帰ってまた連れて行く。連れ帰ってまた連れて行く。主人を混乱させるだけだわ」

「だけど、ただの面会だってご主人にはおわかりになるんじゃないですか？　それを習慣にしてしまえないでしょうか?」

「主人はなにもかもちゃんとわかってます」細君はまるでグラントにオーブリーを侮辱されでもしたように答えた。「だけどやっぱりそういうのは妨げになるんです。それに、主人にちゃんと支度させて車に乗せなきゃならないでしょ、あんなに大きな人なのに。あなたが思うほど扱いやすくはないんです。なんとかうまく車に乗せこんだり、車椅子もいっしょに積み込んだり、あれやこれや、いったいなんのために? そんな手間をかけるんなら、主人をもっと面白いところへ連れて行きたいわ」

「ですがたとえば、ぼくがやりますって言ってもですか?」グラントは期待をこめた、分別のある口調をつとめて保ちながら言った。「ほんとうです、あなたにはお手間はとらせませんから」

「無理ですよ」細君はにべもなく言った。「主人のこと、知らないでしょ。あなたには扱えませんよ。あなたに世話してもらうなんて、主人にはがまんできないですよ。そんな大変な思いをして、それが主人にとってなんになるっていうんですか?」

再度フィオーナを持ち出すのはやめたほうがよさそうだった。

「ショッピングモールへ連れて行くほうがずっと賢いわ」と細君は言った。「あそこなら子供の姿なんかも眺められるし。会うことのできない二人の孫息子のことを思い出してつらくなるかもしれないけど。また湖にボートが出るようになっているから、あれを見に行っても楽しいかもしれないし」

細君は立ち上がると、流しの上の窓のところからタバコとライターを持ってきた。

「吸います?」細君はたずねた。

いいやけっこう、とグラントは答えたが、タバコを勧められたのかどうかよくわからなかった。

「吸ったことないの？　それともやめたの？」

「やめたんです」

「どのくらいまえに？」

グラントは考えてみた。

「三十年。いや――もっとまえかな」

ジャッキーと付き合いだした頃にやめようと決心したのだ。まずやめて、禁煙のおかげで大きな褒美がもらえることになったぞと思ったのか、それとも、こんなにも効果的な気晴らしができたんだから今こそ禁煙しなくてはと考えたのだったか、思い出せなかった。

「あたしは禁煙をやめちゃったの」火をつけながら細君は言った。「ただ、禁煙をやめようって思ったの、それだけ」

もしかするとそれがしわの原因なのかもしれない。誰か――女性――から聞いたのだが、タバコを吸う女性は顔の小じわが特に多くなるそうだ。だが、太陽のせいかもしれないし、肌質のせいにすぎないのかもしれない――首も同じくかなりしわだらけだった。しわの寄った首、若々しく豊かで上を向いた胸。この年頃の女はこういう矛盾を抱えているのが普通だ。欠点と長所、遺伝的な幸運とその欠如、すべてが混ざり合っている。たとえほのかではあっても、フィオーナのように自分の美しさを完全に保っている女はほとんどいない。

でも、それはじつは真実ではないのかもしれない。若い頃のフィオーナを知っているからそう思うだけなのかもしれない。そういう印象を得るには、その女を若い頃から知っていなければならないのかもしれない。

ならば、オーブリーは妻を見るとき、冷笑的で小生意気な女子高生を、ちょっと斜めになったコマドリの卵のような魅力的な青い目で、果実のようなくちびるに禁断のタバコをくわえる女子高生を見ているのだろうか？

「で、奥さんは落ち込んでいるわけ？」オーブリーの細君はたずねた。「奥さん、なんて名前だっけ？　忘れちゃったけど」

「フィオーナです」

「フィオーナね。で、あなたの名前は？　まだ聞いてなかったと思うけど」

グラントは答えた。「グラントです」

細君は思いがけなくもテーブル越しに手を差し出した。

「こんにちは、グラント。わたしはマリアンよ」

「さあこれでお互いに名前もわかったことだし」と細君は言った。「自分の思っていることを隠したってしょうがないわよね。主人が今も会いたくてたまらない気持ちでいるのかどうかは、わかりませんよ。おたくの――フィオーナに会いたいのか、そうじゃないのか。主人に訊いたりはしないし、主人も言わないし。ひょっとしたら単に一時的なものだったのかも。だけど、主人をまたあそこへ連れて行きたくはないの、もっと真剣なものだったなんてことになると嫌だから。そんな危険をおかすことはできません。主人が扱いにくくなると困るの。動揺してぐずられたりすると嫌なの。今のままでも主人にはじゅうぶん手がかかるんだから。手伝ってくれる人もいないし。うちにはあたししかいないんだから。あたしがするしかないの」

「考えてみたことはないんですか——たしかに大変つらいことだろうとは思いますが——ご主人をあそこへずっと入れておくということを考えたことは？」

グラントは声を低めてささやくようにしたが、細君のほうは声を低める必要など感じないようだった。

「いいえ」と細君は答えた。「主人はここに置いておきます」

「そうですか。あなたはほんとうに、健気ないい奥さんですね」

「健気な」という言葉が皮肉に聞こえなければいいが、とグラントは思った。皮肉のつもりはなかったのだ。

「そう思います？　健気なんてつもりはないんだけど」

「そうは言っても。なかなかかんたんなことじゃないですよ」

「かんたんじゃないわ。でも、うちの暮らしじゃ、そんなに選択の余地はないの。主人をあそこへ入れるとしたら、この家を売らなきゃ費用は支払えないわ。この家は完全にあたしたちのものなの。家以外、財産と言えるものはないんです。来年になるとあたしも年金がもらえて、主人のと二人分になるの。それでも、主人をあそこへ入れて家も手放さないでいるのは無理。それに、あたしにとってはとっても大事なの、この家はね」

「なかなかいい家ですよね」とグラント。

「ええ、まあね。ずいぶんお金をつぎこんでるのよ。修理とか手入れとかで」

「きっとかかったでしょうね。かかりますよ」

「手放したくないの」

「そりゃそうでしょう」

「手放すつもりはないわ」

「お気持ちはわかります」

「あたしたち、会社に見捨てられたの。いろいろな細かいことは知らないんだけど、要するに主人は追い出されたの。最後には主人は会社に借金があるんだって会社から言われてね、なにがどうなってるんだか確かめようとしても、主人はただ、おまえには関係ない、の一点張り。主人はなにかすごくバカなことをしたんじゃないかって思うんだけど。だけど、あたしは聞いちゃいけないらしいから、黙ってたわ。あなたも結婚生活を送ってきた。結婚してる。どんなもんかわかるでしょ。あたしが事の次第を解明しようとしてる最中に、人といっしょに夫婦で旅行に行くことになって、やめるわけにはいかなかったの。で、旅行中に主人が聞いたこともないウィルスに感染して病気になって、昏睡状態になってしまって。でね、おかげで主人はうまい具合に窮地を脱したってわけ」

「災難でしたねえ」とグラント。

「べつに主人がわざと病気になったって言ってるわけじゃないのよ。たまたまそうなっただけなんだから。主人はもうあたしに腹を立てないし、あたしも主人に腹をたてない。人生ってそんなもんよ」

「そうですね」

「人生にはかなわないもんね」

細君は猫がするように舌をちろっと上唇に這わせて、クッキーのくずを舐めた。「我ながら、なんだか哲学者みたいな言い方ね？　あそこで聞いたんだけど、あなた、大学教授だったんですってね」

「ずっとまえの話ですけどね」とグラント。

「あたしはインテリってわけじゃないんだけど」

「ぼくだって、たいしたことはないですよ」

「だけど、自分の心が決まったらちゃんとわかるわ。でね、ちゃんと決まってるの。あたしは家を手放さない。ということはつまり、主人は家に置いておくってこと。どこかよそへ移りたいなんて望みを主人に持ってほしくはないの。自分が出かけるために主人をあそこへ入れたのはまちがいだったかもしれない。でも、二度とあんなチャンスはないから行くことにしたのよ。だからね。もうあんなことしないわ」

細君はタバコの箱を振ってもう一本取り出した。

「あなたがどう思ってるか、ちゃんとわかってるわよ」と細君は言った。「欲得ずくの人間もいるもんだなあって思ってるでしょ」

「ぼくはそういうことについて人をどうこう言おうとは思いません。あなたの人生ですから」

「たしかにね」

最後は当たり障りのない話で締めくくらねばとグラントは思った。そこで、ご主人は学校へ通っていたころ、夏は金物店でバイトしていたのかとたずねてみた。

「そういうことは聞いたことないけど」と細君は答えた。「あたしはここで育ったんじゃないから」

家へ向かって運転しながら、雪と木々の幹のかっちりした影で埋まっていた沼のくぼみが、今ではスカンクリリーでぱっと明るくなっていることに気づいた。みずみずしくて食べられそうに見える葉は、皿ほどもある。花はろうそくの炎のようにまっすぐ上に伸びていて、なにしろおびただしい数の黄色一色なので、この曇り空に地面から光を放っている。花は熱をも発生させるのだとフィオーナから聞いたことがあった。隠し持った情報ポケットをひっかきまわしたフィオーナは、まるまった花弁の内側に手を入れると熱を感じられるはずだと教えてくれたのだ。自分でもやってみたと言った。でも、熱を感じたのかそれともそんな気がしただけなのかよくわからなかったと。熱で虫を引き寄せるのだ。

「自然はね、ただ単に飾り立てるだけ、なんてバカなことはしないのよ」

オーブリーの細君に関しては失敗だった。マリアン。失敗するかもしれないと予測はしていた。だが、理由はまったく予測していないものだった。自分が相手にせねばならないのは、女性のごく自然な嫉妬――あるいは恨み、つまり嫉妬の頑固な残骸――だけだと思っていたのだ。

あの細君が物事をどう見ているのか、グラントにはどうもわからなかった。とはいえ、気の滅入ることではあるが、あの会話はグラントにとって馴染みのないものではなかった。自分の身内と交わした会話を思い出させるものだったのだ。父母の兄弟、親族、たぶん母親でさえも、マリアンと同じような考え方をしていた。他人がそういう考え方をしないと、それは物の見方が甘いんだと思っていた――気楽で保護された生活や学歴のおかげで、あまりに非現実的で、愚かなのだと。現実がわからなくなっているのだと。知識人、学者、グラントの社会主義者の義理の父母のような一部の金持ち、こういう人間は現実がわかってないのだ。分に過ぎた幸運、あるいは生来の愚かさのせいで。グラントの場合はその両方だと親族はきっと確信していただろう、グラントはそう思った。

きっとマリアンもグラントをそういうふうに見ることだろう。愚かな人間、つまらない知識をいっぱいに詰め込んで、人生の真実からまぐれ当たりの幸運で守られている。家を手放すまいと心を砕く必要もなく、自分のややこしい考え事にふけっていられる。他人を幸せにできると信じて、立派で太っ腹な計画を思い描くのも自由だ。

ほんとにむかつく男、と今頃マリアンは思っていることだろう。

ああいう人間と立ち向かうと、絶望的になり、苛立ち、しまいにはなんだか惨めになる。なぜだ？　ああいう人間に対して自分を守り抜く自信がないからか？　結局はむこうが正しいのかもしれないと思ってしまうからか？　フィオーナはこんな疑念など抱くことはないだろう。彼女は子供時代、誰からも打ちのめされたり抑圧されたりしたことがない。彼女はグラントの育ち方を面白がり、その味気なさを珍しがった。

とはいえ、彼らにも彼らの言い分はある、ああいった人間にも（グラントは誰かと議論する自分の声が聞こえるようだった。フィオーナか？）。視野が狭いということにも利点はある。マリアンはたぶん、危機には強いだろう。生き延びる術に長けていて、食べ物をあさったり、道端の死体から靴を奪ったりすることができるだろう。

フィオーナを理解しようとすると、いつももどかしい思いにかられる。蜃気楼を追いかけるようなものかもしれない。いや——蜃気楼のなかで暮らすようなものか。マリアンに近づけば、またべつの問題があるだろう。ライチの実をかじるようなものかも。変に人工的な魅力のある果肉、化学薬品のような味と香りの果肉が、大きな種、核の周りを薄く覆っている。

マリアンと結婚していたかもしれない。考えてもみろ。あの手の女の子と結婚していたかもしれないのだ。あのまま生まれ故郷にいたら。マリアンはじゅうぶん食欲をそそっただろう、あんなに素晴らしい胸だし。誘いかけだったのかもしれない。台所の椅子の上でそわそわと尻を動かしたり、口をきゅっと結んでみたり、ちょっとわざとらしく脅すような顔をしてみたり——あれは小さな田舎町の多かれ少なかれ無邪気で俗悪な誘惑法の名残だったのだ。

オーブリーを選んだとき、マリアンはある程度の希望を持っていたに違いない。彼のハンサムな外見、セールスマンの仕事、ホワイトカラーとしての将来性。今よりいい暮らしができるようになると信じていたに違いない。そして、こういう実際的な人間によく起こることなのだが、彼らの計算や生存本能にも関わらず、当然期待できると思っていたところまで到達できないことがあるのだ。きっと、それはひどく不公平に思えることだろう。

台所でまずグラントの目に留まったのは、留守電の点滅だった。最近はいつも思うことを思った。フィオーナだ。

グラントはコートも脱がずにボタンを押した。

「もしもし、グラント。ちゃんとあなたにかかってるといいんだけど。ちょっと思いついたことがあって。土曜の晩にここの在郷軍人会で独身者のためのダンスがあるの。あたしは夕食委員会のメンバーだから、無料ゲストを一人連れてこれるの。でね、ひょっとしてあなたはこんなの興味ないかしらと思って。お時間のあるときに電話くださいな」

女の声が地元の電話番号を告げた。それからピーッという音がして、また同じ声がしゃべり始めた。

「あたしが誰か言うのを忘れてたわね。でも、たぶん声でわかってるでしょうけど。あたし、マリアンです。どうもまだこういう機械に慣れなくて。それと、あなたは独身じゃないってことにも気がついてね、そんなつもりじゃないんだってことも言っておこうと思って。あたしも独身じゃないし。でも、ときどき出かけたって悪くはないでしょ。とにかく、これだけいろいろ言っちゃったんだから、話してる相手があなたであることをせつに祈るわ。たしかにあなたの声みたいだったし。もし興味があったら電話して。なかったらしなくていいから。あなたも外に出る機会がほしいかなって思っただけ。こちらはマリアンです。それはもう言ったかしらね。まあいいわ。じゃあさようなら」

機械に録音された彼女の声は少しまえに彼女の家で聞いた声とは違っていた。さいしょのメッセージではちょっとだけ、二番目ではもっと違っていた。神経質な震えが、不自然な無頓着さが、急いで済ませたいという気持ちと話し終えたくないという気持ちが。

なにかが彼女に起こったのだ。だが、いつだろう？ 即座に起こったのなら、グラントがいるあいだじゅうじつにうまくそれを隠していたわけだ。しだいにそうなったと考えるほうが可能性が高い、たぶん、グラントが帰ったあとだろう。ぱっと魅せられたとは限らない。グラントが可能性のある相手であることを悟ったというだけだろう。一人暮らしの男だと。一人暮らしのようなものだと。彼女が関心を持ってもいいかもしれない候補だと。

だが、先に行動を起こした彼女はびくびくしていた。自分を危険にさらしたのだ。自分のどのくらいを危険にさらしたのかは、グラントにはまだわからないが。ふつう、女の無防備さというのは、時がたって事態が進展していくにつれて、増す。さいしょの時点でこちらに言えるのは、今有利な立場にあるなら、あとになればもっと有利になるということだけだ。

グラントは満足感を覚えた——否定する必要はないだろう——マリアンをそういう気持ちにさせたということに。彼女の人格の表面に揺らめきのようなもの、曇りのようなものを生ぜしめたことに。彼女のつっけんどんな広母音のなかにこのかすかな懇願を聞けたことに。

グラントはオムレツを作ろうと、卵とマッシュルームを用意した。それから、一杯やってもいいなと思いついた。

どんなことでも可能だ。本当だろうか——どんなことでも可能か？　たとえば、その気になったら彼女を打ち負かし、オーブリーをフィオーナのところに連れもどしてくれというグラントの頼みに耳を傾けようという気持ちにさせることができるだろうか？　それもただの面会ではなく、オーブリーが死ぬまでずっと。あの震えはなににつながるのだろう？　動揺へ、マリアンの自衛本能の終焉へ？　フィオーナの幸せへ？

なかなかやりがいのある仕事となるだろう。やりがいのある、賞賛に値する偉業だ。誰にも打ち明けられないジョークでもある——自分の悪しき行為によってフィオーナのためによいことをするのだと考えると。

だが、グラントはそれについて本気で考えることはできなかった。本当に考えようとするなら、自分とマリアンがどうなるかつかんでおかないといけない、オーブリーをフィオーナのところへ連れて行ったあとで。うまくはいかないだろう——彼女のしっかりした果肉のなかに文句のつけられない利己心の核を見つけて予想していた以上の満足感を得られない限り。

はっきりとはわからないものなのだ、そういうことがどうなるのかは。ほぼわかっても、確信は持てないものなのだ。

今頃マリアンは自分の家ですわっているだろう、グラントからの電話を待って。それとも、ひょっとしたら座っていないかも。忙しく用事を片づけているかもしれない。彼女は忙しくしているタイプの女に見える。あの家はたしかに絶えず目配りしているのがわかる家だ。それにオーブリーがいる——彼の世話もいつもどおりやらねばならないだろう。早めの夕食を食べさせたかもしれない——夜は早めに寝かせて一日の夫の世話から解放されるべく、食事をメドウレイクの時間割にあわせて（ダンスにいくときは彼をどうするつもりなんだろう？　一人で放っておけるのか、それとも付き添いを頼むんだろうか？　どこに行くのか夫に話すんだろうか、同伴者のことも？　付き添いへの支払いは同伴者がするんだろうか？）。

グラントがマッシュルームを買って家に帰っているころ、オーブリーに食べさせていたのかもしれない。今頃は寝かせる支度をしているのかも。でもずっと電話が気になっているんだ。電話の沈黙が。グラントが家に帰るのにどのくらいかかるか計算したかもしれない。電話帳でここの住所を見ればどのあたりに住んでいるかおよその見当はつく。どのくらいかかるか計算して、それからそこへ夕食の買い物（一人暮らしの男は毎日買い物するだろうと考えて）にかかりそうな時間を足す。そうすれば、メッセージを聞くまでにかかる時間となる。そして沈黙が続くと、彼女は他のことを考える。家に帰るまえにグラントが片づけねばならなかったかもしれない、他の用事。それともひょっとしたら、外食とか人と会うとかのせいで、夕食時には家に帰りつかないのかも。

彼女はいつまでも起きているだろう、台所の戸棚を掃除し、テレビを見、まだチャンスがあるのかどうか自分自身と議論して。

なんたるうぬぼれだ。マリアンはなんといっても分別のある女だ。いつもどおりベッドに入っているだろう、どっちにしろグラントはダンスが上手そうには見えないし、とか思いながら。堅苦しすぎるし、学者っぽすぎる。

グラントは電話のそばに陣取って雑誌を眺めていたのだが、また鳴っても取らなかった。

「グラント。マリアンよ。洗濯物を乾燥機にかけに地下室にいたら、電話の音が聞こえたの。でも上へ行ったら、誰だったかわからないまま切れちゃって。それで、あたしはここにいるって言っておかなくちゃと思ったの。もしかけてきたのがあなたで、しかも家にいるんだとしたらね。だってうちにはもちろん留守電はないから、あなたはメッセージを残せないでしょ。それでちょっとね。知らせておこうと思って。

バイ」

バイ。

ただ今の時刻は十時二十五分。

家に帰ったところだと言えばいい。自分がこうして座りこんで、あれこれはかりにかけてみている姿をマリアンに想像させても意味はない。

ドレープだ。あのブルーのカーテンのことを彼女はそう呼ぶのだろう――ドレープ。いいじゃないか。ジンジャークッキーが完璧に丸いので、マリアンとしては手作りだと断らねばならなかったのをグラントは思い出した。それから、陶器の木にかけられたマグカップのことを、廊下のカーペットを保護するための、とグラントは睨んでいるが、ビニールのランナー（細長いカーペット）のことを。すべてきちんとして光沢があり、実用的で、グラントの母親にはできなかったことだがきっと賞賛はしたはずだ――だからこんな奇妙で頼りない愛着を感じて胸がきゅんとなるのだろうか？　それとも、さいしょの一杯のあとでさらに二杯飲んだせいだろうか？

マリアンの顔や首のクルミ色の日焼け――あれはぜったい日焼けだと今は思えた――はまずまちがいなく胸の谷間まで続いているはずだ。そこは深く、クレープのような肌で、香りがあり、熱いだろう。グラントはそんなことを考えながら、あらかじめメモしてあった番号をダイヤルした。それに、あの猫のような舌の実用的な官能。あの宝石のような瞳。

フィオーナは自分の部屋にいたが、ベッドで寝てはいなかった。開いた窓のそばに座っている。季節に合った、だが妙に短くて鮮やかな服を着ていた。窓からは暖かい風に乗って花盛りのライラックの酔うような香りと畑にまかれた春の堆肥のにおいが吹きこんでくる。

フィオーナは膝に本を開いていた。

「ほら、こんなきれいな本を見つけたの。アイスランドに関する本なのよ。部屋に高い本を放り出しておくなんて、考えられないわよね。ここにいる人たちが正直だとは限らないもの。それに、服を混ぜこぜにしてしまうのよ。わたしはぜったい黄色なんて着ないのに」

「フィオーナ……」グラントは口を開いた。

「あなた、ずいぶん長いあいだこなかったのね。もうチェックアウトはすっかり済んだの？」

「フィオーナ、きみをびっくりさせることがあるんだ。オーブリーを覚えてる？」

フィオーナは一瞬、グラントをじっと見つめた。顔をまともに風に打たれたような表情で。顔を、頭のなかを。なにもかもめちゃめちゃにされたように。

「名前は覚えられないの」フィオーナはきつい口調で言った。

だがその表情は消え、フィオーナは努力して、優雅なからかうような態度を取り戻した。注意深く本を置くと、立ち上がり、両腕を上へあげて夫にまきつける。肌からか吐息からか、今までになかったにおいがかすかにした。ずいぶん長いあいだ水に浸かっていた切花の茎のにおいに似ているようにグラントには思えた。

「来てくれてうれしい」フィオーナはそう言って、夫のみみたぶを引っ張った。

「車で逃げちゃえばよかったのに。気楽に逃げちゃえば。わたしのことなんかほっぱらかして。ほっぱらかし。ほっぽらかして」

グラントはずっと顔をフィオーナの白髪にくっつけていた。ピンクの地肌に。かわいい形の頭骨に。グラントは言った。そんなことできっこないよ。

訳者あとがき

本書の作者、現在七十四歳のアリス・マンローは、人気、実力ともに、カナダを代表する作家の一人である。数年おきに発表される短篇集——長篇は書こうとせず、短篇作家に徹している——は、カナダ本国のみならずアメリカやイギリスでも毎回ベストセラーリストの上位に長くとどまり、さまざまな賞を受賞し、ニューヨークタイムズなど主要紙が年末に発表する「今年の本」にもなんども選ばれている。

マンローは、自分のよく知っている身の回りの世界を、奇をてらわない正攻法で地道に書き綴ってきた。決して多作ではないその作品は、いずれも磨き上げられた粒ぞろいばかりで、短篇ながら長篇にも匹敵するずっしりした読後感を読者に与えてくれる。

作品世界とも密接に関わる作者の生い立ちを、ここで紹介しておこう。

アリス・マンロー（旧姓レイドロー）は一九三一年、オンタリオ州西南部のヒューロン湖に近いウィンガムという小さな田舎町で生まれ、少女時代を過ごした。この町は、ジュビリー、ハンラッティなどと名前を変えて作品にたびたび登場している。両親は遠縁同士で、イギリス系、ともに貧しい農場育ちである。マンローの曾祖父の兄弟が開拓地で倒木の下敷きになって死んだというエピソードは、『木星の月』の「チャドゥリーとフレミング　野の石」にちらっと登場したあと、*Open Secrets*（一九九四）で A Wilderness station というスリリングな物語となっている。

人のいい優しい父親と、上昇志向が強くて知性や教養を振りかざすしっかり者の母親というとりあわせは、アリス・マンローの作品によく登場するが（本書でも「家に伝わる家具」の語り手の両親がそうである）、作者自身の両親がモデルのようだ。ウィンガムの、「密造酒作りや売春婦やたかり屋が住んでいるような一種のゲットー」と作者が述べているような地域で、アリスは長引く大恐慌の余波のなかでの子供時代を過ごした。銀狐の飼育をしていた父は失敗して七面鳥農場に転じ、元教師だった母は厳しい生活の中でアリスを長女とする三人の子を産み育て、アリスが九歳のときにパーキンソン病を発症した。

この地域は、勤勉で信仰心篤い長老教会派のスコットランド系アイルランド人によって開拓された、かなり閉鎖的な土地柄である。しかも長引く不況の最中。空想好きな読書家の少女は、野心めいたことを口にしようものなら、第四作目の短篇集の表題ともなった「あんた自分を何様だと思ってるの?」という言葉でたちまち周囲からやり込められるような環境の中で、早くから「有名な作家」になろうと心に決める。女の子にはまず料理や裁縫といった実質的な技能が求められていた時代に、アリスは持ち前の頭の良さを武器に奨学金を得、病んだ母のいる実家を出てウェスタン・オンタリオ大学に進学。図書館司書やウェイトレスのアルバイトをしながら学業に励み、校内の文芸誌に短篇を発表する。

二年後に奨学金の期限が切れて学業が続けられなくなったアリスは、同級生のジム・マンローと結婚。ジムはアリスとは正反対の、都会の恵まれた家庭の出身だった。マンローの作品には、この、厳しい生活を送ってきた頭のいい田舎娘と洗練された裕福な都会の青年との結婚というモチーフが、散見される。二人はヴァンクーヴァーに移り、アリスは公立図書館に勤めたあと、つぎつぎと三人の娘を産む（一人は生後すぐに死亡）。病気の母親のいる実家を逃げ出したアリスは、結局またも自分を家庭という檻に追い込むこととなった。結婚した女性はキャリアをあきらめるのが当然という時代に、アリスは作家になる夢を捨てず、妻、母としての役割との相克に悩みながらも、家事のあいまにこつこつ作品を書き続ける。そんな結婚生活のなかでの様々な葛藤は、のちの多くの作品のモチーフとなっている。

六三年にヴィクトリアへ引っ越した夫婦は、書店を始める（この「マンロー書店」は今でもジム・マンローが営業を続ける有名な書店である）。やがて、末娘の誕生。六八年、初の短篇集*Dance of the Happy Shades*が出版され、カナダで最も権威ある文学賞、総督文学賞を受賞。カナダの幾つかの雑誌にときどき作品が掲載される程度の無名の書き手だったアリス・マンローは、三十七歳にして作家としての地位を確立する。七一年には自分の子供時代から思春期までを題材とした連作短篇集*Lives of Girls and Women*を発表し、カナディアン・ブックセラーズ賞を受賞。

だが、外の世界での成功につれて家庭内での亀裂が明確になり、ジムとの結婚生活は破綻、アリスはオンタリオへ帰る。大学の創作科で教えたりしながら七四年には短篇集*Something I've Been Meaning to Tell You*を出版。大学の同級生だった地図製作者のジェラルド・フレムリンと再会して結婚。ちょうどカナダ文学が注目され始めたこともあって、国外でも評価が高まり、ニューヨーカーに作品が掲載されるようになる。七八年には*Lives of Girls and Women*の続篇ともいうべき、若い娘が大人の女性へと成長する過程での、恋愛、結婚、離婚などを描いた連作短篇集*Who Do You Think You Are?*（英米でのタイトルは*The Beggar Maid*）を出版。またも総督文学賞を受賞し、イギリス最大の文学賞のひとつ、ブッカー賞の最終候補となった。

「短篇の女王」と呼ばれるようになったアリス・マンローは、以後、数年の間隔をおいてコンスタントに作品集を発表し続け、九五年には*Open Secrets*で、イギリスのW・H・スミス賞を受賞。九七年にはカナダ人作家として初めてアメリカのペン・マラマッド賞を受賞、翌九八年には*The Love of a Good Woman*でジラー賞と全米批評家協会賞を受賞している。

本書は、二〇〇一年に出版された*Hateship, Friendship, Courtship, Loveship, Marriage*の全訳である。辛口コメントで有名なニューヨークタイムズのミチコ・カクタニをはじめ多くの批評家から高い評価を受け、コモンウェルス賞、全米批評家協会賞の候補となり、ニューヨークタイムズやパブリッシャーズ・ウィークリーなどの「今年の本」にも選ばれている。またマンローは同年、北米の優れた短篇作家を対象とするレア賞を受賞している。作者の年齢を反映してか、老いや病や死などといった終焉の状況も描かれ、人生のさまざまな局面を考えさせられる作品集となっていて、どれをとっても素晴らしい。ニューヨークタイムズの書評家であるウィリアム・プリチャードは「この作品集には、マンローの最高傑作に数えてよいものが四、五篇ある」と述べている。

夏のうだるような暑さのなか、闘病中の不快感に苛立ちを募らせる主人公を包む空気が、ふとしたことでがらっと変わる（何かがきっかけで物語に流れる空気の色合いが急に変化する、というのは、マンローの作品にしばしば見られる手法である）「浮橋」のラストの光景の美しさ、「なぐさめ」の、夫の遺灰を妻がひとりで撒くシーンのぞくっとするような高揚感、「クィーニー」の結末の、いかにもマンローらしいなんとも摩訶不思議な感触。二度の結婚の狭間でもがきながら「書くこと」と取り組む語り手が、思いがけず少女時代の恋の相手と再会し、甘やかな思い出に浸ったのも束の間、人生の苦く哀しいひとこまに突き当たってしまう、表題作「イラクサ」の、ひっそりした切なさ。いずれも極上の余韻を残す。

マンローの筆は、人の心の襞の隅々まで容赦なくむき出しにしていく。女性ばかりではなく、男性ももちろんその対象となる。本書の、「クマが山を越えてきた」を読んでみてほしい。不実な夫の身勝手な独りよがりがあからさまに描かれている。だが、この夫は不実だけれど、妻を純粋に愛してもいるのだ。裏切りながら誠を尽くす、人間とはそんなものなのかもしれない。そんな夫が思いがけないしっぺ返しを食らうというなかなか皮肉な物語なのだが、ラストのシーンは、夫婦愛の真髄を感じさせてくれる。

本書はマンローの世界の魅力を十二分に知らしめてくれる、まさに珠玉の短篇集であると思う。一見さりげない文脈のなかにも思いがけない面白さが隠れているのがマンローの書き方なので、どうぞどの作品も、じっくり嚙みしめて味わっていただきたい。

今や「アリス・マンロー・カントリー」と呼ばれるようになったカナダの一地方を舞台にした地味な短篇をひたすら書き綴ってきたマンローが、その新作発表は文学上のイヴェントだとまで言われるほど熱心で幅広い読者層を英語圏で獲得してきたのは、人間というものを、表層だけでなくその奥底までも描き出すことに成功しているからではないだろうか。人間の心の機微を、実に鮮やかに描くことのできる作家なのだ。良い文学作品というものはなべてそうであるが、マンローの描くカナダの片田舎の人間模様は、人間存在の普遍に通じている。

なお原書の表題作である「恋占い」は、少女のいたずらが平凡な家政婦の人生に思わぬ転機をもたらすという、本書のなかではやや軽い、ちょっとコミカルなところもある作品だが、ワーナー・ブラザーズにより、ジュリアン・ムーア製作、主演で映画化の予定とのことである。

マンローは昨年、タイム誌の「世界で最も影響力のある百人」の一人に選ばれ、アメリカのナショナル・アーツクラブからその文学への貢献に対しメダルを授与された。イギリスの有力紙ガーディアンのインタビューで、「以前は、歳をとったらもうあまり書く気もしなくなるだろうと思っていました。自分というものが変わってくるだろうとね。ところがそうはなりませんでした。体は老いても、頭は変わらないんです」と語っているマンローは、現在、あれほど逃げ出そうとした故郷の町に近い同じような田舎町の農場とヴァンクーヴァー・アイランドのコモックスとを夫とともに行き来して暮らしながら、自分の書きたい物語を気のすむまで書き直しながら綴る毎日のようだ。今年は新しい短篇集 *The View From Castle Rock* が出る予定である。

これまでの作品は次のとおり。

Dance of the Happy Shades（1968）
Lives of Girls and Women（1971）
Something I've Been Meaning to Tell You（1974）
The Beggar Maid（*Who Do You Think You Are?*）（1978）
The Moons of Jupiter（『木星の月』1983）
The Progress of Love（1986）
Friend of My Youth（1990）

Open Secrets（1994）
Selected Stories（選集、1996）
The Love of a Good Woman（1998）
Hateship, Friendship, Courtship, Loveship, Marriage（本書、2001）
No Love Lost（選集・カナダのみ、2003）
Vintage Munro（選集、2004）
Runaway（2004）

今までに邦訳されている作品集は『木星の月』（中央公論社、一九九七）一冊のみで、その他、私の知る限りでは、「マイルズ・シティ、モンタナ」（*The Progress of Love* より）が『描かれた女性たち——現代女性作家の短篇小説集』（SWITCH LIBRARY、一九八九）に、「セイヴ・ザ・リーパー」（*The Love of a Good Woman* より）が『アメリカ短編小説傑作選』（ＤＨＣ、二〇〇一）に、それぞれ収録されているだけではないかと思う。

また、これは最新のニュースだが、「クマが山を越えてきた」も、カナダの個性派女優サラ・ポーリーの初の長篇監督作品として映画化されるらしい。製作総指揮はアトム・エゴヤンで、ジュリー・クリスティ、オリンピア・デュカキス、マイケル・マーフィーが出演する模様である。

アリス・マンローは私の大好きな作家で、その作品を訳すことは長年の夢だった。なかでもいちばん好きな一冊をこうして訳すことができ、しみじみ嬉しい。夢をかなえてくださった新潮社出版部の須貝利恵子さんに、心から感謝します。
日本の読者の皆さんが、アリス・マンローの世界を楽しんでくださいますように。

二〇〇六年二月十五日

小竹由美子

Hateship, Friendship, Courtship,
Loveship, Marriage
Alice Munro

イラクサ

著者
アリス・マンロー
訳者
小竹由美子
発行
2006年3月30日
15刷
2024年6月25日
発行者　佐藤隆信
発行所　株式会社新潮社
〒162-8711 東京都新宿区矢来町71
電話 編集部 03-3266-5411
読者係 03-3266-5111
http://www.shinchosha.co.jp

印刷所
株式会社精興社
製本所
大口製本印刷株式会社

ISBN978-4-10-590053-3 C0397

CREST BOOKS
Shinchosha

彼方なる歌に耳を澄ませよ

No Great Mischief
Alistair MacLeod

アリステア・マクラウド
中野恵津子訳

18世紀末、スコットランド高地からカナダ東端の島に、家族を連れ渡った赤毛の男がいた。彼の子孫は、幾世代を経ても流れるその血を忘れず、それぞれの人生を生きていく——人が根をもって生きてゆくことの強さ、哀しみを描いた、ベストセラー長篇。

C R E S T
BOOKS